카르마 폴리스

KARMA POLICE

홍준성 장편소설 카르마 폴리스

은행나무

버나도   막 말을 하려던 차에 새벽닭이 울었어.

호레이쇼   그러자 사라져버렸지.

                 겁나는 소환장을 받은 죄인처럼 말이야.

                                       —《햄릿》, 1막 1장[1]

일러두기

1 《카르마 폴리스》에서 인용, 재인용, 변용하고 있는 원텍스트는 미주에 출처를 표기하였으며, 이에 대한 자세한 주해는 작가의 블로그(http://blog.naver.com/them1)에서 확인할 수 있습니다.

2 반복 인용되는 서적의 경우 처음에만 출판사와 역자를 적고 그다음부터는 페이지만 표기하였습니다.

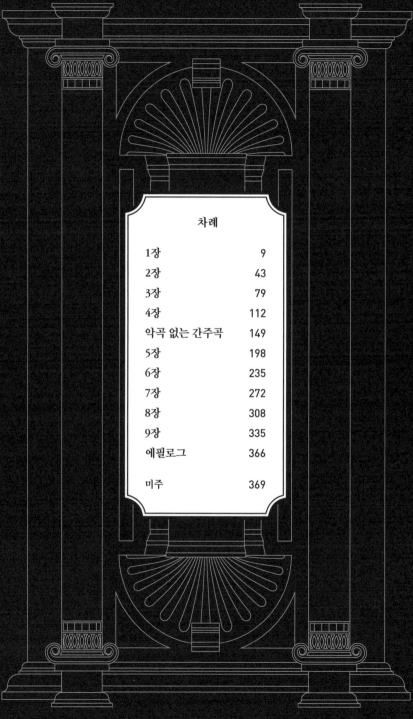

차례

1장

1

　고서점의 참 주인은 허무의 벗, 책벌레였다. 너무 작아서 육안으로는 구분조차 하기 어려운 좀벌레, 빈대, 진드기 그리고 연갈색 먼지다듬이들 말이다. 이들은 서적들부터 레오르트산(産) 미송 재질의 나무선반에 이르기까지 모든 사물이 제자리에 놓인 채로 영원토록 굳어진 것처럼 보이는 갈빛 책방을 그 밑바닥과 가장자리부터 야금야금, 살금살금, 사각사각, 그렇지만 단 한 번도 멈춘 적 없는 집요함으로 갉아먹어갔다. 이따금 주인장인 꼽추와 서적 애호가들이 발걸음하기는 했지만, 그때뿐이었다. 전등이 환할 때 책방은 정물화였지만, 전깃불이 다시 내려가면 미세한 더듬이들이 화폭을 부르르 떨리게 만들었다.

　햇볕이라곤 들지 않는 책선반의 그늘과 눅눅한 습기는 가장 낮은 존재들이 들끓기엔 최적의 조건이었다. 내 순간 책벌레들은 머리카락을 스무 가닥으로 나눈 것보다 얇은 더듬이로 누렇게 변색된 책장을 더듬었고, 그러다가 내려앉은 먼지와 곰팡이 균을 만나면 미세한 이빨들로 긁어내기를 끈질기게 반복했다. 그 과정에서 종이와 그 위에 찍힌 잉크들까지 소실되는 것은 자연스러운 수순이었고, 그렇게 계속해서 인류의 정신사(史)가 허무에 패배할 수밖에 없음이 증명됐다. 어느 사팔뜨기 철학자는 문자 기록을 통해서 시간이라는 연약한 나선 대신에 불멸과 영원을 얻으리라 기도했다지만, 애석하게도 미처 책벌레들은 고려하지 못한 모양이다. 죽음은 거대한 낫을 든 해골바가지 사신(死神)이 아닌 한낱 벌레의 얼굴을 하고 있었다.

철학자 얘기가 나온 김에 좀 더 후술하자면, 아무도 발걸음하지 않는 철학 코너는 고서점의 꼭대기 다락방에 있었는데, 이곳은 책벌레들의 성전(聖殿)쯤 되는 곳이었다. 그것도 그럴 것이, 다른 장르에 비해 철학 분야는 극악한 수요와 완독률을 자랑했기 때문이다. 철학서의 흔한 일대기란, 대개 사교적으로 완전히 파탄 난 저자에 의해 도무지 알아먹지 못할 최악의 만연체로 적힌 뒤, 자기가 뭘 교정하는지도 모르는 우둔한 편집자에게 간택되어 간신히 세상에 나왔건만, 유감스럽게도 서점에 얼마 머물시도 못한 채 반품되어 재고 창고에서만 주야장천 썩거나, 혹은 일찌감치 헌책방에 매각되어 이러저러한 지난한 과정을 거치다가—아아, 하염없는 세월이여!—결국엔 외딴 고서점까지 흘러들어와 책꽂이 어딘가에 비스듬히 누운 채로 하염없이 죽음을 기다리는 것이지 않던가? 즉 숙성이 아주 잘된 명품 와인이었다. 여기서 한 가지 얄궂은 점이란, 이곳에 기거하는 책벌레들이 유독 뒤룩뒤룩 살진 부르주아지처럼 살아가는 것이, 역사적으로도 철학이란 게 대개 귀족이나 유산 상속자 같은 배부른 이들의 고상한 취미활동이었다는 사실과 묘하게 겹친다는 점이었다. 역시나 온 우주를 관통하는 은밀한 질서가 존재하는 걸까?

이것이 어떤 신비스러운 빌미를 제공한 건지는 몰라도, 마른 가랑잎에서 부스럭거리는 눅눅한 바람이 불던 어느 가을날,[2] 웬 박쥐 한 마리가 고서점 다락방으로 날아들어 보금자리를 틀었다. 수년간 이렇다 할 천적 없이 살아온 책벌레들에게 저 박쥐의 등장은 가히 천재지변이었음은 물론이다. 어둠의 사냥꾼은 밤마다 책장 사이를 오가며 초음파를 쐈고, 걸리는 족족 쏜살같이 날아와 낚아챘다. 심지어 날개 모양이 워낙 특수한지라 아무리 날아다녀도 날갯짓 소리 한 번 들리지 않았다. 이때부터 책벌레들의 삶은 순전히 운에 의해 좌지우지됐다. 반대로 오랫동안 철학을 갉아먹어 살이 뒤룩뒤룩 오른 책벌레들을 집어삼킨 박쥐는 한동안 행복한 나날을 보냈다. 박쥐의 뇌, 그러니까 초음파를 조절하는 데 거의 모든 뇌신경세포를 투자하는 바람에 안타깝게도 대뇌피질을 발달시키지 못한 그 병뚜껑만 한 머리로 생각해보건대, 이런 낙원에서의 나날은 영원히 반복될 것처럼 보였다.

예나 지금이나 무지는 행복의 조건이고, 희망사항은 희망사항일 뿐이다. 두 번인가 세 번의 겨울이 지나간 뒤 즈음해서, 지극히 유감스럽게도 고서점의 폐업이 찾아왔다. 까닭 모를 단순함을 추구하는 간결주의가 생활양식이 된 시대였기에 아무도 케케묵은 고서적 컬렉션 따위로 실내 장식을 하고 싶어 하지 않았거니와, 무엇보다 손에서 책 자체를 내려놓기 시작했기 때문이다. 고서점의 주인장 꼽추는 여태껏 책이란 숟가락이나 망치처럼 일단 한번 발명되고 나면 더 나은 것을 발명할 수 없는 대체 불가능한 것이라 여겨왔지만, 쌓이기만 하는 빚 독촉장을 보며 사람들이 그냥 책을 읽지 않게 되는 지경까지는 미처 상상하지 못했음을 인정할 수밖에 없었다. 결국 재정난을 이겨내지 못하고 창문에 '임대 문의'라는 글자를 붙이게 됐을 때, 그제야 이 시대엔 고서적 취미가 사라진 것이 아니라 애당초 존재한 적도 없었음을 완전히 받아들이게 됐다.[3] 꼽추가 알던 세상은 이미 종언을 고한 지 오래였고, 책 밖의 세상은 너무 많이 바뀌어 있었다.

2

꼽추의 고서점은 비뫼시(市)의 남쪽 게로브란타 거리에 있었다. 빌라의 외벽 벽돌들이 다소 빛바랜 곳이었고, 오랫동안 관리가 되지 않은 듯 화단엔 회갈색으로 말라비틀어진 잡초들만 무성했다. 건물의 창문들엔 대개 커튼이 굳게 쳐져 있었지만, 드물게는 창백한 얼굴의 젊은 화가가 다락방 창문을 열고서 담배를 피워대는 걸 볼 수도 있었다. 상가들이 모여 있는 거리는 식료품점 두어 곳이 겨우 문을 열어놨을 뿐, 대부분 판자에 못을 박아 문을 막아놓은 폐업한 점포들로 휑했다. 바닥엔 잡초들이 제멋대로 자라나 있었고, 거리의 끝자락에는 화재가 났던 제지소의 거뭇한 폐허가 3년이 넘도록 그대로 방치되고 있었다. 이곳은 '기적의 남쪽'이라는 별칭으로 불리기도 했는데, '기적'이라는 수식어가 붙은 이유는 마차 계류장이나 모노레일 정거장 주변을 서성거리며 불구자 행세를 하던 거지들이 해가 떨어지기만 하면 정말이지 기적같이, 앉은뱅이는 일어서고 마비환자는 어깨에 붙었던 볼이 떨어졌으며, 맹인은 눈을 떴기 때문이었다. 덕분에 꼽추는 평생 이곳에 살면서 종종 꼽추 행세를 하고 다닌다는 오해를 받아야만 했다. 언젠가 그는 친구에게 이렇게 툴툴댄 적이 있었다. "빌어먹을, 내가 처음 서적상을 시작할 때만 해도 여기가 이렇지는 않았어. 출판업자들이 모여 있는 교양 넘치는 곳이었고, 군데군데 회계사나 변호사 사무실도 있었지. 어쩌다가 이 모양 이 꼴이 된 건지……." 이어서 허망한 표정으로 하늘을 올려다보며 물었다.

"신께서는 내 기도를 듣고 있기나 한 걸까?"

"당연히 듣고 계시지." 친구가 대답했다.

"그럼?"

"문자 그대로 듣고만 계신 거지." 그가 소년처럼 이죽거리며 덧붙였다. "아무것도 안 하는 걸 하고 계신달까?"[4]

이제 꼽추는 이 죽은 거리를 떠날 생각을 하고 있었다. 그는 임차인에게 받은 보증금으로 북쪽 외곽에 적당한 크기의 창고를 구한 뒤, 그곳으로 자신이 평생 모은 고서적 컬렉션을 옮겨놓을 작정이었다. 그러나 임차인은 좀처럼 구해지지 않았다. 불행히도 그 시절은 오랜 경제공황으로 거리엔 실업자가 넘쳐나고 조금이라도 가진 자들은 허리띠를 더욱 졸라매던 시기였기 때문이다. 고서점 건물을 아예 경매에 넘겨버리겠다는 은행의 최후 통첩장이 날아왔을 때, 꼽추는 이미 자신의 컬렉션을 처분해보려고 이리저리 뛰어다니는 중이었지만, 안타깝게도 생필품 가격에 전전긍긍하는 시기에 고서적에 관심을 갖는 사람은 아무도 없었다. 어쩔 수 없이 건물을 부동산에 내놓았지만, 그 역시도 여의치 않았다. 결국 기적이 사라진 해로부터 1192년 뒤인 11월 11일 그의 고서점에 꽂혀 있던 세계의 온갖 희귀한 초판본들과 연대 측정도 쉽지 않은 촛불에 그을린 양피지 두루마리엔 붉은색 압류 딱지가 붙었고, 그로부터 보름 뒤엔 모조리 경매에 붙여졌다. 물론 꼽추도 해내지 못했던 고서적 처분을 은행에서 보낸 일개 감정사가 해낼 리 만무했다. 예상대로 경매는 엉망진창이었고, 화물 보관료가 아까웠던 은행 측에서는 처분되지 못한 서적들을 그냥 버리도록 지시했다. 건물을 완전히 비우고서 '임대문의' 팻말을 다시 달아놓기로 했던 것이다. 그렇게 별수 없이 인류 정신사의 찬란한 영웅들은 쓰레기장으로 보내졌고, 그 이후의 처분에 대해서는 자세히 알 수 없게 돼버렸다.

그리고 이 순간, 박쥐의 그간의 안락한 생활도 끝장났다. 책장을 들어내리려고 온 인부들의 발소리와 수레에 책들이 아무렇게나 던져지는 시끄러운 소리에 박쥐는 잠에서 깼고, 곧장 목청이 갈라지는 듯한 탁한 울음소리를 내며 천장에서 퍼드덕거렸다. 다락방으로 몰려온 인부들은 그 모습을 잠깐 신기하게 구경했지만, 이내 차가워졌다. 마녀가 변한 것이라는 흉물스러운 옛이야기가 곁들여진 그 음침한 존재를 환영해야 할 이유가 없었기 때문이다. 이윽고 인부들은 스트레스라도 풀 겸 그 박쥐를 대걸레 막대로 때려죽이려고 했고, 박쥐는 얼마간 아슬아슬하게 막대를 비껴가며 이리저리 도망다니다가, 결국 처음 들어왔던 작은 창문으로 다시 나가게 됐다. 물론 그쯤 해서 박쥐는 그곳으로 자신이 들어왔다는 사실조차 잊고 있었지만 말이다.

3

난데없이 쫓겨난 이 불쌍한 박쥐의 인생은 이제 종장(終章)을 향해 날갯짓하고 있었다. 그렇지만 많은 경우에 있어 본인의 죽음은 잊고, 그 잊음마저 잊어버린 채 살아가는 인간들처럼,[5] 이 박쥐 역시도 불과 30분 남짓한 시간 뒤에 벌어질 일순간의 짧은, 하지만 그 자신에겐 영원하게 될 비극에 대해서 전혀 고려하지 않고 있었다. 매몰차게 내몰린 하늘은 백주 대낮이었고, 시력이 퇴화하다시피 한 박쥐는 환한 빛에 좀처럼 적응할 수 없었다. 또한 심각한 수면 방해로 인해 기분이 몹시 안 좋은데다가 비뫼시의 온갖 소음과 미세먼지 때문에 초음파도 제대로 작동하지 않았다. 가는 곳마다 빼곡히 들어선 콘크리트 건물들과 유리창에서 반사된 부산스러운 빛들, 수많은 굴뚝에서 쉬지 않고 뿜어대는 석탄 연기, 화장터 굴뚝에서 뿜어댄 뼛가루들, 동물기름 용해 공장의 가마솥에서 피어오르는 고약한 냄새, 로벨토 환승역에서 노면전차(路面電車)가 궤도를 굴러가며 내는 시끄러운 쇳소리, 대뜸 하늘을 가로지르는 육중한 비행선의 프로펠러 소음, 삯마차 마부의 거친 욕설, 금속 용광로에서 솟아오른 유황과 역청(瀝靑) 부스러기 그리고 와글와글 뭉쳐서 횡단보도를 건너는 인간들 천지였다. 즉 지옥의 난장판이었다. 이 불우한 박쥐는 그저 조금이라도 빨리 어둡고 조용한 장소를 찾고 싶은 마음뿐이었다.

이때 박쥐를 구름 위에서 예사롭지 않은 눈빛으로 내려다보고 있는 존재가 있었으니, 그 주인공은 바로 송골매였다. 이 녀석은 대대손손 둥지를 틀었던 깎아지른 가파른 절벽 대신에 높은 빌딩의 처마나 철교 꼭대기를 선택함으로써 가까스로 적응에 성공한 극소수의 현대적 맹금류 중 하나였다. 예로부터 방황하는 존재는 맹수들의 좋은 먹잇감이 되기 마련이고, 며칠간 굶은 녀석은 난데없이 나타난 박쥐를 그냥 내버려둘 생각이 없었다. 특유의 무시무시한 시력으로 얼마간 노려보다가 이내 방아쇠가 당겨지듯 맹렬한 기세로 급강하했다. 불운한 박쥐는 이런 송골매의 기습 공격을 피할 재간이 없었고 그나마 다행이라고 해봤자, 억센 매발톱이 정확히 목덜미를 파고들었기 때문에 미처 고통을 느낄 새도 없이 숨이 끊어졌다는 점 정도였다.

그렇지만 안타깝게도 그날은 이 송골매에게도 운수가 사나운 날이었다. 모처럼 사냥에 성공해서 기분이 좋았고, 평소 즐겨 찾던 보일러실 배관에 앉아서 먹잇감을 뜯어먹을 생각에 벌써부터 군침이 돌았지만, 하필이면 그날 불 꺼진 보일러실에는 이틀 전부터 송골매를 노리고 있던 고양이 한 마리가 잠복하고 있었기 때문이다. 이 녀석은 하수도나 지하철 천장을 뛰어다니며 쥐 사냥이나 하고 사는 것에 진절머리가 난 수많은 고양이 중 하나였지만, 송골매를 사냥해 와서 길고양이들의 우두머리가 되고 싶은 야심 찬 계획을 갖고 있다는 점에서는 특별했다. 기다리는 자에게 복이 있나니, 기름통 밑에 숨어서 하염없이 기다린 끝에 마침내 송골매가 날아들었다. 고양이는 모든 근육들을 수축시키며 잠시간 숨죽였고, 이윽고 송골매가 배수관에 앉는 것에 맞춰 뒷발을 차고서 벼락같이 뛰어올랐다. 끼야—옹!

4

필연은 겹쳐진 우연들의 가명이다. 그날 저녁, 송골매와 고양이 외에도 문제의 보일러실로 숨어든 또 다른 은밀한 그림자가 있었으니, 그 주인공은 오리털이 반쯤 빠져나간 꼬질꼬질한 파카와 카키색 군복바지를 입은 웬 노숙자였다. 당장에라도 폭설이 쏟아질 것 같은 겨울밤에 공원 벤치에 앉아 입김이나 호호 불고 있을 수는 없었던 것이다. 부랑자들이 뒤엉켜서 자는 숙박소에서도 남는 자리를 구할 수 없었던 그는, 뜨뜻하게 달궈진 증기 배관 옆에 머리를 누일 작정이었다. 운이 좋다면 그렇게 나흘이나 이레 정도를 무사히 보낼 수 있을지도 몰랐다. 그러나 설령 운이 안 좋아서 경찰에 붙잡혀 무단침입죄로 구속된다 하더라도, 그건 그것대로 괜찮았다. 톱밥난로가 있는 감옥에서 겨울을 보내는 것도 그리 나쁘지 않았기 때문이다.

노숙자는 자물쇠가 제대로 걸리지 않은 보일러실을 찾아 통통한 배관들을 따라 골목길을 이리저리 배회했다. 마치 종착역에 무엇이 기다리고 있는지 모른 채로 기차에 올라탄 소몰이꾼처럼 노숙자는 자신의 발걸음이 멈추는 곳에 무엇이 있을지 전혀 모르고 있었다.[6] 해가 완전히 떨어졌을 무렵, 그는 마침내 창문을 막아놓은 널빤지가 반쯤 떨어진 보일러실 하나를 발견할 수 있었다. 주변을 두리번거리며 널빤지를 떼어내고서 조심스레 창문을 넘어갔다. 산발로 자라난 수염을 늘어뜨린 그는 가려움증이 있는 모양인지 아래턱과 목덜미를 수시로 긁어댔는데, 보일러실 계단을 다 내려가서 마주친 기묘한 광경 앞에 긁던 손톱마저 잠시 내려놓을 수밖에 없었다.

"뭐야 이게?" 습관이 된 혼잣말.

허연 테이프가 감긴 배수관 밑으로 피범벅이 된 송골매와 고양이가 쓰러져 있었고, 한쪽엔 뜬금없게도 박쥐 하나가 나자빠져 있었다. 자세히 살펴보니 싸운 흔적이 분명했다. 고양이는 매발톱에 심장이 뜯긴 채로 벌러덩 누워 있었고, 송골매는 목덜미 부위의 깃털들이 온전치 못한 채로 싸늘하게 굳어져 있었다. 그렇지만 좀처럼 이해가 되지 않는 것은 박쥐였다. 송골매가 사냥을 해왔다고 생각하는 것이 이치에 맞겠지만, 도시 한가운데서 대관절 박쥐를 어떻게 사냥해 왔단 말인가? 동물원이라도 습격한 건가? 그런데 티어리르 시민공원 내에 있던 흉물스러운 동물원은 이미 십수 년 전에 문을 닫지 않았던가? 노숙자는 한동안 미간을 찌푸리며 이리저리 생각해봤지만, 좀처럼 괜찮은 설명을 떠올릴 수 없었다.

하지만 이유야 어찌됐든 간에 이건 뜻하지 않은 횡재였다. 노숙자는 조심스러운 손길로 송골매와 박쥐를 허름한 더플백 안에 넣었고, 흔하디흔한 고양이는 창밖으로 집어던져버렸다. 그러고는 보일러실을 나와 북쪽 외곽 건너편에 있는 난쟁이들의 구역으로 향했다. 그곳에 있는 박제상에게 송골매를 팔아넘겨 술값이나 벌어볼 요량이었다. 박쥐도 취급한다면 좋겠다만, 설령 그렇지 않더라도 박쥐는 같은 골목에 붙어 있는 약재상에 넘기면 그만이었다. 그의 예상은 잘 들어맞아서 각각 송골매는 박제상에게, 박쥐는 약재상에게 넘어가게 됐다. 물론 둘 다 상인 특유의 약삭빠른 수완이 빚어낸 예술, 그러니까 제대로 된 시세라고는 모르는 노숙자를 등쳐먹은 사기극이었지만 말이다.

그러나 가려진 진실만큼이나 활기차게 현실에 대한 찬가를 부르는 것도 없듯, 그날 노숙자는 모처럼 전날 도박장에서 전 재산을 잃은 뒤로 한 번도 찾지 않았던 주님까지 찾으면서, 보일러 실에 앉아 맥주를 기울이고 통닭을 뜯었다. 가난한 자에게 복이 있나니, 아멘!

5

동그란 안경을 쓴 난쟁이 약재상은 목장갑을 끼고서 박쥐를 집어 들었다. 반쯤 뜯겨나간 목덜미가 대롱거렸고, 퀭한 눈동자는 금방이라도 바닥에 떨어질 것만 같았다. 보나 마나 몸 전체에 진드기며 병균들이 득실거릴 게 뻔했으므로, 깨끗한 물에 씻은 뒤 살충제와 소독약을 골고루 쳤다. 그러고선 부직포 자루에 넣어 베란다 천장에 걸어놨다. 항간에 말린 박쥐가 관절염이나 신경통에 좋다는 말들이 많았는데, 아무래도 동굴에 거꾸로 매달려서 잠을 자는 박쥐들의 다리 근육이 튼실해 보였기 때문인 듯싶었다. 같은 맥락에서 박쥐를 귀리와 함께 고아 마시면 야맹증(夜盲症)을 고칠 수 있다는 말도 나돌았다.

물론 모두 근거 없는 낭설에 불과했다. 이런 논리대로라면 물고기를 먹으면 잠수를 잘하게 된단 말인가? 진실은 꽤나 비참해서, 요즘 벌레들은 농약과 중금속에 잔뜩 절여진 관계로 이들을 주식으로 잡아먹는 박쥐 역시도 농약덩어리였다. 그렇지만 믿음이란 것은 실로 무서운 놈이어서, 옆에서 아무리 진실에 대해 말해줘도 씨알도 안 먹히는 막귀들은 언제나 있기 마련이고, 약재상은 그런 귀머거리들에게 약재료를 건네주고서 돈을 받으면 그걸로 그만이었다. 수요가 공급을 낳는 것이 아니라, 망상이 공급을 낳았다.

좌우간, 그렇게 박쥐는 생전에 거꾸로 매달려 쉬고 싶었던 소망대로 베란다 천장에 묶인 채로 겨우내 말라갔다.

6

모두의 머릿속에서 박쥐에 대한 얘기가 잊힐 무렵, 으레 이야기란 게 그러하듯, 약재상을 방문한 웬 어수룩하고도 위태로운 발걸음에 의해 끊어졌던 연대기가 다시 이어지게 됐다. 힘겹게 문을 열고 들어온 유리부인은 다리를 절었는데, 지독한 퇴행성 관절염이 수년에 걸쳐 무릎을 갉아먹고 있었기 때문이다. 그녀는 관절에 좋은 약재료를 찾았고, 하릴없이 주사위를 굴리던 약재상은 잠시 미간을 찌푸리며 기억을 더듬어봤다. 베란다에 거꾸로 걸어놨던 박쥐를 떠올리는 데에는 그리 오랜 시간이 걸리지 않았다. 약재상은 안경을 닦는 척하면서 유리부인의 누추한

차림새를 훑어봤다. 얼마쯤 뽑아먹을 수 있을까?

이윽고 약재상이 난쟁이 특유의 익살스러운 눈웃음을 지으며 입술을 뗐다. "때마침 아주 좋은 게 들어왔습니다. 말린 박쥐인데, 예로부터 관절염에 신통한 효과가 있다고 알려져왔지요. 이걸 예누 가루랑 같이 달여 먹으면 당장에 물구나무도 설 수 있게 될 겁니다."

"물구나무까지는 필요 없고, 제대로 걸을 수만 있으면 좋겠네요." 유리부인이 한숨을 내쉬며 대꾸하고는 이어서 가격을 물었다. "그런데, 그 박쥐는 얼마쯤 하죠?"

약재상이 입가에 빙그레 미소를 걸어 보였다.

"약간 비싸 보일지 몰라도, 매우 적당한 가격으로 모시겠습니다. 다른 데선 도저히 이 가격으로 구할 수가……."

잠시 후 약재상을 나온 유리부인의 손엔 말린 박쥐와 예누 가루가 들려 있었다. 이제 그녀의 부실한 발걸음은 비뫼시의 북쪽 외곽으로 향했다. 그곳은 수백 년간 석탄재에 절여져서 검게 변한 지붕들과 최소한의 배수 설비조차 없는 비포장 골목길, 그리고 교통 표지판 양철 구멍에 둥지를 튼 찌르레기가 지친 울음소리를 내는 곳, 즉 빈민굴이었다.[7] 플레게톤 강에서 갈라져나온 지류에 의해 구분됐기 때문에, 비뫼시 도심과 연결된 두 개의 다리만 끊으면 외딴 섬처럼 떨어져나갔고, 실제로 도시 폭동이 벌어질 때마다 경찰들은 도개교를 올려버리곤 했다. 덕분에 북쪽 외곽은 행복한 계급들의 눈에 띄지 않게 격리된 곳처럼 보였다.[8]

몇몇 호기심 있는 작가들은 강 너머에서 빈민들, 예컨대 역병이 들끓는 도시 하천 근처에서 더러운 짚을 깔고서 쭉 뻗고 누워 있거나 혹은 싸구려 럼주를 두고서 서로 뒤엉켜 주먹질을 해대는 거지들의 모습을 구경하며 이런저런 단상을 적어 잡지에 싣곤 했다. 위생학적 측면에서 가장 낮은 수준에 도달한 인간들에 대한 우려감이 주를 이루었고, 간혹 추(醜)를 향한 이끌림에 대한 미학적 비평들이 섞이곤 했다. 그러나 관찰자들 어느 누구도 북쪽 외곽으로 직접 발걸음하지는 않았다. 병균이 옮을까봐 심히 걱정됐던 까닭이다. 북부 법원 행정처에서 호적등기를 관리하는 어느 서기관은 일간지 기고문에 다음과 같이 적었다.

> 미친개들처럼 위험한 발효성 독이 처벌받지 않고 밝은 대낮이나 어두운 밤에 어슬렁거리며 인류를 파괴하지 않도록 그것들을 폐쇄된 방이나 분뇨 구덩이, 하수구에 계속해서 보관해야 한다. 즉 한마디로 북쪽 외곽에서 한 발자국도 나오지 못하도록 격리해야만 한다.[9]

이런 이유에서 시민들은 이곳을 '빈자들의 유형지' 혹은 보다 줄여서 '유형지'라고 부르곤 했다. 그리고 유리부인은 바로 그런 격리 지역의 오랜 수감인이었다. 그녀의 절뚝거리는 발걸음은 구멍이 숭숭 뚫린 콘크리트 덩어리가 돼버린 임대아파트 단지로 향했다. 골목길에선 연탄재 찌든 내가 났고, 전봇대 근처에선 오줌 지린내가 진동했다. 멀리서 봤을 때 임대아파트 단지는 나지막한 벽돌집과 게딱지 같은 판잣집들이 조밀하게 운집해 있는 형태였다. 주변을 둘러싼 제방들까지 같이 묶어서 본다면, 산업혁명 이전의 성채 도시처럼 여겨질 법했다. 임대아파트 꼭대기 지붕 위에 세워진 십자가 주위로 까마귀 떼가 빙빙 맴돌고 있었다. 그 모습은 마치 흉물스럽게 방치된 고성(古城) 같았다.[10]

임대아파트로 들어간 유리부인은 쇠바퀴 돌아가는 날카로운 소리를 시끄럽게 튕겨대는 엘리베이터를 타고 올라갔고, 복도에서 스멀스멀 맡아지는 막힌 정화조 냄새를 뒤로한 채 절뚝거리며 계속 걸어갔다. 이윽고 문 앞에 도착했을 때 그녀는 잠시 뒤돌아서 수천여 개의 굴뚝에서 피어오른 연기에 휩싸인 짙뿌연 전경을 내려다봤다. 마치 도시 전체가 일산화탄소 중독으로 자살하려는 것처럼 보였다. 너무 오래 걸었기 때문인지, 어긋난 관절 틈으로 모든 근육 조직들이 구겨 들어가는 듯한 고통이 찾아왔다. 유리부인은 신음을 삼키며 부엌으로 가서 약재상이 일러준 대로 주전자에 박쥐를 세 시간 동안 달였다. 냄새는 꽤 고약한 편이었지만, 계단을 오를 때마다 무릎 관절 사이에 새하얀 불꽃이 붙는 듯한 고통을 사라지게 할 수 있다면야, 더 지독한 것도 먹을 수 있다고 마음먹은 터였다.

아무런 양념도 없이 마른 박쥐를 삶아낸 지독한 악취가 집 안에 가득해지자, 안방에서 잠을 자던 남편이 머리카락을 신경질적으로 긁으며 부엌으로 뛰쳐나왔다.

"도대체 무슨 짓을 하고 있는 거야?"

"박쥐를 달이고 있어." 유리부인이 억양 없이 대꾸했고, 남편은 코를 막으며 미간을 찡그렸다.

"박쥐라고?"

"약재상에 다녀왔거든. 박쥐가 관절에 효과가 있다네."

"그 난쟁이?" 남편이 고개를 가로저으며 말했다. "전에도 말했잖아, 난쟁이들은 전형적인 기생충 족속들이라고."

유리부인이 국자를 저으며 말했다. "이 지긋지긋한 관절염만 낫게 해준다면야 기생충이든 뭐든 상관없어."

"그 박쥐로?" 남편이 코를 잡으며 쏘아붙였다. "악성 세균이나 옮지 않으면 다행이지. 난쟁이, 그 조그마한 놈들은 환경이 조금만 갖춰지면 병균처럼 창궐해대니까."[11]

유리부인은 쓸데없는 볼멘소리나 하려거든 밖에나 나가라고 윽박질렀다. 남편은 끓는 냄비 속에서 올라왔다가 내려가기를 반복하는 흉물스러운 박쥐의 얼굴을 보며 뭐라고 한마디 더 하려다가, 이내 목구멍 앞에서 도로 삼키고는 한숨만 내쉬었다. 정리해고를 당한 뒤로 넉 달 가까이 집에서 빈둥거리기만 하다 보니 체면이 서질 않았기 때문이다. 그로서는 억울한 표정으로 뒷머리를 긁적이다가 이내 잠바를 챙겨 입고서 밖으로 도망치는 것이 최선이었다.

"나 바람 좀 쐬고 올게."

"그러든가 말든가!" 유리부인이 현관문이 닫히는 소리를 들으며 덧붙였다. "어휴, 허구한 날 바람만 먹어대는구먼."

7

봄이 시작됐다고는 하나 밖은 아직 쌀쌀했고, 따지고 보면 해 고당한 백수한테 쌀쌀맞지 않은 계절이란 없기도 했다. 표현컨 대 햇볕이 따스해도 차마 따스하다고 느낄 수 없는 죄스러운 삶이랄까? 남편은 답답한 마음에 담배라도 한 대 태울까 싶었지만 애석하게도 주머니엔 라이터와 먼지뿐이었고, 그래서 바닥을 내려다보며 아직 쓸 만한 장초가 있는지 두리번거리며 걸어갔다. 하지만 세상인심이 너무도 야박해져서 담배도 누렇게 변색된 필터에 닿을 때까지 피워재끼는 모양인지, 보도블록엔 죄 담배꽁초들밖에 보이지 않았다. 잡화점에 가서 훔치고 싶어도, 하필이면 담배는 절대로 훔칠 수 없는 가판대 안쪽에 있는 관계로 절도도 불가능했고, 그렇다고 담배 한 대 태우자고 얼굴에 스타킹을 뒤집어쓰고서 식칼을 들 수도 없는 노릇이었다. 답답한 마음에 머리를 긁적여봤지만, 어깨 위로 각질만 우수수 떨어져 쌓일 뿐이었다.

남편의 갈 곳 없는 발걸음은 어느덧 좁다란 시민공원에 닿아 있었다. 그는 한숨을 내쉬며 페인트가 벗겨진 누리끼리한 벤치에 앉았고, 눈꺼풀만 멍하니 올려봤다. 할 수 있는 게 바라보는 것뿐이었지만 무엇을 보아야 할지는 도통 알 수 없었다. 눈앞엔 아직 새싹이 올라오지 않아 가지뿐인 야윈 가로수가 하나 서 있었는데, 균류(菌類)에 갉아먹혀 밑동이 썩어 있었다. 그리고 그 밑으로 밤새 굳은 토사물을 쪼아 먹고 있는 지저분한 비둘기들이 보였다. 올려다본 하늘은 잿빛으로 우중충했고 맹목적인 소용돌이뿐이었다. 찬바람이 불어와 누렇게 말라비틀어진 풀 이파리들을 부질없이 흔들었다. 그 순간, 남편은 불현듯 인생의 헛됨을 깨달았다. 한때 뜨거운 한 방울의 진액(津液)이었던 것들이 다음날이면 재가 되어 덧없이 사라졌다. 자신이 이곳에 특별히 있어야 할 이유도, 또한 특별히 있지 말아야 할 이유도 없었다. 만물은 새로운 모래가 밀려오면 먼젓번 모래언덕이 묻히듯이 일어났다가 망각되기를 반복할 따름이었다.[12] 허망함에 절로 고개가 숙여졌다. 한데, 이때 벤치 아래에 꽤 기다란 담배꽁초가 하나 떨어져 있는 것이 보였다. 남편은 얼른 손을 뻗어 담배꽁초를 집어 들었고, 흙먼지를 털면서 주변을 두리번거렸다. 그러다가 일순간 멈칫하더니, 왼손으로 두 눈을 덮고서 허허롭게 웃었다. 삶은 이리도 얄궂은 것인가?

그렇지만 멀쩡한 담뱃잎을 그냥 버릴 수야 없는 노릇이니, 일단 불을 붙이기로 했다. 라이터의 부싯돌이 불꽃을 튀기자 약간 꿉꿉하긴 해도 니코틴으로서 갖춰야 할 맛은 얼추 다 갖춘 더운 담배연기가 폐부로 밀려들어왔다. 남편은 그윽한 충만감을 느꼈다. 짓궂었다. 담배가 손가락에 닿을 듯 짧아졌을 때 찾아온 두 번째 깨달음은, 뭔가를 깨달았다고 해서 삶이 끝나는 것은 아니라는 진리였다. 소설은 에필로그가 있었지만, 세계는 책이 아니었다. 죽음은 도착점이라기보다는 그저 패배에 불과했다. 불가피한 패배. 이윽고 바닥으로 마지막 담뱃재가 툭 떨어졌다. 남편은 고개를 주억거리며 신발 밑창으로 남은 불씨를 지져 껐고, 휴지통으로 터벅터벅 걸어갔다. 그런데 그 주변에 누런 가래침에 절여진 담배꽁초들이 나뒹굴고 있었다.

"젠장맞을, 요즘 것들은 왜 이렇게 공중도덕이 부족한 거지?"
남편이 손가락 사이에 끼워진 담배꽁초를 버리면서 혼잣말했다.
"망할 놈의 답도 없는 세상 같으니라고……."

그는 주머니에 양손을 찔러 넣고서 시민공원을 빠져나갔고, 곧장 교차로 건너편에 있는 인력사무소로 향했다.

8

같은 시간, 유리부인은 푹 고아진 말린 박쥐 국물을 어떻게든 마셔보려고 갖은 노력을 하고 있었지만, 종래의 각오가 무뎌질 만큼 쉽지 않았다. 박쥐 자체의 냄새도 뇌졸중을 일으킬 만큼 지독했거니와 같이 섞은 예누 가루 역시 문명인이 먹을 게 못 되기는 매한가지였다. 게다가 시도 때도 없이 못생긴 박쥐의 얼굴이 생각났던 관계로 마시는 일은 더욱 고역이 되었다. 덕분에 마치 자신이 정말로 마녀라도 된 것 같은 기분마저 들었고, 입안 가득 퍼진 떫고 비린 맛 때문에 몇 번이고 싱크대를 붙잡고서 헛구역질을 해야만 했다. 그러나 포기는 선택지에 없었다.

퇴행성관절염은 그녀의 인생 전체를 갉아먹고 있었다. 지난 10여 년간 지하철 청소부로 일하면서 하도 계단을 많이 올랐기 때문일까? 아니면 유전적으로 골밀도가 모자란 불운을 타고났기 때문일까? 유감스럽게도 정형외과의는 퇴행성관절염에는 뚜렷한 원인이 없다고 답했다. 확실한 것이라곤 어느 날부터 걸을 때마다 무릎이 뻣뻣해지고 욱신욱신 하기 시작하더니, 결국엔 자다가도 깰 정도로 아려오는 지경에 이르렀다는 것뿐이었다. 즉 명확한 것은 원인이 아니라 결과였다. 엑스레이를 찍어본 정형외과의는 안타까움의 표정을 사무적으로 지어 보이며 학계에 보고된 일반적인 퇴행 속도, 그러니까 연골(軟骨)이 파괴되고 관절 부위의 피부가 곪거나 부어오르는 종창(腫脹)의 조짐이 너무도 빠르게 진행되고 있다고 진단했다. 유리부인은 어떻게 해야 하느냐고 물었고, 교과서에 충실했던 정형외과의는 일단 일을 그만두고 약물과 재활치료를 병행해야 한다고 답했다. 하지만 그 뒤로 2년이 넘도록 치료를 받았음에도 퇴행성관절염은 그다지 개선되지 않았다. 결국 몇 푼 되지 않던 퇴직금마저 바닥을 보이기 시작했다.

"나을 수 있긴 한 겁니까?" 답답해진 유리부인이 정형외과를 찾아가서 따지듯 물었고, 이에 정형외과의는 어깨를 으쓱하며 한숨을 내쉬었다.

"환자분께 유감인 말이지만, 퇴행성 질환은 근본적인 치료가 불가능합니다." 그가 콧등을 긁으며 말했다. "사이언스 픽션처럼 세포 재생기술이 극도로 발달한다면야 모를까, 결국 신체는 노화되기 마련이거든요. 막을 수가 없죠."

유리부인은 어깨를 축 늘어뜨렸다.

"하지만 저는 아직 마흔도 되지 않았는걸요?"

정형외과의가 두꺼운 뿔테 안경을 고쳐 썼다.

"일반적으로 인간의 몸은 가장 젊은 스무 살 언저리를 찍는 순간부터 늙기 시작합니다. 폐활량이나 근섬유가 조금씩 감소하고, 대략 마흔 전후로 해서는 면역체계가 망가지기 시작하죠. 그리고 뼈의 노화는 얼추 쉰부터 진행됩니다. 개인마다 편차가 있긴 합니다만, 환자분 나이에 퇴행성관절염이 오는 경우도 드물게 있답니다." 그러고는 이렇게 덧붙였다. "정말 유감입니다."

물론 유리부인은 이걸 도저히 받아들일 수 없었다. 해가 지는 나이이긴 했지만 그래도 아직 젊은 편에 속하는데 벌써 휠체어에 앉아야만 한단 말인가? 심지어 남편도 실직한 마당에 입에 풀칠은 어떻게 한단 말인가? 말도 안 되는 일, 부조리 그 자체였다. 산다는 것, 그것은 부조리를 외면하는 것이었고, 무엇보다먼저 그 끔찍한 얼굴에서 고개를 돌려야만 했다.[13] 그때부터였다, 그녀가 정형외과에 가는 것 이외에 다른 치료법들을 알아보고 다니기 시작했던 것이. 말린 고춧잎부터 시작해서 농축 우유,

시금치, 올름산(產) 블루베리, 맨드레이크, 아몬드, 표고버섯, 말린 자두, 검은 숲 트러플버섯, 홍화씨, 붉은 바다에서 잡아 올린 꽁치 등 조금이라도 골밀도 개선에 효과가 있다고 하면 가리지 않고 어떻게든 구해다가 먹어댔고, 그러다가 이제는 박쥐까지 달여 마시게 됐던 것이었다. 물론 연골에는 혈관이 없어서 어떤 식으로든 스스로 재생될 순 없었지만 말이다.

　퇴행성관절염 치료를 위한 부단하고도 부질없는 노력이 연골을 다시 재생시켜주지는 않았지만, 저어도 유리부인은 마음의 위안 정도는 찾을 수 있었다. 아니, 좀 더 정확히는 찾아낸 것이 아니라 만들어낸 것이라고 볼 수 있겠다. 어느 순간부터 그녀의 심장 내지 대뇌피질 한가운데에 그런 부단한 노력에 응답해줄 어떤 조물주가 나타났기 때문이다. 자비로운 그분의 섭리는 겉으로만 엄격해 보일 뿐, 실제로는 그가 손수 진흙에서 빚어올린 피조물들이 강력하고 무자비한 자연의 장난감이 되는 것을 내버려둘 리 없었다.[14] 두루뭉술하고도 명석 판명한 존재. 그 찬란한 형상은 그녀의 치료 시도가 실패할 때마다 어두워지기는커녕, 더욱 맑고 또렷해졌고, 여느 관념보다 또렷한 실상을 갖고 있었으며, 그 자체로 이보다 참된 것도 없고, 이만큼 오류의 의혹이 발견되지 않는 것도 없었다.[15]

　당연지사 유리부인은 먹는 것뿐만 아니라 기이한 유사과학적 치료법도 병행했다. 굵은 바늘로 근섬유를 찔러 막힌 생명의 흐름을 터주려고 한 적도 있었고, 동종요법(同種療法)에 의거하여 일부러 벌독을 놔서 관절염에 대한 정체불명의 면역력 강화를 도모하기도 했으며, 지난가을엔 매일 밤 동쪽 끝자락의 라밤에서 따온 샛노란 국화 기름을 무릎에 바르고서 잠을 자기도 했다. 심지어 병마를 흡수한다는 마법의 초상화를 침대 밑에 넣어두기까지 했다. 물론 딱히 유의미한 성과를 거둔 적은 없었지만, 그럼에도 매 순간 저 바깥의 신께서 자신을 내려다보고 있음은 너무도 자명해졌다. 이제 그녀의 마음속엔 조금씩 엉망으로 재생되다가 나중엔 결국 암세포로 돌변해버리는 생물학적 맹목성 따위는 없었다. 명약관화한 세계 속에 부족한 것이라곤 오롯이 부덕한 자신의 정성뿐이었다. 이로써 믿음을 가지기 때문에 기도를 하게 되는 것이 아니라, 되레 무릎을 꿇고서 기도의 말을 읊조리면 믿음이 생기게 된다던 신비한 원리가 증명되었도다.[16] 할렐루야ㅡ!

9

유리부인이 박쥐를 우려낸 물에 커피원두를 집어넣어서 어떻게든 냄새를 잡아보려는 무지막지한 시도를 하고 있을 동안, 남편은 인력사무소에서 자신의 인적 서류를 훑어보는 배불뚝이 소장과 마주 앉아 있었다. 그의 책상엔 재떨이와 몇몇 파일들 말고도, 다소간 생뚱맞게도, 웬 송골매가 날개를 뺀 채로 박제되어 있었다. 남편이 손등으로 콧물을 닦으면서 생각하길, 송골매는 천연기념물인 걸로 아는데 어떻게 박제를 하게 된 걸까? 모조품일까? 그렇지만 모조품이라고 하기엔 너무 정교해 보였다.

"매가 아주 멋지네요." 남편이 말했다.

배불뚝이는 곁눈질로 송골매를 쳐다보고는 만족스러운 표정으로 이중턱을 끄덕였다.

"아, 그거. 엊그저께 산 거요." 그가 말했다. "예전부터 날렵한 독수리를 좋아했거든. 저 군더더기 없이 빚어진 몸체와 날개 하며, 저 날카로운 발톱과 부릅뜬 눈매를 보고 있으니…… 차마 지갑을 열지 않을 수가 없더구먼. 참으로 완벽한 생명체이지 않소?"

"동감입니다. 날렵한 매는 언제나 멋지죠."

배불뚝이 소장이 서류를 내려놓으며 방긋 웃어 보였다.

"좌우간 당신은 운이 좋소." 그가 벽면에 붙은 건설교통부 포스터를 가리키며 말했다. "요즘 댐 건설 사업이 한창이거든. 한번쯤 들어봤을 거요. 불경기 대책으로 시 당국에서 큰 토목사업을 일으킨다고, 북쪽 볼더 협곡에 새로운 댐이랑 수력발전소를 만들 거라는 사업 계획 말이오."

남편은 언젠가 라디오에서 그 댐 사업에 대한 토론회를 송출해줬던 것을 떠올렸다. 물론 그때는 15초쯤 멍하게 듣다가 이내 경매 중계 채널로 돌려버렸지만 말이다. 배불뚝이 소장이 자리에서 일어나며 말했다.

"내일 새벽 5시 반까지 이리로 오시면 되오."

"감사합니다." 남편과 배불뚝이의 악수.

그렇게 남편의 댐 건설 현장 노가다가 시작됐다. 공사판 일을 시작했다고 알려왔던 첫날, 유리부인은 의심스러운 눈초리를 거두지 않으며 '일주일이나 제대로 나가면 다행이지'라고 툴툴거렸지만, 남편은 그 말에 오기라도 생긴 모양인지 새벽마다 벌떡 일어나 작업화를 신고서 꾸역꾸역 인력사무소로 나갔다. 문을 나설 때마다 집구석에 가득한 박쥐 악취를 어떻게 좀 해보라고 소리치는 것도 잊지 않았고 말이다.

볼더 댐 건설 현장은 자연을 굴복시키려는 과업, 유사 이전부터 포도줏빛 바다 위에서 수없이 난파되기를 반복하면서도 끈덕지게 이어왔던 그 지난한 서사시를 재현하고 있었다.[17] 다만 오래전 진흙 주머니로 제방을 쌓던 시절로부터 건축 기술의 비약적 발전이 있었던 관계로, 그 과정은 숭고함마저 자아낼 정도로 거대했다. 우선 볼더 협곡 앞까지 오는 임시 철도가 부설됐고, 그와 동시에 협곡을 깎아서 댐이 건설되는 곳까지 공사 물자를 올려 보낼 화물 승강기가 만들어졌다. 설비 공사가 끝난 뒤부터는 날마다 화물 열차가 협곡 앞까지 철근과 시멘트를 수송해왔고, 그러면 인부들이 달라붙어서 그 물자들을 승강기까지 옮겼다. 승강기 도르래를 돌리기 위해 피어오르는 육중한 증기기관은 북쪽 외곽 빈민들 전체의 하루 석탄 사용량과도 맞먹는 막대한 석탄을 집어삼켰다. 한편 협곡 위에서는 강판으로 된 뾰족한 기둥들 수백여 개를 박아서 물길을 멈춰 세웠고, 그렇게 드러난 강바닥은 넓은 평지와도 같았다. 그 당시 비뫼시는 국제적인 환율 상승으로 인해 철근 수입이 부담스러웠던 관계로, 시 당국은 강바닥의 진흙을 퍼내서 벽돌을 굽기로 결정했다. 고로 협곡 위에는 댐보다 먼저 벽돌공장이 지어졌다. 뜨겁게 달궈진 화로가 역청을 섞은 벽돌 수만 장을 쏟아내면, 개미새끼 같은 인부들이 그 벽돌들을 철근콘크리트가 굳어지고 있는 곳까지 가져가 아치형으로, 그리고 아주 기다란 계단처럼 차곡차곡 쌓아올렸다. 덕분에 볼더 댐의 모습은 그 자체로 하나의 성읍이자 거대한 제단처럼 보였다. 그래서일까 인부들은 거대한 댐 외벽을 '천국의 성벽'이라 불렀고, 그보다 높게, 그 꼭대기가 거의 하늘에 닿을 듯 지어진 원통형 취수탑(取水塔)은 '천국의 성탑'이라 불렀다.[18]

물론 여기엔 적잖은 비꼼이 따라붙었다. 고용된 인부들 대다수가 주로 북쪽 외곽의 무산자(無産者)들이었는데, 이들은 암벽 안쪽으로 수로 공사를 하느라고 터지는 굴착과 폭파 소리, 종일 등뼈가 거의 부러지도록 옮겨 날라야 하는 벽돌들 그리고 증기 크레인에서 솟아오르는 짙뿌연 연기에 질식할 지경이었다. 그런데도 겨우 입에 풀칠할 만큼의 쥐꼬리만 한 임금밖에 받지 못했다. 인부들은 다시 북쪽 외곽으로 내려가는 퇴근길 승강기 안에서 이런 노래를 부르곤 했다.

나는야 주님에게 고용된 지상의 목수

쌓은 천국의 탑은 이미 너무 높아,

아무리 쌓아도 진척이 보이질 않는다네

일을 마치고서 가는 길은,

밑바닥으로 한없이 내려가는 길이라네

하수구에서 돼지들과 함께 뒹구는 어느 난쟁이가 명랑하게 말하

길,

나는 차라리 지하를 파려고 한다오![19]

저 노래를 인부들이 입안 가득한 단내를 풍겨대며 떼창할 때, 그 틈바구니에는 남편의 얼굴도 있었다. 물론 그는 그다지 내키지 않는다는 초췌한 표정을 짓고 있긴 했지만, 어쩔 수 없이 거센 흙탕물에 휩쓸린 나뭇가지처럼 다른 인부들을 따라 노래 구절을 웅얼댔다. 모노레일을 타고 가는 길에 손가락으로 귓구멍을 후벼서 먼지와 돌가루들을 끄집어냈고, 집에 도착해서는 시체처럼 쓰러졌다. 그러고 다음날이면 다시 부활하여 일터로 향했다. 마치 죽기 위해 출근하는 것 같은 나날이 한동안 반복될 예정이었다.

10

그렇게 넉 달이 흘러갔다. 남편의 생활은 언제나 똑같았다. 여

느 때처럼 아침 5시가 되면 첫 번째 화물 열차가 들어오는 신호 소리, 그러니까 인근 역사(驛舍)에서 레일을 망치로 두드리는 소리가 들려왔는데, 남편을 비롯한 북쪽 외곽의 빈민들은 그 소리를 알람시계 삼아서 자리에서 일어나곤 했다. 물론 다들 좀처럼 이부자리에서 나오지 않으려고 했다. 기본적으로 몸이 좋지 않았기 때문이다. 노역에 혹사당하느라 온몸에 수시로 으슬으슬한 오한이 찾아왔고, 쑤시지 않은 뼈마디가 없었다. 밤을 지새우는 동안 내내 영원히 아침이 오지 않았으면 하는 바람뿐이었다. 그러나 어김없이, 아침은 다시 찾아왔다.[20] 꾸역꾸역 일어나 작업화 끈을 묶는 남편의 등을 보면서 유리부인이 물었다.

"무슨 바람이래?"

"바람? 꼭 바람이 들어야 하나?" 남편이 무심한 목소리로 덧붙였다. "그냥 사는 게 이런 거지."

유리부인은 남편이 나간 닫힌 철문을 한동안 바라봤다. 자못 미안한 마음이 들지 않을 수 없었다. 이전에도 그리 게으르거나 맹탕 놀기만 하던 날라리는 아니었지만, 그럼에도 이렇게나 열심히 매진하는 모습을 보게 될 줄은 몰랐던 터였다. 게다가 저 고된 수컷이 퇴행성관절염 때문에 제대로 걷지도 못하는 자신을 군말 없이 벌어 먹이고 있지 않은가? 무언가 특별한 선물을 주고 싶었지만 머릿속엔 마땅한 생각이 떠오르지 않았다.

여기에 대한 답은 예기치 않은 곳에서 나왔다. 그날 남편을 보내고서 유리부인은 또 다른 약재를 구하기 위해 난쟁이 약재상을 찾아갔는데, 그곳엔 자신보다 먼저 온 웬 대머리 손님이 있었다. 그는 정력에 좋은 약재를 찾고 있었고, 약재상은 늘 똑같은 눈웃음을 짓고 있는 중이었다.

"기적이 사라지기 전부터 이어져온 옛 법에 의하면, 동일한 기운을 지닌 것을 사용하여 그 기운이 부족한 부분을 돕도록 한다고 했습니다." 그가 제법 유식한 척을 하며 말을 이었다. "때마침 황소 고환을 말린 가루가 들어왔습니다. 이걸 아스파라거스랑 같이 달여 마시면, 손님과 같이 배를 맞출 운 좋은 여자가 누구인지는 몰라도, 다음날 휠체어를 타게 될 겁니다요."

"황소 고환은 정력보다는 관절에 좋은 거 아뇨?" 대머리가 고개를 갸웃하자, 약재상은 재빨리 고개를 끄덕였다.

"물론 그런 효과도 있죠." 활짝 웃으며 말을 이었다. "그런데 손님들이 종종 오해하는 것이, 삼사리에서는 물건만 빨딱빨딱 세우는 것이 능사가 아닙니다. 물론 서시 않으면 낭패겠지만, 일단 우뚝 선 뒤부터는, 막상 중요한 일들은 허벅지랑 허리가 하거든요. 그렇다면 황소 고환엔 무엇이 있는가? 여기엔 정액이, 그리고 그 정액엔 고농도의 순수 단백질이 함유되어 있는데, 그게 바로 근섬유의 주된 원료가 됩니다. 그러니까 황소 고환이 물건도 강직(強直)하게 하고, 근육도 불끈불끈하게 만드는 것이죠."

"으음. 그런 건가?" 대머리가 그에게 남은 유일한 털인 수염을 만지작거렸다.

"그렇죠!" 약재상이 마법 주문이라도 외우듯 힘을 실어서 덧붙였다. "전부 과학적으로 증명된 것들입니다요."

　잠시 후 성공적으로 거래를 마친 약재상은 뒤쪽에 앉아 있던 유리부인을 상대하려고 했지만, 어찌된 일인지 그녀의 모습은 온데간데없었다. 그쯤 해서 퇴행성관절염을 앓고 있는 발걸음은 이미 모노레일 정거장을 향하고 있었다.

　그날 밤, 유리부인은 젊었을 적에 몇 번 입어본 것을 끝으로 옷장 깊숙이 박아놨던 이벤트 란제리를 다시 꺼내놨다. 잠시 망설이긴 했지만, 이내 검정 레이스 원단과 안쪽이 훤히 비치는 망사 재질의 가운을 걸친 뒤, 맨다리에 아찔한 가터벨트까지 착용하고서 거울 앞에 섰다. 세월의 힘을 거스르지 못한 튼 살과 얼굴의 주름들이 보이긴 했지만, 이런 건 불을 끄면 적절히 해결할 수 있을 문제였다. 어둠, 그것은 곧 마법이었으니까. 돌이켜보면 퇴행성관절염 때문에 힘겹기도 했고, 정리해고 후엔 매일 집에서 빈둥거리는 남편이 미워서 부부관계를 갖지 않은 것이 꽤 오래된 터였다. 하지만 그날 그녀가 남편을 이부자리 가장 깊숙한 곳까지 데려온 것이 단순히 정액을 얻기 위함이었는지, 아니면 정말로 위안을 주고픈 사랑의 발로였는지는 정확히 알 길이 없었다. 그저 명확하게 말할 수 있는 것이라곤, 그날도 녹초가 돼서 퇴근하고 돌아온 남편이 화장실에 들어가 샤워를 하는 동안, 유리부인은 미리 펴놓은 이불 위에 요염한 자태로 누워서 그를 기다렸다는 것이다.

　이윽고 화장실 문이 열리고, 남편이 자신을 향해 매혹적이고도 농염한—적어도 본인은 그렇게 굳게 믿는—눈빛을 쏘고 있는 유리부인과 눈이 마주쳤을 때, 그는 붉게 상기된 피부 밑으로 근육통투성이인 어깨를 축 늘어뜨릴 수밖에 없었다.

"좋은 밤이지?" 유리부인이 먼저 말문을 텄다. "그런데 좀 더 더워지고 싶은 밤이기도 해."

"여보, 정말 미안한데, 나 많이 피곤해서……"

생각지도 못한 반응에 유리부인은 날카롭게 몸을 일으켜 세웠고, 이내 어금니를 꽉 다물면서 말했다.

"뭐 해? 얼른 이쪽으로 안 와?"

11

열락이든 지옥불이든 간에 맹렬하게 뜨겁기는 확실한 운우지정(雲雨之情)의 불꽃이 피어오르고 있는 동안, 다른 한쪽에서 누군가는 죽음을 향해 걸어가고 있었다. 장소는 다름 아닌 남편이 일하는 볼더 댐 건설 현장이었고, 등이 굽은 꼽추의 발걸음이 철제 수문(水門) 난간을 향하고 있었다. 물론 이 꼽추는 한때 고서점을 하다가 쫄딱 망해버린 바로 그 주인장이었다. 한평생 돋보기안경을 쓰고서 희귀한 고서적을 복원하거나 혹은 이따금 열리는 고서적 경매장을 기웃거린 그로서는, 심지어 늙어버린 마당에 신체장애까지 있었으니, 책방 문을 닫고서 다른 일자리를 구하기가 어려웠다. 누구나 입으로는 장애인을 차별해서는 안 된다고 말하고 다녔지만, 막상 자신의 작업장에 취직시키는 것은 꺼렸기 때문이다. 덕분에 꼽추는 자신이 마치 어디에도 쓸모가 없는 맹장이라도 된 것 같은 쓸쓸한 기분에 시달려야만 했다. 그렇지만 산 입에 거미줄 치랴? 때마침 시 당국에서 대대적인 댐 건설 사업에 착수하게 되면서 보여주기식으로 장애인 고용을 서너 자리 내걸었는데, 바로 거기에 꼽추가 뽑힌 것이었다. 물론 무거운 자재를 들거나 용접을 시키는 건 아니었고, 단지 경비원으로만 일했다. 이로써 꼽추는 푸른 제복을 입고서 겨우내 공사장 주변을 경비하는 야간순찰 임무를 수행했고, 그렇게 번 돈으로 쪽방에서 근근이 곰팡이 핀 싸구려 바게트빵을 씹을 수 있게 됐다. 하지만 꼽추는 단지 숨 쉬는 걸 연장시키는 것 외에 다른 일을 할 수 없게 돼버린 인생이 그리 달갑지 않았다. 이건 불모(不毛)에 다름없었다. 뒤돌아보니 고즈넉한 책 더미에 파묻혀 온 우주가 책장 속에 담겨 있다고 믿어 의심치 않던 시절, 그 젊은 날에 꿨던 인쇄된 꿈들은 낙엽처럼, 타버린 재처럼[21] 사라져버린 뒤였다. 한평생 꼽추의 몸을 견뎌온 자가 진실되게 증언컨대, 정신이란 게 잘못된 육체 속에 위축되는 것은 확실해 보였지만,[22] 그럼에도 정신을 가진 존재가 단순히 호흡하고 배설하기 위해서만 세상에 나온 것이라고는 생각되지 않았다. 설령 그것이 사실이라 해도, 적어도 그 자신은 그런 사실을 살아내고 싶지 않았다. 그래, 이제 그만 무대에서 내려갈 때였다. 세계란 무대에서 자신이 맡았던 표독스러운 편견과 슬픔 그리고 혹시 모를 선의를 기대하며 억척스럽게 살아왔던 역할을 그만두기로 했다. 본디 부조리란, 존재를 지워버릴 때에만 사라지는 것이던가? 쉬고 싶었다. 협곡 바닥에 고인 물웅덩이에는 어렴풋한 안개 속에서 초승달이 일렁이고 있었다. 그 모습은 마치 금빛 향불 연기 속에서 몽유병자가 기도하는 것처럼 보였지만,[23] 꼽추는 거기에 큰 의미를 부여하지 않았다. 세상이란 거대한 은유였고, 은유는 희망사항에 불과했다. 고로 욕망을 끝매듭 지은 그에게 더 이상 세계란 없었다. 인생이란.

이윽고 협곡 구석구석을 훑고 지나오며 매섭게 변해버린 칼바람이 댐 난간에 휘몰아쳤을 때, 거기엔 아무도 없었다.

2장

12

꼽추가 백발의 뱃사공에게 삯을 치르고서 죽음의 강을 건너가던 밤, 퇴행성관절염으로 부식된 유리부인의 엉치뼈와 팔목은 침대 위에서 잔뜩 삐거덕거리고 있었다. 뼈가 살을 깨무는 듯한 고통이 쉴 새 없이 피어났다. 그러나 은밀한 조직들의 단순한 이완과 수축이 가져다주는 기쁨, 어떤 햇빛도 감히 사그라뜨리지 못할 그 별빛 불꽃[24]을 포기할 수 없던 유리부인은 이를 꽉 앙다물고서 남편을 와락 끌어안았다. 그러자 고통과 쾌락의 경계선이 휘발됐다. 형상이 무너지고, 일순간 온 세상이 낮에 낮이 겹쳐진 것처럼 새하얗게 환해졌다. 남편이 어금니를 꽉 다물며 아랫배를 부르르 떨었다. 양껏 부풀었던 봉오리가 터지면서 용광로 속 쇳물처럼 끓어오르는[25] 억 단위의 정자들이 7센티미터 남짓한 자궁강(子宮腔)을 건너가기 위한 고난의 행군을 시작했다.

세균을 막기 위해 분비된 자궁 내의 산성액들 때문에 수많은 정자들이 전사했고, 단단한 점액질 장벽에 막혀 고꾸라지는 경우도 허다했다. 그러나 살아남은 정자들은 전우의 시체를 넘고 넘어[26] 앞으로 앞으로 난자를 향한 맹렬한 헤엄을 멈추지 않았다.

그날, 유리부인은 자신이 임신이 될 것이란 생각은 꿈에도 하지 않고 있었다. 그것도 그럴 것이, 지난 10여 년간 남편과 관계를 가져왔지만 좀처럼 애가 들어서지 않았기 때문이다. 처음엔 남편의 무정자증을 의심했으나, 막상 산부인과에 가서 진단을 받아보니 문제는 유리부인에게 있었다. 생식기 내에 항체가 비정상적으로 발달해 있어서 외부침입자로 간주된 정자를 모조리 잡아먹어버린다는 것이었다. 심지어 정자가 난자에 들어가면서 세포분열이 시작된 배아까지도 말이다. 즉 면역학적 이상으로 인한 전형적인 불임 사례였다. 그러나 유리부인은 크게 개의치 않았는데, 애당초 자기 입에 풀칠하기도 바쁜 마당에 아이를 낳아 기르는 것에 아무런 관심도 없었기 때문이다. 오히려 마음 한구석에서 '차라리 잘됐군'이란 생각마저 들 정도였다. 참고로 이런 점은 남편 역시도 마찬가지였던지라 뭔가 잃어버린 것 같은 허전함이 들면서도 동시에 깊은 안도감을 느꼈다. 언젠가 3등급 선술집에서 친구가 불임에 대한 위로를 건넸을 때, 남편은 입술을 모아 휘파람을 불며 이렇게 대꾸했다. "이보게나, 늘 삶의 밝은 면을 보려고 노력해야지."[27]

"어디가 밝은 면인데?"

"이를테면 콘돔값을 아낄 수 있지." 그러고는 술잔을 비운 뒤 고개까지 뒤로 젖혀가며 광대처럼 웃었다.

그러나 신은 여러 소리들 가운데서도 유독 얼빠진 소리만큼은 흘려듣는 법이 없고, 그런 작자들을 위해 반드시 심판의 날을 예비하신다. 물론 그날은 평소와 다를 바 없는, 그러니까 이름 모를 취객이 그을음을 뒤집어쓴 작은 벽돌집들의 미로 속에서 길을 잃은 채 하늘을 향해 삿대질하며 자신을 구해달라고 고래 고래 소리 지르고, 석탄재 깔린 안뜰에 세워진 쓰레기통과 반쯤 쓰러진 화장실에서는 익숙한 지린내가 피어올랐으며, 또한 동시에 거무튀튀한 빨래들이 바람에 하염없이 나부끼는[28] 그런 평범한 날이었다. 그러나 섬뜩한 괴성을 내지르며 내주었던 왕관을 송두리째 가져가버리길 즐기는 운명은,[29] 무게가 존재하기나 하는 건지조차 의심되는 작은 정자 하나에게 신비로운 힘을 실어줌으로써, 영원불멸할 것 같은 일상 속에 시한폭탄을 심었다. 보기에 따라서는, 어쩌면 이건 유리부인이 그간 먹어온 온갖 약초들과 말린 박쥐가 기묘한 화학작용을 일으켰기 때문인지도 몰랐다. 어쨌거나 유사과학의 묘미는 기대한 효과를 완전히 빗나가는 데 있으니 말이다.

좌우간, 그렇게, 열락의 절벽에서 몸을 던진 남녀가 죽음과도 같은 깊은 잠을 자는 동안, 또한 강바닥에 처박힌 꼽추의 시체에서 똥오줌이 줄줄 새어나올 무렵, 선택받은 정자 하나가 마침내 콘크리트 댐 같던 난자막을 뚫고 들어가는 데 성공했다. 남편은 자신의 바로 옆에서 무슨 일이 벌어지고 있는지도 모른 채 코를 골아댔고, 유리부인은 식은땀까지 흘려가며 한창 악몽에 시달리는 중이었다. 꿈속에서 한 떼의 박쥐들이 날아와서 의미 없는 구절들을 시끄럽게 되풀이해서 외워댔고, 그러다가 프토마인독(毒)까지 쏟아내며 킬킬댔던 것이다. 그녀는 때마침 손에 들려 있던 뼈다귀를 휘두르며 박쥐들을 쫓아내려고 애써봤지만, 소용없었다. 결국 지쳐버린 그녀는 양쪽 귀를 막고서 고개를 숙인 채로 '제기랄!'이란 욕설만 반복했는데, 그건, 그녀로서는, 그 말 외엔 진정한 감정을 담아내기 위한 다른 표현을 모를 만큼 어휘력이 형편없이 빈곤했기 때문이었다.[30]

13

"어제 박쥐 꿈을 꿨어." 다음날 일어난 유리부인이 턱을 괸 채로 말했다. 식탁 맞은편에 앉은 남편은 퀭한 눈을 비비면서 묵묵히 숟가락을 들 뿐이었고, 잠시 후 유리부인이 혼잣말하듯 다시 말을 이어나갔다.

"예전에 독수리 꿈 해몽을 들은 적이 있어. 꿈속에서 큰 독수리가 날개를 펴고 날아가는 걸 보면, 시험에 합격하거나 승진하게 된다는 의미라고 하더라고."

"독수리가 아니라 박쥐였다며?" 남편이 입안의 밥알을 우걱우

걱 씹으면서 대꾸했다.

"그렇지." 그녀가 한숨을 내쉬며 말했다. "그런데 박쥐, 걔는 새도 아니고 쥐도 아니라서 잘 모르겠네……."

남편이 숟가락을 놓으며 시계를 쳐다봤다. 바로 나가야 통근 열차를 맞춰 탈 수 있는 시간이었다. 그가 일어나며 말했다.

"하도 박쥐를 고아 먹다 보니까 그런 꿈을 꿨나보지."

"먹은 게 꿈이 돼?"

"안 될 건 또 뭐야?" 남편이 반문하며 옷걸이에서 작업용 잠바를 챙겼다. "먹은 걸 똥으로 싸듯, 본 걸 꿈으로 싸는 거 아니겠어? 그리고 과식하면 배탈이 나는 것처럼 그 악몽도 과식의 결과인가보지.[31] 여보, 꿈은 아무런 의미도 없는 거야. 그냥 잊어버려."

남편은 작업화를 대충 구겨 신고 문을 나섰고, 유리부인도 난삽하게 쪼아대던 박쥐 따위는 잊어버리기로 했다. 생각하는 것이 피곤하기도 했거니와, 자질구레한 집안일과 함께 저녁 장도 봐야 했고, 또한 짬을 내서 약재상 난쟁이를 찾아가 새로 들어온 좋은 약초가 있는지 확인도 해야 했기 때문이다. 물론 건강한 다리를 가진 사람이면 여유를 부려도 되겠지만, 절뚝거리면서 걷는 그녀에겐 그 모든 것들이 천릿길처럼 멀게 느껴졌다. 게다가 북쪽 외곽의 인생들은 한낱 꿈에 붙잡혀 있는 것 자체를 어색해하기도 했다. 그런 여유는 사치에 불과했다. 생활은 육중한 몽둥이를 들고서 그들을 쫓아왔는데, 조금이라도 따라잡히게 되면 곤죽이 되도록 두들겨 팼다. 언젠가는 생활이 몽둥이를 내려놓거나 쫓아올

수 없는 도착선이 존재하기는 할까? 그런 논리적 가능성이야 얼마든지 따져볼 수 있겠지만, 적어도 임대아파트에 사는 사람들은 그런 생각은 전혀 하지 않았다. 그들은 세계가 거대한 원환이고, 한눈팔다간 그 육중한 수레바퀴[32]에 깔려 짓뭉개지는 달팽이 꼴이 되기 일쑤임을 어려서부터 뼈저리게 느껴왔던 것이다.

남편은 덜컹거리는 통근열차와 함께 흔들리고 있었다. 화물칸에 나무의자를 가져다놓은 것이 전부인 3등칸 객실 안은 온갖 담배들로 가득했는데, 궐련, 시가, 파이프담배, 코담배, 심지어는 그르브룸산(産) 담뱃잎을 질겅질겅 씹고 있는 노인까지 각양각색이었다. 그래도 남편은 이 유독가스에 그런대로 적응했거니와 일정 부분은 만족하고 있기까지 했는데, 양치 개념에 별다른 관심이 없는 자들의 구취와 술이 덜 깬 채 일터로 향하는 취객들의 술내, 암내, 트림, 땀내, 발꼬랑내 그리고 내시경이 시급해 보이는 방귀 냄새까지 뒤섞인 악취에 고문을 당할 바엔, 차라리 니코틴이 쾌적한 선택지였기 때문이다.

객실은 거의 날마다 온갖 소리로 바글바글 들끓었다. 천장에 달린 트랜지스터 라디오에서는 막대한 예산이 투여된 볼더 댐 공사에 대한 회계감사를 진행하던 어느 야당의원의 불륜 스캔들에 대한 저질스러운 얘기들이 흘러나왔고, 이어서 대낮에 난쟁이들끼리 칼부림이 났다는 소식이 뒤따랐다. 맞은편에 앉은 남자는 가판대에서 뽑아온 싸구려 타블로이드 신문을 보고 있었는데, 1면 한가운데에 인조견 스타킹만 신고서 양손으로 가슴을 아슬아슬하게 가린 여배우의 적나라한 나신과 마찬가지로 반라인 대머리 남자가 쓰러진 사진이 겹쳐진 채로 박혀 있었고, 그 밑에 큼직하게 인쇄된 문구는 '특보: 복상사(腹上死)의 주범은 황소 불알인가?'였다. 한편 창가에서 담배를 태우는 남자들은 자못 진지한 표정으로 정치적인 얘기를 하고 있었는데, 그 주된 내용은 최근 무정부주의자들이 난쟁이 구역의 자경단들과 손을 잡았다는ー딱히 확인된 것은 아닌ー위험천만한 거리의 소문에 대한 것이었다. 그리고 옆에 앉은 남자는 처음 보는 잡지를 보고 키득거리고 있었다. 남편은 슬쩍 고개를 젖혀서 거기에 뭐가 적혀 있는지 곁눈질로 훑었다.

독자들은 환상적인 사건들의 연쇄에 당황하게 되고, 작가가 의도한 모든 것들에 얼떨떨해진다. 마치 미지의 거대한 포유류가 나뭇잎을 뜯어 먹는 모습을 목격한 동물학자 같은 기분을 느끼게 된다. 아름다운 뿔이 달려 있긴 한데, 그게 다 무슨 소용이란 말인가?[33]

남편은 그런 악평을 받은 소설이 궁금해졌다. 하지만 그때 종소리가 울리면서 종착역에 가까워졌음을 알려왔다. 이윽고 열차 쇠바퀴에 조금씩 브레이크가 걸리는 시끄러운 소리가 들리기 시작했고, 그에 맞춰 객실의 노동자들은 보던 신문을 접고서 손잡이를 잡았다. 차창 너머로 거대한 승강장이 보였다. 볼더 댐으로 출근하는 노동자라면 누구든 한 번씩은 협곡 위로 올라가는 승강기의 쇠줄이 끊기고 도르래가 박살나면서 추락하는 꿈을 꾼 적이 있었고, 이는 남편도 마찬가지였다. 한숨이 절로 쉬어졌다. 열차가 완전히 멈출 때쯤 해서 누군가가 걸걸한 목소리로 소리쳤다. "자, 이제 천국으로 갈 시간이야!"

14

그로부터 시간이 두 달쯤 흐르는 동안, 볼더 댐 건설 현장에서는 크게 세 가지 일이 벌어졌다. 첫째, 여름이 다가오는 만큼 승강장에 목욕탕을 지어달라던 인부들의 요구가 묵살됐다. 둘째, 건축 자재를 대주던 업자 하나가 의문의 뺑소니를 당하는 사고가 벌어졌다(큼직한 공사에서 왕왕 있기 마련인 뇌물과 돈놀이에 관련된 구린 소문들이 한동안 구설수에 올랐다). 셋째, 경찰 수사관이 인부들을 찾아와서 어느 날인가부터 출근하지 않던 경비원, 즉 꼽추에 대해서 물었다. 집세가 밀린 집주인이 꼽추의 방문을 열어봤다가 결국 실종 신고까지 한 것이었다. 그러나 아무런 연고도 친분도 없던 인부들이 꼽추의 무단결근에 대해 아는 바가 있을 리 만무했고, 사실상 담당 수사관도 미제 사건을 처리하기 위해 보고서에 '탐문 수사를 해봤지만, 뚜렷한 증거를 확보할 수 없었다'라는 문구 한 줄을 적기 위한 형식적인 절차를 밟고 있을 뿐이었다. 수사관이 승강기를 타고 올라왔던 날은 점심 메뉴로 멀건 보리죽이 아닌 아주 질이 좋은 귀리죽[34]이 나왔던 날이었다. 그는 인력사무소를 운영하던 배불뚝이 소장을 불러놓고 꼽추가 어디로 갔는지 물어봤고, 배불뚝이는 고개를 갸웃했다.

"글쎄올시다." 그는 무심하게 대꾸했고, 그러다가 갑작스레 뭔가 떠오른 모양인지 반쯤 웃으면서 이렇게 덧붙였다. "어쩌면 책장에서 구릿빛 나는 가죽 표지에 놋쇠 단추 달린 마법의 책이라도 찾은 모양이죠. 듣자 하니 오랫동안 책에 파묻혀 살았다던데……."

그러나 남편은 위의 세 가지 일에 크게 관심을 가질 수 없었는데, 다름 아니라 유리부인이 임신을 했기 때문이었다. 입덧은 계절이 초여름으로 들어가던 시점에 시작됐다. 생리가 멈췄을 때, 유리부인은 드디어 폐경이 찾아왔다고 여겼던 터라 당혹감이 이만저만이 아니었다. 산부인과에서 임신을 확인받고는 얼마간 의자에 앉은 채로 멍하니 천장만 바라봤다. 폐경에 가까워진 나이에야 얻게 된 늦둥이라니, 문제 중의 문제였다. 육아에 대한 주머니 사정을 차치하고서라도, 과연 자신의 몸이 임신을 감당할 수 있는 상태인지조차 의문이었다. 무릎뿐만 아니라 손가락 관절까지 침범한 퇴행성관절염의 진행 상태로 미뤄보아 출산을 하다가 골반뼈가 모조리 부서져버릴지도 몰랐다. 게다가 골다공증으로 위태롭기 그지없는 무릎이 무려 39주간 안고 살아야 할 태아의 무게를 버텨낼 수 있을지도 회의적이었다.

자연스레 낙태가 고려됐지만, 남편은 반대했다. 특별히 그가 교회를 다녀서 모든 생명체는 하나님께서 몸소 숨결을 불어넣어 준 결과물들이니 한낱 피조물에 불과한 인간 마음대로 처분해서는 안 된다는 케케묵은 교리를 믿는 건 아니었지만, 확실히 통장 잔고가 이전과 달라진 것은 사실이었기 때문이다. 풍족한 것은 아니었지만, 앞으로도 족히 10년은 더 이어지게 될 볼더 댐 공사로 미뤄보아, 자식 한 명 정도는 직업학교까지 졸업시켜줄 만하다는 판단이 섰던 것이다. 그러자 자신의 유전자를 후대에 전달하고픈 맹목적인 생물학적 충동과 함께, 죽음으로부터 무한으로 건너가고픈 형이상학적 충동이 알 수 없는 비율로 뒤섞였다. 모든 형상들을 집어삼키고 얽매는 밤의 어둠 속에서 분별을 잃고, 나중엔 빼앗김의 기억마저 잃은 뒤 완전히 질식돼버리기 전에, 어떻게든 탈출하고 싶었다. 유리부인의 아랫배를 보며 생각하길, 저 안에 들어 있는 나, 아직 한 번도 본 적 없는 낯선 나를 밖으로 보내는 것만이 유일한 길이었다.[35] 남편은 유리부인에게 아이를 낳자고 말했다.

  "내가 먹여살릴 수 있어."

  유리부인은 고개를 가로저었다.

  "그게 문제가 아니야. 내가 이 아이를 끝까지 품어낼 수 있을지 잘 모르겠어. 어쩌면 출산하기도 전에 내가 완전히 망가져버릴 수도 있다고."

  "버텨낼 수 있지 않을까? 조심, 조심하면……."

유리부인은 한숨을 머금으며 고개를 갸웃했다.

"확신할 수 없어." 그러고는 덧붙였다. "위태롭다니깐."

이때 그녀가 낙태를 택했다면 이후의 인생 경로는 많이 달라졌을 것이다. 어쩌면 이듬해를 무사히 넘긴 뒤, 골다공증과 통풍에 시달리며 머리가 희끗해질 때까지 살아남았을는지도 모를 일이었다. 그러나 최종적으로 그녀는 아이를 낳기로 했다. 임신 자체가 꽤 운명적이기도 했지만, 어느 순간부터 전적으로 의존하게 된 남편의 요구를 무시할 수 없게 된 것이 크게 작용했다. 전날 모아둔 돈을 퇴행성관절염 치료에 모두 써버린 뒤부터 유리부인은 용돈을 받고 있었고, 그러자 남편이 자신을 어떻게 생각하고 있는지, 남편이 원하는 게 무엇인지 아는 것이 한없이 중요해졌던 것이다.

그러나 말이 씨가 됐기 때문인지, 아니면 본래부터 거스를 수 없었던 준엄한 생물학적 결정론이 작용했기 때문인지는 몰라도, 그녀의 임신 생활은 지옥스럽게 얼룩졌다. 초기엔 입덧이 너무 심해서 하루하루가 덜컹거리는 전차 안에서 지독한 숙취에 시달리는 느낌이었고, 일정 시간이 지나고부터는 태아와 자궁이 커지면서 갈비뼈가 아파오기 시작했다. 다른 뼈도 아닌, 갈비뼈가 말이다. 무릎이나 골반은 처음부터 염두에 뒀던 터라 어느 정도 마음의 준비라도 할 수 있었지만, 갈비뼈의 경우엔 정말이지 전혀 생각지도 못한 통증이었다. 입덧을 할 때마다 갈비뼈가 으스러지는 듯한 끔찍한 느낌은 도저히 말로 묘사할 길이 없었다. 그런데도 고난은 멈추지 않고 계속됐다. 바지를 입을 수 없을 만큼 배가 불러오자 허리가 숨을 쉴 수 없을 정도로 아파왔다. 도저히 참을 수 없어서 병원에 갔더니, 태아의 골격 형성을 위해 산모에게서 많은 양의 칼슘이 빠져나가는 바람에 요추뼈에 임신성 골다공증이 찾아온 것이라고 했다. 그러니까 자궁에 보금자리를 튼 저 낯선 존재가 가뜩이나 모자란 골밀도까지 모조리 앗아가고 있던 것이었다. 그렇게 출산과 살해의 경계는 모호해져갔다.

그런 와중에도 유리부인은 오랫동안 본능이란 말로 정의되어 왔고, 이제는 사실상 여성에 대해 시공을 초월하여 성립하는 본성처럼 여겨지는 모성(母性), 그 진리를 찾기 위해 필사적으로 노력했다. '어머니'가 되면서 생긴 변화들, 그러니까 무거운 쇠공처럼 부푼 가슴, 조금만 앙다물고 있어도 시린 잇몸, 수시로 머리가 핑 돌며 찾아오는 빈혈 증세와 부쩍 잦아진 소변, 입안에 밴 구토 냄새, 그리고 폭풍우 치는 바다처럼 일렁이는 감정 기복까지 샅샅이 살피며 어떻게든 모성을 발굴해보려고 애썼다. 모성이 자연적으로 갖춰진 것이라면, 마치 스위치만 누르면 작동하는 자동기계처럼, 저절로 활성화될 생물학적이고도 생리학적인 기능 설비들을 자신의 내부에서도 찾을 수 있어야만 했기 때문이다.[36] 그러나 찾을 수 없었다. 되레 찾아낸 것이라곤 정반대의 것이었다. 진실하게 고백건대, 그녀가 마음의 우물에서 길어 올린 것은 태아를 없애버리고 싶다는 증오심이었기 때문이다. 이런 잔인한 생각까지 하고 싶지는 않았지만, 마치 아랫배에 거대한 기생충이라도 키우는 것 같은 끔찍한 기분마저 들었다. 임신은 생명이 아니라 죽음에 가까웠다. 산란을 하고서 죽어버리는 연어처럼 출산 이후의 자신의 인생은 끝날 것처럼 느껴졌고, 아직 죽고 싶지 않았다. 얼굴도 본 적 없는 핏덩이를 죽음을 무릅쓸 정도로 사랑하지도 않았다. 그렇지만 이걸 그 누구에게도 고백할 순 없었다. 이런 비도덕적이고도 비인간적인 욕망을 다른 사람도 아닌 산모가 가진다는 것이 가당키나 하겠는가? 결국 그녀가 찾을 수 있는 유일한 존재는, 지난날 온갖 건강식품들과 유사과학의 세례를 내린 조물주뿐이었다.

조금만 걸어다녀도 밑이 빠질 것같이 아픕니다. 저는 이렇게나 고통받을 죄를 짓지 않았습니다. 되레 그간 당신에게 충실하려고 안간힘을 써왔음을 그 누구보다 잘 알고 계시지 않습니까? 간곡히, 간절히 빕니다. 제발 저를 이 견딜 수 없는 고통에서 해방시켜주소서.

물론 이런 기도를 하는 순간에, 늘 그래왔듯, 석탄 매연과 어둠으로만 가득한 하늘은 아무런 응답도 하지 않았다. 어쩌면 하늘과 땅을 가린 유령의 외투처럼 으스스한 검은 구름들[37] 너머에 광명한 새벽별[38]이 반짝거리고 있는지도 몰라도, 침묵 외에 아무런 대답도 하지 않으리란 사정은 매한가지였다. 그렇지만 이후 벌어질 비극적인 일들을 감안해본다면, 어쩌면, 정말로 어쩌면, 여태껏 연골을 갉아먹는 것 외에 유리부인에게 아무런 관심도 없던 조물주가 비로소 그 부름에 응답을 하기로 결정한 건지도 몰랐다. 단지 그 대답이 인간이 받아들일 수 없는 형식이었을 뿐. 고통으로부터의 해방이라? 저 멀리서 전대미문의 먹구름들이 몰려오고 있었다.

15

으레 비극이란 것들이 대부분 그러하듯, 그 단추는 당사자가 생각지도 못한 곳에서부터 끼워지고 있었다. 아니, 그 시작을 말하는 것조차 우스꽝스럽다 하겠다. 왜냐하면 도미노는 먼 옛날부터 계속해서 넘어가고 있었기 때문이다.

비뫼시 중심부에 솟아 있는 신성한 언덕과 그 주변은 예로부터 왕가와 명망 높은 귀족들의 거주 지역이었다. 가장 높은 봉우리엔 육중한 원기둥들이 늘어선 기다란 회랑(回廊)과 하늘 높이 쌓아올린 일곱 개의 첨탑으로 이뤄진 궁전, 예로부터 전해지길 그 지하엔 거대한 미궁이 똬리를 틀고 있고, 그 밑바닥에 천년의 호박(琥珀) 속에 갇힌 마법사왕이 있으며, 기적이 사라지기 전부터 도시를 떠받치고 있는 성수(聖樹)가 뿌리내리고 있고, 또한 유령들로 둘러싸인 지하감옥에 철가면을 쓴 쌍둥이 왕자가 유폐되어 있다는 등의 온갖 전설로 가득한 바로 그 신비로운 궁전이 세워져 있었다. 아울러서 그 아래로는 고풍스럽고도 알록달록한 저택들이 빼곡히 둘러져 있어서, 멀리서 보면 꼭 건축물들 전체가 하나로 연결된 거대한 사원처럼 보였다. 첨언컨대 아주 오래전에는 사람들이 정말로 신의 대리인이라 믿었던 왕을 만나기 위해 그 사원으로 순례길에 오르기도 했었다. 그때는 왕의 손을 잡으면 병이 치유된다고 믿었기 때문이다. 실제로 왕가를 비난하는 계몽주의 팸플릿에 진노한 왕이 "이번 연말엔 사람들의 손을 잡아주지 않겠노라!"고 선언했을 때, 성난 사람들이 인쇄소에 불을 놓고 출판업자를 때려죽인 폭동이 난 적이 있을 정도였다.

연대기의 한 챕터에는 한때 그 궁전이 화려하게 떠들썩했던 시절이 적혀 있기도 했다. 여름밤 내내 호화로운 궁정 오케스트라의 협주곡이 흘러나왔고, 젊은 귀족들이 샴페인을 들고 속삭이며 푸른 정원의 별빛 사이를 나방처럼 돌아다녔으며, 오후가 되면 호화로운 증기선에서 가면무도회가 열리고, 주말마다 황금으로 만들어진 사륜마차들이 아침 9시부터 자정이 넘도록 시내에서 파티에 오는 사람들을 실어다 날랐으며, 또한 수십 대의 증기자동차들이 모든 기차 도착 시간에 맞춰 노란 딱정벌레처럼 부지런히 뛰어다니며 손님들을 맞았던, 그리고 월요일이 되면 상주하는 하인들 외에도 특별 채용된 정원사를 포함한 하인 여덟 명이 걸레, 바닥 닦는 솔, 망치와 정원용 가위를 들고 간밤에 망가진 폐허를 온종일 수리했던, 그런 좋았던 시절 말이다.[39]

그러나 지금은 전혀 그렇지 않았다.

궁전은 조용했다.

가시여왕이 즉위하면서 몰아쳤던 대숙청 기간에는 비명과 통곡으로 가득했지만, 그 뒤로는 모두 죽어버린 것 같은 으스스한 침묵이 이어졌다. 궁전에서부터 관청들과 의회까지 뻗은 꼭두각시 조종사의 투명한 실들이야 계속해서 움직였지만, 음침하고도 잔혹한 심성의 소유자인 가시여왕은 소란스러운 것을 그리 좋아하지 않았기 때문이다. 그러나 여기서 가시여왕이 어떤 존재인지 구구절절 설명하기보다는, 그녀에 관한 유명한 농담을 하나 소개하는 것이 더 효율적일 듯싶다. 어느 날 한 학급의 선생이 아이들에게 만일 가시여왕의 자식으로 태어나면 어떤 인물이 되고 싶은지 물어보았다. 첫 번째 아이는 상원의원이 되고 싶다고 답했고, 두 번째 아이는 경찰청장이 되고 싶다고 했으며, 세 번째 아이는 위대한 작가가 되겠노라고 대답했다. 이제 선생은 마지막 남은 네 번째 아이에게 다가가 물어봤다. 너는 무엇이 되고 싶니? 이에 아이는 대답했다. "저요? 고아요."[40]

16

시간을 돌려서, 불쌍한 박쥐가 자신의 육신이 균류에 의해 분해되어 자연스레 흙으로 돌아가는 것이 아니라, 펄펄 끓는 냄비 속에서 마지막 남은 진액까지 모조리 우려내질 것이란 끔찍한 미래를 전혀 상상도 못한 채, 책벌레들을 마음껏 포식할 수 있었던 고서점 천장에 거꾸로 매달려 있을 무렵, 가시여왕의 궁전에서는 비뫼시의 백년지계를 내다볼 심각한 회의가 열리고 있었다. 철저히 비밀에 붙여진 이 원탁회의에서는 가뜩이나 아사 직전인 교육 예산을 어떻게 하면 더 줄일 수 있을지, 브라운관 텔레비전의 생산량 규제를 풀 것인지, 하수도 정비 사업을 이번 년에도 보류할 것인지, 남방한계선 징집 인원 미달 사태에 대한 대책은 무엇인지, 높아진 범죄율 통계와 신설 교도소 건립에 대한 예산을 어떻게 확충할 것인지, 다가오는 총선의 시나리오는 어떻게 짜여지고 있는지 등등 온갖 중요한 의제들이 논의됐고, 가시여왕은 이런 사업들의 최종 승인자였다.

탁자 위에 쌓인 그 서류 더미들은 현기증 나도록 복잡했고, 무엇보다 시끄러웠다. 그럴 만도 한 것이 비유컨대 그건, 관객들 모두가 연미복을 입은 야외 파티장에서 연주되는 교향곡과 싸구려 극장에서의 합창, 뒷자석의 흔들리는 커튼 안쪽에서 들려오는 은밀한 신음, 떠돌이 고블린들의 류트 튕김 그리고 선술집에서 취객이 고래고래 내지르는 저질스러운 대중가요가 한데 뒤엉킨 소음 덩어리였기 때문이다. 그러나 가시여왕은 그다지 피로한 기색 없이, 되레 권태로워하며 귀를 후비적댔다. 그 모습은 마치 듣고 싶은 노래가 나올 때까지 하품을 참으며 기다리는 관객 같았고, 실제로도 그러했다. 그녀의 시선은 육중한 증기기관과 온갖 전동 장치들 그리고 노동자의 손에 들린 망치로 이루어진 거대한 종(鐘)[41]에 고정되어 있었다. 가장 중요한 문제들을 결정짓는 최종 심급은 언제나 경제였기 때문이다. 그녀가 보기에 문화산업이란 알록달록한 안개에 불과했다. 해가 뜨면 안개가 걷히듯, 관념들은 모순의 쇠공이 달궈지기 시작하면 허깨비처럼 사라져버렸으니까. 그리고 그 시절, 비뢰시 경제가 안고 있던 최대의 문제는 단연 공급과잉과 대규모 실업사태, 즉 공황이었다.

해결책은 언제나 대규모 토목공사였다. 그 이치는 실로 단순했다. 시 당국에서 공적 자본을 투여하여 큰 공사를 일으키면 지금의 실업자들에게 일자리가 돌아가게 될 테고, 그러면 자연스럽게 소비가 증진되어 공급과잉을 해소해주리라는 것은 자본주의의 표준 원리였다. 물론 이런 식의 일이 이번에만 벌어진 것은 아니었다. 사실 공황은 국제육상경기대회처럼 대략 일정 주기로 찾아오는 정례행사 같은 것이었다. 그것도 그럴 것이 근본적으로 부르주아는 고용된 노동자들에게 자신들이 만들어낸 물품을 모두 구매할 만큼의 월급을 주지 않았기 때문이다. 즉 가치와 임금은 결코 일치하지 않았다. 어떤 식으로든 소비되지 못한 상품들이 존재할 수밖에 없었고, 그렇게 재고가 쌓이면 부르주아는 이윤율을 유지하기 위해 노동자의 임금을 줄이거나 해고했다. 그런데, 그러면 다시 소비가 줄어들면서 이윤율이 더욱 악화됐고, 그러다가 기어코 공장들이 문을 닫는 사태로까지 치닫고 말았다(이와 동시에 이곳과 엮인 다른 공장들의 생산 및 어음 관계에도 치명적인 부패가 진행됐다). 이 악순환은 가만히 내버려두면 도시 전체를 집어삼킬 때까지 결코 멈추지 않았다. 바야흐로 소화불량과 변비의 시대였던 것이다. 이로써 도처에 물품들이 넘실거리지만 정작 어느 누구도 누릴 수 없는 기이한 풍요 속의 빈곤이 횡행하게 됐다. 그럼에도 부르주아는 자신네들이 찍어낸 모든 상품을 구매할 수 있는 궁극의 소비자, 이를테면 지하실에서 몰래 돌멩이를 황금으로 바꾼 뒤 시장으로 나가는 연금술사 따위를 상상했다. 그래, 자본주의가 이 시대의 새로운 신앙이라는 표현은 결코 한낱 비유가 아니었던 셈이다.

따라서 가시여왕의 책무란, 혁명이나 폭동 같은 극단적인 사태로 치닫지 않도록 위기를 관리해주는 것, 즉 도시를 견딜만한 지옥으로 유지하는 데 있었다. 마치 고대 문명에서 왕의 주된 임무가 수도 옆에 끼고 있는 강의 치수 측정과 관개 설비 유지에 있었듯, 대규모 토목공사의 역사는 가시여왕의 가문이 비뫼시를 관리하기 시작한 때와 얼추 겹쳐졌다. 주정뱅이 폭군으로 기록된 그녀의 아비, 선왕(先王)마저도 전력발전소와 운하 사업을 빼먹지 않고 추진했고, 얼마간 섭정 노릇을 하다가 목이 잘린 궁재(宮宰) 역시도 임대아파트 사업을 직접 보고받으며 관리했다. 그리고 오늘날 권좌에 앉은 가시여왕 본인은 볼더 협곡 주변의 댐 사업을 추진하려 하고 있었다.

이제 드디어 건설부 차관이 볼더 댐 사업계획서를 가져올 차례가 됐다. 가시여왕은 비스듬히 기울어진 황금 왕관을 똑바로 고쳐 썼고, 간추린 보고를 경청했다. 중간에 차관이 목소리를 떨어대는 바람에 잠시 회의를 멈추고서 특유의 농담으로 안심시켜주기도 했다. "이보게, 여태껏 덜덜 떨었다고 해서 누군가의 목을 자른 적은 없으니, 그만 긴장을 풀어도 되느니라."

"가, 감사, 합니다……."

그러나 그 뒤로도 차관의 목소리가 계속 떨렸던 것을 보면 그다지 효과는 없었던 것으로 보인다. 좌우간, 보고는 계속됐다. 가시여왕의 머리 위로 이렇다 할 샹들리에 하나 없이 텅 빈 천장, 신에게 닿고픈 경외감이라기보다는 그런 식으로 얼마든지 공간 낭비를 할 수 있다는 유한계급 특유의 오만함 속으로 외풍이 윙윙 불었다. 이윽고 보고가 끝났을 때, 가시여왕은 자신이 메모한 몇 가지 숫자를 확인하고서는 그런대로 만족해하며 하인에게 옥새를 가져오라고 명했다. 그런데 막상 승인 도장을 찍으려고 할 때, 그녀는 잠시 멈칫했다. 일순간 특별히 길게 생각하지 않은 의구심, 아니 의문이라기보다는 단순한 변덕에 가까운 무언가가 찾아왔던 까닭이다. 이윽고 그녀는 도장을 도로 내려놓고는 시큰둥한 표정을 지으며 임신으로 불룩해진 아랫배 위에 두 손을 올려놨다.

"조금 이상하군." 그녀가 말했다. "댐에 이렇게 시멘트를 많이 부을 필요가 있나? 여기가 무슨 열대우림도 아니고, 비가 오면 얼마나 많이 온다고?"

일순간 회의장은 침묵에 휩싸였는데, 건설부 차관부터 그 밑의 관료들은 댐 설계에 대해서 아는 바가 전무한 문신(文臣)들이었기 때문이다. 그들의 주특기는 언변과 회계였지, 공학 계산이 아니었다.

잠시 후 건설부 차관이 머뭇거리며 여쭈었다.

"계획을 수정해서 다시 가져올까요?"

"그렇게 해." 가시여왕이 옥새를 도로 내려놓으며 서늘한 목소리로 덧붙였다. "그리고 가서 건설사 녀석들한테 전해. 쓸데없이 자꾸 개입하면 목을 뽑아서 엉덩이에 집어넣어주겠다고. 잘 알겠지만, 이건 은유가 아니야."

17

궁전에서 나온 건설부 차관은 넥타이를 풀며 참았던 한숨을 길게 뽑아냈다. 전날 가시여왕이 즉위식을 거행하면서 한바탕 몰아쳤던 피바람에 대해 모르는 바가 아니었기에, 원탁회의에 참석할 때마다 수명이 뭉텅이로 줄어드는 것 같았다. 이튿날 그는 공모에서 발탁돼 볼더 댐 설계 도면을 그렸던 건축사를 직접 불러내 자초지종을 설명했지만, 얘기를 듣던 건축사는 고개를 가로저으며 난색을 표했다. 이윽고 그는 한 점 부끄러움 없는 목소리로 말했다. "이 외벽 두께는 안전기준에 맞게 설계된 것입니다."

"아, 그래?"

차관은 찻잔 손잡이를 만지작거리며 잠시 침묵했다. 그러나 특별한 고민을 하는 건 아니었고, 그저 타이르고 설득할 말 몇 마디를 고르는 것일 뿐이었다. 가시여왕이 결정을 내린 순간부터 근본적으로 반박되거나 교체될 것은 없었기 때문이다. 그녀의 말은 칙령이 되는 수준을 넘어서, 곧 사실을 창조하는 신의 영역에 있었다. 여왕이 보기에 댐 높이에 문제가 있다면, 하늘이 이를 고려하여 강수량을 조절해야 하는 것이었다. 그 말에, 그 무오류성에 혹여나 반문이라도 하려고 한다면 문자 그대로 목을 걸어야만 했고, 공무원들은 목숨을 걸려고 공채 시험을 본 게 아니었다. 이윽고 차관이 다시 입술을 뗐다.

"안전기준이라……." 의자를 당겨 앉으며 말했다. "하지만 그 기준이란 건, 어느 기준을 적용하느냐에 따라서 충분히 달라질 수 있는 게 아니겠는가? 내가 보기엔 저 콘크리트 벽은 이미 충분히 두꺼워 보이거든. 거기서 시멘트 가루를 조금 뺀다고 해서 크게 무리가 없을 만큼 말이야."

"확신할 수 없습니다."

"무엇을?" 차관이 아래턱을 어루만지며 물었다. "궁금하구먼. 그 기준은 뭔가? 국제 표준인가?"

건축사는 머리를 긁적였다.

"국제 표준까지는 아닙니다. 잘 알다시피 건축 기준은 각 나라에 재량권이……."

"그럼 외국의 기준이겠군." 차관이 말을 낚아채고는 의기양양하게 되물었다. "각 나라마다 기후가 다르고 지형 또한 다르지.

한데 그 기준이 옳다고는 어떻게 확신하나?"

건축사가 한동안 건넬 다른 말을 찾지 못하며 침묵하자, 차관은 꼭 가시여왕의 의심병 혹은 임신으로 인한 감정기복이 아니더라도, 어차피 국제 분쟁으로 보르나도 광산이 사실상 폐쇄되는 바람에 석회석과 철광석 가격이 자그마치 5배로 뛰었다는 얘기를 곁들이며 설계 수정이 불가피함을 역설했고, 또한 댐 외벽의 두께를 줄이는 대신에 벽돌로 지지대를 쌓는 대안을 적극 검토해보자고 제안했다.

건축사는 한숨을 내쉬며 대꾸했다.

"하지만, 그래도 저는 확신할 수 없습니다."

"괜찮네." 차관이 말했다. "나한테 필요한 건 확신이 아니라 수정이니까."

그렇게 설계도는 수정됐다.

며칠 뒤, 건설부 차관의 집무실 책상 위엔 새로운 설계도가 올려졌다. 함께 보내진 상상도에 담긴 볼더 댐의 모습은 등지고 앉아 협곡을 틀어막고 있는 거인처럼 보였다. 그는 결재 도장을 찍기 전에 일순간 등골이 서늘해지는 느낌을 받았다. 마치 유령이 혓바닥으로 허리를 핥은 것처럼 말이다. 물론 손을 짚어봐도 등 뒤엔 아무것도 없었다. 어쩌면 자꾸만 '확신할 수 없습니다'라던 건축사의 의기소침한 목소리의 잔상이 남았기 때문인지도 몰랐다. 차관은 건축사에게 전화를 넣었다.

"설계도 잘 받아봤네. 바꾸면서, 큰 문제가 있던가?"

"연간 강수량과 협곡의 유량(流量)을 계산해봤을 때, 그러니까 제가 한 계산이 맞는다면……." 건축사가 한숨을 삼키며 대답했다. "아슬아슬합니다."

"그 계산이 맞을 거네."

"혹시 기상이변이라도 일어난다면……."

"그 계산이 맞을 거래두." 차관이 서둘러 말을 낚아채고는 덧붙였다. "좌우간 고생했네."

18

익히 예상되는 부분이지만, 기상이변이 일어나지 않았더라면 지금 이 기나긴 이야기는 시작조차 되지 않았을 것이다. 비단 폭우뿐만 아니라 어느 것 하나라도 빠졌더라면 아무것도 생겨나지 않았으리라.

혜성이 떨어졌던 그해 늦여름 기록적인 폭우가 쏟아졌다. 하늘에 구멍이 뚫린 수준을 넘어 하늘이 통째로 무너진 것에 가까웠다. 기상청에서 내놓은 답변은 복잡하기 그지없었다. 통계적으로 30년에 한 번 발생할까 말까 하는 극미한 확률을 뚫고서 나타나고야만 이번 폭우에는, 대기순환계의 이상과 바닷물 온도의 변화, 심층해류 순환 고리에 생긴 이변의 이변들이 겹치면서 벌어진 종합적인 천재지변이란 설명이 제시됐다. 그 외에도 협곡 특유의 지형적 요인과 더불어 지난여름 유독 펄펄 끓는 폭염을 몰고 온 고기압 때문에 비구름이 더욱 비대해졌다는 설명도 곁들여졌다. 하지만 이런 설명들은 무참히 쏟아붓는 굵은 빗방울들을 막을 수 있는 것도 아니었고, 심지어 사후적인 것이기까지 했다. 삽시간에 강물들이 협곡을 가득 메울 듯 넘실대기 시작했다. 그 거센 물살엔 눈이 없고, 소용돌이에는 언어가 닿지 않았다. 가히 진노의 날이었다. 매 순간 번개가 번쩍이며 하늘을 통째로 집어삼킨 먹구름을 쩍 갈라놨고, 그 틈으로 굵은 빗방울이 폭포수처럼 쉴 새 없이 쏟아졌다. 폭풍우가 몰아치는 대양의 성난 파도처럼 일렁이는 흙탕물들이 댐 외벽으로 끊임없이 쇄도해 와, 수문을 광견처럼 들이받으며 먹이를 내놓으라고 외쳐댔다. 결국 압박을 이기지 못하고 '천국의 성탑'이라 불렸던 취수탑이 먼저 옆으로 기울더니 이내 성난 탁류 속으로 와르르 무너져내렸고, 그 벽돌들을 맞고서 외벽 안쪽의 아직 덜 마른 콘크리트들이 크게 흔들렸다. 이 광경을 본 경비원들은 겁에 질린 백치가 되어 울먹이며 도망치기 바빴다. 이윽고 강널말뚝과 철근들이 뽑혀나오자, 지지대가 받치고 있던 양옆의 기암괴석들도 우지끈 소리를 내며 굴러떨어졌고, 그렇게 일어난 거대한 산사태가 볼더 댐의 최후를 장식했다. 덮치고, 밀치고, 내동댕이쳤다. 외벽의 갈라진 틈이 완전히 갈라지며 잔뜩 뭉쳐져 있던 협곡의 강물들이 일제히 터져나왔고, 한쪽에서는 짓이겨진 강철 쇠문이 사슬 갈리는 날카로운 비명을 내지르며 튕겨져나왔다. 그 경악스러운 광경, 하늘 높이 솟아오른 갈색 물기둥들은 마치 화산이라도 폭발한 것처럼 보였다. 전대미문의 소용돌이가 증기 굴삭기와 건축 자재들을 장난감처럼 들어 올리며 문명의 산물들을 보잘것없이 작은 것으로 만들어버렸고, 손에 닿는 나무들을 잡초 뽑듯 뿌리째 끄집어내며 그 누구도 도전할 수 없는, 감히 쳐다볼 수조차 없는 절대 권력의 위용을 뽐냈다.

이제 재앙은 다음 악장으로 넘어갔다. 거대한 해일, 아니 지옥의 성난 짐승 떼가 비뫼시를 향했다. 이때 여름내 협곡 밑바닥의 진창 속에 꽂혀 있던 꼽추의 시체, 아니 이제 시체라기보다는 이리저리 해체된 단백질 뭉텅이에 가까운 무언가도 회오리치는 물살과 함께 들어 올려졌다. 괴물들이 처음 도착한 곳은, 단연 빈민들의 거주 지역인 북쪽 외곽이었다. 염료공장의 굴뚝이건 짐마차건 가로등이건 가릴 것 없이 닿는 족족 집어삼켰고, 벽돌집들마저도 종잇장 구겨지듯 박살나며 앞으로 떠밀리고 또 떠밀렸다. 레일에서 뽑혀나온 전차가 교회 첨탑을 박살내며 세로로 내리꽂혔고, 도개교 역시도 끊겨 나와 징병사무소를 박살냈다. 이제 광폭한 강물은 임대아파트의 목덜미에 송곳니를 꽂아넣고 있었다. 훗날 학자들이 계산해본 결과, 이때 해일의 위력은 몇 만 톤의 폭탄이 일제히 터지는 것에 비견될 정도라고 했다. 당연지사 오랫동안 부식된 콘크리트 허물로 방치된 아파트들은 그 충격을 버텨낼 재간이 없었다. 마치 취객이 침대로 향하듯 일말의 저항도 없이 포석(鋪石) 위로 쓰러져 머리를 된통 깨는 것처럼,

아파트는 버티는 잠깐의 틈도 없이 그대로 뒤로 넘어가, 바로 뒤편에 있던 또 다른 아파트들까지 도미노처럼 쓰러뜨렸다. 앞이 제대로 보이지도 않는 빗줄기 속에서 뭉개진 파괴음과 비명들이 들려왔지만, 이내 홍수가 그 모든 것들을 수장시켜버렸다. 공기 중에 흩날릴 만한 먼지 한 톨조차 허용하지 않은 채로, 빈틈없이 말이다. 이후 생존자들은 이날의 대참사를 '대홍수'라고 불렀다.

19

참사 당일은 공교롭게도 안식일이자 만성절(萬聖節)이 겹친 날이었다. 그러나 남편은 집에 가만히 누워 있을 수 없었다. 장대비가 고삐 풀린 것처럼 쏟아지고 있었지만, 그는 우비를 뒤집어쓰고 난쟁이들의 구역으로 가는 계단을 오르고 있었다. 이제 만삭에 가까워져 밖으로 나가는 것이 아예 불가능해진 유리부인을 대신해서 약재상으로 가는 길이었다. 보통의 남편들은 임신한 아내가 먹고픈 음식을 구하기 위해 이리저리 뛰어다녔지만, 그의 경우엔 고통을 조금이라도 더 줄여보기 위해 온갖 약재료를 구해와야만 했기 때문이다. 게다가 집 안에서 유리부인이 퍼붓는 온갖 저주의 말들을 들을 바엔 비에 쫄딱 젖더라도 밖에 나가 있는 것이 더 행복했다.

그러나 공교롭게도 그날 약재상 가게는 닫혀 있었다. 유리창 안쪽으로 '태풍이라서 쉽니다'라는 종이가 붙어 있었고, 불 꺼진 가게 안으로는 아무도 보이지 않았다. 남편이 얼굴에 묻은 빗물을 닦아내며 투덜댔다. "비 좀 온다고 쉬어? 빌어먹을 난쟁이 녀석, 여유롭구면 여유로워. 어휴, 들어가서 차(茶)라도 한잔 얻어마시려고 했는데……."

별수 없이 발길을 돌려 도로 집으로 돌아가고 있는데, 저 멀리 북쪽 산등성이에서 정체불명의 굉음이 들려왔다. 난생처음 들어본 소리였는데, 그것도 그럴 것이, 한 번 들으면 반드시 죽고 말기에 결코 두 번 들을 수 없을 끔찍한 소리였기 때문이다. 벼락이 내리꽂혀 무언가가 돌이킬 수 없을 만큼 갈라졌고, 그 틈으로 송곳니를 박아넣은 야수가 곧장 살가죽을 찢어버렸다. 내장이 쏟아지듯 흙탕물과 박살난 벽돌 더미들이 떠밀려왔다. 늘 그 자리에 버티고 있어줄 것이라 믿어 의심치 않았던 것들이 무너졌던 것이다. 시간이 없었다. 간질 발작이 일어난 팔다리처럼 미쳐 날뛰는 탁류가 세계를 덮쳐오고 있었다. 남편은 황급히 주변을 돌아봤지만 거리엔 아무도 없었고, 소리를 질러봤지만 폭우 때문에 창문들이 굳게 닫혀 있었다. 그는 임대아파트를 바라보며 아주 잠깐 자문해보길, 지금 저 아파트에 들어가면 다시 나올 수 있을까? 그러나 여기에 대한 답을 하기도 전에 이미 그의 다리는 유리부인을 향해 내뻗고 있었다. 별다른 소용이 없음에도 뭔가를 필사적으로 외치면서 달려갔지만, 유감스럽게도 그가 한 말은 빗줄기에 뭉개져 잘 들리지 않았다.

20

다음날 날이 밝았을 때 드러난 북쪽 외곽의 광경은 '폐허'라는 진부한 단어 외에 달리 다른 표현을 찾을 길이 없었다. 이전의 하늘과 땅은 온데간데없고, 구름 사이에 걸린 무지개를 제외하고는 멀쩡한 게 단 하나도 없었다. 전설 속에서 신들의 저주를 받아 수장됐다던 고대 도시가 다시 지상으로 솟아오른 것처럼, 모든 것들이 진흙뻘 속에 나자빠져 있었다. 나무널빤지, 가짜 상표가 찍힌 포장지, 벽돌들, 텅 빈 염료통, 거꾸로 내리꽂힌 가로수의 뿌리들, 죽은 개, 떨어져나온 녹슨 배관, 사륜마차의 놋쇠바퀴, 똥무더기와 함께 뭉개진 석탄 더미 그리고 깨진 가스등이 한데 뭉쳐져 있었고, 발이 닿는 곳마다 길 개념은 철저히 지워져 있었다. 가장 끔찍한 것은 마치 비바람에 날아간 빨래들처럼 군데군데 시체들이 널브러져 있다는 것인데, 거기서는 상한 굴 냄새가 났다. 그중엔 기침과 함께 삼킨 물을 내뱉거나 신음을 내며 움찔거리는 이들도 있었지만, 대부분은 아무런 미동도 없이 축 늘어져 있기만 했다. 한쪽에서 을씨년스럽게 붕어 한 마리가 팔딱팔딱 뛰어댔다.

그러나 다행히도─이걸 다행이라고 표현하는 것이 망설여지긴 하지만─북쪽 외곽의 임대아파트들이 쓰러지면서 방파제 역할을 해준 덕분에 도시의 다른 구역들은 비교적 멀쩡할 수 있었다. 범람한 흙탕물에 중심부가 침수되긴 했지만 건물이 완파되는 것 같은 극단적인 피해는 없었고, 그마저도 신성한 언덕 위에 지어진 상류층들의 저택엔 아무런 흠집도 나지 않았다. 시 당국에서 긴급 명령을 내려 재앙적인 피해를 입은 북쪽 외곽에 대한 구호작업에 돌입하긴 했지만, 그 규모가 워낙 전대미문인지라 실종자 집계조차 제대로 되지 않았다. 그 와중에도 대리석으로 지어진 고급빌라에 사는 부자들로부터 변기물이 제대로 내려가지 않는다는 민원이 부단히 접수되어 공분을 샀다.

그러나 절망은 기적이 일어나기 위한 조건인 법이다. 무너진 콘크리트 더미 속에 갇힌 이들을 구출해보려는 필사적인 노력들이 진행되는 가운데, 한쪽에서 괴이한 시체가 발견됐다. 한 남자가 물리법칙을 무시하는 듯한 괴력을 발휘하며 머리 위로 쏟아진 돌덩이들을 통째로 떠받친 채로 죽어 있었던 것이다. 무릎을 꿇은 채로 가슴이 바닥에 닿을 듯 무너져 있었지만, 그럼에도 그 아래에 돌먼지를 잔뜩 뒤집어쓴 임산부를 간신히 지켜내고 있었다. 바로 남편과 유리부인이었다. 구급대원들이 황급히 지렛대를 가져와서 돌덩이들을 들어올린 뒤 임산부를 먼저 끄집어냈다. 다행히 미약하게나마 숨이 붙어 있었다. 그러나 다리 밑으로 이미 선홍빛 하혈(下血)이 시작된 뒤였다.

구급대원이 유리부인을 급히 수술대로 옮기려는데 붙잡은 어깨와 다리에서 뼈가 뚝뚝 부러지는 소리가 들려왔다. 너무 놀랐지만, 애석하게도 골절을 고려할 시간은 없었다. 산모가 정신을 잃은 상태였기에 긴급하게 제왕절개가 이뤄져야만 했다. 파견

된 의사들은 천막이 쳐진 수술실에서 복부를 절개했고, 곧 수술용 칼이 얇은 근육 조직으로 둘러싸인 자궁에 닿았다. 그러나 자궁 속에서는 아무런 태동도 느껴지지 않았다. 옆에 있던 수간호사가 산모의 호흡과 맥박이 급격하게 저하되고 있다고 말했고, 집도의는 이것이 산모와 태아가 둘 다 사망하는 전형적인 수순임을 직감했다. 빠른 판단이 필요했다. 사고 현장에서 이미 지칠 대로 지쳐버린 산모의 생존 확률은 그리 높아 보이지 않았으니, 일단 태아를 빼내기로 결정했다. 집도의는 어금니를 꽉 깨물고서 자궁을 절개했고, 그 안에서 숨을 쉬지 않는 핏덩이를 끄집어냈다. 엉덩이를 쳐봤지만 울음소리는 터져나오지 않았다. 그러는 사이 수간호사가 산모의 맥박이 완전히 사라졌다고 알려왔고, 수술실엔 좀처럼 입술을 뗄 수 없는 침묵만이 감돌았다.

그렇게 모두가 단념하고서 그날 라디오 뉴스에 나갈 '가장 비통한 소식' 따위의 멘트를 상상하고 있던 그 순간에, 몇 박자 늦게 새 생명이 울음을 터뜨렸다. 그 소리는 마치 폐부로 밀려드는 낯선 공기를 거부하려는 듯한 절규처럼 들렸고, 집도의는 그제야 안도의 한숨을 내쉬며 잔뜩 움츠렸던 어깨를 축 늘어뜨렸다. 옆에 있던 수간호사도 다리에 힘이 풀려 얼마간 주저앉아 있어야만 했다. 참고로 그 태아는 대부분 익사하거나 짓뭉개진 시체들투성이였던 현장에서 의료진들이 처음으로 구해낸 생명이었다.

21

그러나 모두가 이처럼 운이 좋았던 것은 아니다. 사실 대다수
는 불운했다. 거센 물살엔 눈이 없고, 물리법칙은 도덕책을 읽
을 줄 몰랐기 때문에 어디를 가나 죽음으로 가득했다. 거리는, 좀
더 정확히는 한때 거리였던 곳엔, 흙탕물 속에서 허우적거리다
가 익사하고, 무너진 콘크리트에 깔려 압사하고, 넘어진 전봇대
때문에 감전사한 시체들이 넘쳐났다. 살아남은 이들은 땅을 치
며 울부짖거나 망연자실한 표정으로 한숨만 삼켰다. 덕분에 노
숙자, 그러니까 전날 보일러실에서 송골매와 박쥐를 건졌던 바
로 그 노숙자의 표정은 꽤 돋보였다. 대놓고 활짝 웃는 표정은 아
니었지만, 확실히 우울로부터는 멀리 떨어진 얼굴이었기 때문
이다. 그것도 그럴 것이, 대홍수가 모든 걸 휩쓸어가버리기 전에
도 빈털터리였던 그는 지금의 폐허가 그리 절망적으로 느껴지
지 않았다. 되레 모두가 자신과 같은 거지꼴이 된 급작스럽고도
무차별적인 평등 앞에 기분이 상쾌해졌다. "다들 벌들 받는 거
야……." 그가 손톱을 깨물며 나지막이 중얼거렸다. "자기 잘난
맛에만 살더니 꼴좋구먼."

그러나 이런 혼잣말일랑 하지 않는 편이 더 좋았을는지도 모
르겠다. 그는 지독한 수렁에서 빠져나오느라 미친 듯이 허우적
거렸던 관계로, 비록 온몸이 홀딱 젖은 상태였지만 반쯤 탈진하
여 잠들고 말았다. 다음날 그를 깨운 것은 아침 해가 아니라 갈

비뼈 사이사이를 휘감는 불길한 으슬으슬함이었다. 몸을 일으키려는데 갑작스레 기침이 연거푸 터져나왔다. 발작적이리만큼 주체할 수 없는 기침이었다. 이튿날 손바닥에 각혈을 쏟았을 때, 그는 전날 비슷한 증세로 허망하게 죽어버린 다른 노숙자들의 얼굴을 떠올렸다. 가을비를 맞고서 며칠간 피를 토하더니 이내 하얗게 굳어진 얼굴로 발견되는 시체들. 떠올리는 것만으로도 머리카락이 곤두서는 것 같았다. 아니라고, 절대 아니라고, 세차게 머리를 휘저으며 부정해봤지만, 당장 그날 밤부터 온몸이 불덩이처럼 뜨거워지더니 호흡곤란 증세까지 찾아왔다. 이튿날 필사적으로 기어가다시피하며 인근 피난소를 찾아갔지만, 그곳의 관리자는 신분증을 요구했다. 노숙자는 자신에겐 신분증도 없고 주소도 없다고 솔직히 고백하고는 점차 좁아져가는 목소리로 제발 약을 달라고 간청했지만, 관리자는 신원 확인이 되지 않으면 도와줄 수 없다면서 매몰차게 거절했다. 쫓겨난 노숙자는 교회나 빈곤자지원단체를 찾아가려고 했지만, 유감스럽게도 그런 것들마저 대홍수로 모조리 쓸려나가버린 상태였다. 결국 그는 무너진 전철역 폐허 밑에 쪼그리고 누워서 파르르 떨리는 입술로 기도를 해야만 했다. 부디 지금 이 병이 급성 폐결핵이 아니기를, 그저 약간 심한 감기에 불과하기를, 이 또한 지나가기를…….
그러나 여느 때와 마찬가지로 신의 답변은 오지 않았거나, 혹은 왔다손 치더라도 그의 귀엔 들리지 않았다. 의식이 완전히 끊기기 직전 그는 혼자서 중얼거렸다. "젠장맞을, 전부 다 어긋났어.

매사가 내리막길이야." 마지막 침을 간신히 삼키고는 덧붙였다. "아냐, 괜찮아. 아직 '그게' 남았으니까. 그런데 '그게' 뭐지?"[42]

다음날 노숙자는 죽은 채로 발견됐다. 그가 무슨 꿈을 꾸며 죽어갔는지에 대해선 알려진 바 없다.

22

한때 어느 철학자가 신의 섭리를 증명해보려고 시도한 적이 있었다. 만일 신이 존재한다면 그 존재는 분명 전지전능하고도 선(善)할 것인데, 어찌하여 세상엔 이리도 악행들이 넘쳐난단 말인가? 이건 모순이 아닌가? 이 철학자가 내린 결론은, 사실은 악행 같은 건 존재하지 않는다는 것이었다. 눈앞의 세계는 신의 은밀한 손길에 의해 선택된 가능세계들 가운데서 가장 최선의 세계라고 주장했고, 인간의 유한하고도 편협한 관점에서 악행이라 보이는 것들은 모두 일시적인 현상에 불과하다고 봤다. 작품 전체를 보지 않고 조각이나 부스러기들만 바라볼 경우, 거기서 훌륭한 질서가 드러나지 않는 것은 전혀 놀라운 일이 아니라면서 말이다.[43] 신께선 더 큰 악을 방지하거나 혹은 더 큰 선을 실현하기 위해 일부러 악을, 좀 더 정확히는 유한한 존재에게나 '악'으로 보이는 행위를 허용한다는 것이다. 궁극적으로 모든 것들은 진리를 향해 나아가고 있노라. 아멘.

그렇다면 이런 맥락에서 유리부인과 남편의 인생이 비참하게 끝맺음된 것 역시도 이 세계를 진보시키기 위한 불가피한 손길 중 하나인 걸까? 확실하게 말할 수 있는 건 딱 두 가지뿐이다. 하나는 이런 논증을 했던 저 철학자가 실의로 뒤덮인 불우한 말년을 보냈다는 것이고, 또 하나는, 좌우간, 철학책을 갉아먹은 책벌레를 잡아먹은 박쥐를 고아낸 국물을 마신 어느 퇴행성관절염 환자의 자궁에서 42번이 탄생하게 됐다는 것이다.

물론 여기서 '42'라는 번호는 대홍수가 났던 해에 대량으로 발생했던 고아들에게 부여된 일련번호였다. 행정 절차만 제대로 밟아졌다면 그 아기는 번호가 아닌 고유명사로 불릴 수도 있었겠지만, 유감스럽게도 대홍수로 북쪽 외곽에 있던 모든 아동보호소가 박살난 관계로 일시적으로 입양 절차가 정지된 상태였다. 그래서 평소 같았으면 위탁가정으로 보내졌을 여느 버려진 영아들과는 달리, 42번은 급한 대로 경찰서에 인계됐다. 그러나 비뫼시의 모든 공무원들이 피해 복구 및 대민 지원에 투입된 상태였기 때문에 뉘인지도 모를 젖먹이에게 신경을 써줄 만큼 한가한 경관은 단 한 명도 없었다. 격무에 지친 담당 경관은 42번과 함께 넘겨진 십수 명의 영아들을 주님의 종들에게 보내기로 했다. 때마침 북쪽 외곽 안에서도 고지대에 있던 몬세라토 수도원이 비교적 온전하게 남아 있었고, 경관은 망설임 없이 형식적인 서류만 꾸려서 공문을 띄웠다. 전보를 받은 수도원장은 실로 독실한 신자로서, 천재지변으로 수많은 사람이 고통받는 이 시국이야말로 그리스도 정신을 실천할 때라고 봤다. 그리하여 자신을 비롯한 목회자들의 월급을 줄이는 일이 있더라도 고아들을 거둬들이기로 결정했다.

그러나 윗선이 결정하면서 떠올렸을 낭만적인 생각이 밑에서 구체화될 때는 냉혹한 현실과 맞닥뜨리게 되는 법이다. 수도원 장은 선한 의도로 자신의 월급을 절반으로 줄였지만, 그 밑에 딸린 목회자들의 경우는 사정이 녹록지 않았다. 비유컨대 이건 매일 스테이크를 먹던 사람이 버터를 바른 크루아상을 먹게 된 것과, 매일 딱딱한 호밀빵을 씹던 사람이 풀뿌리를 캐다가 삶아 먹게 된 경우의 차이였다. 허나 비뫼시가 공황으로 엄혹하던 시절인데다가 북쪽 외곽 전체가 난파선이 된 상황이니만큼 목회자들은 자신의 월급이 일방적으로 깎이는 것에 군소리조차 낼 수 없었다. 괜히 목소리를 높였다가 길바닥에 나앉기라도 한다면 거지꼴, 아니 동냥조차 제대로 되지 않아서 굶어죽게 될 터였다. 심지어 '네 이웃을 사랑하라'라는 성스러운 명분까지 완벽하지 않던가? 그리하여 수도원에 딸린 고아원에서 일하던 목회자들은 등딱지에 붙을 것 같은 배를 붙잡고서 '사랑'을 실천하기로 했다. 그래, 주님께서 사랑의 구체적인 내용까지 제시해놓은 것은 아니었으니, 재량껏 채찍과 촛농 그리고 가혹한 명령들로 이루어진 도나시앵 알퐁스 프랑수아 드 사드 후작의 사랑을 고아들에게 베풀기로 했던 것이다.

3장

23

　하염없이 폭우가 쏟아진 날, 난쟁이 박제상은 가스등을 켜놓고서 밤새 작업에 몰두하고 있었는데, 너무 피곤한 나머지 그만 작업대에 엎드려 잠이 들고 말았다. 그리고 평소답지 않게 꿈을 꿨다. 꿈속에서도 그는 평소처럼 작업을 하고 있었는데, 작업대 위에 올려진 것은 다름 아닌 송골매였다. 전날 웬 노숙자가 가져왔던 바로 그 송골매 말이다. 그날, 인심 쓰는 척하며 헐값에 송골매를 넘겨받았던 것이 뒤늦게나마 죄책감이 된 것일까? 꿈속에서 박제상은 불안에 떨고 있었다. 조심스럽게 송골매의 가죽을 벗기자 시뻘건 살점이 드러났는데, 직업적으로 너무도 익숙한 광경임에도, 금방이라도 푸르스름한 모세혈관으로 다시 검은 피가 돌면서 죽은 근육들이 부활할 것만 같았기 때문이다. 섬뜩했다. 말도 안 되는 일이라 중얼대며 애써 고개를 가로저어봤지만, 한번 머릿속에 자리 잡은 불안은 좀처럼 떨쳐지지 않았다. 결국 잠시 작업을 중단하고서 담배라도 한 대 태우려는데, 어찌된 일인지 성냥이 보이지 않았다. 평소 넣고 다니는 주머니에도, 수납장에도 없었다.

"불이 없네……."

바로 그 순간 작업대에서 작은 불이 화르륵 일어났다. 송골매의 드러난 흉곽에서 푸른 불꽃이 점화됐던 것이다. 박제상이 믿을 수 없어서 두 눈을 비비는 동안 불꽃은 송골매의 몸 전체로 옮겨붙었고, 그것으로도 모자라 새로운 생명을 부여받은 불사조처럼 날개를 푸드덕거리더니, 이내 날아올랐다. 그 불새는 천장과 벽에 머리를 박아대며 괴롭게 울부짖었고, 그럴 때마다 사방으로 불꽃이 튀면서 진열장의 다른 박제품들에게로 옮겨붙었다. 삽시간에 가게는 불바다가 되었다. 이윽고 불타는 송골매가 날아와 어쩔 줄 몰라 하는 박제상의 모가지를 발톱으로 움켜잡았고, 이글거리는 눈동자를 들이밀며 말했다.

"이봐, 내가 불타는 게 보이지 않아?"

그리고 뭐라 대꾸를 날릴 새도 없이 송골매의 날카로운 부리가 그의 목덜미로 파고들었다.

박제상은 고함을 내지르며 꿈에서 깼다.

이마에 식은땀이 흐르고 텁텁한 입김이 터져나왔다. 그런데 현실에서도 매캐한 연기가 맡아졌다. 고개를 돌려보니 자다가 가스등을 넘어뜨린 모양인지, 톱밥 상자에 떨어진 불이 활활 타오르고 있었다. 박제상이 황급히 주전자에 담겨 있던 물을 부어서 불을 껐고, 그런 뒤에 주저앉아 놀란 가슴을 쓸어내렸다. 다행히 불이 작았기를 망정이지 하마터면 가게 전체를 태워버릴 뻔한 것이다.[44]

하지만 이상한 일은 거기서 끝나지 않았다. 밖에서 지진이라도 난 것처럼 굉음이 들려왔던 것이다. 다시 몸을 일으켜 세워 창문을 열어보니, 폭우 속에서도 난쟁이들이 소리를 지르며 어디론가 달려가고 있었다. 심상치 않은 분위기에 박제상도 판초 우비를 뒤집어쓴 채 동족들을 따라나섰다. 모두의 발걸음이 멈춰선 철제 난간에 닿으니, 그 너머로 환상소설에나 나올 법한 무시무시한 광경이 펼쳐지고 있었다. 일찍이 본 적 없는 거대한 탁류가 북쪽 외곽을 통째로 집어삼킨 채 소용돌이치고 있었던 것이다. 박제상은 턱을 늘어뜨린 채 겨우 눈만 껌벅였다.

24

유리부인의 시신은 운이 좋은 편이었다. 사망한 곳이 의료진들이 있는 곳이기에 곧바로 병원 내 안치소로 옮겨졌기 때문이다. 비록 온통 희멀건 타일과 스테인리스뿐인 황량하고도 서늘한 곳이었지만, 최소한 냉동고 안으로 들어간 그녀의 시신은 비교적 멀쩡한 채로 남을 수 있었다. 반면에 너무 늦게 발견됐거나 혹은 아직도 무너진 잔해 더미에 묻힌 채 꺼내지지 못한 시신들은 부패를 피할 길이 없었다. 비뢰시에 있는 시체안치소가 모두 꽉 차버리기까지 이틀이 채 걸리지 않았지만, 들어찼던 물들이 빠지자 더욱더 많은 시체들이 길거리에 나뒹굴었다. 이들은 몸이 부풀어서 원래의 모습을 분간하기가 힘들 정도였고, 옮기는 과정에서 배 속에 가득 찬 가스가 터져서 주변을 난장판으로 만들기도 했다. 급한 대로 시 당국에서는 긴급 명령을 내려 공업용 냉동고들을 모조리 징발했고, 냉매인 에틸에테르에 대한 수입 관세도 임시로 철폐했으며, 또한 증기자동차부터 소달구지까지 바퀴가 굴러가는 것이라면 예외 없이 모조리 동원하여 시체들을 실어 날랐다. 덕분에 전날 꽝꽝 얼린 생선들로 가득했던 창고는 시체들로 가득해졌고, 실종자를 찾아서 이곳으로 몰려든 유족들 사이에서는 겨울철에나 볼 법한 유행성 감기가 잠깐 나돌기도 했다.

그러나 실종자 집계나 확인은 끝끝내 제대로 이뤄지지 않았다. 공중으로 힘껏 던져졌다가 떨어지며 완전히 박살이 난 성냥 개비 집처럼 돼버린 북쪽 외곽에서 모든 시체를 수습하는 것은 애당초 불가능한 일이었기 때문이다. 가족을 찾지 못한 사람들이 그 상실감을 이야기로 메우기까지는 그리 오랜 시간이 걸리지 않았다. 여러 가지 이야기들이 나돌았는데, 그중에서도 가장 소름 끼치는 이야기는 시 당국에서 죽은 사람을 소생시키는 비밀 연구에 시체들을 조달하고 있다는 것이었다. 그 괴담에 따르면, 난쟁이 과학자들이 오랜 연구 끝에 시체에 기이한 반응들을 일으킬 수 있는 특수하고도 저주받을 시약을 제조하는 데에 성공했다고 한다. 그 시약은 유기체의 종류마다 일일이 그 성분 비율을 맞춰서 조정해야 했기에 적절한 제조 공식을 찾아내기가 무척 힘들면서도, 국제 비밀협약에 의해 엄격히 제조 유통이 금지됐고, 동시에 아직 세상에 이름이 공개되지 않은, 그러한 매우 희귀한 화학 물질이었는데, 그걸 시체의 정맥에 주입하면 무려 망자를 부활시킬 수 있다는 것이었다. 문제는, 간혹 시약의 결함이나 시체의 부패 탓에 실험이 불완전하게 성공했을 때는 끔찍한 괴물이 탄생하기도 했다는 것인데, 들리는 소문에는 실험실을 탈출한 괴물 하나가 정신병원에 갇힌 채로 아직도 살아 있다고 했고, 또 어떤 소문에는 행방이 묘연한 다른 괴물들도 존재한다고 했다. 실제로 일어날 가능성은 거의 없는 최악의 사태를 지레 상상하며 사람들은 평소의 냉담함을 잃고 몸서리쳤다.[45]

그러나 괴담보다 끔찍한 건 현실이었다. 잔혹극의 첫 단추는 병원에서부터 끼워졌다. 대홍수 이후 병원 행정처는 안치소를 가득 메운 시신들 때문에 심히 난감해하고 있었다. 신원 파악을 아무리 해봐도 시신의 수가 당최 줄어들질 않았던 것이다. 절반 정도는 어렵사리 연락이 닿았음에도 장례비용 때문에 전화를 끊어버렸고, 나머지는 아예 연락조차 되지 않았다(가난한 가족들은 흩어졌다가 서로를 영원히 찾지 않는 속성이 있기 때문이다). 지역사무소의 도움을 받아 가족관계등록부에 기재된 주소로 시신 인수 여부를 묻는 우편물을 발송해놓긴 했지만, 솔직히 말해 아무런 기약도 없었다. 대홍수로 거리 구분 자체가 사라졌는데 우편배달부는 어디에 편지를 넣어놔야 하는 걸까? 아니, 북쪽 외곽에 우편 체계가 존재하기나 한 걸까? 경찰에서 무연고자로 처리한 시신들을 의과대학에 해부 실습용으로 보내기도 했지만, 워낙 시체가 많이 나왔던지라 얼마 지나지 않아 의대에서도 더는 시신을 받지 않겠노라고 통보해왔다. 결국 각 병원의 경영진들은 경찰들과의 은밀한 합의를 보기로 결정했다. 그건 안치된 지 열흘이 지난 시신들을 일괄적으로 무연고자로 처리한 뒤, 야밤에 이들을 몇몇 구덩이에 한꺼번에 묻어버리기로 한 조치였다. 경찰들 역시 한낱 통계수치에 불과한 빈민들의 시신을 위해 밤새 전화를 돌리고 관련 서류들을 꾸리는 등의 수고를 할 마음일랑 전혀 없었기 때문에, 또한 병원에서 건네받은 봉투가 꽤 두툼하기도 했기 때문에, 적극 협조하기로 했다. 나중엔 폐허에서 시체가 새롭게 발굴되는 족족 신원 확인 절차도 없이 모조리 '실종자'로 처리하는 지경에 이르렀다.

암암리에 저주받은 일을 도맡을 인부들이 모집됐다. 다들 대홍수로 가족부터 살림살이까지 모든 걸 잃어버린 자들이었다. 나라님도 구제하지 못할 지독한 가난이 억센 발톱으로 그들의 살가죽을 산 채로 벗겨내려고 하고 있었다. 도랑 옆에 쳐진 야영 천막들마다 너무나도 배가 고프기 때문에 돈 한 푼 안 주고 비스킷만 준다고 해도 기꺼이 일할 사람들이 득실거렸다.[46] 이들 대부분은 튀어나온 광대뼈와 툭 불거져나온 턱만 보일 만큼 몰골이 형편없었고, 덕분에 이들은 지적이거나 도덕적인 본성을 지닌 인간이라기보다는 상당히 발전한 동물에 가까워 보였다.[47] 불법 무덤꾼으로서 비밀서약서에 서명을 하는 일에는 아무런 망설임도 없었다. 구덩이를 파고서 그 안으로 시체들을 내던지는 무참한 작업임을 사전에 고지받았지만, 존엄에 대한 신성한 불꽃은 이미 그들의 내부에서 꺼져버린 지 오래였다.[48] 양심의 가책을 살 돈이 없었다. 누군가의 죽음을 이해하기에 그들은 너무 지쳐 있었고, 그들이 가진 죽음에 대한 관념은 죽음이라고 부르기조차 망설여질 정도였다.

바로 이런 불법 무덤꾼들의 억센 손길이 차갑게 굳은 유리부인의 시신을 냉동고에서 끄집어냈다. 곧장 자루에 넣어 묶은 뒤 짐수레로 내동댕이쳤는데, 이때 가뜩이나 구멍이 숭숭 뚫린 그녀의 어깨와 정강이뼈가 부러졌다. 그러나 아무도 개의치 않았다. 새벽부터 병원에서 실종자 처리된 시체들을 대거 수거한 이들은 거칠 것 없이, 시체가 가득 실린 수레를 이끌고서 미리 구덩이를 파둔 야산으로 향했다. 그곳엔 증기 굴삭기까지 동원해서 여기저기 파놓은 구덩이들이 가득했는데, 군데군데 켜놓은 가스등 때문에 꼭 달 표면에라도 온 듯한 괴이한 느낌을 줬다. 마스크와 빵모자를 푹 눌러쓴 인부들은 가져온 시체를 구덩이에 던져넣었다. 시체들 중에선 자루가 모자라서 그냥 벌거벗겨진 채로, 그러니까 이미 괴사(壞死)가 상당 부분 진행되어 거뭇해진 상태로 운반된 것들도 많았다. 이윽고 납빛 사지들로 가득 찬 구덩이로 유리부인의 시체가 던져질 차례가 왔다. 암흑 속에 떨어지면서 그녀의 목뼈가 돌아가서는 안 되는 방향으로 꺾였다. 작업을 마친 인부들이 담배를 태우며 시체 구덩이를 쳐다보기도 했지만, 이때 그들이 느낀 건 절망감이라기보다는, 시체가 생각보다 무거우며, 또한 그런 것들을 밤새도록 나르느라 떨려오는 팔 근육과 뻐근한 허리, 즉 피로감이었다.[49] 손가락에 닿을 듯 짧아진 꽁초들이 구덩이로 던져졌고, 그런 뒤엔 굴삭기가 다가와 그 모든 역겨운 것들을 한꺼번에 지워버리듯 흙을 쏟아부었다.

25

유리부인이 이름 모를 시신들과 함께 뒤엉켜 부패하기 시작할 무렵, 그리고 기적적으로 세상으로 나오게 된 42번이 요람 안에서 손가락을 꼼지락거리고 있을 동안, 바깥에서는 죽음이 계속해서 자신의 몫을 찾아다니고 있었다. 북쪽 외곽, 전기도 끊기고 가스등도 박살나고 심지어는 양초 심지마저 젖어버린 그 외진 땅은, 납빛 지평선으로 둘러싸인 것처럼 어두컴컴한 세상[50]이었고, 언제나 굶주린 듯 탐욕스럽고 게걸스러운 죽음은 그 암흑 속을 유유히 헤엄치며 푸짐하게 차려진 잔칫상을 만끽했다.

북쪽 외곽은 본래부터 아무런 계획도 없이, 그저 그때그때의 필요와 탐욕에 따라, 심지어 손에 잡히는 조악한 재료들만 갖고서 모든 안전기준을 무시한 채 나무못을 박아서 만든 곳이었기에, 마치 너무 덧깁어대는 바람에 아예 봉합선으로 새로운 직물을 짠 것처럼 보이는 동네였다. 한데 그마저 대홍수가 모조리 쓸어가버리자, 도저히 다시 모아질 수 없을 만큼 산산이 부서진 것들, 잔해 위에 잔해가 쉼 없이 쌓인 쓰레기 더미로만 남아버렸다.[51] 마치 오래된 시체에서 가스가 빠져나가고 구더기와 미세한 박테리아들이 무너진 신체 조직을 갉아 먹어들어가는 것처럼, 빈민들의 보금자리는 완전히 해체되어 부르르 떨리고만 있었다. 도처에 손대기조차 싫은 지저분한 몰골들이 배회했고, 잔해 더미 깊숙한 곳에서는 아직도 수습되지 못한 시체들이 외로이 썩어갔다. 질병관리본부에서 전염병이 일어날지도 모른다는 경고를 내놓았지만 정작 의회에서의 구호예산 집행은 느리기만 했다. 천막들이 빼곡히 쳐진 대피소에서 모포를 훔치려던 도둑이 사람들에게 맞아 죽는 사건이 벌어졌다. 하루가 멀다 하고 목을 매는 자살자들이 나왔고, 그러자 라디오 방송국으로 자살 관련 통계를 내보내서는 안 된다는 보도지침이 내려왔다. 자살 방지를 위해 야간 순찰을 돌던 경찰관이 무정부주의자들에게 습격당해 권총을 탈취당하는 사건이 벌어지기도 했다. 그리고 거리의 시인들은 노래했다.

　　오 망자여! 반복되는 슬픈 질문

세계, 그 난장판 속에 무슨 의미를 찾으려 하는가?

오 망자여, 오 죽음이여!

답하노니

너는 여기에 없다는 것,

삶은 끝났고, 너 또한 사그라졌다는 것

화려한 연극은 끝났고,

너 또한 묵시록의 한 줄이 된다는 것[52]

신문 보도는 통제할 수 있었지만 한번 나돌기 시작한 노래를 틀어막는 일은 불가능했다. 시 당국에서는 빈민들에게 희망이 필요하니, 어떻게든 희망을 불어넣고자 수해현장에서 기적적으로 구조된 이들의 소식을 라디오로 끊임없이 송출했다. 학교보다 먼저 재건된 것이 전파 관제탑일 정도였다. 그러나 방송이 끝나는 순간부터 빈민들에게 몰려드는 현실이란, 씹다가 치아가 깨질 정도로 딱딱한 바게트 빵과 전시에나 먹을 법한 묽은 고기 수프에 감자, 순무가 둥둥 뜬 스튜 통조림, 이미 창궐하기 시작한 장티푸스 그리고 아침에 일어날 때마다 새롭게 마주하는 길가에 가득한 분뇨들이었다. 조금이라도 흐릿했다면 그나마 버틸 만했겠지만, 유감스럽게도 이것들은 지나치리만큼 과도하게 선명했다. 그래서 42번과 같은 소소한 기적은 수재민들에게 큰 의미가 되어주지 못했다. 졸지에 가족 친지들을 잃고 평생토록 살아온 보금자리마저 어디론가 떠내려가버린 마당에, 뉜지도 모를 신생아 구출 소식이 눈에 들어올 리가 있겠는가? 게다가 하늘은, 그러니까 대참사를 일으킨 그 잔혹한 하늘은 며칠 만에 청명하게 개어버렸다. 비구름 자체가 말끔히 소진되기도 했거니와, 종래에 북쪽 외곽의 공장 굴뚝들에서 매일같이 하늘로 토해내던 석탄 가루와 온갖 유독가스들이 일거에 사라져버렸기 때문이다. 덕분에 시체 구덩이들이 메워진 야산에서 비뫼시를 내려다본다면, 하얀 구름이 뜬 푸른 하늘 아래 왕관 소나무가 녹빛 가지들을 흐드러지게 늘어뜨린 평온함만이 한가득했다.[53] 그러나 지상 아래의 존재들은 그 드높은 매끄러움을 올려다보며 잇몸에서 피가 나오도록 어금니를 깨물었고, 이어서 어떤 '이유'를 갈구하기 시작했다. 이런 무지막지한 재앙이 그냥 벌어졌다는 식의 설명은 도저히 받아들일 수 없었다. 원초적인 분노가 피어올랐고, 누군가는 반드시 죗값을 치러야만 했다. 빈민들의 시선은 단연 무너져내린 댐 쪽으로 쏠렸다. 천재(天災)인지 인재(人災)인지가 모호한 상황이긴 했지만, 소리쳐도 대답 없는 하늘에다 대고 책임을 물을 순 없는 것이니, 분노의 방향표는 자연스레 시 당국을 향했다. 머지않아 책임자를 처벌하라는 대대적인 시위가 벌어지게 될 터였다.

그러나 이런 흐름은 고전적인 것이었다. 특히나 지배자들의 지배자인 가시여왕의 입장에서는 왕좌에서 내려가기까지 족히 마흔 번은 더 반복하게 될 지루한 반복에 불과했다. 늘 그래왔듯, 적절한 기회를 포착하여, 두 동강 낸 희생양의 시체를 피 묻

은 칼이 떨어진 단두대 위에 전시해놓을 시간이었다.[54] 공교롭
게도 그쯤 해서 산통이 시작되긴 했지만, 가시여왕은 궁전에 따
로 설치된 분만실로 실려가면서도 이런 명령을 잊지 않았다.

"무정부주의자 놈들이 다시 날뛰지 않게, 벌레들한테 물어뜯
을 걸 최대한 빨리 던져주도록 해."

"분부 받들겠습니다."

이때 가시여왕의 칙령을 접수했던 사내는 표독스러운 눈매와
입가에 난폭하게 그어진 칼자국을 갖고 있었다. 그는 바로 왕가
의 충실한 사냥개이자 잔혹한 집행관인 알도 파스칼리노였다.

26

그날 밤, 각각 두 건의 죽음이 벌어졌다. 그건 사고와 살인의 경
계가 모호한 집행이었다. 첫 번째 것은 전날 건설부 차관의 명령
에 의해 댐 설계 수정안을 마련해야 했던 건축사였다. 그가 한 것
이라곤 명령에 복종한 것이 전부였지만, 삶을 끝장내기엔 충분했
다. 차관의 집무실을 방문한 기록과 통화기록 내역을 조회한 파
스칼리노는 건축사의 집으로 찾아갔고, 몇 시간 뒤 그 집은 갑작
스러운 배관 이상으로 고압 증기가 쌓이더니 이윽고 보일러가 폭
발하여 폭삭 주저앉고 말았다. 건축사의 육신은 손톱과 머리카락
몇 가닥을 빼고서는 핏빛 먼지가 되어 사방으로 흩어졌다.

그렇게 도심 한쪽에서 소방차들이 긴급 출동을 하는 동안, 파스칼리노의 냉정한 발걸음은 주로 관료들이 모여 사는 고지식한 동네인 뢰티크가(街)에 닿아 있었다. 그가 발을 뗄 때마다 생기는 그림자는 마치 거뭇한 피가 뚝뚝 떨어지는 것처럼 보였다. 두 번째 과녁은 건설부 차관이었다. 그의 주거지로 확인된 고급 빌라 앞에는 검은 복면을 쓴 파스칼리노의 수하들이 미리 대기하고 있었고, 경비실은 깨끗하게 비워져 있었다. 파스칼리노는 손목시계를 확인했다. 아직 동이 틀 때까지 두어 시간이 남아 있었다. 그는 무신경하게 고개를 끄덕이고는 수하들에게 말했다.

"따로 야근 수당도 안 쳐주는데, 빨리들 끝내자고."

진입 명령이 떨어지자, 굳건하게 입구를 지켜주리라 믿어 의심치 않던 자물쇠가 뜯겨나가기까지 30초도 채 걸리지 않았다. 사냥개들은 귀신같은 손놀림으로 자고 있던 차관과 그 아들을 의자에 결박시켰다. 파스칼리노는 신발을 신은 채로 부엌으로 여유롭게 걸어가 찬물을 한 잔 마셨고, 이어서 덜덜 떠는 홀아비 차관에게 다가가 지금부터 자신이 불러주는 대로 유서를 적으라고 지시했다. 물론 그 내용은 사리사욕 때문에 볼더 댐 건설 자재들 중 일부를 빼돌리다 못해 설계도까지 마음대로 수정하고 말았다는 자백서였다. 차관이 망설이자, 파스칼리노는 그의 중학생 아들의 관자놀이에 총구를 가져다대는 것으로 용기를 북돋아줬다. 유서가 다 적히자 옷장에서 넥타이를 하나 빼서 건네주며 안방에 가서 자살하라고 명령했고, 10분 안으로 죽지 않으면 아들의 머리에 구멍을 내주겠노라고 협박했다. 차관은 눈물을 쏟으며 안방으로 가 목을 매달았다. 파스칼리노는 입에 물려놓은 재갈에서 피가 흘러내릴 정도로 절규하는 아들을 쳐다봤고, 이윽고 증오로 물든 시뻘건 눈동자와 눈이 마주쳤다.

"너희 아버지에게 미안한 일을 했으니, 너한테는 자비를 베풀어야겠구나." 파스칼리노는 무미건조한 목소리로 말하고는 권총으로 아들의 머리를 쏴버렸다.

27

다음날 해가 밝자, 촉망받던 건축사의 갑작스런 죽음이 사람들 입방아에 오르내렸다. 자고 일어났더니 집이 통째로 무너져 있으니 경악스러움을 금할 길이 없었을뿐더러, 비교적 성실하게 살아왔다는 평판을 갖고 있던 이에게 찾아온 뜬금없는 불행 앞에 참담함을 감출 길이 없었기 때문이다. 그의 옆집 이웃은 지난 겨우내 보일러가 말썽을 일으켰다고 증언했고, 배관공 부르기를 미루다 보니 결국 장의사를 부르게 된 꼴이라고 덧붙이기도 했다. 그러나 여름에 보일러를 틀 이유가 무엇이었는지에 대해서는 아무런 답도 내놓을 수 없었다. 그 진실은, 이틀 뒤 대대적인 특종으로 보도된 건설부 차관의 자살 사건에서 밝혀졌다. 검찰에서 차관이 남긴 유서를 공개했는데, 거기엔 볼더 댐 건설에 관련된 부실시공과 총체적으로 잘못됐던 설계도 그리고 북쪽 외곽의 거대한 비극 앞에 죄책감을 견딜 재간이 없어 죽음을 택할 수밖에 없었던 죄인의 고백이 담겨 있었다. 언론은 차관과 같은 날에 죽었던 건축사 역시도 가스 배관을 일부러 건드려서 자살한 것이란 해석을 내놓았고, 검찰은 사건 보고서에 '그럴 가능성이 농후하다'라는 문장을 기입하며 수용했다. 후속 보도에서 차관의 사라진 아들에 대한 행방이 다뤄지기도 했는데, 믿을 만한 익명의 제보자의 증언에 의하면, 차관이 자살하기 전에 아들을 미리 외국으로 도피시켰다고 했다. 검찰은 부모의 죄를 자식에게까지 전가시키는 것은 사라져야 할 악습이라 밝히며 수사 종결을 발표했고, 그렇게 사건은 얼추 마무리된 것처럼 덮였다.

그렇담 빈민들의 분노도 덮였는가? 모호했다. 보기에 따라선 흥분한 사람들이 나무 팻말과 몽둥이를 들고서 시 당국 앞으로 가지 않았으니 이걸로 분노가 사그라졌다고 볼 수도 있겠지만, 어떤 분노는 사라지지 않은 채 바닥에 내려앉기도 하는 법이다. 마치 화재 현장에서 물로 불을 끄면 공기가 식고, 그러면 유독가스들까지도 덩달아 식어서 바닥으로 가라앉는 것처럼 말이다.

훗날 벌어지게 될 일들로 가늠해보건대 징후적인 사건 중 하나가 난쟁이 구역에서 발생했다. 행정 관할 상으로 난쟁이들의 집단 거주 구역은 북쪽 외곽에 속해 있었는데, 옛말에 끼리끼리 어울려 논다고, 이곳의 생활도 비참하기 짝이 없었다. 어지럽게 뒤엉킨 층계와 그 부속들에 대해 언급하지 않을 수 없겠는데, 난쟁이들의 생활에 익숙하거나 무뎌지지 않은 사람이라면 잠시도 견딜 수 없을 만큼 나빴다. 거대하고 더러운 둥지 같은 높은 건물 하나에 수백여 명의 난쟁이들이 모여 살았고, 방이라기보다는 독방에 가까운 모든 숙소의 문은 공용 층계로만 열렸다. 게다가 쓰레기 수거인이 따로 없었기 때문에 층계참엔 항상 쓰레기 더미가 쌓여 있었고, 좁다란 창문으로 오물을 내던지는 것은 일상이었다. 가난과 궁핍 때문에 쓰레기가 더 쌓이지는 않았지만, 이렇게 생겨난 통제되지 않는 절망적인 부패의 덩어리는 가난과 궁핍이 무형의 더러움을 굳이 더하지 않더라도 대기를 오염시켰다.[55] 그러나—그럼에도—난쟁이 구역은 대홍수로 쓸려나가지 않았다. 북쪽 외곽의 다른 거리들과 달리 난쟁이 구역은 비교적 고지대에 위치하고 있었기 때문이다. 물론 이건 수 세기 전에 난쟁이들을 주변의 주변부로 밀어내고 격리했던 차별의 결과물이긴 했지만 말이다.

문제의 그날, 철도 너머 난쟁이 구역으로 들어가는 시멘트 계단을 오르내린 사람들 중에는 전날 남편에게 볼더 댐 건설현장을 중개해줬던 인력사무소 소장, 즉 배불뚝이도 있었다. 대홍수로 사무실과 거주하던 조그마한 벽돌집까지 모조리 떠내려가버렸던 관계로 그는 빈털터리가 된 상태였고, 주된 일과는 잔해 더미를 뒤적거리며 비교적 쓸 만한 물건을 찾아내 팔아넘기는 허드렛일이었다. 한때 사무소의 주인이었던 이가 졸지에 거지와 날품팔이 사이 중간쯤 어딘가의 존재로 전락해버린 것이다. 그는 한 번의 자살 시도를 했지만, 몸무게 때문에 목을 맸던 밧줄이 끊어지면서 그마저도 실패한 뒤부터는, 죽음을 체념하고서 계속 살아가기로 마음을 고쳐먹었다. 죽고 싶을 때마다 어떻게든 숨을 쉬어보겠다고 밧줄 사이를 파고들던 자신의 손톱들이 생각났던 까닭이다.

그날은, 으레 특별한 날이 그러하듯, 배불뚝이에게 평소와 다른 일이 일어났다. 사무소가 있던 자리의 잔해 더미에서 꽤 온전하게 보존된 송골매 박제를 찾아낸 것이다. 성난 물살이 모든 걸 집어삼키고 떠밀던 난리통에 도대체 어떻게 기울어진 철제 캐비닛 밑으로 굴러떨어져 안전하게 웅크리고 있을 수 있게 된 건지는 몰라도, 좌우간 송골매 박제는 약간 물기에 젖은 것을 제외한다면 발톱부터 날개 끝자락까지 모두 온전했다. 한동안 송골매의 날카로운 부리와 부릅뜬 눈을 쳐다보고 있으니, 배불뚝이는 문득 전날 남편과 나눴던 대화의 한 토막이 떠올랐다.

"참으로 완벽한 생명체이지 않소?" 배불뚝이가 혼잣말로 묻고는 잠시 헛웃음을 후후 터뜨렸다. 그러고는 남편의 대답을 읊었다. "동감입니다. 날렵한 매는 언제나 멋있죠."

잠시 추억 속에 머물렀다.

그러나 감상은 잠깐이고 현실의 완력은 거센 법이다. 배불뚝이는 전날 이 송골매 박제를 샀던 난쟁이 구역의 박제상을 찾아가서 다시 되팔기로 마음먹었다. 제값을 모두 받아낼 수는 없더라도, 어려운 사정을 간곡히 말하면 반값 정도는 돌려받을 수 있지 않을까 하는 행복회로가 팽글팽글 돌아갔다. 그리하여 그는 뚱뚱한 몸뚱이를 이끌고서 힘겹게 구슬땀을 닦아가며 난쟁이 구역의 모든 계단들을 하나하나 딛고 있는 중이었다. 마침내 계단을 다 오르자 난쟁이들 특유의 토끼굴 같은 집들과 미로처럼 꼬인 계단들이 나타났다. 전당포와 고물상, 시계점과 옷감 가게 그리고 골목에 빼곡히 들어찬 봇짐장수들 사이로 돼지들이 꿀꿀거렸다. 배불뚝이는 숨을 고르고서 익숙한 계단으로 발길을 옮겼다. 그의 기억이 맞는다면 짐승 썩은 내가 진동하는 무두장이의 작업장 맞은편에 박제상의 가게가 있었고, 과연 그러했다.

큼직한 쇼윈도 너머로 박제된 동물들이 빼곡히 들어차 있는 것이 보였다. 나뭇가지 위에 날개를 펴고 앉은 새들의 박제, 방부제에 절여진 물고기, 포르말린 병에 든 이름 모를 곤충들. 한쪽 벽장엔 큼직한 송곳니가 이마까지 굽어져 올라온 털북숭이 트롤의 박제가 서 있기도 했다. 가게 문을 열자 쇠방울이 딸랑거리는 소리와 함께 장뇌(樟腦) 특유의 냄새가 코를 찔렀다. 장뇌엔 벌레를 쫓는 효능이 있어 가죽 안쪽을 채우는 대팻밥이나 솜과 함께 충전재(充塡材)로 곁들여졌기 때문이다. 널찍한 선반 앞에 족제비처럼 왜소한 난쟁이 박제상이 아크릴로 만들어진 의안에 눈동자를 그려넣고 있었다. 아마도 애완견 박제를 의뢰받은 모양인 듯, 선반 옆에 눈구멍이 빈 요크셔테리어 박제가 앉아 있었다. 박제 작업에서 눈은 골칫덩어리였다. 거의 모든 신체 부위가 방부 처리될 수 있었지만, 눈만큼은 무슨 약품을 바르든 간에 기어코 쪼그라들고 말았기 때문이다. 그래서 진짜 눈을 뽑아내고서 가짜 눈을 박아야 했다. 만일 영혼은 눈에 담긴다는 옛 속설이 옳다면, 바로 그러한 이유에서 영혼은 박제가 불가능했다.

배불뚝이가 애써 웃는 표정을 지으며 박제상에게 다가가 송골매 박제를 내밀었다. "안녕하세요? 작년에 여기서 이 송골매를 샀던 사람입니다. 혹시 기억하시는지요?"

"아, 기억하죠." 박제상이 한쪽 안경에 씌워진 돋보기를 빼면서 물었다. "그런데 무슨 일이신지?"

배불뚝이가 뒷머리를 긁적였다.

이윽고 그가 말했다. "사실은요, 제가 이번 대홍수 때문에 전 재산을 잃어버렸습니다. 완전히 빈털터리 신세가 됐죠. 그래서 그나마 무사한 물건들을 되팔고 있는데, 아무래도 이 송골매 박제도 다시 팔아야 할 것 같네요."

박제상은 송골매 박제를 이리저리 훑어봤다. 분명 상태는 괜찮았지만, 대홍수가 날뛰던 날에 꿨던 악몽이 마음에 걸렸다. 그 꿈을 생각하면, 지금도 불타는 부리가 꿰뚫었던 목 부위가 화끈거리는 것 같았다.

"에효, 죄송해서 어쩌나요?" 박제상이 난처한 표정을 지으며 한숨을 내쉬었다. "대홍수 때문에도 저희도 일감이 확 줄어버려서 형편이 어렵거든요. 그리고 손님, 이렇게 몇 개월이 지나서 가져온 물품은 환불이 불가능합니다."

"어떻게 반값에라도 안 될까요?"

박제상이 예의상 송골매 박제를 한 번 더 살펴보는 시늉을 하긴 했지만, 이미 마음을 정한 뒤였다. 이윽고 그가 고개를 가로저으며 말했다.

"깃털이 상했네요. 힘들겠습니다."

"깃털이요?" 배불뚝이가 송골매 날개를 요란하게 뜯어보며 반문했다. "제가 보기엔 샀던 그대로인데요?"

"손님, 죄송합니다."

박제상은 그 말을 마지막으로 다시 안경에 돋보기를 씌우며 붓과 의안을 집어 들었고, 배불뚝이는 화끈해진 얼굴로 어찌할 바를 몰라 하고 있었다. 이대로 나가야 하나? 그러고 싶은 마음이 굴뚝같았지만, 그랬다간 길거리에 그를 기다리는 굶주림과 다시 만나게 될 터였다. 백색 도료가 벗겨진 쪽방에서 지네들에게 물려가며 잠을 청하고 싶지 않았다. 하루라도 좋으니 눅눅한 옥수수 통조림이 아니라 따끈한 빵에 계핏가루를 뿌린 오트밀을 먹고 싶었다. 이런 소망을 갖는 것이 과분한 것인가? 그럴 리가 없었다. 그렇다면 누가 이를 가로막고 있는가? 저 돈밖에 모르는 탐욕스러운 버러지, 금은을 양만큼이나 빨리 키워댈 것이 불 보듯 뻔한[56] 약삭빠른 난쟁이 녀석이었다. 더불어 살아가는 법이라고는 모르는 저 기생충 족속들 말이다. 배불뚝이의 어금니에 힘이 꽉 들어갔다. 조금 전 박제상에게 가졌던 기대는 삽시간에 분노로 바뀌어 불타올랐다. 하지만 그건 단순히 점화된 불꽃이라기보다는 잿더미 속에서 계속 타고 있던 잔불이 새로운 탈 것들을 만난 것에 가까웠다.

손님이 나가지 않고 계속 서 있자, 박제상은 한숨을 내쉬며 다시 돋보기를 벗었다. "거기 계속 서 있으실 거예요? 그래도 환불은 안 됩니다."

배불뚝이가 박제들로 가득한 진열장을 둘러봤다.

"대홍수로 잃은 게 도대체 뭐요?" 그러고는 금방이라도 터질 듯 으르렁거리며 물었다. 속에서 제어할 수 없는 무언가가 모든 관절들을 잡아당기는 듯했고, 곧이어 높임말 스위치가 반말로 바뀌었다. "기껏 손님들 몇몇 끊긴 거? 나는 모든 걸 잃었어. 지금껏 인생을 살면서 긁어모은 피땀이 모두 물거품이 됐단 말이지. 이게, 이게 무슨 말인지 알아?"

"계속 이러면 경찰 부르겠습니다."

박제상이 일부러 엄격한 목소리로 말했지만, 유감스럽게도 그건 움츠러듦을 부른 게 아니라 방아쇠가 되어 그를 향해 당겨졌다. 배불뚝이가 손에 들린 송골매 박제를 집어던지며 달려들었던 것이다.

"뭐, 경찰? 부르든가 말든가, 이 난쟁이 사기꾼 새끼!"

"여기 미친, 미친놈이야!" 박제상의 비명이 터졌다.

배불뚝이는 박제상을 밀치고서 선반을 뒤엎었고, 손에 잡히는 가죽 다지기용 망치로 박제된 요크셔테리어의 머리를 힘껏 내리쳤다. 스티로폼으로 만들어진 두개골은 손쉽게 박살났고, 으깨진 틈으로 대팻밥과 섞인 장뇌 가루가 부스스 터져나왔다. 뒤돌아서자 박제품들의 죽은 눈동자들이 모두 자기를 쳐다보는 듯했다. 마치 이곳의 질서를 흔들지 말라는 죽음의 얼어붙은 경고장같았다. 배불뚝이는 잠시간 어쩔 바를 몰라 하며 바삐 마른 침을 삼켜댔지만, 어느새 문을 열고 달려 나간 박제상의 도와달란 외침에 다시 현실로 붙들렸다. 돌이킬 수 없었다. 손에는 아직 망치가 들려 있었다. 배불뚝이는 큼직한 구렁이가 든 포르말린 병을 깨뜨려버렸다.

28

다음날 배불뚝이는 병원에서 눈을 떴다. 뭐라 형언하기 힘든 어지러운 두통이 느껴졌다. 깊은 잠 속에서 께름칙한 무언가를 본 것 같기도 했지만, 그 꿈은 거미줄에 걸려 있는 지라, 깨어난 순간부터 줄이 너무 가늘어져 꿈에 대한 기억이 잘 떠오르지 않았다.[57] 몸을 일으키려고 하자 침대에 걸린 수갑이 그의 팔을 잡아당겼다. 어제 난쟁이 구역의 박제상 가게에서 있었던 기억들이 한꺼번에 점멸했다. 박제된 동물들을 넘어뜨려 밟아댔고, 비명을 듣고 달려온 난쟁이 하나를 밀어붙여서 수납장에 처박았던가? 또한 몸싸움 중에 박제상이 자신을 깨물었던 것이 떠올라 소매를 걷어보니 과연 상처투성이인 왼팔엔 그때의 이빨 자국이 선명히 남아 있었다. 그렇다면 그 난리는 어떻게 끝났던가? 마구잡이로 깨뜨린 포르말린 병들이 문제였다. 다시 박제들을 부수려다가 바닥에 쏟아진 희멀건 개구리들과 구렁이를 밟고서 뒤로 나자빠졌고, 그쯤해서 그 주변은 포르말린의 싸구려 와사비 같은 냄새들로 가득했기 때문이다. 그 순간에 눈앞이 핑 돌더니 의식이 흔들리는 촛불처럼 위태로워졌다. 그리고 어떻게든 정신을 차려보려고 눈을 꾹 감았다 떴더니—그래, 늘 이런 식이지—병원의 낯선 천장이었던 것이다. 이 일을 계기로 알게 된 거지만 포르말린, 그 독성물질엔 마취 효과가 있었다. 뒤늦게 출동한 경찰들에 의해 밖으로 옮겨지지 않았다면 아마도 배불뚝이는 독기에 취해 죽었을지도 모를 일이었다.

"빌어먹을 난쟁이 자식!" 배불뚝이가 욕지거리를 내뱉고는 한숨을 내쉬었다.

잠시 후 의사가 들어와서 건강을 확인했고, 경찰서에 전화를 넣었다. 때마침 점심시간이었기에 담당 형사가 오는 동안 환자식이 나왔다. 공교롭게도 그날 식단은 따끈한 빵에 계핏가루를 뿌린 오트밀이었다. 배불뚝이는 자신의 요지경 같은 운수를 자조하며 숟가락을 떴다. 그러나 이날의 우발적인 폭행 및 기물파손죄가 진정으로 예고했던 일들이 완전히 드러나기까지는 아직 긴 시간이 필요했다.

29

졸지에 화를 입은 불우한 난쟁이 박제상에 대한 후일담이 전해진다. 그날 배불뚝이가 진열대의 상품들 중 4분의 1을 박살내버린 관계로 박제상의 손해는 이만저만이 아니었지만, 유감스럽게도 그 범인은 잃을 쇠사슬조차 없는 빈털터리인 관계로 그로부터 어떤 보상금도 받아낼 수가 없었다. 처지를 불쌍히 여긴 친지들이 엉망진창이 된 가게를 정리하는 것을 도와주긴 했지만, 그런다고 해서 몇십 년에 걸쳐서 모은 박제들이 되돌아오는 것은 아니었다. 고블린 땅꾼으로부터 비싸게 주고 산 비단구렁이부터 시작해서 밀렵꾼에게 웃돈 꽤나 얹혀서 구한 검은 숲에서 잡아온 희귀 올빼미까지 그 값어치는 이루 말할 수가 없을 정도였다. 심지어 어떤 것들은 가격표가 붙은 단순 상품이 아닌 예술의 경지에 가까운 것이기도 했다. 박제상은 망가진 박제품들을 쓰레기봉투에 넣으면서 심히 우울해졌다. 그건 단순히 배불뚝이가 감옥에 갔다는 소식만으로 풀릴 문제가 아니었다.

며칠 뒤 박제상은 그나마 수리가 될 만한 것들을 추려내 복원해보기로 마음먹었는데, 그건 진짜로 복원해내겠다는 뜻이라기보다는, 뭐라도 전념할 것을 찾기 위한 몸부림에 가까웠다. 이때 하나 얄궂었던 건, 다름 아닌 송골매 박제가 비교적 온전한 상태였다는 점이었다. 배불뚝이가 집어던지긴 했지만 이때의 충격은 왼쪽 날개를 살짝 돌아가게 한 것이 전부였고, 특별히 가죽이 찢어지거나 깃털이 심하게 날린 부위는 없었다. 한마디로 상처 하나 없이 매끈했다. 내다 버릴까 하는 마음도 들었지만, 마음 한편에서는 다시 진열장으로 받아들이는 것을 거부했기 때문에 화를 입은 건지도 모른다는 근거 없는 불안이 고개를 내밀기도 했다. 고민하던 박제상은 결국 송골매 박제를 다듬어서 다시 전시하기로 했다. 어떠한 갈라짐도 없이 완전한 곡선으로서 연결된 송골매의 우아한 자태를 쓰레기통에 처박는 것도 못할 짓이었거니와, 한 푼이 아쉽기도 했기 때문이다.

참고로 이 송골매 박제가 다시 팔리게 된 것은 한참 뒤의 일이고, 그 구매자는 알도 파스칼리노였다.

30

이야기는 끊임없이 흘러가고, 흩어졌던 것들은 예기치 못한 곳에서 다시 끼워 맞춰지기 마련이다. 태만한 행정의 결과물로서 몬세라토 수도원에서 운영하던 고아원으로 보내진 42번을 기다리고 있던 것은 쇠우리로 된 요람 안에서 강행될 수난기였다. 기저귀는 제때 갈아지지 않았고, 이유식을 먹는 날은 불규칙했다. 울음을 터뜨렸을 때 찾아오는 것은 탈진이나 손찌검뿐이었고, 이내 울어봤자 먹을 게 없다는 걸 알게 된 아기들은 더 이상 울지 않았다. 영양실조와 비위생적 환경 속에서 유일하게 기댈 수 있는 건 순전히 타고난 면역력이 전부였는데, 다행히도 튼튼한 백혈구를 타고난 42번은 간신히 목숨을 붙들고 있을 수 있었다. 어쩌면 전날 유리부인이 먹어댔던 온갖 유사과학적 건강식품들이 비로소 모종의 효력을 발휘했던 건지도 모를 일이었다.

좌우간 42번은 환절기마다 위태로운 줄타기를 하며 2년여를 끈질기게 살아남았다. 구덩이에 묻힌 유리부인의 시신이 박테리아들에게 갉아먹혀 군데군데 구멍이 숭숭 뚫린 백골이 드러나는 동안, 42번은 주린 배를 붙잡고서 호흡을 계속하는 데 집중했고, 운 좋게 젖병을 물게 될 때마다 고집스럽게 서너 모금을 더 빨았다. 단순한 생명본능의 발로인 걸까, 아니면 하나님께서 미래를 슬쩍 보여줬기 때문에 악착같이 희망을 가질 수 있었던 걸까? 알 길이 없다. 전자는 유아기의 기억이란 결코 떠올릴 수 없다는 점에서 불모적이고, 후자는 신비주의의 영역이기 때문이다. 확실한 것은 어느 날엔가 42번에게 구원자, 적어도 그 시점에서는 구원자임이 분명한 이가 찾아왔다는 것뿐이다. 중이염으로 인한 고열로 의식이 사후세계를 향해 몽롱해지고 있던 42번에게 P수사가 때맞춰 나타난 것은 기적이 사라진 해로부터 1196년 뒤인 6월 24일이었다.

다시 시간을 돌려보자. 2년 전 대홍수는 허름한 임대아파트와 거주용 지하실은 물론이고 북쪽 외곽의 거의 모든 공장과 점포 그리고 관공서들을 문자 그대로 쓸어버렸다. 오래전 도시들의 전쟁 때 비뢰시가 넉 달간 포위당한 채로 포격을 받았던 시절

보다 더욱 처참했다. 빼곡히 채워진 수해 복구 목록엔 요양병원부터 시작해서 일곱 개의 학교들, 인력사무소, 가스등 가게, 유치원 지하실의 도박장, 남방한계선 벌목꾼 징집관리청, 법원 경매장, 퇴역군인공제회, 민원이 빗발쳤던 동물기름 용해공장, 빈자급식소, 염료공장, 커피 원두 판매점, 잡화상의 재고창고, 옷가게, 파출소들, 무정부주의자들의 비밀회합소, 교회와 노동조합사무실, 고블린 목재소, 지하 인쇄소, 시민문화회관, 정형외과, 밀주 양조장, 자유심령파 형제단 회관, 글레트르 대감옥, 무산자들의 숙박소, 액막이 판매점 그리고 우체국과 건설교통부 산하의 여러 관공서들까지 모조리 파괴된 걸로 나왔다. 당연지사 교회도 예외가 아닌지라 교단 본부에 있던 고딕 첨탑이 무너지면서 본관이 폭삭 무너져내렸다. 대략 10년 전 그리스도의 교회는 가장 낮은 이들이 있는 곳에 있어야 한다는 방침이 정해지면서 교단 본부를 북쪽 외곽으로 옮긴 것이 화근이 된 셈이다. 심지어 대홍수가 났던 날은 모든 성인(聖人)을 기념하는 만성절[58]이었기 때문에 본관 지붕이 내려앉으며 행사에 참여했던 수많은 신자가 깔려 죽었고, 그중에선 교회 행정을 담당해야 할 목회자들도 상당수 포함되어 있었다. 어차피 사후 심판은 여호와의 몫이니 지상에 남겨진 일들만 따져봤을 때, 전자는 십일조의 감소를 낳았고, 후자는 전자와 연동되면서 기나긴 행정 공백을 예고했다. 교단 수뇌부의 미간이 깊게 접혔다.

결국 교단에서는 특단의 대책으로 과거 각종 불미스러운 일들 때문에 징계위원회에 회부된 목회자들을 전면 사면시키기로 결정했다. 혼란을 겪으니 빈자리를 일단 채워놓는 쪽을 택했던 것이다. 그렇게 단순 폭언 및 십일조 횡령부터 시작해서 더러운 아동성범죄까지 총망라된 징계심의서들에 일괄적인 보류 도장이 찍혔다. 보류, 그것은 면죄의 또 다른 이름에 불과했다. 보름 후 지붕이 없는 예배당에서 급하게 진행된 집단 안수식(按手式)에 참석한 여러 죄인 중에서는, P수사의 얼굴도 있었다. 그는 딱히 뭐라고 할 만한 신체 이상은 없으면서도 기형이란 느낌을 주는, 그런 기이한 분위기의 창백한 피부와 왜소한 체격의 소유자였다.[59] 전력은 가히 추악했다. 전날 부랑자 보호소에서 여자들을 상습 추행하다가 적발되어 징계위원회에 회부됐던 것이다. 교단으로 온 투서 내용에 따르자면 가슴을 주무르면서 주기도문을 외우거나, 사제 숙소로 불러내어 바지 안으로 손을 집어넣는 등의 파렴치한 범죄를 저지른 것으로 조사됐다. "이런 쓰레기는 교회에서 퇴출돼야 해" 조사위원 하나가 서류를 넘기면서 혼잣말했다. "아니, 교회가 아니라 지상에서 퇴출돼야 해."

그러나 그 조사위원은 불행히도 대홍수가 났던 당일 무너진 첨탑에 머리가 통째로 찌그러져서 사망했고, 끼고 있던 묵주 반지에 새겨진 서명을 보고서야 겨우 신원을 확인할 수 있었다. 그가 검토했던 징계 서류들도 무사할 수 없었다. 모두 물에 흠뻑 젖거나 어디론가 떠밀려가 영영 유실돼버렸다. 그리고 기록의 죽음은 사악한 기회를 낳았다. 교단 본부가 무너져내렸다는 소식을, 그리고 징계위원회 소집이 반쯤 영구히 유예됐다는 소식을 처음 들었을 때, 무기한 직위해제 상태에 있던 P수사는ㅡ마치 대홍수 이후 죄과 없는 깨끗한 인생을 시작하게 된 노아의 자손들처럼ㅡ하나님으로부터 새로운 인생을 선물받은 기분이었다. 자비로운 그분께서는 자신을 굽어 살펴주고 있으심이 분명했다. P수사는 아수라장이 된 교단 본부의 무너진 폐허를 찾아가 뻥 뚫린 천장으로 내리쬐는 햇빛을 맞으며 무릎을 꿇고서 두 눈을 지그시 감았다. 첨탑이 무너지니 가려졌던 하늘이 환하게 드러났다. 전날의 믿음이 우스꽝스럽게 느껴졌다. 어째서 이딴 고딕 인공물 따위가 그 자리에서 영원히 서 있으리라 믿었던 걸까? 이윽고 진리에 감복한 눈물이 뺨을 타고 흘러내렸다.

그래, P수사는 분명 회개의 시간을 가졌다. 다만 그 회개가 죄에 대한 뉘우침이 아니라 그 죄에 대해 보다 주도면밀하지 못했음에 대한 뉘우침이었을 뿐이다. 이제껏 죄를 너무 대충 저질러왔다는 것에 대한 죄스러움, 그 절차적 신중함이 가져다줄 수 있는 쾌감에 너무 무뎠던 것에 대한 죄스러움. 전날 부랑자 보호소에 있을 때 그는 만사를 너무 쉽게만 생각했다. 그곳은 오랜 가난과 실업 그리고 가혹한 길거리 생활로 인해 심신이 피폐해진 이들이 모여 있는 곳이었고, 특히나 대다수는 제대로 된 가정조차 가져본 적이 없는 이들이었다. 그리고 P수사의 손에는 배식과 난방장치 그리고 무한정 제공해줄 수 있는 뒤틀린 애정이 있었다. 빨랫비누로 빡빡 씻긴 여자들의 얼굴을 훑으면서 그가 입에 달고 살았던 말은 '딸 같다'였다. 물론 세상 어느 아버지도 자신의 딸에게 그렇지 하지는 않았지만 말이다. 또한 아버지들의 아버지라고 할 수 있는 하나님 역시도 피조물의 음모(陰毛)를 뽑는ㅡ그리고 그 비명까지 즐기는ㅡ엽기적인 취미를 갖고 있진 않았지만 말이다.

그러나 오만은 언제나 죄악인 법이다. 그녀들이 길거리에서 배워온 것들 중엔 노예근성만 있었던 건 아니었다. 뼛속까지 배어든 무수한 바람들은 더 이상 잃을 것이 없다는 심연과 비정함을 가르쳐줬고, 이듬해 그것은 날카로운 투서가 되어 교단으로, 경찰서로, 방송국으로 날아들었다. 그리고 이로부터 P수사가 배운 교훈이란, 완벽한 장난감을 만들기 위해서는 조금의 반항심조차 상상할 수 없을 만큼 촘촘히 설계된 정신개조의 노고가 필요하다는 것이었다. 어디서부터 시작할 것인가? 안수식이 끝날 때 즈음하여 P수사는 교단 관계자에게 다음과 같이 여쭈었다.

"혹시 기회가 괜찮다면, 속죄하는 마음으로 고아원에서 새로운 사역(事役)의 열매를 맺게 하고 싶습니다만……."

31

P수사가 몬세라토 수도원 부속 고아원에 처음 도착했을 때, 상황은 악이 무르익기에 최적의 조건이었다. 배고픔과 방종의

에덴동산. 월급이 반토막 난 수사들은 근무가 끝나면 음식점에서 그릇을 닦거나 극장의 싸구려 좌석 밑을 청소하느라 바빴기 때문에, 고아들은 신체적으로나 정신적으로나 반쯤 영양실조에 가까운 상태였다. 식사시간은 하루가 멀다 하고 바뀌었고 그 메뉴는 부실하기 짝이 없었다. 유통기한이 지난 인스턴트 카레, 퍼렇게 곰팡이 핀 빵, 둥둥 뜬 구더기가 곁들여진 옥수수 죽, 가끔씩 나오는 분말 우유. 고아들은 기본적으로 키가 작았고, 퀭한 눈동자를 갖고 있었다. 사람이라기보다는 그저 장기 몇 개 달린 배에 지나지 않는 존재들.[60]

게다가 고아들을 분풀이 대상으로 취급하는 일 역시도 잦았다. 수사들은 대홍수로 쓸려나간 폐허를 가로질러서 출근해, 조그마한 건의도 하기 힘든 수도원장의 권위에 의해 좌지우지되는 예배당에서의 빡빡한 시간을 보낸 뒤, 재잘거리는 고아의 뺨따귀를 사정없이 후려치곤 했던 것이다. 그 손맛엔 중독성이 있었다. 조그마한 것들이 울고 비는 모습을 볼 때, 바야흐로 자신에게도 손아귀에 들어오는 무언가가 있다는 아찔한 쾌감을 느낄 수 있었던 까닭이다. 그런데 이렇게 반복된 매질의 배후에 생각지도 못한 깨달음이 있기도 했다. 수도사들은 하나님께서 왜 이렇게도 당신이 만든 피조물들에게 가혹하게 구는 건지 조금은 이해해볼 수 있게 됐던 것이다. 또한 성경에 왜 하나같이 지킬 수 없는 규율들만 제시되어 있는지도 약간은 납득할 수 있게 됐다. 규율은 죄를 금하기 위함이 아니라 도리어 죄를 짓게 하려고 주어진 것이었다. 수사들은 고아들에게 해낼 수 없는 과제를 내주고서 불가피해진 체벌에 탐닉했다. 그들에게 필연성은 무엇보다 흥분되는 개념이었다.

유아들의 경우엔 사정이 더 나빴다. 분유를 타주는 건 너무도 귀찮은 일이었고, 기저귀를 갈아주는 건 너무도 역겨운 일이었기 때문이다. 걸어다닐 수 있을 정도가 된 아이들은 눈치껏 움직이며 빵부스러기라도 주워 먹을 수 있었지만, 손가락을 꼼지락거리는 것 외에 아무것도 할 수 없는 무능력자들은 무신경한 현실 앞에 속수무책이었다. 이들에게 죽음은 무심함의 가면을 쓰고 있었다. 꼬질꼬질한 요람 속으로 들어오는 정체불명의 손들에게 모든 것이 달려 있었지만, 거기에 들린 것의 8할은 굶주림과 세균들이었다. 유아들 중 절반은 겨우내 마른기침을 내뱉다가 폐결핵으로 영원히 굳어졌다. 수두 예방접종을 받지 않았던 관계로 온몸이 붉은 수포로 덮여 죽은 아기도 있었고, 심각한 장염으로 어렵사리 먹은 것들마저 모두 토해내다가 말라버린 아기들도 부지기수였다. 이렇게 죽어간 아기들에게는 제대로 된 이름조차 없었다. 사망 서류를 꾸리면서 뒤늦게 붙여졌던 이름을 알게 되거나 혹은 새로 지어서 붙여줄 정도였다. 애당초 존재하지 않는 것이 불가능하다면 차선으로 가능한 한 빨리 죽는 것이 최선이라던[61] 어느 늙은 숲 정령의 지혜가 이처럼 잘 실천되고 있는 곳도 없을 듯싶었다. 아마도 조금만 더 늦었더라면 42번도 역시 고열로 뇌가 익어서, 마대자루에 담긴 채, 깊은 구덩이 밑바닥으로, 아무렇게나 던져진 뒤 완전히 묻혔을 터였다. 그러나 자애로운 그분께서는 이불에 말라붙은 분유 얼룩들을 쪽쪽 빨아 가면서까지 살아남으려고 하던 42번에게 '기회'를 주기로 했다. 요람들을 둘러보던 P수사가 힘겨운 숨을 내쉬고 있던 42번 앞에서 발걸음을 멈췄다.

"이렇게 기묘한 아기 얼굴은 처음 보는군. 꼭 코에 입이 붙은 것 같잖아? 또 귀는 왜 이렇게 뾰족한 거고……." 그가 신기해하며 42번에게 말을 붙였다. "얘야, 너희 어머니는 네가 배 속에 있을 때 박쥐라도 삶아 드셨나보구나."

꽤 흥미가 동한 모양인지 P수사가 42번을 들어올려서 이목구비를 자세히 뜯어보았다. 그러다가 왼쪽 귀에서 중이염으로 인한 고름이 흘러내리는 것을 발견했다. 아니나 다를까 이마가 불덩이였다. P수사는 제때 갈아주지 못한 기저귀 냄새로 역한 요람들을 둘러보고는 다시 42번의 색색거리는 얼굴을 쳐다봤다.

이윽고 그가 빙그레 웃으며 말했다. "이렇게 태어나기도 힘든데, 이렇게 쉽게 죽으면 안 되지. 안 그래?"

4장

32

대외비로 처리된 행정 기록이 정확하다면, 42번은 대홍수 이후 몬세라토 수도원 부속 고아원으로 보내졌던 175명의 영아들 중에서 꾸역꾸역 살아남은 40명에 속했다. 문명국에서 도저히 있을 수 없는 통계처럼 보였지만 그건 엄연한 사실이었다. 공황과 대홍수가 겹치면서 비뫼시가 극도로 혼란했던 시기였고, 부모가 있는 아이들도 쓰레기 더미가 가득한 구역들로 떠밀리는 마당에 어느 누구도 버려진 고아들에게 신경 쓰지 않았기 때문이다. 머지않아 폐허가 된 북쪽 외곽의 재건 작업의 결과물이 얼마나 형편없었는지, 그러니까 포장이 되지 않아 질척거리는 안마당과 햇빛이 잘 들지 않는 방들(류머티즘에 걸리기 딱 좋은 곳이로군![62]), 그리고 비가 올 때마다 지하실로 역류해 들어오는 하수도 오폐수를 퍼내야만 했던 빈민들이 얼마나 비참했는지에 대한 이야기를 할 자리가 있겠지만, 제 앞가림하기도 힘든 시절에, 심지어 정치 후원금도 내지 않는 고아들은 항상 감사 대상에서 논외였다. 덕분에 42번이 보건위원회에서 나온 위원들의 얼굴을 보기까지는 무려 10여 년에 가까운 시간을 필요로 했다.

P수사는 왜 42번을 굶주림과 더러움이 만연했던 쉬우리 요람에서 꺼내줬던 것일까? 박쥐를 닮은 42번의 신기한 외모를 보고서 든 단순한 변덕 때문에? 또는 죄악이라고는 저질러본 적 없는 순수함 덩어리인 젖먹이에 대한 연민 때문에? 반복건대 P수사는 잔혹하고도 교활한 남자였다. 전날 부랑자 보호소에서 목숨을 부지하는 것조차 행운으로 여길 만큼 위태로운 여자들을 마음껏 포식했던 것에서도 잘 드러나듯, 그에게는 약자에 대한 동정심이란 게 없었다. 되레 미약한 존재들을 유린하는 데에서 삶의 즐거움을 느꼈다. 그에게 세계란 자신의 사악한 욕망을 충족시키기 위한 가용자원과 그렇지 않은 자원, 오직 이 두 가지 형태로만 존재했다. 즉 악을 마음속 준칙으로 삼는 존재였다.[63] 따라서 고열에 시달리던 42번이 적절히 병원에 입원할 수 있었던 이유는, 결코 순전한 호의가 아닌, P수사의 전략적 계산일 뿐이었다. 새로운 일터에서 적절한 평판을 얻어내야만 했던 것이다. 그는 밖에서 온 낯선 사람인데다가, 심지어 사면됐던 기록을 가진 인물이었다. 애당초 죄를 짓지 않은 사람과 용서받은 사람의 차이는 컸다. 후자에게는 늘 재발의 의심이 따라다녔다.

그래서 P수사는 고아원으로 보내진 후 3년여를 비교적 성실하게 보냈다. 다른 목회자들의 악행을 저지했던 것은 아니었지만, 적어도 참여하지는 않았다. 대신 그는 적어도 유통기한을 확인하고서 완두콩 통조림을 따거나, 규칙적으로 침구류를 세탁하는 등 최소한의 조치들을 도맡았다. 이따금씩 문맹인 아이들에게 글자를 가르쳐주기도 했는데, 애정에 굶주렸던 고아들은 금방 P수사에게 몰려들어서 글자를 모르는 척 연기를 하곤 했다. 그래서 그 인자한 미소 뒤에 숨은 검은 욕망에 대해서 아무도 눈치챌 수 없었다. P수사는 자신을 좋아해주는 것보다는 애원하며 비는 것을 더 선호했다. 아이들이 까르르 웃음을 터뜨릴 때마다 그 입들을 찢어버리는 상상을 했고, 목욕을 시켜줄 때마다 만나는 하얀 엉덩이에 혁대로 매질을 가하고 싶어 했다. 그 충동들을 억누르느라 때때로 잇몸에 피가 나도록 어금니를 꽉 물고 있어야 했을 정도였다. 그러나 끝끝내 그는 자신을 통제하는 데 성공했고, 시 당국에서 조직된 보건위원회로부터 표창장까지 수여받기에 이르렀다. 결국 전날 그를 고아원으로 보냈던 교단 관계자와 목회자들은 의심의 눈초리를 거두었다. 그렇게 3년 뒤 몬세라토 수도원 부속 고아원은 태양계의 궤도로부터 벗어난 외행성이 되어 있었다.

33

괴이하기 짝이 없는 수순들을 밟아가며 태어나고 또한 여태껏 살아남은 42번은, 그 첫 도미노의 관성 때문인지 아니면 원래 기구한 운명이 예정됐기 때문인지는 몰라도, 꽤 독특한 아이로 자라났다.

이상 징후가 처음 포착된 것은 다름 아닌 P수사에 의해 병원으로 보내졌을 때였다. 그가 앓고 있던 병은 중이염이었는데, 그 질환 자체는 전혀 이상하지 않았다. 소아들 네 명 중 세 명 정도는 3세 이전에 한 번쯤 경험할 정도로 흔하디흔한 세균성 감염이었기 때문이다. 잦은 만큼 중이염은 대개의 경우 따로 치료할 필요도 없이 저절로 회복되는 질환이었다. 그러나 드물게는 염증이 머리 안쪽으로 퍼져 뇌수막염과 같은 무서운 합병증을 일으키거나, 더러는 고열 없이 난청을 유발하기도 했다. 그리고 42번은 유감스럽게도 드문 경우에 속했다. 병원에 도착했을 때 그는 단순한 발열뿐만 아니라 팔다리를 부르르 떨며 발작 증세를 보이고 있었다. 급히 고막을 절개하여 고름들을 빼내고 정맥 항생제까지 놓았지만, 고열은 좀처럼 잡히지 않았다. 담당 신경외과의는 42번의 영양 상태가 매우 부실하다는 것을 금방 눈치챘고, 사태를 비관적으로 봤다. 자신이 의사 생활을 하면서 달 탐사 계획이니 플로지스톤이니 하며 떠들어대는 과학의 시대에 중이염으로 사망하는 소아를 보게 될 날이 있을 줄 몰랐지만, 아무래도 오늘이 그날인 듯싶었다. 그러나 오락가락하던 42번의 체온은 나흘째 되던 날에 귀신같이 정상 수치로 내려갔다. 안면 신경에 경미한 마비가 와서 눈이 잘 감기지 않는 증세가 있긴 했지만, 살아난 것 자체가 기적이었다. 신경외과의는 혹시나 싶어서 허리뼈 사이에 긴 바늘을 찔러넣어 척수액을 뽑아내 검사해보기도 했지만, 특별히 뇌수막염의 증후는 없었다. 즉 완치된 것이다.

그러나 뇌수막염은 이미 42번의 뇌를 거쳐 간 뒤였고, 퇴원 수속을 밟던 그 아이는 더는 예전과 같지 않았다. 중이염에서 전이된 세균은 분명 42번의 머릿속을, 좀 더 정확히는 뇌를 덮고 있는 세 겹으로 된 뇌수막 조직의 무언가를 변형시켰다. 관자놀이 부근에 있던 뇌수막이 부어오른 상태로 굳어졌는데, 하필이면 그곳은 청각 정보가 일차적으로 전달되는 대뇌피질, 즉 측두엽이 있는 곳이었던 것이다. 껍질이 굵어지면 그만큼 알맹이는 작아지는 법이니, 뇌 조직은 눌린 방향으로 밀려나가면서 기형적으로 변형됐다. 그렇게 병원에서 고아원으로 돌아온 42번은 소리를 잘 듣긴 하되 동시에 그 소리가 무슨 의미인지 이해하는 데 어려움을 겪기 시작했다. 분명 들리지만, 분류되지 못한 소리들이 혼란스러운 잡음이 되어 그의 머릿속을 어지럽혔던 것이다. 게다가 일정 임계점을 넘어가면 편두통이 되어 그를 짓누르기까지 했다. 가끔씩은 입에 거품을 물며 발작을 일으킬 정도로 심각해지기도 했다.

그러나 세계는 너무 많은 소리들을 갖고 있었다. 매 순간 쉬지 않고 쉬어줘야 하는 숨소리부터 시작해서 양철컵이 탁자에 달그락 놓이는 소리, 멀고 희미한 고함 소리, 몹시 노한 듯 큰 소리로 내뱉는 탄식 소리, 마른 옷감을 문지를 때 나는 소리, 참을 수 없다는 듯 터진 웃음소리, 겁에 질린 발소리가 허겁지겁 어두운 밤 속으로 뛰어가는 소리,[64] 부스럭대는 소리, 어금니로 감자 으깨는 소리, 끓는 물주전자의 들썩이는 소리, 주먹으로 양철통을 두들기고 안뜰을 뛰어다니면서 내지르는 아이들의 고함,[65] 지붕에 비 떨어지는 소리, 딱정벌레가 발로 밟혀 뭉개지는 소리, 지네가 문설주를 기어 올라가는 소리, 라라라 흥얼거리는 소리(쉿, 말하지 마!),[66] 방귀 소리, 트림 소리, 층계에 신발 끄는 소리, 밤꾀꼬리 울음소리, 눈이 나부끼며 어렴풋하게 사르락거리는 소리, 고집스럽고도 단조로운 복수의 휘파람 소리, 캄캄한 어둠 속에서 새어나오는 억누를 수 없는 흐느낌,[67] 수도원장실 문이 쾅 닫히는 소리(내 말 명심해. 농담 아냐. 한 번만 더 그 빌어먹을 동네 건달들하고 몰래 뒷골목이나 싸돌아다닌다는 소리가 들리기만 해봐[68]), 세차게 귀뺨을 얻어맞는 소리, 회초리가 허공을 가르는 소름 끼치는 소리, 미묘하고 야릇한 치통 앓는 소리,[69] 돌벽을 주먹이 부서지도록 마구 치는 소리, 시체 수레가 멈추는 소리, 침 삼키는 소리, 나무 의자의 이음매가 삐걱거리는 소리, 다급해져가는 신음 소리, 꼴깍 하고 침 삼키는 소리, 짤막한 단어들이 교차되는 소리, 철제 침대가 흔들리는 소리, 의자 넘어가는 소리, 말발굽 멈추는 소리, 듣기 싫은 노랫소리, 촛불 심지를 자르는 가위 소리, 촛대에 희미한 불이 타오르는 소리, 5시를 알리는 낮고 깊은 교회의 종소리,[70] 어그러진 욕설들, 수도원을 방문한 위병들의 북소리, 아주

작은 석탄 타는 소리, 두려운 방울 소리, 호루라기 소리, 어쩔 줄
몰라 하는 아이들의 모깃소리, 귀를 울려대는 슬픔에 겨운 비명
소리와 날카로운 비탄의 소리,[71] 창틀이 흔들리는 소리, 격하고
발작적인 기침 소리 등등. 42번은 이 모든 소리들을 머릿속에서
붙잡아서 이름표를 붙이고 분류하는 데 너무 많은 시간이 걸렸
다. 이 소리들이 서로 엮이면서 만들어내는 불규칙한 리듬들에
익숙해지는 데에는 더욱더 오랜 시간이 걸렸다. 특히나 사람들
의 목소리는 고역이었다. 근본적으로 각자 가지고 있는 목소리
가 다 달랐는데, 심지어는 처한 상태에 따라서 달라지기까지 했
다. 이 모든 것들이 42번에게 살 떨리는 불안감과 피로감으로 다
가왔음은 물론이다. 덕분에 그의 성격은 이해된 공간 밖으로 한
발자국도 움직이지 않으려는 완고함과 예기치 않은 변화에 대한
혐오감으로만 고착되어갔다. 알고 있는 장소에만 머무르려 했
고, 알고 있던 이들하고만 대화하려고 했다.

34

어느 현자가 가르치길, 비극이란 드라마 형태로 구성되어야
하며 처음과 중간 그리고 끝과 더불어 하나의 단일한 전체를 이
루면서 그 해결에까지 이르는 하나의 단일한 행동에 초점이 맞
추어져야 한다고 했다.[72] 그렇다면 세계라는 거대한 무대는 형

편없는 각본가에 의해 적힌 싸구려 연극이 상영되는 곳이었고, 그마저도 술에 잔뜩 취해 곯아떨어졌다가 중간쯤에 깨서는 벌떡 일어나 이야기가 지나치게 난해하다며, 작가도 배우도 모두 자기가 무슨 말을 하는 건지도 모를 거라며 야유하는 관객들로 가득했다. 이런 이유에서 난쟁이 약재상이 몬세라토 수도원에 들어온 것은 기적이 사라진 해로부터 1201년 뒤인 2월 8일이었다.

최대한 간략히 요약하자면, 대홍수 이후 약재상의 인생은 불운으로만 점철됐다. 이리저리 정신없이 휩쓸리다가 운 좋게 잡은 통나무에 의지해서 살아남았지만, 그가 거센 탁류에서 건져낸 건 목숨뿐이었다. 그의 가게는 난쟁이 구역에 속해 있긴 했지만, 고지대가 아닌 저지대에 있었던 관계로 수해를 피해갈 수 없었기 때문이다. 다시 가게로 돌아갔을 때 마주한 건 돌이킬 수 없는 불모지뿐이었다. 한평생 모았던 모든 약재료들이 흙탕물에 젖어 망가지거나 혹은 어디론가 떠내려가 흔적도 찾을 수 없었다. 건물 주인은 잔해 더미를 치울 돈조차 없다며 자살했고, 약재상은 비로소 기도를 납득하게 됐다. 행복한 사람에게 기도란 다만 단조롭고 무의미한 것들의 집합에 지나지 않던가? 그러나 괴로운 날이 오면 그 커다란 고통 속에 머무는 불행한 인간은 신과 직접 이야기할 수 있는 언어의 숭고한 의미를 비로소 깨닫게 되기 마련이다.[73] 한동안 넝마주이로 무료 급식소를 전전하며 살아온 약재상은 자신이 왜 이런 고난을 당해야만 하는지에 대해 신에게 수백 번은 더 여쭈었고, 결국엔 나름의 답을 얻어냈다. 그건 첫값이 분명했다. 남은 생을 속죄하며 보내야겠다는 결심이 섰고, 그렇게 몬세라토 수도원 문짝을 두드리게 됐던 것이다. 듣자 하니 그곳은 대홍수에서 살아남은 유일한 신의 제단이라고 했다.

그는 수도원장에게 무급으로 평생 봉사하고 싶다고 간청했다. 때마침 무덤지기 인원 공백이 있었지만, 그래도 수도원장은 의례상 왜 신에게 귀의하려는지 물어봤다.

"복수를 하려고요." 약재상이 답했다. "전날 세속에서 살면서 거짓의 죄를 많이 저질렀습니다. 그런 인생을 살았던 저 스스로에게 지금이라도 복수하고 싶습니다."

그리하여 한때 침대 위에서의 기쁘고도 복된 영광과 노화를 비롯하여 죽음을 향해 망가져가는 모든 것들을 막아낼 수 있다는 온갖 약재료들을 취급했던 약재상은, 그 모든 것을 잃고서 회개한 뒤, 수도원에 딸린 묘지에서 무덤지기 노릇을 하게 됐다. 구덩이를 파고 덮고, 비석에 낀 이끼와 담쟁이넝쿨을 걷어내고, 또한 납골당 간판에 걸린 '그대는 아무짝에도 쓸모없는 썩은 고기가 될 것이다'[74]라는 문구의 흐릿해진 부위에 다시 잉크를 발라넣었다. 이제 그에게 죽음은 더 이상 이겨내야 할 추악한 적 따위가 아니었다. 죽음이란 본래부터 타고난 벌이되, 경건과 의로움을 위해 헌신하다가 다시 부활하게 될 순간을 위해 마련된 영광스러운 일이었다.[75] 그 믿음은 죽은 자들을 관속에 넣을 때마다 계속해서 확고히 굳어졌다.

물론 P수사에게 새로운 무덤지기의 등장은 적잖이 신경 쓰이는 일이었다. 전날 부랑자 보호소에서 신고를 당한 전력이 있었기에 혹여나 저 난쟁이가 수도원에 딸린 부속 고아원에 관심을 가지진 않을까 하는 우려의 눈초리를 보낼 수밖에 없었다. 그러나 충분한 시간을 두고서 관찰해보니 다행히도 무덤지기는 고아원에는 아무런 관심도 없어 보였다. 북쪽 외곽에는 언제나 죽음이 잦았기 때문에 그의 일감은 늘 만원이었고, 또한 일이 끝나면 언제나 예배당에서 조용히 기도하는 데 모든 시간을 쏟았던 것이다. 마치 망자를 위해서 태어난 존재처럼 말이다.

언젠가 P수사는 구덩이에 시신 네 구를 묻고 있던 약재상에게 다가가 슬쩍 말을 붙여본 적이 있었다.

"한꺼번에 묻고 계시군요."

"안녕하세요, 수사님." 약재상이 공손히 인사하고는 대답했다. "가족들이라고 해서 함께 묻고 있습니다."

"저런. 가족이 한꺼번에 죽었나요?"

"제가 듣기로는, 빚 독촉을 이겨내지 못하고 가족 전체가 청산가리를 삼켰다고 하더라고요."

P수사는 안쓰러운 표정을 지으면서도 약재상의 얼굴을 이리저리 훑어봤다. 마치 이목구비에 운명이라도 새겨졌다는 듯, 그리고 자신이 그걸 읽어낼 수 있기라도 하다는 듯 말이다. 이윽고 그가 다시 입술을 뗐다.

"어려운 시절이죠? 재앙의 상흔이 여느 때보다 깊습니다. 신문을 보니 의회는 지도력을 잃은 것 같더군요." 그러고는 한숨을 내쉬며 덧붙였다. "아무래도 유일한 희망은 이제 다시 왕가가 된 것 같습니다."

약재상이 다시 곡괭이질을 시작하며 대꾸했다.

"하나님을 제외한다면요."

"하나님을 제외하고 말입니다." P수사가 고개를 끄덕이고는 입에 방긋 미소를 걸었다.[76]

35

그리하여 P수사는 이제 때가 무르익었으니 마음 놓고 본색을 드러내기로 했다. 악마는 가면을 벗어던졌다. 욕설을 퍼부으며 기절할 때까지 가혹한 매질을 가하고, 강제로 서로의 뺨을 때리게 하며, 바지를 내리고서 아이들의 어린 사슴 같은 엉덩이를 핥아대는 추악한 충동들을 더 이상 숨기지 않기로 했다. 믿었던 이의 돌변에, 고아들은 덜덜 떨며 당혹스러워했지만, 그렇다고 해서 별다른 뾰족한 수가 있는 건 아니었다. 시간이 흐르면서 부속 고아원에 대한 업무들은 사실상 P수사에게만 일임된 상태였기에 아이들은 완전히 고립된 처지였다. P수사는 울면서 빌거나 고개를 푹 숙인 아이들을 볼 때마다 아랫도리가 충만해졌다. 이 조그마한 존재들은 도움을 청할 곳을 모르는 단계를 훌쩍 넘어서서, 아예 이 세상엔 자신에게 허락된 도움 자체가 없다고 생각하고 있었다. 자신은 철저하게 버려진 존재이며 쓸모없는 존재라고 여겼던 것이다. 마음속 깊은 곳에는 자신이 이런 매질을 당할 만한 이유가 있어서 그런 것이란 독버섯 같은 생각이 뿌리내렸고, 보기에 따라서 P수사는 이 세상에서 유일하게 자기 자신을 필요로 하는 사람처럼 보이기까지 했다. 그리하여 불치병 수준에 이른 애정 결핍은 자연적으로 타고난 도덕 감각마저 휘어지게 만들었다. 그리고 고아들의 사악한 주인인 P수사는 이런 사정을 정확히 꿰뚫고 있었다. 흡족했다.

그러나 42번의 입장에서 이건 고아원이 흐느낌과 마른 비명, 애원하기 위해서 반복되는 몇 가지 문장들 그리고 숨죽인 침묵으로만 단순화됨을 뜻했다. 특히나 비명엔 매력적인 구석이 있는지라, 타고난 성대의 형태와 목소리 통로의 길이 차이가 만들어내는 규격화하기 힘든 온갖 목소리들 그리고 그걸 갖고서 조잡하게 재조합한 어법적 버릇과 지리멸렬한 뉘앙스들을, 즉 한마디로 고유성을 모조리 지워버렸기 때문이다. 게다가 때리고 만져대는 잔혹의 주인은 한 명이었고, 따라서 목소리도 하나였으며, 심지어 그것은 사실상 고아원에서 발음되던 유일한 목소리에 가깝기도 했다. 마치 맹수의 관심을 끌어서는 안 되는 것처럼 고아원에서는 발소리마저 조심스러워지기 시작했다. 쥐들이 찍찍대다가 구멍 속으로 사라져버리듯, 고아들은 자기네들끼리 소곤대다가 조금만 이상한 발소리가 들리면 철제 침대 밑으로 도망치기 바빴다.

42번은 다른 고아들과 마찬가지로 구석진 곳에 납작 웅크리고 있긴 했지만, 은밀한 충만감에 말없이 기뻐하고 있었다. P수사의 희생양 지목은 무작위였던지라 심히 고통스러웠지만, 그럼에도 거기서 나는 소리는 모두 동일했기 때문이다. 42번이 보기에 불행의 소리는 모두 엇비슷했지만, 행복의 소리는 제각기 달랐다.[77] 그래서—적어도 그의 입장에선—불행이야말로 행복이었다. 또한 그 아슬아슬하고도 뒤틀린 안정감은 도박사의 번뜩이는 눈빛과 닮아 있기도 했다. 카드 게임에서 무슨 패를 잡게 될는지는 몰라도, 그 게임의 규칙은 완벽히 이해하고 있다는 데서 오는 안정감. 좀 더 정확히는 그로부터 그 도박판에서 자신이 필히 이기게 될 것이란 괴이한 논리적 비약을 만끽할 때의 환희 말이다. 그렇게 42번은 부디 오늘 P수사가 자신을 지목하지 않기를 기도하면서 하루하루를 근근이 버텨갔다. 훗날 그는 샌님에게 그 시절 고아원에서 있었던 일들을 들려주면서 이렇게 회상했다.

"모든 일엔 이면이 있다는 걸 그때 깨달았죠. 꼭 나쁘기만 한 건 아니더라고요."

36

42번의 말마따나 모든 일엔 이면이 있기 마련이지만, 그것은 좀처럼 예측되지 않아서 숨겨진 뒷면이라 불리는 것이기도 했다. 가령 측두엽이 압박되면서 청각 정보를 처리하는 데 극심한 스트레스를 받게 되자, 소리 내지 않고 읽는 묵독에 대한 관심이 기형적으로 부풀어오르게 된 경우가 그러했다. 한마디로 42번은 책에 미쳐버렸다.

고아원에서 진행된 교육이 워낙 조악하고 무신경했던 관계로 42번이 글자를 익힌 것은 9세 무렵이었다. 좌뇌가 본격적으로 발달하는 7세 무렵에서 무려 2년이나 늦어진 후였다. 그래서 더욱 쉽지 않았다. 인간이 뛰어다니면서 사냥하거나 드러누워서 쉬는 삶을 살아온 것은 오스트랄로피테쿠스 시절부터 계산하여 대략 600만 년 동안이었지만, 지루하게 앉아서 글을 읽고 쓴 것은 불과 3천 년도 채 되지 않았기 때문이다. 그래서 어려서부터 학구적인 환경이 갖춰지지 않으면 인간은 자라나서도 좀처럼 배우려고 들지 않게 되기 십상이었다. 실제로 고아들 대다수가 책 읽기에 염증을 느꼈고, 당연지사 작문은 더욱 절망적일 수밖에 없었다. 게다가 42번은 모든 교육의 첫 단추가 되는 말소리를 받아들이는 것에서부터 애로 사항이 꽃 피지 않았던가?[78] 그러나 바로 그 애로 사항이 42번을 다른 고아들과 다르게 만들었다면? 장애가 곧 능력의 열쇠라면? 분명 글자를 배우는 속도 자체는 남들보다 더뎠지만, 42번은 소명이라도 부여받은 것처럼 끈질기고 집요하게 글자에 매달렸고, 마침내 문맹에서 벗어난 뒤에도 손에서 책을 놓지 않았다. 그는 마치 문자에 존재가 달린 것처럼 굴었다.

　어떤 의미에서 이건 필연적인 귀결이기도 했는데, 자살하지 않고 계속 살고자 한다면 어떤 식으로든 타인과 정보를 교류해야만 했기 때문이다. 글자를 배우기 전에 42번이 가졌던 주된 고민이란 바로 그 교류에 있었다. 오늘 P수사의 기분에 대한 정보부터 시작해서 식료품 창고에서 몰래 빼돌린 우유 분말의 행방까지 고아들 사이에서 은밀히 오가는 정보들을 들을 수 없다면, 앞으로의 일상이 꽤나 불편하고 위태로워지게 될 터였다. 그러나 동시에 아이들이 쉴 새 없이 속삭이는 말소리들을 듣는 것이 42번에게는 너무도 괴로운 일이었다. 게다가 언젠가 성년이 된다면 어떤 식으로든 고아원 밖으로 나가게 될 텐데, 그때 세상의 온갖 소음에 질식하게 될 것이 불 보듯 뻔했다. 반복건대 자살하지 않고 계속 살고자 한다면 어떤 식으로든 다른 창구를 찾아야만 했다. 그리고 그런 그에게 글은 곧 빛이었다. 글자는 말에서 비롯되어 말소리를 붙잡아두는 그릇이었지만, 괴이하게도 익힌 순간부터 그 뜻을 이해할 수 있되 그 소리는 전혀 들리지 않았던 까닭이다. 그는 글자의 밝은 침묵에 몹시 흡족해했다.

　또한 책 읽기에는 예기치 않았던 또 다른 장점이 있었으니, 그건 독서에 집중하는 순간부터 주변의 잡음들이 일거에 소거되는 듯한 효과를 얻을 수 있다는 거였다. 마치 작은 실밥을 잡아당겼더니 걷잡을 수 없이 옷감이 풀어 헤쳐지는 것처럼, 일단 문장에 빠져들기 시작하면 문단의 끝자락까지 대각선으로 와르르 굴러떨어졌다. 그때는 자신의 숨소리조차 들리지 않을 정도의 밀도 깊은 침묵을 만끽할 수 있었다. 물론 격한 고함이나 기묘한 리듬이 곁들여진 소리에는 집중력이 깨져버렸지만, 많은 경우 42번은 침묵으로 이루어진 책의 세계에 흠뻑 젖어 있을 수 있었다. 게다가 책을 계속 읽어나가면서 외부세계를 차단하는 노하우들이 계속해서 쌓이기도 했다. 조금만 더 열심히 한다면《오즈의 마법사》에서 도로시를 날려 보냈던 그 회오리바람을 불러내는 것도 머잖은 일처럼 보였다.

그렇게 42번의 뇌는 기형적인 변형을 거듭하기 시작했다. 마치 어두운 동굴 속에서 서식하는 바람에 눈이 퇴화하고 초음파 탐지가 발달한 박쥐처럼, 42번의 청각이 퇴화하는 것에 비례하여 독해력과 기억력이 증가했다. 특히 읽은 문장에 대한 기억력 부분은 과잉되다 못해 엽기적일 지경이었다. 배운 지식들을 좀처럼 잊어먹지 않았던 것은 물론이고, 그 개념들을 섞어서 만든 회반죽으로 하늘을 덧칠하며 큼직한 껍질을 두르기 시작했다. 마치 자신이 속한 현실에서 듣는 잡다하고도 생생한 소리들로부터 세계를 그리려는 게 아니라, 책에 적힌 내용들로만 세계를 그려보려는 것처럼 말이다. 물론 아직 부족하고 서툰 부분이 많아서 천공의 회반죽이 갈라지고 떨어지는 경우가 잦았지만, 머지않아 그 하늘을 강철 같은 겉껍질[79]로 덮어버릴 수 있으리라 믿어 의심치 않았다. 그만큼 42번은 본인의 재능을 확신했다. 언제부터인가 그는 문헌에 적힌 것만 사실로 취급하는 고고학자처럼 굳기 시작했고, 친구들로부터 멀리 떨어져 어두침침한 구석에 혼자 틀어박혀 책을 읽는 시간이 많아졌다. 가뜩이나 얼굴도 박쥐처럼 생겼던 관계로 그의 별명은 거의 만장일치로 '책벌레 박쥐'로 결정됐다. 그러나 42번은 이런 별명에 크게 신경 쓰지 않았다. 그의 유일한 관심사는 읽을 거리가 점차 떨어져가고 있다는 것뿐이었지만, 동시에 그렇게까지 큰 걱정은 아니었다. 왜냐하면 그의 손에 들린 책은 교회에 널리고 널린 《성경》이었기 때문이다. 훗날 42번은 샌님에게 이 시절을 이렇게 회상했다.

"정말이지 놀라운 책이었습니다." 그가 웃으면서 말했다. "아무리 읽어도 도통 이해가 되지 않았거든요. 그게 뭐, 그럴 수밖에요. 제시된 정보 자체가 너무 생략되어 있기도 했거니와, 심지어는 터무니없을 만큼 앞뒤가 안 맞기도 했으니까요. 적어도 하나님이나 복음 편찬자들이 논리학 강의를 이수하지 않은 건 분명해 보이더군요. 하지만 그때는 읽을 거리가 그 책뿐이었습니다. 별수 없었죠. 한데, 그러다가 재미있는 걸 발견했습니다. 애당초 논리적으로 어긋났거나 너무 생략된 글이 제대로 이해될 리가 만무했지만, 바로 그렇기 때문에 읽고 또 읽을 수 있게 되더라고요. 시대를 초월하는 걸작이 걸작인 이유는 해석에 저항하기 때문이란 걸 그때 처음 깨달았죠."

"말도 안 되는 말을 내뱉어놓으면 이름이 후세에 남게 되는 경우가 왕왕 있는 법이지."[80] 듣고 있던 샌님이 덩달아 웃으면서 맞장구치고는 물었다. "그러고는?"

42번이 어깨를 으쓱하며 대답했다.

"결국엔? 네, 통째로 외워버렸답니다."

37

진리: 원인은 결과를 낳는다. 하지만 이건 아무짝에 쓸모없는 진리였다(물론 '유용한 진리'는 언제나 형용모순이지만 말이다). 한 가지 결과에 대한 원인들은 너무도 많았고, 또한 찾을 때마다 도처에서 다시 출몰하곤 했으며, 심지어는 그것으로도 모자라 각자 발아 시기가 다 다르기까지 했기 때문이다. 42번의 경우도 마찬가지였다. 그의 중이염이 만들어낸 돌덩이는 지식의 구덩이로 굴러떨어졌고, 그것이 그 밑에 있던 고아 21번을 짓뭉개는 비극적인 결과를 낳게 됐으니 말이다.

그 경과는 대략 이러했다. 42번이 열 살에 가까워질 무렵, P수사는 체벌에 맛을 들이고 있었다. 그냥 때리는 것이 아니라, 규칙을 정해놓고 그걸 어긴 대가를 치르게 만드는 방식은 여러모로 매력적이었다. 크게 간추려서, 그 이점은 세 가지였다. 첫째, 간혹 손찌검을 할 때, 어릴 적에 그가 바보짓을 할 때마다 혁대를 빼 드는 것을 멈추지 않았던 아버지의 얼굴이 떠오르는 것을 방지할 수 있었다. 둘째, 욕정을 불러일으킨 존재에게 복수하는 느낌이 일품이었다. 즉 정의를 구현하는 것처럼 느껴졌다. 그리고 셋째, 열띤 체벌을 통해서 전날 자신에게 은혜를 베풀었던 신에게 보답할 수 있었다. 마지막의 경우가 무슨 말인고 하니, P수사가 체벌을 위해 요구했던 규율이란 다름 아닌 성경 구절 암송이었기 때문이다. 물론 특정 서너 구절이 아니라, 기억나지 않는 구절들이 나올 때까지 계속해서 묻는 방식이었다. 매질은 그만의 기도법이었던 것이다. 그리하여 그는 매주 일요일마다 고아들을 불러놓고 〈창세기〉부터 시작해서 〈요한계시록〉까지 복음서들을 가리지 않고 통째로 외우도록 명령했다. 물론 국어시간에 시 한 수 외우는 것도 고된 마당에 이걸 완벽히 해내는 아이가 있을 리 만무했다. 덕분에 고아들은 일요일이 올 때마다 바지속에 팬티를 두어 장 더 껴입어야만 했다.

이제 때가 됐다. 계절이 바뀔 때마다 어김없이 돌아오는 봄철의 도도한 강물처럼 정해진 경로를 따라서 흘러가기만 할 것 같던 42번의 인생, 그 철도가 폭약이 터지면서 박살나던 그날,[81] P수사는 평소처럼 비명과 애원으로 너덜너덜하게 만들 희생양을 찾고 있었다. 42번은 여느 고아들처럼 P수사의 시선을 끌지 않기 위해 성경에서 눈을 떼지 않고 있었지만, 갑작스레 창밖에서 악마가 그에게만 들리는 유혹의 풀피리를 불어주기라도 한 것처럼, 별뜻 없이 예배당 창문을 힐끔거리게 됐다. 충분히 있을 수 있는 자연스럽고도 사소하며, 심지어 아주 짧은 찰나의 순간이었지만, 유감스럽게도 그 모습은 P수사에게 덤불에서 고개를 살짝 내민 생쥐를 발견한 독수리에게처럼 포착됐다. 감히 한눈을 팔아? 그는 곧장 회초리로 42번을 지목했고, 다른 고아들은 속으로 안도의 숨을 삼켰다. P수사는 '박쥐처럼' 생긴 42번을 벌거벗겨서 '박쥐처럼' 거꾸로 매달아 괴롭히는 상상을 하며 흐뭇한 미소를 지어 보였다.

"애야, 오늘 외워볼 구절은 〈욥기〉 3장이다." P수사가 간드러진 목소리로 명령했다. "자, 말해보거라."

잔뜩 주눅 든 채로 일어났던 42번은 잠시간 P수사의 눈치를 살피며 우물쭈물하긴 했지만, 이내 입술을 뗐다.

"그 후, 욥은 입을 열어 자신의 생일을 저주하며……."

"그다음은?"

"욥이 가로되, 내가 태어났던 그날이 없었더라면, '아들을 가졌다'고 외쳤던 그 밤이 없었더라면, 그날이 어둠에 가려 하나님께서 그날을 찾지 않으시고, 빛조차도 그날을 비추지 않았더라면, 어둠과 사망의 그늘이 그날을 집어 삼켜버리고, 먹구름이 그날을 덮쳤더라면, 그날 밤이 칠흑같이 캄캄하며, 1년 중 그날이 없었더라면, 어느 달에도 그날이 없었더라면……." 42번이 침을 꿀꺽 삼키며 여쭈었다. "그런데 존경하는 수사님, 어디까지 외워야 하는 건가요?"

시종일관 풀이 죽은 목소리이긴 했지만, 그럼에도 42번이 한 글자도 틀림없이 〈욥기〉를 읊어대자, P수사는 당황하지 않을 수 없었다. 그렇지만 기어코 때릴 작정이었기에 몇 구절을 건너뛰어 기습적으로 묻기로 했다.

"같은 장의 22~23절을 읊어봐라."

42번은 그새 말라버린 입술에 침을 바른 뒤 대답했다.

"저들이 무덤에 이를 때 얼마나 기뻐할까? 그 얼마나 즐거워할까? 아무 미래가 없이 비탄에 빠져 일생을 살아갈 자에게 왜 빛을 주셨는고?"

P수사가 놀람을 감추기 위해 입술을 앙다물었다.

"어쭈?" 그가 팔짱을 끼면서 물었다. "11절은?"

"내가 어머니의 배에서 죽어 나왔더라면, 나오자마자 죽었더라면……." 42번이 속삭이는 듯한 목소리로 덧붙였다. "수사님, 잘못했습니다. 부디 용서해주세요."

P수사가 어금니를 깨문 채로 말했다.

"뭐를 용서하란 거지? 틀리지 않게 모두 외웠는데, 뭐를 잘못했다는 거고?" 그렇게 신경질적으로 쏘아붙인 뒤 다시 성경을 펼쳤다. "그다음은? 끝까지 계속 읊어보거라."

그리고 그 순간, 절대로 있을 수 없을 거라 생각했던 이변이 벌어졌다. 42번은 쭈뼛쭈뼛 선 자리에서 딱히 막히는 구절 하나 없이 〈욥기〉 3장을 통째로 외워버리는 기염을 토해냈던 것이다. 이를 숨죽인 채 지켜보던 고아들은 탄성 외에 다른 반응을 내보일 수 없었고, 어느덧 P수사의 회초리도 바닥에 떨어져 있었다. 그의 머릿속에선 한때 신학대에서 들었던 강의 내용, 그러니까 예수그리스도는 깡촌 나사렛의 일개 목수 출신이어서 글자라곤 모르는 문맹이었을 확률이 높지만, 그럼에도 가히 엽기적인 암기력을 갖춘 분이라서, 어릴 적 아버지를 따라 몇 번 회당을 오가면서 귀동냥한 것만으로도 경전을 통째로 외워버렸을 것이란 얘기를 들었던 것이 떠올랐다. 물론 박쥐처럼 못생긴 42번을 부활한 예수그리스도라고 생각하지는 않았지만 말이다. 우리의 주님이 이렇게나 추남일 리가 없잖은가?

여전히 모두가 얼빠진 턱주가리를 좀처럼 집어넣지 못하고 있는 가운데, 42번이 어깨를 잔뜩 움츠린 채로 손가락을 불안하게 만지작거렸다.

"제가 뭔가 잘못했나요?"

"어쩌면?" P수사가 대답했다. "만일 그런 두뇌가 인간에게 허락되지 않은 거라면, 잘못이긴 할 테니까."

42번은 무슨 말을 해야 할지 몰라 고개를 숙였다. 한동안 그를 바라보던 P수사는 결국엔 그를 도로 앉힐 수밖에 없었다. 서커스를 본 구경값을 낸 것이라 생각하기로 했지만, 전혀 후련하지 않았다. 그는 바닥에 떨어뜨린 회초리를 다시 주웠다. 그러고는 실로 재수 없게도 그날따라 42번의 옆에 앉아 있던 자그마한 남자아이, 즉 21번을 지목해 일으켜 세웠다. P수사의 눈빛은 서리가 내릴 만큼 서늘해져 있었다.

이윽고 그가 말했다. "너도 네 친구처럼 똑똑한지 보자꾸나. 같은 3장을 처음부터 끝까지 읊어보려무나."

38

그러나 불행히도 21번은 암기력은 고사하고 맞춤법조차 제대로 지키지 못하는 아이였다. 두 구절도 채 외우지 못했고, 곧장 울면서 두 손을 싹싹 빌었다. P수사는 다른 고아들을 둘러보면서 물어보길, 여태껏 다른 아이들도 같은 훈육을 받아왔는데 너만 예외일 수 있겠는가? 너만 특별히 취급해야 할 이유가 뭐지? 21번은 할 말이 없어서 '죄송합니다'라는 말을 반복했고, 그걸로 끝이었다. P수사가 말했다. "자기 스스로 죄송한 줄 아는데, 내가 죗값을 묻지 않기도 어렵겠군. 안 그래?"

여러모로 그날은 평소와는 달랐다. P수사는 공개된 자리에서 매질을 하기보다는 21번을 보일러실로 데려갔다. 거기서 42번에게 하려고 했던 것, 그러니까 벌거벗겨 배관에 '박쥐처럼' 거꾸로 매단 뒤, 찬물까지 뿌려가며 가혹하게 매질을 가했다. 비명 자체는 평소에도 자주 듣는 거라 큰 감흥이 없었지만, 도중에 21번이 오줌을 지리는 바람에 오줌이 그의 얼굴로 떨어지는 모습이 꽤 볼만했다. 그러나 재미는 거기까지였다. 매질을 하느라 피곤했던 P수사는 실수로 21번을 묶어둔 채로 잠들어버렸고, 다시 일어났을 때 불우한 희생자는 머리로 피가 쏠려서 숨이 끊어진 뒤였다. P수사는 21번을 황급히 내리고서 정신 차려보라며 뺨을 때려봤지만 아무런 소용이 없었다. 상황이 이미 돌이킬 수 없는 지경에 이르렀다는 것을 깨달은 P수사는 벌떡 일어나 21번의 시체를 발로 차며 욕지거리를 내뱉었다. 마치 이 모든 게 21번의 탓이라도 된다는 양 말이다. "젠장맞을, 끝까지 애먹이는군! 지옥에나 떨어져라!"

분풀이를 얼추 끝낸 뒤, 그는 생각을 위해 호흡을 가다듬었다. 무엇을 해야 하는가? 당장 암매장을 하고 싶었지만 무덤지기 때문에 쉽지 않았고, 하나님의 뜻에 눈이 먼 그 난쟁이는 딱히 매수될 것처럼 보이지도 않았다. 그렇다면 21번의 시체는 반드시 밖으로 나가서 처리되어야만 했다. P수사는 뒷돈을 찔러줄 경찰, 아니 그보다 우선적으로는 매수할 수 있는 경찰의 이름을 알고 있는 뒷골목의 중개인을 찾아가가기로 했다. 그간 수사 노릇을 하며 모은 돈을 모조리 털릴 것 같아서 속이 쓰라렸지만, 고아원 생각만 하기로 했다. 지난 8년간 공들여 세운 그의 왕국을 한순간에 잃어버릴 순 없는 노릇이지 않은가? 암, 그렇고말고. 중요한 것에만 집중하자. 돈이야 고아원에서 실컷 즐기면서 다시 모으면 될 일이지 않은가? 크게 걱정하지 말자. 다 잘될 것이다. 따지고 보면 잘 안되기도 어렵다. 생면부지인 웬 고아 녀석의 죽음에 누가 관심이나 갖겠는가? 되레 그걸로 건수를 올릴 수만 있다면 두 팔 벌려 환영할 세상이지 않던가? 그래, 당장 암흑의 중개인을 찾아가자. 결심을 끝낸 P수사는 급한 대로 보일러실의 배관 밑으로 21번을 시체를 밀어넣은 뒤 황급히 밖으로 나갈 채비를 했다. 그러나 P수사에게 너무 섣불리 희망을 불어넣은 것이 후회된 모양인지 운명은 그의 고난을 위해 새로운 사건을 준비하고 있었다.[82]

39

쥐 한 마리가 피 냄새를 맡았다. 시궁창이나 무덤에 뚫린 땅굴 속에서 태어난 이 생명체, 겨울을 버틸 소중한 곡식을 파먹고 역병 벼룩을 옮겨대는 악덕을 주업으로 삼는 이 역겨운 피조물은, 가히 그 존재만으로도 하나님의 권능에 의심의 눈초리를 던지게 할 만큼 끔찍한 무신론자 제조기였다. 몬세라토 수도원에 서식하는 쥐들은 특히나 더욱 지독했다. 신도들의 헌금량이 워낙 부실했던 수도원의 곡간은, 암컷 하나당 새끼 1백 마리는 거뜬히 낳을 만큼 지독한 쥐들의 번식력을 도저히 감당할 수 없었기 때문이다. 그리고 빵은 언제나 모자랐지만 시체는 언제나 넘쳐났던 관계로, 굶주린 쥐들은 두더지마냥 수도원의 무덤들을 들쑤시고 다녔다. 귀족들의 대리석 석묘(石墓)는 공략 불가능했지만, 허름한 나무널빤지로 만들어진 관 속에 대충 구겨진 빈자들의 시체는 쥐들의 이빨을 막아낼 재간이 없었다. 관을 뚫어낸 쥐들은 시체를 먼저 점유하고 있던 송장벌레를 식전주로 집어삼킨 뒤, 썩어문드러진 시체를 게걸스럽게 뜯어먹기 시작했다. 그렇게 세상살이에 닳고 닳은 그 죽은 육신을 포식하며 끊임없이 살찌우고, 교미하며, 또한 창궐하기를 반복했다.

반복건대 쥐 한 마리가 피 냄새를 맡았다.

딱히 이름이랄 게 없는 수많은 개체들 중 한 마리에 불과했던 이 쥐는, 평소처럼 무덤가를 이리저리 배회하던 중 매우 희귀한,

그러니까 신선한 피 냄새를 감지했다. 대개 맡아지는 냄새라고는 오래된 시체의 거뭇하고 덩어리진 죽은 피냄새가 대부분이었기 때문에, 생생히 살아 있는 생명체에서 막 쏟아진 듯한 그 피 냄새가 아찔하게 다가왔던 것이다. 쥐는 묘비들을 가로질러 그 피 냄새가 흘러나오는 곳을 향해 달려갔다. 이윽고 썩은 느티나무로부터 그리 멀지 않은 곳에 있는 보일러실 앞에 도착했고, 능숙한 솜씨로 배수관을 타고서 건물 안으로 들어갔다. 바닥에서 시큼한 오줌과 땀내가 강렬하게 맡아졌지만, 그 악취를 뚫고서 분명 순수한 혈액의 흔적이 느껴졌다. 쥐는 이리저리 뛰어다녔고, 곧 배관 밑에 감춰진 21번의 시체를 발견했다. 코밑으로 주르륵 흘러내린 피가 참으로 맑고도 붉었다. 쥐는 망설이지 않았다. 날렵하게 도약해서 21번이 말랑말랑한 인중을 움켜잡았고, 피를 마시면서 보드라운 입술까지 뜯어먹을 요량으로 주둥이를 벌렸다. 덥석.

그러나 순결한 피는 쥐를 견딜 수 없게 만들었다. 목에 무언가 걸린 것처럼 쥐는 상체를 부르르 떨어댔고, 이어서 내장에 불이라도 붙은 것처럼 괴성을 지르며 이리저리 뛰기 시작했다. 달린다기보다는 '솟구친다'는 표현이 더 알맞을 정도로 날뛰었다. 쥐는 필사적으로 배관을 타고 올라가 환풍기로 몸을 던졌고, 녹슨 프로펠러와 함께 바닥에 떨어졌다. 그러나 고통을 느낄 새도 없이 벌떡 일어나 다시 도망치기 시작했다. 심장이 터지도록 달리고 또 달렸으며, 눈을 감고 뛰는 것처럼 묘석에 이리저리 부딪히며 튕겨져나오기를 반복했다. 그러다가 인근에서 구덩이를 파고 있던 약재상에게까지 닿았다. 약재상의 다리에 머리를 힘껏 박은 뒤 배를 까고서 나자빠진 것이다. 약재상은 곡괭이를 내려놓고서 죽어가는 쥐의 마지막 경련을 들여다보며 혼잣말했다. "뭐야 이게?"

마침내 쥐가 영원히 늘어졌다.

그러나 진정으로 괴이한 것은 그 미친 쥐의 죽음이 아니었다. 약재상이 다시 곡괭이를 잡으려고 하는데, 주변이 들끓는 듯한 느낌이 전해졌다. 아니나 다를까 묘비 옆의 쥐굴과 잡초 더미 사이에서 쥐들이 솟구쳐나오고 있었다. 그 쥐들은 금세 무리를 이루었고, 떼 지어서 어디론가 달려가기 시작했다. 난쟁이도 뭔가에 홀린 것처럼 그 줄달음을 따라갔다. 그리고 보았다. 난생처음 보는 광경이었기 때문에 단순한 '저주'라는 단어 외엔 뭐라 다른 설명을 하기 힘든, 아니 설명 이전에 형언하기조차 힘든 그 광경을. 쥐 떼가 보일러실을 소용돌이치듯 돌고 있었던 것이다.

40

일이 망가지려고 할 때 하늘을 올려다보면 항상 먹구름이 끼어 있다. 사고가 난 시기는 P수사에게 심히 좋지 않았다. 공교롭게도 전날 대홍수로 쓸려나갔던 북쪽 외곽의 빈민굴, 좀 더 정확히는 새롭게 재건축된 빈민굴에서 콜레라가 창궐하여 석 달 새 54명이 사망하고 감염 진단을 받은 환자만 7백여 명이 나오는 대사건이 한창이었기 때문이다. 그 역병은 재건 기간 동안 제대로 치워지지 않은 대홍수의 잔해 더미와 그 때문에 제대로 정비되지 못한 채로 남게 된 배수로, 그렇다고 새로운 하수도를 설계할 만큼 북쪽 외곽에 관심을 쏟긴 싫었던 공무원들의 태만(필요한 사람은 비용을 내고 하수도를 설치하면 되는 게 아니겠소?)과 사람을 최대한도로 욱여넣는 것에만 관심 있는 건축업자의 탐욕 그리고 만성적인 영양 결핍이 합쳐진 끔찍하고도 필연적인 합작품이었다. 콜레라는 재건을 위한 벽돌을 쌓기 시작한 순간부터 이미 결정된 상태였고, 남은 건 오로지 '언제?'라는 물음뿐이었다.

그러나 단순히 예정된 것과 예정됐던 일이 실제로 벌어진 것은 전혀 다른 일인 법이다. 콜레라의 창궐은 도저히 문명국 한가운데서 벌어져서는 안 되는 일이었기 때문에 즉각 북쪽 구역들이 어떤 상황인지 의회에 보고하기 위한 보건위원회가 조직됐다. 주로 중간계급에서 모집된 위원들은 콜레라를 비뫼시라는 거대한 공장에서 만들어진 생산품이 아니라, 어리석음과 악덕의 소치로 취급했다. 위생 관념에 대한 노동계급의 소스라치게 놀랄 만큼의 무관심이나, 혹은 자신들의 거리가 쓰레기장이 되도록 내버려두는 미개한 이기주의 등을 지적하는 데 주로 열을 올렸던 것이다. 공중위생학에 심취한 이들은 훗날《비뫼시 노동계급의 위생 상태에 관한 보고서》를 적어내면서 의식 개혁의 중요성을 밑도 끝도 없이 강조하게 된다(참고로 이 보고서는 단행본으로 묶여 발간됐던 그 달에 즉각 베스트셀러가 되었고 1만 부 이상 무료로 배포되기도 했다).[83] 이들에게 정신력이란 연금술에서 금속이란 금속은 모두 금으로 바꾸고 늙은이를 젊게 하며 세상 모든 병을 낫게 하는 만병통치약인 '현자의 돌'처럼 취급됐던 것이다.

그러나 어느 집단이든 수많은 닭 중에서 한두 마리는 학인 법이다. 예컨대 환경위생학을 전공했던 젤링거 박사 같은 사람이 그런 경우였다. 이 시대의 참된 양심이었던 젤링거 박사는 보건위원회에 제출한 관찰 보고서에서 북쪽 빈민굴의 상태를 솔직하고도 가감 없이 구체적으로 묘사했다.

나는 젊은 날 해외선교를 가서 열악한 나라들의 참혹한 현실을 본 적이 있지만, 비뫼시 북쪽 외곽 골목들을 방문하기 전까지만 해도 문명국에 그토록 심각한 범죄와 궁핍, 질병이 존재할 수 있음을 믿지 않았다. 저급한 숙박소에서 10명, 12명, 때로는 20명이 남녀노소와 헐벗은 정도를 가리지 않고 바닥에 마구 뒤엉켜 잠을 잔다. 이런 거처는 보통 몹시 눅눅하고 더럽고 황폐해서, 그 누구라도 자기 개조차 여기에 두고 싶지 않을 것이다.

믿기 어렵겠지만, 골목의 안쪽으로 들어갈수록 배수로에 온갖 쓰레기와 오물 더미가 쌓여 있음을 발견할 수 있다. 재건 기간 동안 하수도가 제대로 정비되지 않아서 배수로로 똥들이 역류하는 것인데, 이곳 주민들은 이따금 헛되이 삽으로 석탄가루를 뿌려보기도 하지만 아무런 소용이 없다. 또한 내가 밤에 찾아간 몇몇 수면실에서는 일부는 옷을 입고 일부는 벌거벗은 15~20명이 남녀를 가리지 않고 뒤섞여 바닥 전체를 덮고 있었다. 곰팡이가 핀 스티로폼과 넝마를 섞은 것이 그들의 침대였다. 세간이라곤 거의 없었고, 희미하게 빛나는 톱밥난로만이 이 굴이 주거할 수 있는 곳임을 알려주었다.

이곳 사람들의 주된 호구지책은 도둑질과 매춘이다. 아무도 북쪽 외곽에 있는 이 아우게이아스의 외양간, 이 복마전(伏魔殿), 범죄와 오물과 역병이 뒤엉킨 이곳을 애써 청결하게 치우려 들지 않는다. 다른 도시들의 가장 열악한 구역들을 추가로 조사했지만, 도덕과 신체에 악영향을 미치는 정도로 보나 인구밀도로 보나 이곳의 반만큼이라도 나쁜 구역은 한 군데도 없었다. 이런 곳에서 콜레라의 창궐, 아니 무정부주의 테러범까지 나온다고 해서 이상할 것이 있겠는가?[84]

이런 젤링거 박사에게 투서가 날아들었다. 자신을 흔하디흔한 무덤지기라고만 밝힌 익명의 제보자는 불과 나흘 전 몬세라토 수도원 부속 고아원에서 벌어진 잔혹한 학대와 살인, 그리고 그 은폐 과정에 대해 낱낱이 증언했다. 편지와 함께 첨부된 죽은 고아, 즉 21번의 사망진단서에는 사망 원인으로 '폐결핵'이 적혀 있었고, 제보자는 이것이 조작된 것이라고 단언했다. 자신이 봤던 야윈 시체는 온몸이 멍투성이였다는 것이다. 필경 묶인 채로 맞아 죽었거나 혹은 고통을 견디다 못해 혀를 깨문 것이 분명하다고 했다. 또한 그 범인은 고아원을 전담 관리하는 P수사임이 틀림없다고 했다. 그러면서 이 모든 것은 주님께서 알려준 것이니 반드시 추악한 범죄를 소명해내야만 한다고도 덧붙였다. "경찰이 사망진단서 조작에 개입했습니다." 투서는 계속해서 말했다. "그러니 경찰에 신고할 수 없고, 검찰은 저처럼 미친한 자의 고발장은 접수받지도 않습니다. 문 앞에서 쫓겨날 게 불 보듯 뻔합니다. 며칠 전에 우연히 박사님이 적으신 신문 기고문을 읽게 됐습니다. 박사님 같은 양심의 소유자라면 분명 이 사건을 그냥 지나치지 않고 관심 있게 살펴주시리라……."

물론 계몽주의자였던 젤링거 박사는 주님의 계시 따위엔 아무런 관심도 없었다. 그러나 사망진단에서 첨부된 '폐결핵'이란 사인 앞에서는 눈매가 예리하게 좁아졌다. 보건위원회의 목표는 북쪽 외곽 전반의 위생 상태를 점검하는 것이었고, 거기에는 당연지사 시의 보조금을 받는 고아원들도 포함됐기 때문이다. 게다가 결핵균은 콜레라보다 높은 치사율을 가진 위험한 병균이기도 했다. 젤링거 박사는 곧장 사회복지청을 찾아가서 몬세라토 수도원 부속 고아원에 관련된 서류들을 열람했고, 거기서 대홍수 이후 보내진 영유아들의 석연찮은 죽음들을 발굴해냈다. 어린아이들이 이렇게나 죽어나갔다면 그 고아원의 위생 및 영양 상태는 형편없을 것이 불 보듯 뻔했다. 서류 검토만으로 폐결핵에 대한 확증을 잡을 수는 없었기 때문에 젤링거 박사는 고아원을 직접 방문하기로 했다. 그러나 막상 직접 찾아간 몬세라토 수도원 부속 고아원의 상태는 빈곤할지언정 폐결핵이 창궐할 만큼 극단적이지는 않았다. 결핵균은 보통 위생 상태가 불량하면서도 환기가 잘 되지 않는 어두운 곳에서 번식했는데, 고아원은 창문이 자주 닫혀 있긴 했지만 환풍기는 계속해서 돌아가고 있었고, 또한 배식 상태도 분명 좋다고 말할 수는 없었지만, 그렇다고 해서 난감할 만큼 비위생적인 것은 아니었기 때문이다. 그건 신임을 얻기 위한 P수사의 오랜 노력의 결과물이었다.

그러나 고아원에 결핵균이 없다면 21번이 어떻게 폐결핵으로 사망할 수 있었겠는가? 젤링거 박사는 투서 내용을 떠올리지 아니할 수 없었다. 그러자 고아원에 가득한 어둠과 학대의 징후들, 그러니까 유독 주눅들어 보이는 아이들의 얼굴과 멍든 손가락, 그리고 바지 밑단과 신발 사이에 드러난 발목의 매질 자국이 눈에 들어왔다. 뿐만 아니라 21번의 시체를 처음 발견했다던 P수사는 어찌된 일인지 자신을 바삐 내보낼 궁리만 하고 있었다.

"무슨 다른 문제라도 있습니까, 위원님?"

"아닙니다." 젤링거 박사가 P수사의 눈동자를 바라보며 물었다. "그런데 며칠 전에 여기서 고아 한 명이 폐결핵으로 사망했다고 하더군요. 다른 고아들은 괜찮나요? 결핵균은 전염성이 있어서요."

"별문제 없습니다." P수사가 양손바닥을 보여주며 대답했다. "보다시피 그쪽으로 계속 신경 쓰고 있거든요."

젤링거 박사가 서류철을 닫으며 중얼거렸다.

"그러게 말입니다. 결핵이 생겨날 정도는 아닌 것 같은데, 어떻게 폐결핵에 걸리게 된 건지……."

"그 아이가 말입니다, 본래부터 몸이 좀 허약했거든요." 굳이 대답을 바라고 한 말이 아니었음에도 P수사는 허겁지겁 대답하고는 어색한 미소를 지어 보였다.

젤링거 박사는 고개를 끄덕였다. "그렇군요."

그는 몬세라토 수도원 대문을 나오면서 21번의 시체를 직접 확인하기로 결심했다. 물론 이런 결심 자체는 위생 상태를 점검하는 보건위원회의 업무 범위를 훌쩍 벗어나는 거였지만, 이런 부류의 인간에게는 업무 재량권보다 양심이 더 중요한 법이다. 무연고자의 시신이 의대에 기증됨을 알았던 그는 서류를 추적하여 21번이 있는 의과대학교 위치를 알아냈고, 다행히 그 시신은 아직 냉동실에서 해부실습을 기다리고 있었다. 마침내 시체 보관용 냉장고에서 21번의 상처 범벅인 야윈 몸을 꺼내 봤을 때, 젤링거 박사는 경악을 금치 못했다. 투서는 진실을 고하고 있었다. 타박상과 찰과상은 기본이요, 피부가 찢어진 열상도 넘쳐났던 것이다. 어떻게 인간으로서, 이렇게도 잔혹하게 어린아이를 때려죽일 수 있단 말인가? 얼굴의 혈관이란 혈관은 모조리 터져서 굳어 있는데, 도대체 무슨 일을 당한 것인가? 가증스럽게 '폐결핵'이라고 적어놓은 검시서는 조작된 것이었다. 젤링거 박사는 21번이 무참히 살해되고 철저히 망각됐음을 확신했다. 자문해보길, 어떻게 할 것인가? 결론은 금방 나왔다. 같이 가담한 경찰에 신고할 순 없으니, 남은 건 검찰뿐이었다.

41

그리하여 죽음의 짙은 안개가 평온하게 잠든 P수사를 향해 소리 없이, 그러나 빠져나갈 구멍 하나 없이 조밀하게 드리우고 있었다. 그렇지만 그를 기다리는 죽음은 사법적 정의가 구현되는 익히 예상 가능하고도 지난한 관료주의적 과정은 아니었다. 그보다는 남방한계선 검은 숲에서 일어난 나비의 날갯짓이 바다를 건너면서 증폭되고 또 증폭되어 북방의 암노마 대사막에 몰아치는 모래 태풍이 되듯, 전혀 예상치 못한 급작스러운 끝에 가까웠다. 그리고 이를 온전히 설명하기 위해선 몇 갈래 우회로들이 필요했다.

서류 더미에 반쯤 묻힌 검찰 사무관이 젤링거 박사에 의해 제출된 고소장을 검토했던 날은, 보름달이 뜬 날이었다. 물론 사계절 내내 돔처럼 비뫼시를 감싸고 있는 매연들 때문에 보름달은 가려져 있었고, 딱히 보름달 구경을 하려는 사람도 없었지만 말이다. 평소처럼 야근에 찌든 이들이 옥상에서 싸구려 커피를 마시며 담배나 뻑뻑 피워댈 뿐이었다. 또한 잠든 이들의 운명 역시도 다음날 다시 깨어나거나 그렇지 못하거나 둘 중 하나를 향해 흘러갈 뿐이었다. 도심의 가스등과 전깃불들은 어둠을 밝힌다기보다는 그저 암흑 위에 실수로 떨어뜨린 싸구려 물감들처럼 지저분해 보였다. 그렇지만 모두가 잊어버려서 아무도 발걸음하지 않게 된 밑바닥에서는 무언가 은밀한 일들이 부단히도, 끈질기게, 끊임없이 벌어지고 있었다. 마치 오래전 꼽추의 고서점에 서식했던 책벌레들이 무한히 행하던 허무의 사업처럼 말이다.

자, 보라. 으스스한 무대는 전날 대홍수로 쓸려나간 무연고자, 좀 더 정확히는 그렇게 분류된 이들이 마구잡이로 묻힌 어느 야산의 집단 매장지였다. 이곳은 모두의 기억에서 잊힌 곳이었다. 듣도 보도 못한 것을 기억하는 것은 불가능하다는 자명한 진리에 의거하여 비뫼시의 대다수는 이 구덩이의 존재 자체에 대해 몰랐고, 전날 불법적인 매장에 참여했던 공무원과 익명의 불법 무덤꾼들의 경우엔 자신이 그런 일에 참여했다는 사실 때문에 이 이야기를 꺼내지 않았다. 그러나 죽은 이들은 자신의 죽음을 잊지 않았다.

겉보기에 구덩이는 땅에 묻힌 시체가 분해되는 통상적인 과정을 밟고 있는 것처럼 보였다. 박테리아들이 몰려와 모든 살점들을 분해하며 뼈다귀만 남겨 놓는 과정이 부단히 이어지고 있었는데, 문제는 구덩이 안쪽이었다. 왜냐하면 주변부 시체들의 살점이 녹아내리면서 밀랍처럼 미끈거리는 형태, 즉 시랍(屍蠟)으로 변하면서 거의 모든 공기를 차폐시키는 결과를 낳았기 때문이다. 공기가 없으면 박테리아가 활동할 수 없었고, 그래서 안쪽 중심부의 시체들의 부패 속도가 현저히 느려지게 됐다. 따라서 뼈다귀들로 둘러싸인 구덩이의 안쪽은 마치 미라들의 세상처럼 아직까지도 팔다리 근육들이 비교적 온전히 붙은 시체들로 가득했다. 그리고 그런 시체들 중에선 거적때기에 아무렇게나 말린 남편의 것도 있었다. 반쯤 녹아내린 안구를 눈꺼풀로 닫은 채 영면에 든 상태였지만, 유감스럽게도 바깥에 있던 뼈다귀들이 누런 치아를 부딪치며 연신 웃어대는 바람에 잠에서 깨고 말았다. 그 기괴한 웃음소리에 잔뜩 짜증이 난 그가 귀를 붙잡으며 욕지거리를 한바탕 내뱉었고, 그 역정을 듣고서 옆에 있던 다른 시체들도 덩달아 눈을 떴다. 이제 되살아난 시체들이 백골의 턱주가리를 뽑아내며 '입 닥쳐!'라고 소리쳤고, 뼈다귀들은 지상을 향해 흙더미를 파헤치기 시작했다. 망자들이 마치 자궁 속에 떨어진 정자들이 난자를 찾아가듯 쉴 새 없이 꿈틀거렸다. 그중에선 육신으로부터 완전히 벗어난 흐물흐물한 영혼 덩어리들이 유령이 되어 솟구치기도 했고, 여기저기를 관통하고 다니며 불쾌한 웃음을 터뜨리기도 했다.

  마침내 남편이 지상 위로 올라와 입에 잔뜩 들어간 흙들을 토해냈다. 입에 묻은 흙을 닦으려하자 흐물흐물해진 얼굴 살점이 바닥에 툭 떨어졌다. 그 바람에 드러난 잇몸으로 파리들이 날아와 구더기 알을 까려고 했고, 남편은 손짓으로 파리들을 쫓아내며 근처 나무에 기대어 앉았다. 주변 일대는 기이하고도 기이했다. 우선 아침노을같이 붉은빛이 땅바닥을 뚫고 흐릿하게 비쳐

나오고, 여기저기서 김이 치솟고 음산한 안개가 뭉게뭉게 피어오르는 중이었다. 황금모래가 뿌려진 듯 가까이에서 정체불명의 불꽃이 튀기도 했는데, 불똥이 떨어진 곳 밑으로 나무뿌리들이 뱀처럼 바위와 모래에서 나와 서로 꼬이며 기이한 끈처럼 굳어졌다.[85] 그리고 그 마법의 나라에서 걸어나온 해골들이 서로 뒤엉켜 거침없이 성교를 해댔다. 물론 실로 유감스럽게도 지방과 근육으로 된 성기가 모두 분해된 관계로 이들은 그저 골반을 부딪치며 형편없는 타악기 소리만 낼 뿐이었지만, 그 볼품없는 음악이 그렇게나 흥겨운 모양인지 뼈다귀와 되살아난 시체들이 서로 손을 맞잡고 춤을 춰댔다. 놀란 부엉이가 하늘로 날갯짓하며 날아올랐고, 그걸 따라서 정신 나간 유령들이 폭죽처럼 마구잡이로 휘날렸다. 물론 한쪽에선 부패하다만 시체로 부활한 자신의 끔찍한 모습을 보며 비명을 내지르거나 혹은 잃어버린 가족을 찾아 이리저리 배회하는 이들도 많았다.

한동안 이 모든 고삐 풀린 광경을 우두커니 바라보던 남편은 이윽고 자리에서 벌떡 일어났다. 유리부인과 아직 태어나지 않았던 아들이 떠올랐던 까닭이다.

악곡 없는 간주곡

42

산림감시원의 발라드

자정 무렵의 야산. 바람결에 나무들이 흔들리고, 음산한 새 울음소리가 들려온다. 손전등을 든 산림감시원이 불평스럽게 걸어오며 발라드를 부른다.

산림감시원   민원도 민원 나름이지
              야산에 유령이 출몰했다니?
              도대체 어쩌다가 공무를 봐야 할 이들이,
              이런 헛소리에도 귀를 기울이는 신세가 됐나?
              인사고과에 퇴마 활동이 포함되던가?
              언제부터 세계가 정신병동이 됐단 말인가!

민원도 민원 나름이지

야산에 유령이 출몰했다니?

도대체 왜 경찰한테 접수된 민원을,

산림청에서 대신 처리하게 됐단 말인가?

유령은 신원 조회가 되지 않아서 그런가?

이러다 수목장(樹木葬)을 전수 조사하게 생겼구나!

민원도 민원 나름이지

야산에 유령이 출몰했다니?

도대체 어떤 고삐 풀린 정신의 소유자가,

그것도 이런 야심한 시각에 야산을 거니는가?

버섯이나 야생 칡이라도 캐고 다는가?

아냐, 범죄 현장으로 꼭 돌아온다던 진범이로다!

그 순간 나무들 사이로 푸르스름한 영혼들이 휙 지나간다. 화들짝 놀란 산림감시원이 손전등을 비춰보지만 야윈 나뭇가지와 이파리들뿐이다.

산림감시원 거기, 거기 누구 있습니까?

　　　(손전등을 이리저리 비춰보며) 기분 탓인가?

　산림감시원이 입에 고인 침을 꿀걱 삼키고서 다시 목청을 가

다듬으며 발라드의 남은 소절을 마저 부른다.

산림감시원 민원도 민원 나름이지
          야산에 유령이 출몰했다니?
          도대체 어떻게 정상인이 유령의 없음을,
          유령을 보는 광인에게 증명해줄 수 있단 말인가?
          이것은 애당초 불가능한 일이 아니던가?
          망상 속을 수색하다간 나 또한 길을 잃게 되리니!

  노래가 끝나자 어디선가 낯선 목소리가 들려온다.

          목소리는 들어줄 만한데, 가사는 영 아니구나.

산림감시원 (경악하며) 누구냐! 거기 누구야?

43

  나무 몸통을 관통해서 이름 없는 유령이 산림감시원 앞에 불쑥 나타난다. 놀라서 뒤로 자빠지는 산림감시원을 보며 유령이 낯설고도 소름끼치는 얼굴을 들이민다.

이름 없는 유령   내가 누구냐고 물었느냐?

산림감시원   (파르르 떨며) 너는 도대체 무엇이냐?

사람의 형상이되 사람은 아닌 존재로다. 누구냐?

이름 없는 유령   한평생 네가 부정해온 존재이자

한평생 너와 함께해온 존재이지.

눈에 보이지 않는다고 정녕 없는 것이더냐?

산림감시원   (방백) 이럴 리 없다. 내가 미친 게 아닐까?

(다시 유령을 보며) 하지만 망상이라고 하기엔 너무
생생한 망상이로다. 살아 있는 것보다 더 현실적인
환각이라니! 지금 나는 술에 취한 것이 아닐까? 하
지만 순찰을 오기 전에 분명 술을 마신 적이 없다.
대마초를 피우지도 않았다. 아니, 그런 적이 없는 게
아니라, 그런 기억이 없는 건 아닐까? 망각의 결과
가 음주가 아니라, 음주의 결과가 망각이 아니던가?
(머리카락을 쥐어뜯으며) 나는 뭔가를 잊고 있는 게 분
명해! 그게 뭐지?

이름 없는 유령   우둔한 이여, 부디 보이는 대로 믿으라.

상상은 그 뒤에 해도 늦지 않으니까.

산림감시원   너는 허깨비다! 내게 말을 걸지 마라!

(몸을 일으키려다 균형을 잃고 다시 쓰러진다) 여기는 내
가 속한 세계가 아니다. 나는 너와 말할 수 없다. 그
래서는 안 되는 것이니까…….

이름 없는 유령   (웃음을 터뜨리며) 안 된다고?

하지만 이미 그러고 있구나. 어떻게 된 것이냐?

산림감시원   너는 내가 만들어낸 환영이다.

이름 없는 유령   그렇게 네 상상력을 자신하더냐?

이렇게도 생생한 환영을 만들어낼 수 있다고?

실로 오만한 녀석이로군.

하기야, 그 정도 오만도 없다면

자기가 믿는 게 전부라고 생각할 수도 없었을 터.

허나, 바로 그렇기에 오만은 가장 큰 죄악이니

마녀를 아무리 불태워도

흑사병은 계속 창궐함을 분명히 알게 될 것이다.

산림감시원   더는 듣고 싶지 않다. 얼른 사라져라!

이름 없는 유령   설령 내가 사라져도

우리가 사라질 순 없음이 보이지 않느냐?

어느새 주변으로 혼령들이 날아다니며 둥근 띠를 이루고 있고, 산림감시원은 이를 딱딱 부딪치며 공황 상태에 빠진다. 말을 걸던 이름 없는 유령도 어느새 혼령들 사이로 사라진다. 산림감시원이 양손으로 얼굴을 가려봤지만, 바로 그 손바닥에서 유령들이 출몰한다.

산림감시원   (손으로 허공을 휘저으며) 저리 꺼져라!

이건 현실도 실재도, 그 무엇도 아니다.

나는 꿈, 꿈속에 있는 거야…….

이제 그만 이 형편없는 악몽에서 깨야겠다.

산림감시원이 비틀거리며 몸을 일으켜 세운 뒤 유령들을 뿌리치며 어디론가 달려간다. 그러나 그의 앞으로 아직 살점이 붙은 시체들과 뼈다귀들이 흙더미를 밀어내며 나타난다. 그중에서 상반신밖에 남지 않은 꼽추가 말한다.

꼽추   어디로 가느냐?

산림감시원   집으로 간다.

꼽추   거기는 집이 아니다.

산림감시원   헛소리! 방해 말고 저리 꺼져라!

           (방백) 도대체 내가 어디로 발길을 들인 것이냐? 여기
           는 산 자들의 세계가 아니구나. 지옥으로 가는 입구
           이고, 괴물들이 소환되는 이세계의 문이다.

꼽추   지옥이라니?

           나에게는 너의 현실이 지옥이었다.

산림감시원   그렇담 이곳은 무엇이란 말이냐?

꼽추   그야 현실이지.

산림감시원   궤변 마라!

           너는 시체다.

그것도 하반신이 끊어져서

양팔로 너덜너덜한 몸뚱이를 끌고 다니는

상상해볼 수 있는 시체들 중 가장 끔찍한 시체다.

시체는 본디 영원히 굳어져야 할 고깃덩어리.

너는 움직여서는 안 되는 것인데,

감히 자연을 거스르고서

흉측한 살점들을 이리저리 끌고 다니고

심지어 마음대로 지껄이기까지 하는구나.

어찌하여 질서를 교란하려고 드느냐?

속히 네가 속한 곳으로 다시 돌아가라.

꼽추   돌아가라고?

대관절 어디로 가란 말이냐?

산림감시원 정녕 몰라서 묻느냐?

그분께 가서 심판을 받으라.

치러야 할 죗값이 있다면 죗값을 치를 것이고,

얻어야 할 축복이 있다면 축복을 감사히 받으라.

꼽추   (웃음을 참지 못하며) 뭐라? 그분이라고?

뭔가 단단히 착각을 하고 있구나.

나는 이미 내가 속해야 할 곳에 속해 있다.

되레, 속하지 말아야 할 곳에

속했던 적이 한 번도 없거늘.

(산림감시원이 뒤돌아 도망간다)

신의 심판이라고?

차라리 그런 걸 받아보기라도 했으면 좋겠구나—!

44

노숙자 등장. 시체들을 틈바구니에서 빠져나왔지만, 뼈다귀가 되어버린 자신의 팔다리를 보며 어찌할 바를 몰라 한다. 이름 없는 유령이 다가와 비웃는다.

이름 없는 유령   어째서 목을 붙잡고 몸을 떨어대는가?

노숙자   숨이 쉬어지지 않기 때문이오!

이름 없는 유령   뭐라? 바보인가?

        (노숙자의 갈비뼈를 관통하고 나오며)

        너는 숨 쉴 폐도,

        뜀박질할 심장도 모두 썩어 문드러졌거늘.

노숙자   내가 정녕 죽었는가?

이름 없는 유령   (혼잣말로) 아무래도 힘을 줘야겠군.

            (허공에서 마법의 책을 꺼내와 펼쳐든다)

                (주문을 외우듯이)

벌써 네 힘이 솟구치는 게 느껴지고

벌써 새 술을 마신 듯 몸 달아오르고

세상 속으로 나아갈 광기가 느껴진다,

이 땅의 고통, 이 땅의 열락을 지고서

폭풍을 이리저리 헤쳐가며

난파의 삐걱임에도 끄떡없을 광기.

네 머리 위로 구름 드리운다ㅡ

달이 그 빛을 감춘다ㅡ

등불이 꺼진다!

김이 서린다!ㅡ붉은 빛줄기들이 움찔거린다,

네 머리를 에워싸고ㅡ돌풍

한 줄기 천장에서 불어내려

너를 엄습한다!

느껴진다, 내가 네 주위를 떠돌고 있구나, 간구했던

영이여.

노숙자　　　　(뼈다귀를 감싼 붉은 빛들을 바라보며)

이게 내가 간구했던 영이라고?

이름 없는 유령　간절히, 간절히 간구했던 영이지.

이제 너는 무한한 자연을 붙잡았구나.

(마법의 책을 덮으며 외친다)

모습을 드러내거라!

하! 가슴이 짓찢긴다!

온갖 새로운 느낌이 된다,

네 모든 감각이 들끓어!

네 마음이 온통 내게로 쏠려 있음을 느낀다!

부디! 부디 나타나다오! 설령 내 목숨을 걸어야 한

대도![86]

노숙자　　(머리카락을 쥐어뜯으며)

아냐, 이런 식은 아니었어! 제발, 아니다―

노숙자의 뼈다귀를 둘러싼 붉은 빛줄기가 회오리 돌풍이 되어 노숙자와 그 주변을 집어삼키더니 밤하늘로 솟아오른다. 이윽고 그곳에서 폭발하여 붉은 빛줄기가 유성우처럼 숲으로 쏟아진다. 이름 없는 유령이 여러 명의 목소리가 섞인 웃음소리를 낸다.

이름 없는 유령　그러게, 소원을 빌 땐 신중했어야지!

45

조사위원과 남편 등장. 머리 없이 되살아난 조사위원이 거무튀튀한 살점만 남은 자신의 몸을 더듬으며 절규하고, 그 옆에서 남편이 팔다리들을 어지럽게 흐느적거리며 구덩이를 파헤치고 있다.

조사위원	아아, 이 얼마나 끔찍한 저주란 말인가?
	어찌하며 황금 옥좌의 그리스도께서는 이리도
	잔혹한 형벌을 내리신단 말인가? 산 자였을 적에
	온힘을 다해 그분의 뜻을 섬기며 살아왔건만,
	교회를 좀 먹고, 편의대로 구부리고, 똥칠하던
	악인들을 색출해 쫓아내는 데에 평생을 바쳤건만,
	이런 충실한 몸종의 최후는 어떠했던가?
	주님을 위해 쌓아올린 첨탑에 깔려 죽었도다.

(머리가 있어야 할 자리를 더듬으며)

복종했던 머리통을 사정없이 찌그러뜨리셨다.
이렇게까지 잔인하게 숨을 거둬가야 했을 이유가
무엇이었는지 묻지 아니할 수 없구나. 그저
복종하기엔 도저히 받아들일 수 없는 처사였기에!
그건 불필요하지 않았나?

남편	우습구먼.
조사위원	무엇이?

말하기 전에 신중하시라. 나는 한낱 노가다꾼에게
비웃음 살 만큼 부끄러운 인생을 살지 않았으니까.
추악한 이들을 끊임없이 단죄해왔다.
(방백) 그러나 죄 없고 힘없는 여자들을 유린했던 독
사의 자식은 재앙을 피해 미래를 꾸리고 있구나. 세
상이 비틀려도 어찌 이리도 처참하게 비틀릴 수 있

단 말인가?

남편   정말이지 답도 없는 신앙심이로군.

(땅을 파헤치던 손놀림을 멈추고 조사위원을 한심스럽게 쳐다본다) 지금 당신의 처지를 보시오. 머리 없는 시체가 된 채로 구덩이에 아무렇게나 던져졌다가, 이제 겨우 밖으로 나온 것이 아니오? 교단에서는 평생을 교회 일에 매진해온 당신에게 돌아갈 개인 묏자리 하나 마련해주지 않은 것이오. (매연으로 별 하나 보이지 않는 칠흑 같은 밤하늘을 가리키며) 당신네가 믿는 하나님이 정말로 존재한다면, 그분께서 당신을 이렇게 만든 것이기도 하겠지. 한데, 그런 꼴을 당하고서도 신에게 뭔가를 청하다니!

(양손을 가슴에 올리고 노래한다)

이렇게 본다면 내가 가난했던 것은

아이러니하게도 불행이자 축복이기도 했네.

기껏해야 말에 지나지 않는 시시한 이야기들을

위해 쓰기엔, 나의 휴일은 너무도 피곤하여

침대에 붙잡혀 모자란 잠을 채우기에 바빴으니

배우지 않은 덕에 건강해졌구나!

조사위원   신을 잃어버린 자여, 그 주둥이를 다물라.

(삿대질하며) 네가 지금 내뱉은 흔해 빠진 무신론 교설을 살아생전에는 들어보지 못한 줄 아느냐? 마치

	대단한 진리라도 깨달은 것마냥 지껄이는구나.
남편	대단한 진리가 아닌 자명한 진리요.
조사위원	마치 너 자신은 아무것도 믿는 게 없다는 양
	여기고 있구나. 너는 어떻게 죽었더냐?
남편	그날의 대홍수에 휩쓸렸지, 댁처럼.
조사위원	아무런 의미도 없이 죽었다고 보느냐?
	마치 어린아이가 생각 없이 벌레를 밟아 죽이듯?
	우연찮게 장작으로 골라진 개미집이 불타듯?[87]
	그저 그뿐이라고 말할 수 있느냐?
남편	그저 그뿐이죠.

그렇지 않다고 말하는 것이 더 어렵겠구려. 마치 자신이 구름 위의 그분에게 대단한 선택이라도 받은 것처럼 여기며 살아온 시간이 너무 길어서인가? 의미 있는 역할이라도 부여됐다고? 그러나 웬걸, 가난뱅이들은 이렇게 말한다오.

(다시 노래한다)

운명은 고삐 풀린 망아지가 끄는 마차,
그 위의 마부는 언제나 고주망태로 취해 있다네.
차라리 꾸벅꾸벅 졸아주었으면!
우라질, 빈자에게 일자리란 있다가도 없는 것.
누가 어떻게 될지 아무도 모른다네. 혹여나
알아도 손써볼 수 있는 건 아무것도 없다네.

가난뱅이는 판돈이 모자란 도박꾼이니,

카드패를 돌리는 여신 앞에서 매번 주눅든다.

우연, 너는 유독 빈자에게만 가혹하도다!

가볍게 불어오는 바람조차

고용주의 변덕만큼이나 위험할 수 있음에랴.

머나먼 보르나도 땅에서 벌어진 고블린들의 부족

전쟁조차 돌고 돌아서

노동계급과 그 자식들의 평균 수명을 갉아먹고,

무시무시한 소용돌이 속으로 빠져들게 한다.

여름에 배불리 먹던 이가

가을 내내 굶주리다가 겨울에 얼어 죽기도 하며,

혹여나 허리디스크나 폐병이라도 얻으면, 그걸로

끝장이지. 가족은 곤경 속에 흩어지고

가냘픈 퇴직금은 금방 바닥을 드러내게 된다네.

차라리 덧없음을 배워 익숙해져야 하는 것인가?

아아, 가망 없는 싸움. 관짝 값이 얼마더라?

조사위원　그래도 아무것도 믿지 않는 건 불가능해.

인간의 정신은 그렇게 튼튼할 수가 없으니까.

난파선은 바람 없이는 가망이 없으니까.

남편　그래, 난파선 씨, 한때 나도 신을 믿기는 믿었소.

'돈'이라는 이름의 신을 열렬히 숭배했으니까.

그분께서는 만물의 끈을 풀어주고 맺어주는

모든 끈 중의 끈, 전능한 뚜쟁이,

불가능도 결합시키는 마법의 아교(阿膠)![88]

젊은이를 늙은이에게 안기게 만들고,

한없이 지혜로운 이를 한없이 무지한 이에게

무릎 꿇게도 만드는 권능 중의 권능이라오.

한때 그 은총을 받아 미래를 꿈꾸기도 했지만,

결국엔 모두 물거품 속으로 사라져버렸지.

(주변을 둘러보며) 보시오, 여기서 걸어다니는

불우한 해골바가지들 중에서 부자는 없소이다.

오오, 전혀 없지. 하나같이 생활고에 찌들고

폐결핵 사망자 통계에 가까운 인생들뿐이라네.

돈으로부터 버림받은 자들의 죽음이란 이토록

비참하고 지리멸렬하며 또한 피곤한 것이오.

그러나 저 고급빌라에 사는 탐욕스런 제사장들이

가난한 우리에게서 몇 푼마저 빼앗아갔으니,

기꺼이 무신론자가 되어줄 수밖에!

조사위원   그래서 잘난 네가 지금 하는 것이 무엇이냐?

                           (남편이 파놓은 땅을 가리킨다)

무엇을 찾고자 시체 구덩이를 파느뇨?

지옥으로 가는 길을 찾기라도 하느냐?

남편   내 불쌍한 아내가 여기에 묻혀 있기 때문이요.

                             (바닥에 귀를 가까이 가져간다)

나는 들을 수 있소. 저 밑바닥에서

들리는 야윈 신음소리를. 내 아내는 불행히도

뼈가 가냘픈데다가 구멍까지 숭숭 나서, 혼자서는

헤쳐나올 수 없을 거요. 당장 꺼내주어야 하오.

조사위원   아내를 꺼내서 뭘 어쩌자는 거지?

본래 우리는 묻혀 있어야 할 존재인데 말이야.

(남편은 다시 땅을 파기 시작한다)

이미 순리를 거스르고 있다. 우리는 다시

묻혀야 해. 그런데 지금 너는 거꾸로 하고 있다.

남편   한평생 똑바로 선 적이 없어서

뭐가 거꾸로 된 건지 모르겠군.

지금 나는 이유가 필요 없는 일을 하고 있소.

그러니 도와주지 않으려거든 저리 꺼지시오!

그때 넋이 나간 산림감시원이 이들을 가로질러 뛰어간다. 조사위원은 잠시간 우두커니 남편의 뒷모습을 바라보다가, 이내 자신도 다가가 땅 파는 걸 돕는다.

조사위원   그런데 도대체 얼마나 깊이 묻힌 거지?

남편   모르겠소. 하지만 저 밑에 분명 있소.

(중얼거리며) 어쩌면 내 자식도 같이…….

밖으로 나온 해골들이 남편에게 다가와 여편네를 파내는 일을 돕기 시작한다. 지저분한 산발머리를 한 가수가 나무를 두드리며 노래를 부르기 시작한다.

여기 사람 있어요

(1)

여기 사람이 있어, 무너진 건물 당신 발밑에
그 아래, 난 살아 있죠, 부서져 좁은 텅 빈 공간에
날 살려줘요 제발, 살려줘요 제발,
이 어둠이 싫어요.
날 꺼내줘요 제발, 꺼내줘요 제발,
난 숨이 막혀요.
이미 늦었다 말하지 마요, 나는 아직
숨을 쉬어요. 가망 없다고 하지 마요,
무너진 건물 당신 발밑 아래, 숨 쉬고 있죠,
이 미어터진 좁은 공간에
나는 아직 살아 있죠, 이 빌어먹을 텅 빈 공간에

이미 늦었다 말하지 마요, 나는 아직

숨을 쉬어요. 가망 없다고 하지 마요,

내 심장 아직 뛰고 있죠.

내가 죽었다 말하지 마요, 나는 아직

숨을 쉬어요. 내가 식었다 하지 마요,

무너진 건물 당신 발밑 아래

이미 늦었다 말하지 마요, 나는 아직

숨을 쉬어요. 가망 없다고 하지 마요,

무너진 건물 당신 발밑 아래, 숨 쉬고 있죠.

이 미어터진 좁은 공간에

나는 아직 살아 있죠, 무너진 건물 당신 발밑[89]

조사위원이 구슬땀을 훔치며 엉덩방아를 찧는다. 남편은 손톱이 빠진 손으로 땅을 파내는 걸 멈추지 않는다.

조사위원　　파도 파도 시체가 끝도 없이 나오는군!

도대체 이 좁아터진 구덩이에 몇 명이나 밀어넣은

거야? 대홍수로 쓸려나간 사람들을 모조리 모아다

가 쑤셔넣은 건가? 어떻게 이런 일이 가능한 건지?

이건 씻을 수 없는 죄악이야!

남편   썻을 수 없다면 어떻게 할 거요?

(주변을 둘러보며) 이 무수한 허깨비 유령들을 데리고

서 도시를 침공하기라도 할 셈이오?

조사위원   나는 응당 주님의 뜻을 따를 생각이다.

전날 그분께서 뜻을 같이 하려는 제자들을 모아놓

고 '내가 세상에 평화를 주러 왔다고 생각하지 마라.

평화가 아니라 칼을 주러 왔다'라고 말씀하셨던 바

로 그 가르침을. 당신은 어떻게 할 거지?

남편   (다시 땅을 파며) 미정이오.

그 부분은 일단 아내를 꺼낸 뒤에 생각하려 하오.

그렇지만 필경 해볼 만한 것이 있을 거요. 비집고

들어갈 틈새가 분명 어딘가에 열려 있을 테니까. 지

금 우리가 이렇게 부활한 것처럼…….

조사위원   (휴식을 끝내고 다시 땅을 파기 시작한다)

틈이 없다면 열어야겠지.

남편   동감이오.

46

건축사와 건설부 차관 등장. 차관은 멍하니 앉아 있고, 증기

폭발로 가루가 된 건축사의 살점들이 그 주변을 파리처럼 날아

다닌다.

건축사   어찌하여 이리도 낙담하고 있는 것이오?

건설부 차관 반대로 되묻고 싶구먼.

지금 낙담하지 않은 이유가 뭐요?

매일 같이 매고 출근하던 넥타이가

어느 날 네 목을 졸라 숨통을 끊어놓다니.

(노래한다)

머리의 뇌세포가 하나하나 터져나가고,

눈알이 터질 것처럼 부풀어올랐다.

아무리 발버둥 쳐도 아무 데도 닿지 않는

그 허공이란, 희망을 먼저 질식시킨다.

정신이 죽은 절망 속에 맹목적인 손톱들만이

목 주변의 살점을 할퀴고 뜯어내다가

종국엔 완전히 굳어지게 됐구나.

(검게 파인 목 주변을 만지며)

그토록 끔찍한 고통이 마지막 기억이라니.

대홍수를 일으킨 책임을 받은 게 분명하구나.

천벌을 받은 것이로구나.

건축사   천벌이라니?

도대체 지금 무슨 말을 하는 것이요?

넥타이가 목을 졸랐다니? 굳어졌다니?

　　　　　　　아니, 이것이 무엇이란 말이냐?

　　　　　　　수의(壽衣)와 그 안쪽으로 벌레들에게

　　　　　　　갉아 먹혀 너덜너덜해진 단백질 덩어리,

　　　　　　　구더기들의 부화장, 즉 시체가 아니더냐?

건설부 차관　그때 설계를 바꾸지 않았다면,

　　　　　　　운명이 바뀌었을까?

　　　　　　　그러나 이제 와서, 이미 구덩이에 묻힌 마당에,

　　　　　　　그런 푸념이 다 무슨 소용이랴? 다 끝났다.

건축사　　　　아니, 이게 다 무슨 소리야?

건설부 차관　(무시하며 노래한다)

　　　　　　　이렇게 내 인생이 끝났구나.

　　　　　　　인간의 삶이란 이토록 부조리한 것인가?

　　　　　　　낮은 자는 높은 자에게 무참히 짓밟히기에

　　　　　　　사다리를 올라가고 또 올라갔건만

　　　　　　　삶의 바깥으로 나온 지금에서야, 돌아보니

　　　　　　　세계는 계단이 아니라 비뚤어진 원환인지라

　　　　　　　높아진다는 것은 곧 낮아진다는 뜻이었도다!

　　　　　　　공직의 드높은 자리까지 가지 않았다면

　　　　　　　목숨을 부지했을 텐데, 착각 속에 살았구나.

　　　　　　　(양손을 꼭 붙잡고 기도한다) 이렇게 되고 나니 남은 바

　　　　　　　람은 두 가지뿐이다. 아비 없이 살아야 할 아들의

앞날이 부디 평온하길. 그리고 나를 화형주에 묶은 그녀에게, 운명, 운명이, 눈먼 운명의 여신께서 응분의 대가를 선사해주기를……

건축사   당신이 하는 말을 하나도 알아듣지 못하겠소!

지금 이 목소리는 무엇이요? 분명 내 목소리인데, 그 목소리의 자리를 찾을 수가 없다. 허공에서 하루살이처럼 휘날리는 이 살점들은 무엇인가? 또한 도대체 여기는 어디란 말인가?

건설부 차관   망자의 숲이로군.

건축사   망자라니? 내가 죽었다는 말이오?

건설부 차관   그렇다오.

그렇지 않고서야 어떻게 지금처럼 나와 대화를 나눌 수 있겠소? (살점들을 유심히 쳐다보며) 제대로 된 시신조차 남지 않을 정도로 갈기갈기 흩어진 것으로 미뤄보아, 당신은 폭사(暴死)한 모양이오.

건축사   나는 잠을 자고 있었소.

건설부 차관   그렇담 자는 동안 폭발한 게지.

건축사   (방백) 아니야. 나는 지금 꿈을 꾸고 있는 거야. 어떻게 하면 이 꿈에서 깰 수 있는 거지?

건설부 차관   실로 비극이다. 자신이 죽은 줄 모르는 유령이라니, 현실에서 깨려는 꿈이라니. 그러나 깰 수 없는 꿈이라면,

그게 현실과 다른 점이 무엇이란 말인가?

(건축사 퇴장)

아들의 유령 등장.

아들	아버지, 저를 알아보시겠어요?
건설부 차관	아니, 이게 무엇이란 말이냐?
	너는 분명 내 아들의 얼굴을 하고,
	내 아들의 목소리와 억양을 가졌구나.
	게다가 나를 '아버지'라고 부르는구나.
	(고개를 홱 돌리며)
	그렇지만 내 아들은 죽지 않았다.
	죽어서는 안 되기 때문이다. 이건 환상이다.
	저리 꺼져라, 나를 기만하지 마라!
	이미 불행은 차고 넘치게 겪었느니라.
아들	아버지가 원하셨던 현실에 속하지 못해서,
	정말 죄송합니다. 그러나 저는 죽었습니다.
	분명 죽었습니다. 틀림없이 죽었습니다.

(관자놀이에 난 총알 자국을 보여준다)

	아버지가 목을 매달고서, 그 잔혹한 사냥개가
	저의 머리에도 무참히 총알을 박은 까닭입니다.
건설부 차관	아아, 이건 현실이 아니다!

이토록 잔인할 수 있단 말이냐? 이건 아니다!

약속과 다르지 않더냐?

아들   놈들은 약속을 모릅니다.

들개들의 약속은 송곳니뿐이기에.

건설부 차관   나의 죗값은 얼마든지 치를 수 있지만,

어찌하여 아무런 죄도 없는 너까지 이런 끔찍한 일

을 겪어야 한단 말이냐? 정녕 이렇게까지 되어야 하

는 일이었단 말인가? (엎드려 바닥에 머리를 찧으며) 아

아, 당장 이 고통에서 벗어나고 싶지만, 더 이상 죽

을 수조차 없는 몸이 되었구나. (고개를 들어 총알구멍

을 살펴보며) 얼마나 아팠을꼬?

아들   다행히 의식이 곧장 끊어져서

고통은 거의 없었습니다. 섬광처럼, 잠깐이었죠.

그렇지만 삶을 빼앗긴 것이 너무도 원통하나이다.

복수를 하고 싶습니다!

(유령이 된 자신을 모습을 바라보며)

그러나 저에겐 복수를 행할 육신이 없습니다.

녀석들의 육신을 차갑게 만들어줄

분노한 손도, 냉혹한 이빨도 없습니다.

건설부 차관   너에게 육신이 없는 것은,

필경 다른 이의 육신을 빼앗으라는 뜻일 터.

이제부터 너는 죽은 이에게 깃들어

172

라디오 주파수를 멋대로 바꾸고, 커튼을 들추며,

평범한 탁자를 빙그르르 돌리고 돌려

강신술 모임의 교령(交靈) 탁자로 둔갑시켜라.

산 것에 깃듦으로써 죽음을 말하게 하고,

그럼으로써 죽은 것들을 살아 있게 만들라.

아들   옳거니!

건설부 차관   신에게 기도나 하고 있을 순 없구나.

이제 기도는 기만이다. 저 신은 나를 버렸다.

목숨보다 중요했던 보물을 빼앗아갔으니 말이다.

                      (벌떡 일어나서 주변을 두리번거린다)

도시로 가는 방향이 어디더냐? 당장 가야겠다.

방아쇠를 당겨 똑같이 되갚아주리니

복수를 끝마칠 때까지 절대로 사라지지 않으리.

   산림감시원 등장

산림감시원 (뜀박질을 멈추며)

죽겠구나, 심장이 터질 것만 같다.

그런데 출구를 찾을 수 없구나. 어디란 말인가?

분명 이곳으로 들어왔었던 것 같은데, 다시

돌아와보니 길이 사라지고 없다. 무슨 일인가?

똑같은 곳을 빙빙 맴돌고 있는 것 같기도 하구나!

아아, 나는 깰 수 없는 꿈에 갇힌 것인가?

별빛 없는 어둠 속의 숲은 깊은 미궁과도 같다.

이 미로를 계속 달려대는 것이 맞는 걸까?

그러다가 그 끝자락에서 인간을 산 채로 잡아먹는

괴물 미노타우로스와 맞닥뜨리게 되는 건 아닐까?

그런데 나는 영웅 테세우스도 아니고,

내 곁엔 아리따운 조력자 아리아드네도 없잖은가?

멈춰야 하는 걸까? 그렇지만 가만히 있다간,

정말로 넋을 놓고 미쳐버릴 것 같다. 진실로

낭패로다. 도망이라도 다니고 있지 않으면

한순간도 견딜 수가 없으니. 숨이 턱하니 막힌다.

무엇이라도 전념하고 있지 않으면,

망령들이 머릿속으로 들어올 것만 같으니!

　　　　　(머리카락을 쥐어뜯다가 다시 고개를 든다)

별수 없다.

다시 뛰자꾸나. 차라리 뛰다가 죽으리.

　　　　　(다시 어디론가 달려가려다가 이내 쓰러진다)

47

남편, 조사위원, 유리부인 등장. 남편을 비롯한 여러 시체들이 마침내 유리부인이 담긴 자루를 발굴해낸다.

남편   얼른 자루를 묶은 끈을 풀어줘!

조사위원   (끈을 풀면서) 싸구려 나무 관도 아닌,

          이렇게 마대에 아무렇게나 담아서 묻다니.

          죽일 놈들! 심지어 끈도 대충 묶어놨구나!

유리부인   살살 좀 만져! 쉽게 부러진다구!

          우라질, 죽어서도 관절염으로 고생해야 한다니,

          말도 안 돼! 이건 너무 가혹한 처사가 아닌가?

          이래 놓고서 뻔뻔스럽게도 하나님 아버지께서는

          자신의 피조물을 사랑한다고 가르쳐왔단 말인가?

          이 지독한 사기극을 조금이라도 믿었던

          살아생전의 내 자신이 원망스럽다.

          아, 진실이여, 어찌 나에게만 이리도 야박했더냐?

남편   답답한 죽음의 자루에서 벗어난 당신의 몰골은

          어찌 이리도 처참하단 말인가?

          얼굴이 등 뒤로 돌아가 있다니, 무슨 일인가?

                    (유리부인의 돌아간 머리를 바로 잡아준다)

          다행히 돌아간 얼굴은 바로 잡아지는구먼.

유리부인   가뜩이나 위태로운 육신이었건만

          죽어서도 성한 곳이 하나 없구나. 다 쑤신다!

          차디찬 스테인리스뿐인 안치소의 기억이 난다.

너무 많은 죽음들은 그저 통계일 뿐이었고,

아무도 찾지 않는 죽음들은 그저 짐이었지.

결국엔 무성의한 무덤꾼의 손에 끌어내려져

쓰레기처럼 자루에 담겨 구덩이로 던져졌다네.

산 자의 골다공증에도 신경 쓰지 않는 이들이

망자의 골다공증에 신경을 써줄 리가 있겠는가?

어깨뼈가 바스러져서 팔을 들 수가 없고,

설령 팔을 들 수 있어도 성한 손가락이 없다.

                    (혼자 힘으로 일어서려다가 자빠진다)

우라질, 구덩이에 던져지면서 발목뼈도

끊어졌구나. 휠체어라도 같이 묻어줄 것이지!

조사위원   그래도 팔다리는 모두 붙어 있구면.

                        (주변의 시체와 뼈다귀들을 둘러본다)

시신이 제대로 수습되지 않아서

사지조차 온전하지 않은 이들이 태반이구나.

끊어진 팔다리가 거센 물길에 휩쓸려 어디론가

사라져버린 불구들이 한가득이고, 저기엔 목뼈를

찾을 수가 없어서 자기 두개골을 축구공처럼

옆구리에 끼고 다니는 불우한 백골도 보이는구나.

그대는 비교적 운이 좋음을 아시오.

유리부인   운이라고?

            실로 우습다. 죽어서 좋은 운이 무슨 소용이랴?

그런데 구덩이에 있는 걸 보면,

죽어서도 운이 좋은지 전혀 모르겠구나.

빈자는 사후세계에서도 가난하게 사는가보다.

조사위원　하지만 여기는 사후세계가 아니오.

(하늘을 올려다보며) 때마침 하늘 위로 야간 비행선이

날아가는 소리가 들리는군. 여기는 현세요.

유리부인　천국 지옥은 역시나 거짓부렁이었나?

조사위원　(헛기침하며) 그런 말은 하지 않았다네.

어쩌면 우리는 아직 죽지 않은 것인지도 모르오.

그분의 뜻은 늘 헤아리기엔 너무 넓고,

들여다보기엔 너무 깊으니까.

남편　　　그래봤자지.

우리가 묻혔던 이 구덩이보다 깊으리라고?

죽음보다 더 깊은 구덩이가 있으리라고?

그러나 우리는 바로 그 구덩이를 기어올라왔다네.

(유리부인에게 고개를 돌려) 그런데 배 속에 있던

우리 아들은 어떻게 된 것이오?

보아하니 이제는 홀몸이 됐구려.

유리부인　(뒤늦게 홀쭉해진 아랫배를 만져본다)

죽음에 신경이 마비돼 잊고 있었구나, 내 아들!

어쩐지 무게가 가볍다고 했는데, 없구나.

어떻게 된 일인가? 얼른 되짚어보자.

177

(눈을 감은 채로 온몸을 부르르 떤다)

아아, 눈 감으니 보인다.

돌아와야 할 것들이 되돌아오는구나.

재앙의 그날, 집이 와르르 무너졌던 날의 기억들.

유리부인이 노래를 시작하자, 되살아난 시체와 뼈다귀들이 그 주변으로 모여든다. 상반신만 남은 꼽추가 힘겹게 팔로 기어서 다가오고, 밤하늘의 구름이 조금씩 걷히려고 한다. 바람결에 음산한 현악기 소리가 들려온다.

재앙의 이중창

(1)

어느 시인이 노래하길, 현재는 슬픈 것,

지나가는 것은 훗날 소중해질 것이라 했지만,

빈자의 삶에서 현재란, 다가온 느낌들을

간추려볼 만큼의 여유조차 없는 촉박함이요,

과거란, 너무도 황량하여 아무리 돌아봐도

추억할 것이라곤 없는 굶주림과 더러움,

그리고 온갖 질환들로 썩어감뿐이로다.

다른 삶이란 텔레비전 드라마에나 나오는 것.

밑바닥에서 태어난 변변찮은 것들의 상상력이란
더 악화되는 것 외엔, 더 떨어지는 것 외엔,
다른 삶을 떠올릴 줄 몰랐으니. 그 억센 관성은
거인의 팔뚝과도 같아 우리를 놓아주지 않는다.
이때 주정뱅이였던 내 아비가 말하길, 그래도
다행이지 않느냐? 최소한 이루어질 수 없는 꿈을
꾸게 되는 고통에서는 벗어났으니 말이다.
아아, 나는 대꾸할 말을 찾지 못했다네.

남편이 다가가 유리부인을 들쳐업는다.

(2)

남편   결국 삶이란, 다시 살아갈 것을
먹살을 잡고서 집요하게, 끈덕지게,
진절머리 나게 요구하는 사채업자와도 같은 것.
마치 받아야 할 정당한 몫이라도 있다는 듯,
이자가 이자를 낳듯, 고난이 고난을 낳는
굴레임에도, 뻔뻔스럽게도, 매번 제 몫을
내놓으라고 보채고 뺨따귀를 때리는구나.
우리는 지은 죄가 없음에도 형기를 산다네.
이들은 재판을 받은 적조차 없다네. 왜냐하면

애당초 감옥에서 태어난 종족들인 까닭에.
겨우 먹고살 만큼 받으며 프레스기를 눌렀으나
공장은 문을 닫고, 밀린 임금은 받을 길이 없다.

둘이서   이때 주정뱅이였던 내 아비가 말하길, 그래도
다행이지 않느냐? 최소한 이루어질 수 없는 꿈을
꾸게 되는 고통에서는 벗어났으니 말이다.
아아, 나는 대꾸할 말을 찾지 못했다네.

(3)

가여운 이들이 만나 서로 보듬고 핥아주며
한때 자그마한 보금자리를 꿈꾸며 살기도 했다네.

(번갈아 가면서)

유리부인   내가 했던 일은, 지하철의 청소부
도시의 모두가 매일같이 나를 마주치지만, 내가
있는지조차 모른다네. 분명 눈앞에 존재함에도
존재를 지우는 것이 바로 내 일이었으니.

남편   나는 쫓겨난 뒤로 한동안 일자리가 없었다네.
가뜩이나 어려운 시절, 거리의 그 누구도
나를 불러주지 않아, 애꿎은 잠만 늘었다네.

유리부인   그래도 그땐 아이는 없었지.

남편   불임판정으로 아낀 콘돔 값으로 담배를 샀다네.

유리부인   우라질, 의사 말을 믿는 게 아니었는데.

둘이서   이때 주정뱅이였던 내 아비가 말하길, 그래도
         다행이지 않느냐? 최소한 이루어질 수 없는 꿈을
         꾸게 되는 고통에서는 벗어났으니 말이다.
         아아, 나는 대꾸할 말을 찾지 못했다네.

                    (4)

유리부인   지하철에서 내가 해온 일이라고는
         썩은 커피가 든 일회용 컵과 기저귀들,
         그리고 악덕한 종자들이 몰래 버리고 간
         생활 쓰레기들을 분리수거 하는 일이었다네.
         썩어서 물렁물렁해진 수박 껍질, 찢어진 스타킹,
         구더기가 꼬인 양철통, 정체 모를 배설물들.
         변기에 말라붙은 오물들을 닦아내며 기도하길,
         부디 이 모든 역하고도 수고스런 고난들이
         복으로 돌아오길.

남편   그러나 병을 얻었지.
         그리고 나는 그제야 비로소 일자리를 얻었다네.

유리부인   재앙의 제단에 벽돌을 쌓는 지옥의 노역을!

둘이서   이때 주정뱅이였던 내 아비가 말하길, 그래도
         다행이지 않느냐? 최소한 이루어질 수 없는 꿈을

꾸게 되는 고통에서는 벗어났으니 말이다.
아아, 나는 대꾸할 말을 찾지 못했다네.

(5)

유리부인　그날은 하늘에서 비가 쉴 새 없이 쏟아졌지.

남편　　　때마침 약재상에 약을 구하러 나간 날이었지.

유리부인　비극의 날엔 항상 배우자가 곁을 비우노니.

남편　　　성난 물살이 떠밀려와 모든 걸 집어삼켰고

　　　　　나는 달려갔고, 아파트로 들어가면 다시는

　　　　　나올 수 없음을 알았지. 당신을 향해 무너지는

　　　　　벽을 막아섰다오. 아무런 희망 없이─

유리부인　그러나 기적처럼, 쇠지렛대처럼 굳어져,

　　　　　무너지는 바위들을 기어코 멈춰 세웠다네!

남편　　　들어올려야 한다면, 들어올려야 하는 법이니.

　　　　　한데 우리 아들은?

유리부인　결국 나는 구출됐다네!

　　　　　그러나 정신을 잃고, 아이도 잃었구나.

둘이서　　이때 주정뱅이였던 내 아비가 말하길, 그래도

　　　　　다행이지 않느냐? 최소한 이루어질 수 없는 꿈을

　　　　　꾸게 되는 고통에서는 벗어났으니 말이다.

　　　　　아아, 나는 대꾸할 말을 찾지 못했다네.

48

해골들이 서로 손을 맞잡고 둥그렇게 둘러서 춤을 추기 시작한다. 사방으로 유령들이 날아다니며 괴성을 질러대고, 꼽추가 기어와서 남편의 발을 건드린다.

꼽추   나는 거기 있던 절벽에서 몸을 던졌다오.

남편   그랬군요! 어쩐지 어느 날부터 보이지 않더라니.

         허나 나 역시도 당신과 그다지 다르지 않아,

         저 자신이 떨어질 절벽을 땀 흘려 만들면서

         임금을 받아왔다오.

꼽추   그런 이가 어디 당신뿐인가?

         허나, 한탄은 어찌할 도리가 없을 때 하는 것.

         이렇게 되살아났으니, 무언가 해야 하지 않겠소?

남편   (자신의 끔찍한 몸을 보면서) 할 일이라?

         우리를 이렇게 부활시킨 건 마녀의 강령술일지도

         모르겠으나, 우리가 마법을 가진 건 아니라오.

         마치 생전에 기계를 돌리는 것이 우리였으나,

         정작 그 기계의 주인이었던 적은

         한 번도 없었던 것처럼.

         우리는 뭐요? 시체요, 뼈다귀요, 살점이오.

육신을 잃은 한 무더기의 유령들이 다가와 합창한다.

목소리들의 합창

우리는 생전에 그러했듯,

죽어서도 단지 헐벗은 채로 살아 있을 뿐이니.

어떻게 저 강대한 권능에 맞설 것인가?

덧없이 흩어지는 유령들인지라, 단지 목소리를

건네는 것이 전부가 아니던가?

그러나 그것조차 만만찮은 일인지도 모른다.

꼽추   그렇다고 여기 가만히 있을 텐가?

남편   그럴 순 없지.

     전날 가만히 있다가 죽었으니,

     지금은 죽어서라도 움직여봐야 하지 않겠는가?

     (방백) 그리고 내 아들도 찾아야 하오…….

조사위원   지당하신 말씀. 머리를 맞대야 하오.

     죽은 자의 뇌로부터 지혜를 구해야만 하느니.

     산 자로부터 구하지 못했던 것을 얻을 수 있으리.

유리부인   (자신의 심장에 덮인 살점들을 긁어내며)

     이런 몸뚱이를 갖고서는 아무것도 할 수 없어.

     나는 해방되어야 해. 차라리 저 유령들처럼

새처럼 공중을 누비며 아들을 찾아 날아가야겠어!

남편   그 방법이 맞는 거요?

그러다가 소멸하기라도 한다면? 부디 멈추시오.

유리부인   여기서 더 이상 나빠질 게 뭐란 말이오?

(계속 갈비뼈를 벌리려고 한다)

더 떨어질 밑바닥이 없는 것처럼

도박사 기질이 부풀어오르기에 이보다

최적의 조건도 없을 터. 나는 주사위를 던지겠어.

부실한 갈비뼈가 유리 깨지는 소리를 내며 부러지고, 유리부인은 그 안에서 썩은 심장을 꺼낸다. 그로부터 희멀건 영혼이 흘러나온다.

유리부인   뼈가 약한 게 이럴 때는 도움이 되구나.

아아, 일찍이 느껴본 적 없는 투명함이 느껴진다.

뭐라 표현해야 하나? 어디에도 스며들 수 있고,

어디로도 출몰할 수 있을 것만 같다.

남편   무엇이 되고 있는 거요?

유리부인   자유, 자유가 되고 있노라.

유령이 된 유리부인 주변으로 성난 원혼들이 몰려와 어지러운 띠를 만들며 날린다. 이윽고 이들이 노래한다.

복수귀들의 노래

(1)

정녕 이곳은 황천인가?

도처에서 유령들이 나타나 여기저기 날아다니고

시체들이 추깃물을 뚝뚝 떨어뜨리며 배회하네.

이 뒤틀린 곳은 어디란 말인가?

상식은 엿가락처럼 휘고 수학자는 미쳐간다!

이치에 맞는 것들이 하나도 없구나.

시간이란 변화의 형식, 죽음은 영원한 멈춤.

그러나 우리는 이렇게 흘러가고 있으니,

어찌된 일인가?

그렇군, 우리가 속한 시간은 고장 난 시간이로다.

도대체 어쩌다가

삶과 죽음의 경계에 던져지게 됐는고?

복수귀들이 각자의 사연들을 털어놓는 통에 노래가 난장판이 되고, 그사이에 이름 없는 유령이 나타나서 묻는다.

이름 없는 유령　　　너무 아름다워 신의 미움을 샀는가?

꼽추　　　그렇담, 그 신의 취향은 실로 괴팍하군!

이름 없는 유령   너무 건강하여 신의 미움을 샀는가?

유리부인   그렇담, 그건 병균의 건강함이로군!

이름 없는 유령   너무 잘나가서 신의 미움을 샀는가?

남편   그렇담, 고꾸라지길 기도하는 거였는데!

　이름 없는 유령이 광기 어린 웃음을 터뜨리며 허공으로 다시 날아가고, 복수귀들이 다시 노래한다.

(2)

정녕 이곳은 지옥인가?

발걸음이 멈추는 곳마다, 눈을 두는 곳마다

회복할 수 없이 벌어진 검은 상처들뿐이구나

이 뒤틀린 곳은 어디란 말인가?

도덕은 주사위처럼 뒤집히고 광인만 제정신이다!

하나같이 어긋나고 녹슨 것들뿐이로구나.

잡으려 해도 손가락 사이로 빠져나가는 바람처럼

영혼의 숨결이 저 멀리 사라져만 간다.

어찌된 일인가?

그렇군, 역사로부터 나의 배역은 퇴장당했구나.

도대체 어쩌다가

복수를 위한 각본에서 밀려나게 됐는고?

남편이 텅 빈 유리부인의 육신을 내려놓는다. 복수귀들이 낮은 화음을 넣으며 목소리를 낮추고, 유령이 된 유리부인이 남편의 어깨를 감싸 안으며 번갈아 노래한다.

(3)

남편　　　　정녕 이곳은 바깥인가?

유리부인　　저 각본가에게 나는 한낱 엑스트라에

　　　　　　지나지 않았음을 너무 늦게 알았구먼.

　　　　　　아니, 솔직히 말해, 진작 느껴왔지만

　　　　　　받아들이는 데 너무 시간이 오래 걸렸구먼.

남편　　　　이 뒤틀린 곳은 어디란 말인가?

유리부인　　우리는 본디 우리가 속했던 곳에서 다시

　　　　　　눈을 뜬 것에 불과함이랴. 기울어짐 곧 균형이니.

남편　　　　어찌된 일인가?

　　　　　　그렇군, 저 각본가는 오래 전에 귀가 멀었구나.

　　　　　　도대체 어쩌다가

　　　　　　배역 없는 배역으로 무대에 오르게 됐는고?

　거센 바람이 불어서 밤하늘의 매연과 구름들이 완전히 걷히자, 본래 떠 있어야 할 보름달은 일그러진 붉은 달로 변해 있다.[90] 모든 인물들이 복수귀들과 함께 어깨동무를 하고 일제히 합창한다.

(4)

정녕 이곳이야말로 현실이로구나.

뒤틀림이 곧 질서로구나.

어찌된 거냐고 묻지 마라, 아무도 모른다.

어쩌다 보니 그렇게 된 것이 아니겠느냐?

그러니, 이제 어찌할 거냐고 묻자꾸나!

잃어버린 몫을 찾도록 하자.

우리 모두 달려가 시간의 문을 열자.

한데, 누군가가 그 앞을 지키고 서 있구나.

아니 이게 누군가? 푸른색 벨벳 제복 단추를

목 끝까지 채운 뚱뚱한 문지기가 아니던가?

문으로 들어갈 수 있느냐는 물음에 답하길,

가능한 일이지. 그러나 지금은 안 된다네.[91]

오, 그 뒤로도 쓸데없는 말들을 늘어놓는구나.

조급함이 아니라 망설임이 죄악일지어니[92]

문지기를 넘어뜨려라! 녀석의 턱을 후려치고,

배때기를 칼로 쑤셔라! 지방질이 워낙 두터워서

작은 칼은 들지 않으니 큰 칼을 필히 지참하자!

배꼽에 촛불을 꽂고 불을 붙여라. 웃으며 춤추자!

문짝에 자물쇠가 걸렸구나. 그러나 상관없다!
자물쇠는 아무래도 상관없다. 열쇠도 필요 없다!
어깨로 문을 박살내라! 밀쳐라! 부딪쳐라!
좋아, 문의 경첩이 떨어져나갔도다!
틈이 열렸도다!
들어가라, 비집고 들어가라. 그곳으로 출몰하라!
어디든 깃들어 미치게 만들어라!
갓난아기의 눈물을 메마르게 하고
역병으로 결혼영구차를 병들게 하자!⁹³
부모가 자식을 잡아먹게 만들고, 자식이
부모의 목을 긋게 만들어라! 서로 불태우게 하라!
복수, 보복, 징벌의 달콤한 시간이도다!
이유는 신경 쓸 필요 없는 것, 하찮은 것,
그 후순위는 목마른 자들이 알아서 덧붙일 것이니
놈들의 눈을 가리고 마음껏 귀신 들리게 하라!
완전히 지나갔다고 믿었던 것들이 다시 회귀해
산 자의 계산된 시간들을 얼어붙게 하리니
이제부터 불의는 정의의 거울임을 알라—

복수귀들이 날카로운 비명을 내지르며 사방으로 흩어지고, 유리부인이 남편을 떠나려고 한다.

남편   어디로 가려고 하오?

유리부인   (반쯤 갠 밤하늘을 가리키며)

              일단 저 보름달에 가까이 가보아야겠어!

              혹시라도 토끼와 노니는 신을 만나게 된다면,

              몇 가지 물어볼 게 좀 있으니까.

남편   공손하게?

유리부인   그야 당연하지!

              전날 신이 내게 베풀었던 그 공손함으로,

              전력으로, 온 힘을 다해ㅡ!

말이 끝나자 유리부인의 영혼이 공중으로 솟아오른다. 이윽고 큼직한 보름달 밑으로 깊은 잠에 빠진 비뫼시의 전경이 내려다보이고, 그 위로 헤아릴 수조차 없을 만큼 많은 혼령들이 한데 뭉친 회오리바람이 되어 소용돌이치고 있다. 어두운 악마의 맷돌들이 서로 부딪히며 갈려나가듯, 굽이치는 혼령들의 먹구름들이 서로 충돌할 때마다 끔찍한 비명이 울려퍼진다. 번개가 내리치는 구름들 사이로 가고일 조각상과 박쥐 떼가 어디론가 정신없이 날아간다.

유리부인　　（유령들뿐인 하늘을 둘러보며）

　　　　　　역시나 신은 없구나.

　　　　　　그나저나 망할 난쟁이 약재상 사기꾼 녀석,

　　　　　　말린 박쥐를 그렇게나 잘도 팔아먹더니!

　　　　　　길가다가 확 칼에 찔려 비명횡사 해버렸으면!

　　　　　　（노래한다）

　　　　　　도시의 밤하늘에 이토록 유령들이 넘실거렸다니,

　　　　　　살아생전에는 전혀 몰랐다네.

　　　　　　이따금 닫았던 창문이 삐걱 열리고, 갑작스레

　　　　　　목뒤가 으스스해지기도 했지만,

　　　　　　그것이 유령 탓이라고는 생각도 못했다네.

　　　　　　유리창에 비추던 불빛들은 전깃불이 아니라

　　　　　　시체들의 인광(燐光)이 비추고 있었음이랴.

　　　　　　보이지 않는 것들이 언제나 함께하고 있었구나.

　　　　　　허공에서 우리를 보고 있었구나.

　　　　　　묻건대 그 응시는 호기심인가 분노인가?

　　　　　　그것은 걸어온 길이 어느 쪽이냐에 따라

　　　　　　달라지는 것이겠지. 혹 어쩌면 우리는 모두

　　　　　　유령에 빙의된 채로 살아왔던 것은 아닐까?

　　　　　　자신의 것이라 믿어 의심치 않았던 정신들은,

모두 한 편의 지독한 사기극이었던 것은 아닐까?

그러나 어디서부터 어떻게 뒤틀린 건지는

아무도 알 수 없게 돼버렸구나. 너무 오래됐도다.

그러니 지금은 할 수 있는 일을 하자.

눈앞의 것을 보자.

밤하늘은 거꾸로 된 혼령들의 바다였구나.

그런데 저 거센 물결은 어디를 향하느냐?

일부는 곁가지처럼 흩어지지만, 물길은 그대로다.

그 끝자락을 따라가보자. 어디론가 향하고 있다.

어디인가? 휘황찬란한 부자들의 언덕으로,

살롱들과 궁전의 사교장으로 향하는구나. 왜?

누구를 만나러 가는 것인가?

아하, 그건 가보면 알게 될 테지.

(아래를 내려다보며 소리친다)

모두 얼른 올라오게들!

우리만 이 밤을 떠돌고 있는 게 아니었어!

(방백) 어째서인가? 혼령들이 몰아치는 그곳으로 내 아들의 기운이 느껴진다. 그런데 어찌하여 두 명의 기운이 스멀스멀 피어오르는 것이지? 내가 낳은 것이 쌍둥이였단 말인가? 흐음, 이 역시도 가보면 알 수 있겠지. 그렇담 어느 쪽을 먼저 가볼까?

(혼령들의 소용돌이 속으로 사라진다)

　혼령들이 정신없는 나선을 그리며 궁전의 첨탑 주변을 맴돌고, 그중 일부는 벽을 관통해 궁전 응접실을 지나, 지하에 숨겨진 비밀의 계단을 내려간다. 회전계단의 끝자락에 닿자 철장으로 굳게 닫힌 큼직한 감옥 하나가 나온다. 철장 속에 철가면을 쓴 어린아이가 미친 듯이 울부짖고 있고, 그 주변으로 혼령들이 괴성을 내지르며 맴돌고 춤춘다. 이름 없는 유령이 다가와서 철가면에게 속삭이듯 노래한다.

이름 없는 유령　오오, 가엾은 철가면이여,

　　　　　그렇게 머리를 찧어대다니 뭘 어쩌자는 건가?

　　　　　그 머리가 진범이라고 믿는 까닭인가?

　　　　　이 모든 망령이 너의 깊숙한 곳으로부터

　　　　　피어올라 너의 두 눈을 뚫고 나온 것이라고?

　　　　　예로부터 많은 이들이 그렇게 생각하여

　　　　　권총으로 자기 머리를 날려버리곤 했다만,

　　　　　그런다고 과연 침묵이 찾아올까?

　　　　　오오, 가엾은 철가면이여,

　　　　　그렇게 머리를 찧어대다니 뭘 어쩌자는 건가?

　　　　　머리가 맛이 가면 고통을 덜 느낄까봐?

세로토닌 수치가 낮아지면 망령들의 흐느낌이
잦아들어 우울증이 사라지리라 믿는 건가?
요즘 들어 많은 이들이 그렇게 생각하여
정신병원을 방문해서 처방전을 받아간다만,
그런다고 과연 침묵이 찾아올까?

너의 육신은 이미 우리의 보금자리가 됐거늘!

철가면이 인간의 언어가 아닌 말들로 울부짖지만, 혼령들은
그를 놔주지 않는다. 마음대로 몸을 관통하며 춤추고, 서슴없이
놀래키며, 한없이 울분을 토로한다.

유리부인 등장.

유리부인   저 철가면은 누구인가?
            누구인데 내 아들의 목소리를 가졌단 말인가?
이름 없는 유령 광대 짓이로군! 아들의 목소리를
            들어본 적도 없으면서! 하지만 무슨 상관이랴?
                                        (철가면에게)
            고개를 들어보라. 너의 어머니가 왔으니까!

철가면이 잠시 고개를 들어 유리부인을 쳐다보지만, 이내 다

시 광기에 사로잡히며 철장을 붙잡고 흔들어댄다.

유리부인   가면을 좀 벗어보거라.

            그래야 얼굴을 알아볼 수 있지 않겠느냐?

이름 없는 유령   광대 짓이로군! 아들의 얼굴을

            본 적도 없으면서! 하지만 무슨 상관이랴?

                              (철가면에게)

            어서 가면을 벗어보라.

            이 어머니란 작자가 널 알아볼지 궁금하니까!

   철가면이 머리카락을 쥐어뜯으며 무릎 꿇는다. 그러자 수백만의 혼령들이 그의 눈 속으로 들어갔다가 다시 쏟아지고, 이어서 나선을 그리며 천장을 빙글빙글 돈다.

유리부인   어찌하여 얼굴을 보이지 않느냐?

            화를 자초하는구나. 하지만 너에게선 분명

            내가 오랫동안 품었던 것의 냄새가 난다.

이름 없는 유령   또 광대 짓이로군! 아들의 냄새를

            맡아본 적도 없으면서! 하지만 무슨 상관이랴?

                              (철가면에게)

            겨드랑이라도 들어보라.

            이 어머니란 작자가 널 알아볼지 궁금하니까!

유리부인   (무시하며) 나는 이곳에 머물겠다.

네가 가면을 벗고 정체를 보일 때까지

네 정신을 옥죈 사슬이 녹슬어 끊어질 때까지.

시간이 해결해주리라 희망하지 말라.

나에겐 시간이란 존재하지 않으니…….

5장

51

가시여왕의 가문은 아득한 세월 동안 비뫼시의 주인으로 군림해온 왕가였다. 그녀의 가문 계보도에 등장하는 이름들은 하나같이 야망과 우연, 피와 철로 이루어진 두꺼운 연대기에 빼놓지 않고 등장했다. 물론 각 시대마다 도맡았던 배역들은 저마다 달랐다一무지와 독선, 영웅과 폭군, 몰락과 재건, 음유시인과 대주교, 기행과 선정(善政), 빵과 서커스, 독살과 숙청, 전쟁과 요행, 만용과 역병, 기근과 무역, 근친상간과 반란, 연극과 암투극, 지혜와 요절 등등. 보기에 따라서는 정해진 특유의 파동 주기가 있는 것처럼 유황불로 단죄되어야 할 타락과 흠잡을 데가 없는 위업들이 번갈아가며 왕조를 이어왔다. 그러나 결론적으로 그 핏줄들은 끈질기게 이어지며 언제나 검은 왕좌[94]를 지켜왔다.

반쯤 전설로 기록된 왕가의 시조들은 포도밭을 경작하는 농부였다는데, 우연히 철광석이 묻힌 지하 탄광을 발견하면서 철광석을 손에 넣게 되었다. 그로부터 두어 세대가 지난 뒤, 미궁의 시대 이후 각지를 떠돌던 난쟁이들이 비뫼의 땅까지 흘러들어와 제련 기술을 전수해줬고, 그렇게 손에 거머쥐게 된 강철 무기들을 통해 사나웠던 산악 부족들과의 오랜 전쟁을 승리로 끝맺음했다. 그런 뒤 볼더 협곡의 강물을 끌어오는 대규모 관개 공사까지 완수하며 드넓은 논밭을 일궈내는 데 성공했다. 그렇게 거대한 부가 쌓이기 시작했지만 오랫동안 숙원했던 평화는 찾아오지 않았다. 오히려 그 모든 건 재앙의 씨앗이 되었으니, 비뫼시를 탐내는 여러 야심가와 주변 도시들과의 전쟁이 벌어졌던 것이다. 마법과 신화의 시대로부터 기적이 사라진 뒤 세계력(世界曆)이 바뀌기까지 수없이 많은 세대를 거듭하며 일일이 필설로 풀어놓을 수 없을 정도의 동맹과 배신, 용서와 살육이 반복됐다. 비뫼의 시민권을 가진 모든 종족의 행복과 시국(市國)의 지혜, 개인의 덕을 희생으로 바치는 도살대로서의 역사를 바라볼 때, 당연히 이 가공할 희생은 누구를 위해 치러지고, 어떤 최종 목적을 위해 치러지는가 하는 의문을 떠올리지 않을 수 없었다. 그러나 소위 '영웅'이라 불리는 이들이 가는 길 앞에 놓인 많은 죄 없는 꽃을 짓밟고, 많은 것들을 밟아 뭉개는 것, 그 무시무시한 지옥 그림엔 아무런 방향도 찾을 수 없었다. 그래서 이 비탄의 연대기를 한 번이라도 펼쳐본 이라면 그 누구라도 회의주의자로서 서품을 받을 수밖에 없었다.

52

그러나 방향이 없어도 역사의 수레바퀴 자체는 끊임없이 굴러갔다. 한동안 영원할 것처럼 맴돌던 순환은, 어느 순간 전혀 예기치 못한 방식으로 단절됐다. 과도한 벌목으로 땔나무가 사라진 민둥산의 시대가 찾아오자, 각 도시들은 별 수 없이 석탄 산업을 장려할 수밖에 없었고, 이 과정에서 우연찮게 증기기관이 발명됐던 것이다. 다행히도 훗날 '증기왕'이라 불리게 될 기민한 군주가 다스렸던 비뫼시에서는 이 기술이 가진 잠재력을 빠르게 파악했고, 그렇게 농토였던 자리가 콘크리트로 덮이며 공장들이 마구 들어서기 시작했다. 또한 철도가 놓이면서 오랫동안 밀수꾼들이나 기웃거리던 수많은 산골동네가 졸지에 문명권에 속하게 됐는데, 증기왕은 이 시골뜨기들을 모조리 도시로 불러들였다. 본디 무생물인 기계들은 살아 숨쉬기 위해 그 제물로써 무수한 유생물을 필요로 하는 흡혈귀였기 때문이다.

그렇게 시작된 기계들의 톱니바퀴와 굉음들은 가히 대분기(大分岐)라고 평할 수 있을 만큼의 많은 변화를 일궈냈다. 어느 쪽으로든 전대미문이었으니, 한쪽에서는 전대미문의 대량 물자가, 다른 쪽에서는 전대미문의 가난이 생산됐다. 특히나 후자는 큰 문제였는데, 예전부터 세상에 불만을 가진 빈자들은 늘 있어왔지만, 도시라는 한 공간 안에 이렇게나 대규모로 모였던 적은 없었기 때문이다. 즉 저들은 대중이었다. 비뫼시의 노동계급은 주

로 북쪽 외곽의 빈민굴에 거주했는데, 이곳의 도로는 대개 지저
분하기 짝이 없는 비포장이었고, 항상 오물 더미가 고여 있는 웅
덩이들로 가득했으며, 지하실엔 구루병에 걸린 아이들과 헐벗은
여인네들이 득실거렸다. 그 비참한 이들이 떼 지어 이런 노래를
부르기까지는 그리 오랜 시간이 걸리지 않았다.

증기왕이 태어난 이래 지옥은 지하에서
지상으로 거처를 옮겨 절망을 흩뿌렸다.
천국을 본뜬 인간의 마음이
육체와 더불어 그 지옥에서 살해되기 때문이다.
그러니 왕, 몰록 왕을 타도하라
너희 수백만 노동자들이여.
왕의 손을 옭아매지 못하면 우리의 도시는
왕에 의해 몰락할 운명이다.
왕의 태수인 혐오스럽고 오만한 공장 귀족들
오늘날 황금과 피를 게걸스레 집어삼키는 그들 모두를
그들의 괴물 신과 더불어
시민의 찌푸린 얼굴로 처형해야 한다.[96]

이듬해 기어코 대대적인 반란이 벌어졌고, 용감한 시민들은
모두 다 시체가 되어 저항하자며 바리케이드를 쳤다. 증기왕은
별수 없이 '피의 주간'[97]을 치르며 시체들을 바리케이드보다 높

게 쌓아올린 뒤에야 겨우 그 반란을 진압할 수 있었다. 그러나 깨
진 유리잔을 본드로 붙여도 금은 남듯, 결코 과거로는 돌아갈 수
없었다. 비밀경찰에 대한 불만과 아동 노동을 중단하라는 규탄
서, 그리고 노동계급의 투표권을 요구하는 등의 온갖 시위들이
뒤따랐다. 마침내 가뭄으로 인한 서너 차례의 식량 폭동이 벌어
진 뒤 왕궁으로 4만 개 이상의 불만 목록[98]이 쇄도했던 해, 왕위
를 계승했던 증기왕의 증손자는 혁명을 막기 위해 권력을 의회
에 양도하는 결정을 내려야만 했다.

　그러나 이로써 의회의 시대가 본격적으로 개막됐다고 보는
건 곤란했다. 국왕 참사회가 해체된 자리에 의회가 새롭게 꾸려
졌지만, 왕실은 의회를 통과한 법안에 대한 거부권을 가진 정치
권력으로서 계속 유지됐고, 또한 비뢰시의 존망이 걸린 위기 상
황에서는 긴급조치권을 발동시킬 수도 있었기 때문이었다. 무엇
보다 왕가는 은행을 쥐고 있었다. 공식적인 형태는 아니었지만,
통화금융 정책을 결정하는 공개시장위원회의 위원들은 단순히
매수되거나 혹은 치명적인 약점을 잡힌 채로―어쩔 수 없는 경
우엔 '불의의 사고'를 당하는 방식으로―철저히 왕가의 손아귀
에서 놀아났다. 덕분에 부르주아들의 산업체를 유지시켜주는 은
행 대출금과 투자금의 궁극적인 주인은 왕가였고, 공황을 적당
한 선에서 넘기려고 투여하는 공적 자금의 주인 역시도 왕가였
다. 여기서 의회의 역할이란 성난 민중에게 좋은 화풀이 대상이
되어주거나, 혹은 일정 시간이 흐를 때마다 전격적으로 교체되

면서 무언가 새로운 바람이 불고 있는 듯한 느낌을 선사해주는 역할, 즉 일종의 정치적 환풍기였다. 뿐만 아니라 유력 의원들 중에 왕가로부터 은밀한 후원을 받지 않는 이가 없을 정도였고, 관료 사회의 고위직 인사는 왕가의 지도를 받는 비밀 모임인 '황금열쇠단'에 의해 전적으로 주도됐다. 쉽게 말해 비뫼시의 정치와 경제라는 것은 왕의 돈으로 연결된 거대한 꼭두각시극에 불과했던 것이다.

가시여왕이 치세는 바로 이런 시대였다. 투표는 정치의 유언장이었다. 정기적으로 시민들이 선출하는 의원이란 존재는 일이 잘못됐을 때 가시여왕 대신에 모든 책임을 지고서 실각하거나 혹은 감옥에 가는 액막이에 불과했다. 부르주아 역시도 일정 수준 이상으로 부가 쌓였을 땐 갑작스러운 대출금 회수 명령을 받거나 혹은 아무도 모를 거라 믿었던 비리가 까발려지면서 감옥으로 끌려갔다. 그렇게 모든 것의 균형이 유지됐다. 개인적으로 가시여왕은 이런 통치 방식에 매우 흡족해했다. 예전처럼 왕가에서 직접 언론을 통제하거나 경찰력을 움직이는 지배의 표준적인 작업들엔 우연찮은 변수들이 심심찮게 끼어들었을뿐더러 비용도 너무 많이 들지 않았던가? 그러나 그림자처럼 뒤에서 돈을 움직이는 것은 굉장히 저렴하고도 효율적이었다. 돈에는 이름표가 없었기 때문이다. 이로써 통치의 요체는 표면에 나서지 않는 것임이 분명해졌다. 비뫼시의 역사라는 것은 앞으로 갔다 뒤로 갔다를 무한히 반복하는 진자 운동, 즉 무의미한 카드패 돌리기에 가까웠다. 왕좌는 태풍의 눈이 그러하듯 언제나 고요했다.

53

그러나 아무리 말끔한 통치 전략이 수립됐다 해도 세상만사가 마냥 순탄케만 돌아가는 것은 아닌 법이다. 이를테면 가시여왕의 부친인 선왕은 어느 왕조에나 하나씩 있을 법한 주정뱅이 난봉꾼이자 신화와 역사의 경계를 구분하지 못하는 전형적인 폭군이었다. 궁전의 하인들을 마음대로 겁탈하거나 살해하곤 했고, 언제나 은쟁반을 든 벌거벗은 난쟁이를 탁자 삼아 음주를 즐겼으며, 잘나가던 고위 관료들을 난데없이 지하실로 납치하여 고문하기를 즐겼다. 참고로 이를 제지하기 위해 목숨을 걸고 간언했던 현명한 시종관에게 선왕은 다음과 같이 대꾸했다. "발가락 몇 개 잘린다고 해서 회계 자료나 재판 기록을 검토하는 데 지장이 있는 건 아니잖은가?"

그해 가을, 현명한 시종관은 체념하고서 사임했다.

한동안 그를 막을 수 있는 건 아무것도 없는 것 같았다. 그러나 주님께서 구름 위에 앉아 매일같이 손가락만 빠는 건 아닌 모양인지, 어느 날 폭군의 씨앗이 더 이상 세상에 퍼지는 것을 막도록 조치했다. 전날 왕비에게서 두 명의 딸을 얻은 것 외엔 다른 자식을 가질 수 없게 됐던 것이다. 선왕은 처음엔 별생각이 없었지만, 점차 시간이 흐르자 몸서리쳐질 만큼 아들이 갖고 싶어졌다. 불행히도 그는 금지에 과민한 욕망을 타고났던 것이다. 어려서부터 그는 자신이 원하는 것이라면 뭐든 호통치며 가로막으려는 콧수염 달린 괴물이 어둠 속에서 자신을 호시탐탐 노리고 있다는 망상에 시달렸고, 성인이 된 후엔 그 괴물에게 빼앗겼던 것들을 되찾으려고 했다. 금지되고 탄압되고 몰수된 것들, 그건 곧 자신에게 가장 자연스러운 것이자 진정으로 원하는 것에 대한 징표였다. 억압이 만들어낸 인조 생산물을 곧 욕망이라 믿었던 것이다.[99]

물론 그는 자기 자신에게 문제가 있다고는 추호도 생각하지 않았다. 그래서 왕비가 아닌 다른 여자들과 몸을 마구 섞으며 아들을 가져보려 했으나, 어찌된 일인지 그는 어느 여자의 배도 부르게 만들지 못했다. 화가 난 그는 애꿎은 여자들에게 죄를 물어 배를 갈라 죽이거나 망치로 직접 내리쳐 죽였다. 그때부터 왕의 침실로 부름을 받는 것은 곧 사형선고가 됐다. 결국 찾아간 병원에선 그가 무정자증이라고 진단했고―다행인지 불행인지―이는 불치병이었다.

선왕이 말했다. "무정자증이라니? 나는 이미 딸을 가졌다. 지금 왕비가 불륜이라도 저질렀다는 것이냐?"

비뇨기과 의사가 머리를 긁적였다.

"대개 무정자증은 선천적이지만⋯⋯." 긴 숨을 내쉬며 말을 이었다. "후천적으로도 나타납니다. 전립선 염증이나, 과한 음주,

스트레스, 당뇨 등의 복합적인 원인으로⋯⋯."

"내 육신은 지금도 야수처럼 건강하다." 선왕이 말을 가로채며 으르렁거렸다. "뭐가 문제라는 거냐?"

비뇨기과 의사는 검사표를 보며 난처한 표정을 지었다. 선왕이 다시 윽박질렀을 때, 그는 어깨를 움츠리며 겨우 입술을 뗐다. "지금의 의학 수준으로는, 그러니까, 원인을 알 수 없는 이유로도, 무정자증이 발병하기도 합니다⋯⋯."

"원인을 알 수 없다?"

"예, 전하⋯⋯." 의사는 얼른 눈을 바닥으로 내리깔았다.

그러나 그날 가엾은 그 의사는 강제로 거세를 당한 후 궁전 마당에 내던져졌고, 테라스에 앉은 선왕은 그가 과다출혈로 죽어가는 걸 처음부터 끝까지 지켜봤다. 비뇨기과 의사는 최후의 순간까지 자신이 왜 이렇게 비참하게 죽어야만 하는 것인지 절규하며 물었고, 오랫동안 입술을 다물고 있던 선왕은 숨이 끊어지려는 순간에서야 짧게 대답해줬다. "글쎄, 나도 원인을 알 수 없구먼."

물론 그런다고 해서 딱히 해결되는 건 없었다. 오히려 욕망이 완전히 좌절되자 그 욕망은 소멸되는 것이 아니라, 들끓다 못해 흘러넘치기 시작했다. 심지어 그쯤 해서 선왕의 잔악하고도 흉포한 심성을 그나마 완화시켜주던 왕비까지도 췌장암으로 갑작스레 세상을 떠나게 됐던지라, 광기의 고삐가 완전히 풀려버리게 됐다. 유독 정신상태가 좋지 않았던 어느 겨울날, 선왕은 우연히 손에 잡힌 《프랑켄슈타인》을 읽고서 뒤틀린 영감을 받았는데, 그건 만일 아들을 가질 수 없다면 지금 있는 딸들을 남자로 만들면 된다는 엽기적인 해결책이었다. 정신 나간 이들이 으레 그러하듯 앞뒤 재지 않고 당장에 실천으로 옮기기로 했다. 그는 두 딸을 불러놓고 이렇게 말했다.

"생각은 곧 그 사람이 된단다. 참 멋지지 않니?"

이때부터 선왕이 완전히 정신을 놓게 되는 시점까지 두 딸은 남자아이처럼 머리를 항시 짧게 유지해야 했고, 의복 역시도 남자아이의 것을 입어야만 했다. 하인과 대신들에게 두 딸을 '아드님'이라고 부르도록 강제했고, 이걸 어길 시에는…… 상상에 맡기도록 하겠다. 졸지에 아들이 된 딸들은 환청을 듣기 시작한 선왕이 보는 앞에서 가지고 있던 인형들을 자기 손으로 불태워야만 했고, 취미생활도 피아노에서 억센 말을 타고서 공을 치는 폴로로 바뀌었으며, 책장에 꽂힌 소설 장르 역시도 로맨스에서 모험 소설로 싹 교체됐다. 그런 식으로 여하간 당대에 남녀를 구분 짓던 거의 모든 문화규범이 동원됐다. 그것이 얼마나 철저했던지 한동안 선왕도 그렇고 두 딸까지도 자기가 정말로 아들이 된 것처럼 믿으며 살아갈 수 있었다. 돌이켜보면 그나마 좋았던 시절이었다.

그러나 와야 할 것은 기어코 오고야 마는 것이니, 몇 년 뒤 호르몬이 요동치는 사춘기가 시작되면서 모든 게 어긋나기 시작했다. 가슴이 나오고 골반이 넓어지며 월경이 시작되는 생물학적 변화는 옷이나 습관으로 가려질 수 있는 것이 아니었다. 어느 날엔가 우연히 작은딸이 젖꼭지가 너무 민감해져서 가슴을 붕대로 칭칭 감는 모습을 보게 된 선왕은, 종이장이 구겨지듯 얼굴이 일그러졌다. 단순히 유방만의 문제가 아니었다. 비록 짧았으나 그 윤기까지 숨길 수는 없었던 작은딸의 머리카락과 오뚝한 콧날에서 몇 년 전 세상을 떴던 왕비의 얼굴이 그대로 묻어났던 것이다. 자연스레 그 풍만한 가슴과 매끄러운 팔에 안겨 지냈던 추억들이 다시 떠올랐고, 이어서 떠오른 욕정은 온몸에서 진땀을 흘리도록 만드는 끔찍한 내용이었다. 분노한 선왕은 당장 성형외과의를 불러다가 명령했다.

"내 아들들을 다시 아들로 만들어봐라."

아들이 여자가 되기라도 했단 말인가? 괴기한 어법이었지만 성형외과의는 그깟 반문에 목숨을 걸지는 않기로 했다. 이윽고 그가 조마조마한 목소리로 여쭈었다.

"남성으로 말입니까? 여성이 남성으로 성전환을 할 때 테스토스테론 주사를 맞긴 합니다만, 부작용이 없는 건 아니거든요. 정말 그걸……."

선왕이 성형외과의의 말을 낚아챘다.

"내가 한 말 중에 못 알아들은 단어가 있더냐?"

"아, 아닙니다." 성형외과의가 기겁하며 바닥에 이마가 닿을 듯 고개를 숙였다. "아드님을, 아드님을 다시 아드님으로 복구해놓겠습니다. 반드시 그렇게 해놓겠습니다."

그렇게 두 딸은 테스토스테론 호르몬 주사를 맞기 시작했고, 얼마 지나지 않아서 굵은 저음과 튀어나온 목젖을 가질 수 있게 됐다. 또한 스테로이드 주사도 같이 맞았던 관계로 또래 사춘기 여자라고 볼 수 없는 근육들이 전신에 생기기 시작했다. 보다 완벽한 결과물을 얻기 위해 선왕은 성형외과의로 하여금 가슴 절제 수술을 명령하기까지 했고, 작은딸은 반항했지만 수면 가스를 이겨낼 재간이 없었다. 수술 후 선왕이 딸들의 음부에 고무로 된 모조 남근을 씌우고서 같이 목욕에 나섰을 때, 그 광기는 절정에 달했다. 그리고 이듬해 봄, 결국 견디다 못한 작은딸이 어머니의 드레스를 꺼내 입고서 첨탑에서 투신자살했다. 세상에 얼마나 미련이 없었으면 유서 한 장 남기지 않은 죽음이었다.

죽음, 그건 선왕이 마음대로 할 수 없는 유일한 것이었다. 더 이상 살고 싶어 하지 않는 자에게 형법이 무의미하듯, 전제군주의 권능은 죽음의 문턱 앞에서 절대적으로 꺾일 수밖에 없었기 때문이다. 자살자를 보고 있노라면, 알 수 없는, 어떤 무한의 검은 하품 속으로 빠져들어갈 것만 같았고,[100] 동시에 끔찍한 유령이 다가와서 뭔가를 속삭여대는 것 같기도 했다(여기 이승 사람들과 지내는 것보다 저승에서 죽은 자와 함께 지내는 시간이 훨씬 더 길지 않니?[101]). 선왕은 몸서리치며 견딜 수 없어 했다. 처음에 그는 작은딸의 죽음에 대한 책임이 마치 다른 곳에 있다는 양, 그녀가 옥상으로 올라가던 날에 근무했던 하인들을 모조리 처형했고, 심지어 떨어진 곳 근처에서 잔디를 손질하던 정원사까지도 산 채로 관짝에 넣어 못질하고는 무참히 묻어버렸다. 또한 성형외과의도 거열형에 처한 뒤 그 팔다리를 돼지우리에 던져 완전히 소멸시켜버렸다. 그러나 이걸로도 분이 풀리지 않자, 작은딸의 시체를 무덤에서 파내어 목을 자르고 채찍질을 하려고 했다.

그리고 바로 이 시점부터 선왕이 마시던 술에 수면제와 모르핀이 섞여들기 시작했다. 그 은밀한 손길의 주인공은 바로 왕가의 최측근이자 집안의 관리자였던 궁재였다. 선왕의 왕세자 시절부터 그의 정신이 그리 온전치 못함을 알아봤던 궁재는─마침내 왕조를 무너뜨리고도 능히 남을 암군(暗君)이 태어났도다!─아주 오랫동안 은밀하고도 노골적으로 비뢰시의 세력들을 자기편으로 돌리는 온갖 작업들을 해온 음흉한 인물이었다. 먼저 그는 왕의 주변에서 총명하고도 강직한 두뇌들을 제거하는 작업에 착수했는데, 이건 비교적 손쉬운 일이었다. 대개 그런 이들은 직언을 아끼지 않았기에 그런 대신들을 향해 '저들의 요망한 혀를 잘라 오라'라는 왕명을 충실히 집행하기만 하면 됐기 때문이다. 그러고서 남은, 그러니까 타고난 핏줄을 갖고서 우쭐거리는 것이 전부인 우둔한 귀족들을 친구 목록에 넣어가며 적당한 때를 기다려왔던 터였다. 그래서 그가 선왕을 마약 중독으로 내몰기 시작했을 때, 이것은 광기에 잡아먹힌 괴물이 비뢰시를 망치도록 내버려둘 수 없다는 구국의 결단이라 일컬어졌고, 미리 귀띔이 된 귀족들이 발 빠르게 지지 선언을 보내왔다.

어느 가을, 궁재는 대주교를 찾아가서 물었다.

"왕이라는 직함을 가진 자와 실제로 최고 권력을 행사하는 사람 중에 누가 왕이 되어야 하는가?"[102]

그러자 바짝 긴장한 대주교는 궁재가 듣고픈 대답을 해줬고, 이에 궁재는 만족스러운 미소를 지어 보이며 그냥 농담으로 물어본 것이니 너무 진지할 필요는 없다고 어깨를 툭툭 쳐줬다. 물론 그 일은 비뫼시의 사교계를 뒤덮었고, 대세가 완전히 기운 것처럼 보이자 자잘한 세력들도 앞다퉈 궁재 앞에 머리를 조아렸다. 이듬해 궁재는 가문의 관리 감독을 넘어서 비뫼시의 인사권과 금융권까지 거머쥐었고, 그렇게 모르핀 중독의 세계 속으로 흠뻑 빠져든 선왕과 아직 왕좌에 앉기엔 너무도 어린 공주를 대신하여 새로운 질서의 수호자로 거듭났다. 즉 섭정이 된 것이다. 정계의 똥파리들이 사교계마다 이제 새로운 왕조가 열릴 날이 머지않았다는 소문을 퍼뜨리고 다녔음은 물론이다.

54

그런데 궁전에서 유일하게 궁재에게 충성하지 않았던 한 사람이 있었다. 대대손손 왕가의 사냥개로 살아온 알도 가문이 바로 그 주인공이었다. 연대기가 적혀지기 시작된 이래로 비뫼시를 건립하고, 교역을 확장하고, 전쟁을 수행하고, 온갖 협정들을 맺고, 반역자를 제거하는 등 끊임없이 체제를 정비하는 광범 위한 사업들 중엔 언제나 뒤가 구린 일들이 있기 마련이고, 그걸 도맡아온 이들이 바로 알도 가문의 남자들이었다. 그러나 이들이 본래 잔혹한 심성을 타고났거나 혹은 단순히 권력에 눈이 멀었기 때문에 고문실에서 아무런 표정 변화도 없이 손가락을 자르거나 머리채를 잡아다가 변기통에 처넣는 냉혹한 사냥개가 된 것은 아니었다. 놀랍게도 그들은 영구한 평화에 대한 믿음을 가진 숭고한 사제들에 가까웠다.

알도 가문은 피에서 피로 이어지는 왕좌의 승계 과정이 흐트러진다면 대혼란이 벌어질 거라 믿어 의심치 않았다. 질서는 지고의 가치였다. 그러나 전쟁, 전쟁은 결코 변하지 않는 것이었다.[103] 가능한 것이라곤 일시적인 평화조약 체결을 통한 단순한 휴전 상태, 즉 적대 행위의 연기뿐이었다. 따라서 모든 적대 행위의 종료는 불가능한 이상이며, 평화에 '영원한'이라는 형용사를 첨가하는 것은 다소 의심스럽더라도 필수적이었다. 평화만 덩그러니 혼자 놔두기엔, 비록 그것이 기만적일지라도, 너무도 위태로웠기 때문이다.[104] 그리고 바로 이런 이유에서 알도 가문 남자들은 그 영구한 평화를 위해 영구한 전쟁을 수행할 사령탑을 지키는 것이 유일한 방책이라 판단했다. 덕분에 이 세계엔 전쟁도 평화도 모두 지겹도록 끊이질 않게 됐다.

선왕의 재위 기간 동안 알도 가문의 수장은 알도 늠부였는데, 그 역시도 결코 양지로 나갈 수 없는 은밀한 작업들의 주인이자 절대복종을 유일한 미덕으로 아는 남자였다. 그래서 궁재는 섭정에 오르자마자 늠부를 제거할 계획을 세웠다. 매수할 수 없다면 관짝에 넣는 수밖에 없었기 때문이다. 해가 바뀌기도 전에 '근위대의 미망'이라 이름 붙여진 반란 음모가 폭로됐고, 수괴로 지목된 것은 단연 늠부였다. 애석하게도 당시엔 겨우 어린 공주에 불과했던 가시여왕은 늠부를 충분히 변호해줄 수 없었다. 결국 조작된 문서와 허위 증언들을 바탕으로 악독한 고문이 시작됐고, 그 고문은 지목된 이가 완전히 자백할 때까지 끝나지 않을 예정이었다. 그리고 이를 너무도 잘 알았던 늠부는 아킬레스건이 끊어지려고 할 때쯤, 궁재에게 반역이든 뭐든 간에 시키는 대로 자백할 테니까 제발 아들만은 살려달라고 부탁했다. 바로 알도 파스칼리노였다.

"그렇게나 아들이 소중한데도, 이렇게 살았나?" 지하감옥까지 몸소 내려가 늠부와 마주앉은 궁재가 비웃으며 덧붙였다. "하긴, 소중함은 회한의 벗이라지?"

궁재는 잔혹함을 보이기로 했다. 자신에게 고개를 숙이지 않은 알도 가문이 괘씸하기도 했지만, 또 한편으로는 귀족들에게 자신에게 반항하면 어떻게 되는지 명확히 각인시켜줄 필요도 있었던 까닭이다. 그래서 그는 늠부의 부탁을 들어주되, 그 반역에 대한 처형 집행을 파스칼리노가 직접 행하도록 했다. 늠부가 심히 당혹스러운 표정을 짓자 궁재는 기다렸다는 듯이 쏘아붙였다.

"절차상에 문제라도 있나? 아버지가 없으면 아들이 그 자리를 물려받는 것이 당연한 일이잖나? 게다가 새로운 집행관에겐 반역의 죄라면 혈육마저도 죽일 수 있는 절대적인 충심을 증명할 절호 기회가 아닌가?"

"정녕 다른 방법은 없습니까?"

늠부가 애걸해봤지만, 궁재는 고개를 가로저었다.

"어쩔 수가 없구먼. 법은 법이니까."

선택의 여지가 없었다. 결국 파스칼리노는 도끼를 들고서 늠부의 목을 직접 내리쳤다. 그리고 그날 바닥으로 굴러떨어지던 부친의 머리처럼, 그의 안에서도 무언가가 댕강 잘려나갔다.

55

다음날 궁재는 귀족들의 젊은 자제들을 궁전으로 초대해 무도회를 열었는데, 무대 한가운데엔 늠부의 잘린 머리가 창에 꽂혀 있었다. 궁재는 벌벌 떠는 귀빈들을 안심시키기 위해 연단 위로 올라갔다. "앞으로 비뫼시의 미래를 이끌어갈 꿈나무들이여, 그리 긴장할 것 없소이다." 그는 과장되게 어깨를 으쓱하며 능청스럽게 말을 이었다. "반역자가 제거됐으니 축하할 일이 아니겠소? 사냥을 하면 사냥감의 가죽을 벗겨놓고서 기념식을 열 듯, 저 반역자도 마찬가지라오. 반역자는 인간이 아닌 짐승이니 말이요. 그러나 살가죽을 벗기는 것은 야만인들이나 하는 짓이니,

교양인답게 그냥 머리만 저렇게 가져온 것이라오. 약간 아쉽더라도 부디 참아주길, 그리고 오늘을 기쁘게 기려주길 바라오."

궁재가 손가락으로 신호를 보내자 미리 기다리고 있던 관현악단이 협주곡 연주를 시작했다. '자, 이제 무도회를 시작합시다!'라는 궁재의 소름 끼치는 박수 소리가 들려오자, 머뭇거리던 귀족 자제들도 얼떨결에 서로 손을 맞잡고서 늠부의 머리 주변을 돌며 춤을 추기 시작했다. 궁재는 그 광경을 만족스러운 표정으로 쳐다보며 술잔을 기울였다. 옆에 앉아 있던 맏공주가 물었다.

"왜 이렇게까지 하는 거죠?"

"귀족들은 권태를 끔찍하게 여기죠." 궁재가 웃으면서 말했다. "그렇지만 오늘 저들이 집으로 돌아가면, 식탁에서 얼마나 많은 얘깃거리들이 넘쳐나겠습니까? 귀족들을 면밀히 신경 써주는 건 왕실의 주요 임무 중 하나랍니다. 게다가, 잔인함은 어떤 종류이든 용서받을 수 없는 것이랍니다. 그러니 어중간하게 잔인해봐야 무슨 소용이겠습니까?"[105]

아랫입술을 깨문 맏공주는 늠부의 잘린 머리를 힐끔 쳐다봤다가 곧장 시선을 돌리며 물었다.

"반역자의 머리를 저렇게까지 할 필요가 있나요? 이미 잔인함은 충분히 보인 듯한데."

궁재가 술잔을 내려놓고는 맏공주 쪽으로 몸을 돌리며 빙그레 웃어 보였다. 그러고는 끈적끈적한 손놀림으로 그녀의 턱을 감싸더니 억지로 늠부의 얼굴을 보도록 만들었다. "오, 나의 여린 공주님……." 그가 속삭이듯 말했다. "반역자가 왕의 얼굴을 두려워해야 하는 것이지, 왕이 반역자의 얼굴을 두려워해서는 안 되는 것이랍니다."

56

무도회가 끝나고서 맏공주는 자살을 결심했다. 늠부에 대한 죄책감 때문은 아니었다. 그녀에게 알도 가문 남자들의 희생이란 실수로 아끼던 조각상을 떨어뜨려 박살냈을 때의 아쉬움과도 같았기 때문이다. 당연지사 먼저 자살한 동생과의 관계도 전무하다시피 했다. 그녀에게 동생은 잠재적인 경쟁자에 불과했고, 실제로 투신 소식을 들었을 때 느낀 첫 번째 감정은 개운함이었기 때문이다. 심지어 장례식에서 느낀 일말의 동정심 쪼가리조차 시간이 흐른 뒤엔 바람에 날린 재처럼 사라져버렸다. 훗날의 가시여왕은 어려서부터 그런 여자였다. 따라서 그녀의 자살 선택은 합리적인 의사결정 과정일 뿐이었다. 도저히 앞날이라곤 보이지 않는 위태로운 시간 속에, 비극적이고도 암담한 결말밖에 점쳐져 있지 않은 미래를 기다리며 두려움에 떨 바엔, 그냥 지금 당장 목숨을 끊는 것이 더 현명한 판단이지 않겠는가? 그래서 맏공주는 밤에 몰래 전날 동생이 몸을 던졌던 바로 그 궁전 첨탑으로 향했다. 그녀 또한 유서를 적지 않은 상태였는데, 어차피 이뤄지지 않을 푸념이라면 안 적느니만 못하다고 생각했기 때문이었다.

창문을 넘어가 난간에 아슬아슬하게 걸터앉은 그녀는 한동안 비뫼시의 수많은 가스등과 아직 보급이 덜 된 전깃불로 수놓아진 밤풍경을 바라봤다. 그 뿌연 빛들은 황량하기 그지없었다. 교통사고라도 난 모양인지 멀찍이서 사이렌 소리가 들려오기도 했다. 혹자는 발밑을 내려다볼 것이 아니라 하늘에 떠 있는 별을 올려다봐야 한다고 말했다지만,[106] 애석하게도 석탄 매연으로 가려진 비뫼시의 밤하늘에서 보이는 것이라곤 별이 아니라 전등불 아래의 밑바닥뿐이었다. 허공에 무언가 일렁거리는 것 같기도 했지만 자세히 보면 별 뜻 없는 바람들에 불과했다. 으스스한 목소리들 역시도 건물들 사이에 부딪히며 휘어버린 바람 소리였다. 그녀는 이빨로 손톱을 뜯었다. 죽음을 망설이는 건 아니었다. 그보다는, 느릿느릿 움직이던 그 눈동자의 의미는 몇 줌 의미를 찾는 굶주림에 가까웠다. 왕은 미쳤고, 경쟁자가 죽었음에도 왕좌와는 한없이 멀어졌으며, 전날 고개를 조아렸던 귀족들은 면전에다 대고 험담을 쏟아내는 형국이었다. 권력을 잃자 세계는 한없이 낯설어졌다. 손아귀에 잡혀 있던 세계가 풀려나자 온통 흩어진 파편들뿐인 폐허만 남은 듯했다. 까닭 없이 명멸하고, 어긋난 채로 어둑어둑해지기만 했다.

그녀가 앞을 향해 물었다.

"너는 뭐지?"

뭐라 지시하기 어려운 그곳으로부터의 대답은 침묵이었고, 질문을 반복해도 대답은 똑같았다. 난간에 걸터앉은 언어는 언제나 허공을 등지고서만 나타났다. 마침내 그녀가 고개를 끄덕이고는 위태롭게 비틀대며 일어섰을 때, 그 순간 실로 괴이하게도 난간 왼쪽 모서리에 조각되어 있던 가고일 조각상 하나가 갑작스레 생명력이라도 부여받은 것처럼 부르르 떨리며 움직이기 시작했다. 이윽고 관절에 끼인 돌 부스러기들이 떨어지며 고개가 만공주를 향해 돌아갔다. 그 기묘한 생김새로 말하자면, 우락부락한 전사의 육신에, 머리 위로는 굽은 염소 뿔이 돋아나 있고, 일그러진 들창코와 반쯤 접힌 날개는 박쥐의 그것이었다.

"드디어 죽으려고 하는가?" 가고일 조각상이 이끼가 낀 혓바닥을 움직이자 맷돌이 갈리는 탁한 목소리가 흘러나왔다.

"하긴 꽤 오래 버티긴 했지……."

화들짝 놀란 만공주가 도로 난간을 붙잡았다.

그녀가 물었다. "당신은 뭐죠? 악마인가요?"

"당장 죽으려고 하는 마당에, 그런 게 중요한가?"

만공주는 얼마간 아무런 생명도 느껴지지 않는 가고일 조각상의 눈동자와 입에 걸린 기괴한 미소를 쳐다봤다. 그러자 지옥 같은 조건으로만 내몰렸던 자신의 삶이 억울해졌다. 이렇게 가혹할 필요가 있었나? 만일 이 존재가 정말로 신적인 무언가라면 울분을 토해내고 싶었다. 그 순간에 두텁던 허무의 둑이 터져버렸던 것이다.

"지금 내가 미친 건가요?" 그녀가 반쯤 울부짖으며 물었다.

"헛것을, 허상을 만든 건가요?"

가고일 조각상이 짐승의 발톱을 꼼지락거리자 덮여 있던 돌조각들이 이리저리 갈라졌다. 그 존재는 입으로 바람을 불어서 피어오른 석회가루들을 날려보냈다.

이윽고 그 존재가 말했다. "네 상상력이 이렇게나 자세하고도 생생할 수 있다고 생각하나? 드물게 그런 인간도 있긴 하지만, 내가 보기에 너는 아닌 것 같은데? 이봐, 필멸자의 상상력이란 훌륭하기보다는 절박한 편이라고."

"무슨 말이에요? 당신이 신이라는 건가요?"

"만일 네가 날 만든 거라면, 너는 지금 피조물에게 존댓말을 하고 있는 꼴이로군." 가고일 조각상이 한쪽 날개를 활짝 펴며 덧붙였다. "물론 예의 발라서 나쁠 건 없다만."

만공주가 이마에 한가득 맺힌 땀방울을 닦아냈다.

"당신은 진짜 신, 아니 신이 이렇게 흉측하게 생겼을 리는 없으니까…… 그럼 악마인가요?"

"외모로 판단하는 건 옳지 않아." 가고일 조각상이 킬킬대며 덧붙였다. "그리고 그보다 더 나쁜 건 고정관념이지. 신께선 자기가 어떻게 생겼는지 말한 적조차 없잖아?"

그녀는 더 이상 대꾸하지 않았다. 그런 물음들에는 아무런 관심도 없었거니와, 눈앞의 저 존재가 악마라는 것이 이미 분명해진 상태이기도 했기 때문이다(다른 선택지가 있나?). 가고일 조각상은 회반죽 칠 된 까칠까칠한 눈동자로 비뚜시 전경을 바라봤다. 이윽고 그 존재가 다시 말문을 열었다. "저 빛들을 봐. 신기하지 않나? 이런 세상이 올 줄이야……." 잠깐 상념에 젖은 듯 턱을 문지르며 말을 이었다. "오래전에 밤은 밤만의 것이었지. 그 깊은 어둠 속에선 기껏해야 짧은 양초와 조악한 마법들만 이따금 명멸할 뿐이었는데 말이야. 그런데, 어느덧 이렇게 별이 필요 없는 시대가 와버렸구먼."

"겉만 번드르르할 뿐이야." 만공주는 밤풍경으로부터 시선을 돌리며—반말로—대꾸했다.

가고일 조각상은 돌가루를 날리며 코웃음 쳤다.

"마치 겉면 말고도 다른 게 있다는 양 말하는군."

"무슨 말이지?"

"대충 이렇게 묻고 있는 거지." 가고일 조각상이 만공주를 보다 가까이에서 내려다보며 물었다. "겉만 번드르르한 질서보다는 혼돈이 더 괜찮다고 생각하는 건가?"[107]

만공주는 아랫입술을 피가 나도록 깨물며 숨을 골랐고, 이내 손가락으로 꾹꾹 눌러왔던 질문을 던졌다.

"나는 남자가 될 수 없었어. 나는 뭐였지?"

"질문 속에 이미 답이 있군." 가고일 조각상이 비웃듯이 대답했다. "남자가 아니라면, 남자 아닌 것이겠지?"

그 말을 끝으로 가고일 조각상은 양쪽 박쥐 날개를 활짝 폈고, 둔탁한 날갯짓을 하며 하늘로 날아올랐다. 공중에서 뭔가를 더 말하기도 했지만 바람이 불어와 그 목소리를 흩뜨려놓는 바람에 알아들을 수 없었다. 이윽고 가고일 조각상이 저 멀리 날아가 사라지고, 난간엔 어린 맏공주만이 덩그러니 남았다. 언어를 압도해버린 대상을 만났을 때, 결국 택할 수 있는 건 웃음뿐이었다. 그래서 그녀는 한동안 웃어대기로 했다.

57

그날 맏공주는 첨탑 난간에서 뛰어내리지 않았다. 그녀는 올라왔던 계단을 그대로 밟아서 도로 내려갔다. 그리고 침대에 누워서 내리 나흘간 쉬지 않고 잠만 잤다. 마치 애벌레가 나방이 되기 위해 번데기 상태로 굳어지듯, 미래의 가시여왕은 어깨에 날개가 돋아날 때까지 이불을 덮은 채로 가만히 누워 있기만 했다. 그녀는 긴 꿈을 꿨다.

수많은 꿈속의 날들 중 하나는, 아주 어릴 적 왕실에서 주관했던 축제 마당에 갔던 날이었다. 아직 미치기 전이었던 선왕은 백마를 타고서 시민들에게 손을 흔들었고, 거리마다 박수갈채와 꽃잎들이 흩뿌려졌다. 그러나 그 모든 축하들은 사실 모두 동원된 것에 불과했고, 오랜 굶주림에 지친 빈민들이 행렬을 뚫고 왕에게 달려나오려고 했다. 이윽고 진실은 만천하에 드러나

고야 말았다. 누군가는 썩은 토마토를 던지려고, 또 다른 누군가는 억울함을 읍소하려고 했다. 공주는 그날 빈민들의 처참한 몰골을 처음 봤다. 저 우둔해 보이는 좁은 두개골, 저 열등한 종족은 무엇인가? 도저히 같은 인간이라고는 볼 수 없는, 인간적 희망을 모조리 목 졸라 죽인 사납고 음험한 짐승들처럼 보였다. 아니, 실제로 짐승이었다. 근위병들이 무기를 휘두르자 그들은 지옥의 들개처럼 개머리판을 물어뜯으며 광폭하게 날뛰었다. 총성과 함께 결국엔 피가 튀었다. 군중들이 흥분하고 흙먼지가 하늘 높이 솟아오르자, 모래와 피로 숨이 막혔다. 백마가 놀라 고꾸라지는 바람에 선왕은 진창으로 낙마했고, 범죄의 공기들이 한낮의 폭풍처럼 몰려왔다. 흔들리는 마차 창문 틈으로 보인 폭동의 광경은, 미친 자들이 못된 곡예를 넘는 듯했다. 백치들의 끔찍한 웃음이 사방에서 터져나왔고, 마녀처럼 증오심에 가득 찬 여인네들이 병사들을 끄집어내려 주머니칼로 갑옷 틈을 정신없이 쑤셔댔다. 재앙, 도처에 재앙이었다.

그러나 더 끔찍한 것은 빈민들 그 어느 누구도 진실로 죽지 않았다는 점이었다. 사방에서 총탄 연기가 터져나오고, 근위병들이 군도(軍刀)를 무자비하게 휘둘렀지만, 누군가는 심장에 구멍이 난 채로, 또 누군가는 잘린 팔다리를 들고서 계속해서 몰려들었던 것이다. 저 열등한 종족들에게 불멸한 것은 영혼이 아니라 육신인 것처럼 보였다. 저들은 심연으로부터의 그리스도를 섬겼고, 모두가 어깨동무를 하고서 난생처음 들어보는 민요를 불렀다.

수시로 도형장에 갇히는,

완악한 도형수를 찬양하자.

도시의 곳곳에서는,

그의 숙명이 밴 냄새가 나는구나!

오오, 오직 그만이,

영광과 이성의 증인일지어니!

이윽고 리듬에 맞춰 세계의 밑바닥에 있던 모든 것들이 뒤엉키며 거대한 소용돌이로 한데 뭉쳐졌다. 그건 마치 굶주림과 목마름으로 가득 찬 외침, 춤, 춤, 춤, 춤처럼 보였다.[108] 이때 진창에서 일어난 선왕은 모르핀에 중독되어 망가진 허수아비가 되어 있었다. 그가 위태롭게 떨리는 손가락으로 소용돌이를 가리키며 말했다.

"생각은 곧 그 사람이 된단다. 참 멋지지 않니?"

그 순간,

그녀는 죽음을 단념했다.

혼돈이 일렁이며 환희에 찬 비명들을 쏟아냈다.

다시 고개를 돌리니 왕좌가 있었다. 그러나 그곳에 닿기 전에 모든 빛이 꺼져버렸다. 마치 어둠 속의 어둠에 흠뻑 빠지고 만 것처럼, 칠흑 같은 공간이 앞으로 펼쳐졌다. 그녀는 자신이 그 어둠의 한가운데가 아니라 가장자리에 있음을 직감했다. 이 어둠이 무서운 것임을 인정할 수밖에 없었다. 그것 안에는 인간을 경멸하고 인간이 정신을 잃지 않고는 견딜 수 없는 무언가가 똬리를 틀고 있었기 때문이다. 그러나 제정신을 잃는 것, 그것은 필요한 일이었다. 저항하는 자는 필히 침몰할 것이며, 기꺼이 나서는 자는 이 어둠 자체, 그 안에 무한함이 머무는 이 차가운, 죽은, 경멸적인 어둠으로 거듭나게 될 터였다. 그렇게 어둠에 익숙해지자 심연으로부터 어떤 목소리, 세상을 가로지르는 침묵의 목소리가 들려왔다. 갑자기, 어딘가, 어쩌면 겨우 서너 발자국 떨어졌을 뿐인지도 모를 곳에서, 누군가가 자신을 주시하고 있는 것이 확연히 느껴졌다. 그 존재는 다름 아닌 그녀 자신이었다. 만공주는 고개를 돌려, 그녀 눈 속의 죽은 텅 빈 불꽃을 온 힘을 다해 주시했다. 그녀 역시 그녀를 뚫어지도록 바라보았다.[109] 그 세계는 고요했다.

58

다시 일어났을 때, 만공주는 더 이상 예전의 만공주가 아니었다. 이제 그녀는 가시여왕이었다. 환상소설에나 나올 법한 회복 탄력성과 목적을 위해 수단 방법 가리지 않는 냉혹한 암사자로 거듭났던 것이다. 이제 그녀에게 윤리나 자존심 따위는 언제라도 서랍 속에 넣었다가 뺄 수 있는 장난감 정도로만 취급됐고, 성격이란 가면무도회 같은 것이 되었다. 물론 그렇다고 해서 아무런 세력도 없던 그녀가 갑자기 왕좌에 앉게 된 것은 아니었다. 흙탕물처럼 어지러웠던 마음속에 평온이 찾아오자, 모래들이 바닥으로 가라앉았으며 앞으로 해야 할 일들이 뚜렷해졌다. 선왕은 이미 정신적으로 임사상태였고, 그 자리를 대신하고 있는 것은 궁재였다. 두말할 필요도 없이 궁재는 학동(學童)처럼 마음대로 주무를 수 있는 그런 왕을 원했고,[110] 여기서 테스토스테론과 스테로이드 주사로 다져진 근육이라면 또 모를까, 정치세력이라곤 미약하기 그지없던 맏공주는 그 계획에 참으로 안성맞춤인 장난감이었다. 가혹하고도 머나먼 여정이 예고됐다.

그러나 여기서 훗날 이른바 '검은 무도회'라고 불리게 될 7년간의 궁정 암투극의 과정들을 구체적으로 하나하나 설명해서 독자분들을 괴롭히는 것은 여러모로 적절치 않은 일이리라. 그런 일들은, 여러분들이 생각하는 것보다 훨씬 더 복잡한 계획들과 단순하기 그지없는 정열 그리고 실소가 터져나올 만큼의 어처구니없는 우연들이 겹치면서 이미 벌어져버린 모함과 독살의 연대기들, 즉 덧없는 과거에 불과하기 때문이다(게다가 언젠가 우리는 다른 곳에서 이 잔혹한 이야기를 다시 꺼내게 될 것이다). 그러니 짤막하게 결과만 언급하도록 하자. 가시여왕은 궁전 내에서 죽지 않고 살아남는 것으로도 모자라서, 은밀하고 우둔한 야심가들의 도움을 받아내는 데 성공했으며, 언제라도 궁재의 침실에 작은 독뱀을 하나 풀어놓을 수 있을 만큼의 짙고 소리 없는 그림자로 거듭나고야 말았다. 그리하여 이제, 복수의 시간이 무르익었다.

59

그쯤 해서 귀족들은 불안해졌다. 궁재가 권력을 잡았음에도 선왕을 완전히 폐위시키고 그 마지막 핏줄까지 끊어놓는 작업을 너무 미루고 있었던 까닭이다. 퇴폐적인 살롱의 구석 자리에서는 공주가 잠자리에서 궁재를 홀딱 홀려놨기 때문이란 추문들이 재잘거려졌고, 어두운 골목에선 벌거벗은 궁재의 입에 말 재갈을 물린 속옷 차림의 공주가 그려진 〈침실에서 부활한 기적〉이란 외설스런 삽화까지 나돌았다. 그러나 그 비웃음은 불안을 감추기 위한 발작적인 허풍선에 불과했다. 실제 사정은 훨씬 더 정치적이었다. 언젠가 시종관이 궁재에게 몰래 다가가 도대체 왜 왕가의 마지막 핏줄을 제거하지 않느냐고 물었을 때, 궁재는 웃으면서 이렇게 대답했다.

"늙고 음흉한 귀족 놈들. 보나 마나 내가 직접 왕관을 쓰면 정통성 문제를 들고 나와서 이것저것 흔들어대겠지."

그러자 시종관이 물었다. "그렇담 지금처럼 계속 섭정으로만 지내실 요량이십니까?"

"나이가 차면 그 딸년이 왕위를 계승하게 된다."

"그러면?"

궁재가 의미심장하게 고개를 한번 끄덕였다.

"그래, 왕좌에 앉히는 거지." 그러고는 이죽거리며 덧붙였다. "단, 결혼을 해서 그 남편과 공동통치를 선포하는 조건으로. 이런 조건이라면 꽤 합법적이잖아?"

그러나 애석하게도 궁재는 가시여왕이 이 조건을 이용할 것이란 생각은 전혀 하지 못하고 있었다. 마침내 인고의 잔악한 열매가 맺힐 계절이 찾아왔고, 가시여왕은 아무것도 망설이지 않았다. 궁재는 자신의 결혼식 때 독살됐다. 물론 이 결혼식은 왕가의 유일하게 남은 정통 혈통과의 혼인이었고, 그건 왕조교체에 뒤따를 수 있는 잡음과 반란의 빌미들을 가장 합리적인 방식으로 잠재울 수 있는 고전적인 방편이기도 했다. 그러나 궁전을 고관대작들로 빼곡히 메운 성대한 만찬식이 이뤄지고 있던 한복판에서, 그것도 간략한 연설을 위해 궁재 본인이 직접 연단 위에 올라섰던 그 순간에, 궁재는 급작스레 피를 토하며 떡갈나무 연설대 옆으로 나자빠졌다. 만찬장은 삽시간에 비명과 경악의 아수라장으로 변했고, 신부는 짐짓 혼절하는 척했다. 궁재의 입에 물린 거품에 은수저를 가져가니 일순간 검게 변해버렸다. 명백한 독살이었고, 자연스럽게 이런 끔찍한 범죄를 일으킨 배후가 누구인지에 대한 공분, 아니 좀 더 정확히는 그 배후를 색출해내야만 한다는 명분이 확보됐다.

여기서 단번에 칼자루를 쥔 것은 순수한 혈통의 소유자이자 한순간에 비극적인 미망인이 돼버린 맏딸, 즉 가시여왕이었다. 그제야 귀족들은 뭔가 크게 잘못됐음을 직감했지만 때는 이미 늦은 후였다. 가시여왕은 대략 반나절 동안의 남편이었던 궁재의 장례식을 매듭짓고서 대규모 옥사(獄事)를 시작했다. 의자에 묶어놓고 주리를 틀고, 젖은 수건을 얼굴에 올려놓고서 고춧가루 물을 부었으며, 쇠몽둥이로 관절들을 하나씩 조각내는 피비린내 및 똥지린내로 뒤범벅된 추악한 시간들이었다. 전기 고문을 너무 심하게 받아서 정신이 나가버린 시종관이 자기 혀를 씹어 먹다가 과다출혈로 죽기도 했다. 그 시기에 궁전의 지하실은 앉은뱅이를 만들어내는 불구자 생산 공장이었다. 그리고 익히 예상되듯 고문에 고문을 반복하며 구슬목걸이처럼 줄줄 꿰어져 나온 것은 전날 궁재의 편에 붙었던 배신자들의 이름이었다. 물론 이들은 전혀 독살의 배후가 아니었지만, 본디 고문이란 고문 기술자가 원하는 진실을 토해내도록 만드는 일종의 예술이 아니던가?[111]

참고로 3년이 넘도록 이어진 유례없는 이 피의 세기 동안 활약했던 잔혹한 집행자가 바로 왕가의 충실한 사냥개이자 잔혹한 집행관인 알도 파스칼리노였다. 종교재판소의 이단심문관을 부친으로 뒀다고 해도 믿을 만큼 독창적인 고문 기술과 냉혹함을 자랑했고, 그 실력은 혀가 없는 이라도 그의 손을 거치면 반나절 만에 육성으로 진실을 토해내게 만들 수 있을 정도였다. 덕분에 일각에서 그는 '가시여왕의 끔찍한 진실 제조기'라는 별칭으로 불리기까지 했다. 들리는 말에 파스칼리노는 희생자에게 불에 달군 쇠 집게를 들이대기 전에 항상 이런 말을 건넸다고 한다.

"나는 내가 해야 하는 대로 생각하고 행동했다. 내가 옳았다면 후회할 것이 없고, 틀렸다면 대가를 치러야 할 것이다." 그러고는 물었다. "참으로 괜찮은 말이지 않소?"[112]

60

밤마다 시체들이 담긴 수레가 궁전 지하실에서 굴러나오고 있는 동안, 가시여왕은 대주교가 들고 있던 왕관을 낚아채 자신의 머리에 얹으며 대관식을 치렀다.[113] 목숨을 구걸하는, 아니 차라리 죽여줄 것을 애원하는 희생자들의 비명 속에서 검은 왕좌에 앉았다. 호사가들은 그녀를 두고 '사람의 피를 마시는 흡혈귀'라고 칭했고, 머지않아 '패륜아'라는 악명이 추가될 예정이라고도 떠들어댔다. 그렇지 않아도 가시여왕에게 남은 것은 모르핀 중독으로 왕좌로부터도 자기 자신으로부터도 완전히 유폐된 선왕뿐이었기 때문이다.

가시여왕이 선왕을 찾아갔던 어느 날 밤, 촛대를 가까이 가져가자 보인 한때 그녀의 아버지였던 자의 몰골은 폐사 직전의 병든 말처럼 비루했다. 끔찍한 복통으로 음식을 제대로 먹지 못해 살가죽이 뼈에 붙어 있었고, 헝클어진 머리카락 사이로 살이 오른 이들이 기어다녔다. 그의 주변에서는 오줌이 굳은 역겨운 냄새가 났고, 등에 난 욕창이 터지면서 피 섞인 누런 고름이 흘러나왔다. 모르핀이 조금이라도 부족한 순간에는 지옥으로 가는 급행열차라도 탄 것처럼 온몸을 덜덜 떨었다. 그의 야윈 육신에서는 평생 경험하지 못한 지독한 통증들과 천국의 나른함이 종이 한 장을 두고서 공존했다. 가시여왕은 초점이 흐릿해진 선왕의 희멀건 눈동자를 바라보고는 아무런 말도 하지 않았다. 처음엔 거세를 하고 에스트로겐 주사를 놓아서 여자로 만들어버릴까 하는 생각도 했지만, 선왕의 육신은 이미 성별마저 지워진 마른 나뭇가지에 가까웠다. 이미 영양제 수액과 호르몬을 투여한다고 해서 어떻게 해볼 수 있을 단계가 아니었다. 오래전에 임계점을 넘어간 그 존재는 부르르 떨며 무기력하게 쭈그리고 앉아 힘없이 똥을 싸지르거나 혹은 모르핀을 찾아 엉금엉금 기어다니는 것밖에 남지 않은 위태로운 자동기계, 사람의 텅 빈 껍데기, 그리고 존엄이 끝나는 문턱에 서 있는 문지기였다.[114]

잠시 뒤 가시여왕이 한쪽에 굴러다니던 모르핀 주사기들을 가져오며 말했다.

"기침을 하다가 심장이 멎어도 이상하지 않겠어."

선왕이 모로 누워 웅크린 채로 눈을 감았다. 그렇게 1분이 지났을까, 뭔가를 말하기 시작했지만, 그건 베갯속 중얼거림에 지나지 않았다. 미동 없는 불그스레한 손은 이미 잠들어 있었다.[115] 웅얼거림의 소리는 너무 작기도 하거니와 도무지 알아들을 수 없는, 자신을 잃어버린 언어였다. 본인도 본인이 뱉은 말을 듣고 있지 않은 것 같았고, 가시여왕도 딱히 귀 기울이면서까지 들을 생각은 없는 듯했다. 이제 그녀는 이 엉터리 연극을 끝내기로 마음먹었고, 별다른 감흥 없는 손놀림으로 아버지의 피멍투성이인 몸을 더듬으며 아직 바늘이 들어갈 만한 곳을 찾아봤다. 이윽고 발목 주변의 정맥 하나를 붙잡았고, 망설임 없이 모르핀 주사를 하나 놓았다. 이어서 또 하나, 둘, 셋 그리고 마지막 남은 주사까지도 모조리 밀어넣었다. 다음날 선왕은 죽은 채로 발견됐다. 웃는 건지 우는 건지 알 수 없는 표정으로 완전히 굳어진 상태였다. 사인은 심장마비라고 공표됐지만, 그렇게 적힌 사망진단서 외엔 아무도 그 사실을 믿지 않았다.

장례식 이후 음유시인들은 선왕이 마약에 취해 허우적거리던 어느 날, 먼저 세상을 떴던 왕비를 만났노라고 노래하기 시작했다. 환상들 중에서도 유독 더 또렷했던 그 환상 속에서 왕비는 그를 꾸짖었다. 자신이 낳은 딸아이 하나를 자살로 내몬 것으로도 모자라서 남은 딸마저 승냥이에게 넘겨주려고 하느냐면서 저주를 퍼부었고, 그제야 선왕은 제정신을 찾을 수 있었다. 눈을 떠보니 때마침 맏딸의 결혼식이 임박한 순간이었던지라, 아직 충심을 갖고 있던 측근의 도움을 받아서 궁재의 술잔에 독약을 집어넣는 데 성공했다. 그러나 선왕은 궁재를 진심으로 사랑했던 맏딸에게 진실이 밝혀지는 것이 두려웠다. 그래서 그 노래는 이렇게 끝맺음됐다. 결국 그는 다시 모르핀의 세계로 도망쳤고, 이번엔 다시는 바깥세계로 나오지 못하게 됐다고…….

61

이듬해 봄, 이름난 가문 중 절반이 멸문지화(滅門之禍)를 당했을 만큼 재앙과 같았던 옥사가 끝나자 만물이 가시여왕의 발아래 무릎 꿇었다. 왕좌가 안정되자 그녀는 재혼을 발표했는데, 터무니없을 만큼 뜬금없게도, 남편으로 지목된 인물은 어느 대학의 이름 없는 시간강사였다.

그 주인공은 강단에서 주로 문학사를 가르치며 학생식당 바깥으로는 한 발자국도 나갈 수 없는 가난한 삶을 살던 샌님이었는데, 가시여왕과의 인연이라곤 단지 그녀가 대학교에 다니던 시절에 그의 강의를 서너 번 수강한 것이 전부였다. 결혼 소식이 먼저 공표된 후에 샌님은 자신이 유부남이 됐음을 통보받았다. 궁정사회에서는 가시여왕에게 아무것도 하지 않을 밀랍인형이 필요했을 것이라 진단했고, 확실히 책 읽기가 전부인 샌님만큼이나 이에 적합한 인물도 없었다(게다가 사실상 신이 된 마당에 미천한 인간들 중에서 혈통을 골라봤자 더 좋아질 단계도 없잖은가?). 사람들의 예상대로 샌님은 허수아비 남편에 불과했다. 가시여왕은 어쩔 수 없는 참여해야 하는 연례행사가 아니고서야 샌님을 공식석상에 부르는 일이 없었고, 비뵈시에 대한 아무런 권한도 주지 않았다. 부부관계 역시도 후사를 위한 생식활동의 일환에 불과해서, 이럴 거면 그냥 정자은행을 방문하는 것이 더 괜찮을 거란 생각이 들 정도로 무미건조했다(물론 샌님의 허벅지가 너무 얇기도 했지만!). 당연지사 가시여왕이 임신을 하게 되면서 몇 차례 되지도 않던 잠자리마저도 영구히 종결됐다. 총평컨대 샌님은 가시여왕의 정치적 야심 없는 씨말이었다.

그러나 기대했던 평화는 찾아오지 않았다. 어쩌면 잠시간 찾아왔던 승리와 징벌의 달콤함은 보다 큰 비극을 위한 극적 장치였는지도 모르겠다. 그 단추는 그녀의 배가 불러오기 시작한 순간부터 다시 끼워졌다고 봐야 할 터였다. 유례없는 폭우가 쏟아져서 볼더 댐이 무너졌던 그날, 남편과 유리부인을 비롯한 비뫼시의 빈자들이 대홍수에 휩쓸리는 동안 가시여왕은 만삭에 가까워진 상태였다. 초음파 검사 결과, 선왕이 그토록 원했던 남자아이였는데, 가시여왕은 이게 참 얄궂다고 생각했다. 배 속의 태아는 북쪽 외곽의 폐허를 보면서 마치 그 재앙이 재미있기라도 한 듯 발을 굴러댔다. 마침내 산통이 찾아왔을 때, 가시여왕은 파스칼리노를 불러서 대홍수로 인한 불만들을 적절히 조정해놓으라는 명령을 내리면서 이렇게 덧붙였다.

"무정부주의자 놈들이 다시 날뛰지 않게, 벌레들한테 물어뜯을 걸 최대한 빨리 던져주도록 해"

"분부 받들겠습니다." 파스칼리노의 대답.

가시여왕은 간호사들의 부축을 받으며 분만실로 향했고, 거기서 험난한 난산(難産) 끝에 결국 분만에 성공했다. 기진맥진한 상태에서도 가시여왕은 아기가 건강하냐고 물었고, 산부인과의는 그렇다고 대답했다. 그런데 옆에 있던 간호사는 다소 떨떠름한 표정을 지으며 아기를 안고 있었다. 확실히 아기에게 생물학적 문제가 있는 것은 아니었다. 큰소리로 울음을 터뜨리고 있었고, 팔다리부터 몇몇 조건반사들과 인중까지 모두 정상이었으니 말이다. 그러나 그 얼굴 생김새는 간호사가 일찍이 본적 없는 형상이었다. 코와 입이 붙어 있는 것처럼 가까웠고 귀는 지나치게 뾰족했다. 이게 뭐더라? 간호사는 잠시 고민을 하다가 이윽고 속으로 '박쥐잖아!'라고 외쳤다. 그리고 이런 반응은 잠시 뒤 가시여왕이 아기를 건네받았을 때도 마찬가지였다. 아니, 그녀로서는 더욱 놀랄 일이었다. 왜냐하면 손에 들린 건 오래전 만났던 가고일 조각상의 얼굴이었던 까닭이었다.

6장

62

　박쥐를 닮은 아기라. 가시여왕이 남자였다면 친자식인지 의심해보기라도 했겠지만, 유감스럽게도 그 아기는 가시여왕 본인이 배 아파서 낳은 자식이었다. 최대한 자신과 닮은 부분들을 찾아보려고 애썼지만, 죄 헛수고였다. 기껏 발견한 것이라곤 눈 둘에, 코 하나로 이목구비 개수가 똑같다는 것뿐이었다. 그러나 곧이어 닥쳐오게 될 문제들에 비하면 흉측한 외모는 문제 축에 속하지도 않았다.

　그녀의 아들은 이상하리만큼 시력이 좋지 않았다. 후계자에게 왕의 자질이 부족하다는 뻔한 비유가 아니라 문자 그대로 시력에 큰 문제가 있었다. 마치 어두운 동굴에서 지내느라 쓰지 않게 된 박쥐의 시신경이 퇴화해버린 것처럼, 왕자는 무언가를 보는 것에 당혹스러우리만큼 서툴렀다. 그 원인은 금방 밝혀졌다. 사

235

팔뜨기처럼 마음대로 굴러다니는 왕자의 눈동자는 뚜렷한 초점을 맞추는 데 매번 실패했던 것이다. 그의 눈빛은 어지럽게 이리저리 옮겨붙는 불똥처럼 사방으로 튀기 바빴다. 그러나 그건 소맷부리 하나 태울 수 없는 무용한 불꽃이었다.[116] 가시여왕은 자신의 얼굴을 힐끔거리는, 아니 그마저도 아닌, 그저 부주의하게 길을 걷다가 우연히 누군가와 어깨를 부딪치게 된 것처럼 쳐다보고서, 곧장 또다시 어디론가 휙 돌아가버리는 아들의 눈동자를 보며 한숨을 내쉬었다. "도대체 뭘 보려는 게냐?" 그녀가 혼잣말로 덧붙였다. "네 안에서 내 얼굴은, 부서진 거울 조각마냥 수백 개의 작은 얼굴들로 나눠졌겠구나. 나중에 어떻게 합치려고 그렇게나 마구 어질러놓는 게야……."

왕자가 바라보는 세계는 다른 사람들의 것과는 판이하게 달라질 수밖에 없었다. 시각이 덜 발달된 신생아의 눈에 비친 세계가 어렴풋한 윤곽으로만 나타나듯, 그의 세계는 흐릿하고 일렁대는 테두리로부터 무엇이든 출몰할 수 있는 유령들의 세상이 돼버렸기 때문이다. 시신경은 그가 원치 않는 것들을 마구잡이로 포착해서 머릿속으로 때려 박아댔다. 덕분에 공통점이나 규칙 개념은 파도가 칠 때마다 속절없이 쓸려나가는 모래성처럼 아무리 애를 써봐도 무릎 높이 이상으로는 쌓일 수 없었고, 그의 자아는 뭉개진 모래밭 위를 하염없이 배회해야만 했다. 결코 포괄되지 못한 채 이어지는 포착들의 무한한 반복. 비유컨대 그는 언제나 피스가 모자란 퍼즐을 억지로 맞추는 기분으로 살아갔다. 그러나 이마저도 좌뇌가 본격적으로 발달하는 7세 무렵엔 완전히 끝장나버렸다. 퇴화한 눈동자로 정말로 유령이라도 보는 모양인지 온종일 겁에 질려서 울어대거나 비명을 내질렀고, 조금이라도 몸을 우겨넣을 수 있는 틈이란 틈에는 모두 기어들어가 숨어 있으려고만 했다. 그러다가 그나마 갖고 있던 몇 줌 언어들까지 완전히 잃어버렸고, 자신이 승마용 암말이나 딱정벌레라도 된 것처럼 행동하다가 대뜸 머리카락을 쥐어뜯으며 입에 거품을 물고 나자빠지기를 반복했다. 뒤늦게 부른 정신과의는 유감스럽게도 왕자가 자아를 구축하는 데 실패했다고 진단했다.

가시여왕은 관자놀이를 문지르며 물었다.

"내 아이가 왜 강아지나 개구리처럼 행동하는 거지?"

"아마도 보이는 걸 자기라고 믿기 때문일 겁니다." 정신과의가 대답했다. "거긴 순수한 광기의 영역이죠."

"어째서?"

"포기되거나 잃어버린 대상의 대체물로 그 대상과 자신을 동일시하는 건, 그러니깐 그 대상을 자아 속에 받아들이는 것은……" 정신과의가 무의식적으로 인중을 긁으며 덧붙였다. "저희들에겐 더 이상 신기한 일이 아닙니다. 이미 학계에 아주 많이 보고된 일이거든요."[117]

"저 애가 개구리를 원했다고?"

정신과의가 구레나룻을 긁적였다.

"정신이란 건 완전히 이해하기엔 너무 넓죠." 그가 어깨를 으쓱하며 덧붙였다. "안에 나 있는 모든 길을 다 밟아본다 해도, 그 한계를 찾을 수 없을 만큼 말입니다……."[118]

가시여왕이 눈을 고쳐 뜨며 물었다.

"그래서, 고칠 수 있나?"

정신과의는 고개를 가로저었다.

이윽고 그가 말했다. "임상적으로 이런 경우라면 상당히 어렵습니다. 자폐증 돌연변이를 치료할 방법은 아직 없거든요. 도움을 드리지 못해 죄송합니다."

가시여왕은 더 이상 묻지 않았고, 그날 밤 정신과의는 의문의 교통사고로 사망했다. 그건 비밀을 지키는 가장 좋은 방법이었기 때문이다.

그러나 비밀이란 세상에 나오는 순간부터 발 달린 말인지라 조금씩 새어나가는 법이다. 특히나 가까이에서 수발을 드는 하인들은 왕자가 정상이 아니라는 것을 알아차릴 수밖에 없었고, 주방이나 창고에서 저들끼리 모일 때마다 가련하게도 미친 채로 태어난 후계자를 입방아에 올리곤 했다. 처음엔 저마다 돌아가며 동정심과 운명의 얄궂음에 대한 한탄 따위를 읊조려줬다. 그러나 이야기 수레바퀴가 한 번 더 돌아가게 됐을 땐, 온도가 제법 달라져 있었다. 냉혹한 명제: 타인의 고통만큼이나 달콤한 것도 없다(그래서 예로부터 형벌엔 축제적인 요소가 곁들여졌다).[119] 애꾸눈 곰조는 왕자가 태어나면서부터 흉측한 얼굴에 정신까지 미쳐버린 것은 모두 가시여왕의 업보 때문이라고 비웃었다. 그러자 옆에 있던 정원사 임굼은 이 모든 비극의 원인은 전날 광기에 사로잡혔던 선왕이 맏딸에게 투여한 테스토스테론 때문일지도 모른다는 그럴싸한 설을 제기했다. 신경과학적으로 테스토스테론이 과다 분비되면 충동적이고 욕구를 잘 절제하지 못하게 되는데, 왕자의 경우엔 몸속의 테스토스테론이 넘치다 못해 미쳐 날뛰는 수준이기 때문에 충동들이 매순간 자아의 울타리를 넘어버린다는 것이었다.

이유야 어찌됐든 간에, 결국 가시여왕은 왕자를 궁전의 깊은 지하감옥 속에 유폐시켜야만 했다. 밖으로는 치료를 위해 해외로 떠났다고 둘러댔고, 안으로는 안락하게 꾸려진 지하감옥 속에서 어떻게든 아들의 자아를 만들어보려 애썼다. 처음에는 한없이 막막했지만, 계속 궁리하던 가시여왕은 마침내 나름의 해결책을 떠올리는 데 성공했다. 그 방식은 매우 단순하면서도 엽기적인 것이어서 고딕소설에나 나올 법한 기괴함을 선사해줬다. 그건 바로 감옥의 모든 곳에 거울을 달아놔서 왕자가 어디를 보든 자기 자신만을 볼 수 있도록 한 것이었다. 눈에 보이는 것을 곧 자신이라 여긴다면, 자기 자신만 눈에 보이게끔 만들어주면 되는 것이 아니겠는가? 가시여왕은 치열이 다 보이도록 환하게 웃으며 곧장 떠올린 생각을 실행에 옮겼다. 거울방은 얼핏 효과가 있는 것처럼 보이기도 했다. 왕자는 거울에 비친 자신의 팔다리의 움직임과 이목구비를 호기심 어린 눈빛으로 바라보며 그 상(像)이 자신임을 깨닫는 것처럼 보였기 때문이다. 그는 조심스레 거울을 손으로 짚어봤고, 반대편에서 자신과 손바닥을 맞대고 있는 또 다른 누군가를 뚫어져라 응시했다. 그러고는 마치 거울이 거즈 같이 부드러운 천으로 되어 있어서 그 속을 뚫고 들어갈 수 있다는 냥, 그렇게 헤집다 보면 거울이 안개로 변하기라도 할 것처럼, 그 안으로 들어가려고 시도했다. 거울 안에 틀림없이 아름다운 것들이 있을 거라고 믿어서?[120] 아니면 단순히 거기에 비친 누군가를 와락 끌어안기 위해서? 애석하게도 그의 언어를 모르기 때문에 이에 대한 진실 또한 알 수 없다. 아는 것이라곤 그 뒤에 벌어진 일들뿐이다. 그 폭발은 동전이 뒤집히듯 한순간에 터져나왔다. 꿈쩍도 하지 않는 거울 앞에서 왕자는 급작스레 괴성을 지르면서 손톱으로 온몸을 할퀴고 거울을 주먹으로 깨뜨리며 한바탕 발작을 일으켰던 것이다. 마치 그게 자신이란 사실을, 혹은 거울이 단순한 반영에 불과함을 견딜 수 없다는 듯이 말이다. 놀란 가시여왕은 왕자에게 황급히 마취제를 놓고서 방의 거울들을 모두 철거해야만 했다. 그러나 비극적이게도 잠에서 깨어난 왕자의 정신은 그가 깨뜨린 거울의 파편처럼 산산조각 나 있었다. 그 파편 속에 자신의 편린이 비칠 때마다 덫에 걸린 사슴처럼 울부짖었고, 여기엔 끊임없이 얼굴을 쥐어뜯으려는 발작 증상까지 추가됐다. 결국 가시여왕은 아들의 얼굴에 철가면을 씌워야만 했다.

63

왕자가 사라지자 하인들은 소문을 지어내기 시작했다. 이야기만이 그를 만나볼 수 있는 유일한 방편이었기 때문이다. 하인들은 가시여왕이 자신의 아들을 치료해줄 명의(名醫)를 찾아 전 세계를 뒤지고 다닌다는 공식 발표 자체는 신뢰했다. 사자도 자기 새끼라면 핥아주고 먹여주는 것이 자연계의 이치가 아니던가? 다만 문제는 치료법에 있었다. 정신의학으로 왕자의 망가진 정신을 바로잡는 데 실패했으니, 그다음은 무엇일까? 그건 바로 심령치료였다. 천 년 전 아직 마법이 사라지지 않았던 시절, 그 기적의 대지 위에서 통용됐을 신비로운 비술들을 찾아 나선 것이 분명했다. 어쨌거나 이 세상엔 죽은 자식이나 아내를 되살리기 위해 잊힌 마법사들을 찾아 나선 귀족이나 갑부들의 무모한 이야기들이 넘쳐났으니 말이다.

새롭게 잉태된 소문들 중에서 가장 인기가 많았던 것은, 가시여왕이 물루의 어느 심령술사를 찾아갔다는 얘기였다. 그 내용은 대략 이러했다. 일라람 마법단의 후예라던 그 심령술사는 금이 두둑이 든 자루를 받고서 왕자의 조각난 정신을 들여다봐주기로 했다. 그는 마법의 가루를 허공에 뿌리고서 왕자의 눈동자를 바라보며 주문을 외우더니, 이윽고 눈깔을 뒤집으며 왕자의 기억 속으로 들어갔다. 그는 왕자가 거울을 깨던 날의 기억을 중계해줬다. "감옥 속에서 거울을 보고 있군요. 갑자기 아드님께서 '죽은 자들에게로 가라!'라고 외치면서 거울을 주먹으로 깹니다. 그러나 뭔가 잘못됐군요. 쨍그랑하고 깨진 거울 조각들이 바닥에 떨어졌지만, 그건 오히려 문을 열어준 꼴이 되고 말았습니다. 거울 액자에서 거울인간이 뛰쳐나왔군요! 아드님과 비슷하게 생겼지만, 동일한 인물은 아닙니다. 저 존재는 옷차림부터 행동거지까지 모두 본체보다 훨씬 더 요란합니다. 미친 듯 빠른 속도로 방 안을 내달리고 춤추기 시작합니다. 탁자와 쇠창살 사이로 뛰어오르기도 하고, 꿈을 꾸듯 잽싼 동작으로 담벼락을 기어오더니……." 그가 숨죽이더니 외쳤다. "오, 제발, 제 앞에 멈춰섰습니다!"[121]

심령술사의 중계는 여기까지였다. 그는 비명을 내지르며 머리카락을 쥐어뜯기 시작했고, 이내 벽에 머리를 찧어대며 발작을 일으켰다. 그리고 가시여왕의 부하들이 미처 말릴 새도 없이 코피를 쏟으며 나자빠져버렸다. 수행비서가 달려가 맥박을 재봤지만 이미 숨이 끊어진 뒤였다. 참고로 이 이야기는 '그리하여 가시여왕은 아들의 정신을 납치해간 거울인간을 제거하기 위해, 다시 여정을 떠났다'라는 심심한 마무리로 끝맺음됐다.

64

그해 여름, 가시여왕은 왕자를 쏙 빼닮은, 그러니까 박쥐를 닮은 남자아이를 구해오라는 이상한 명령을 내렸다. 대역을 세우기로 한 것이었다. 왕가의 비밀스러운 업무의 담당자인 파스칼리노는 난감하기 그지없었다. 늘 해오던 납치 공작이나 살인의 경우엔 간편했지만—동물이란 손톱보다 작은 동맥 하나를 끊어놓는 것만으로 죽음에 이르는 존재였으니 말이다—박쥐 닮은 고아를 찾는 것은 결코 간단치 않은 까닭이다. 개 고양이 말도 아니고, 박쥐, 박쥐, 무려 박쥐라니? 과연 그런 얼굴이 이 세상에 존재하기나 하는지부터가 의문이었다.

"돌겠군." 파스칼리노의 한숨.

그러나 왕명은 어떻게든 관철되어야만 했다. 소파에 엉덩이를 묻고 검지로 미간을 툭툭 치며 생각하기 시작했다. 어떻게 하지? 비뫼시의 고아원들을 직접 일일이 다 돌아다녀야만 할까? 무식한 짓이었다. 그렇지만 관료들에게 의뢰를 하기엔 비밀이 걷잡을 수 없이 새어나갈 위험성이 다분했다. 고민하던 파스칼리노는 고아원의 내부 관계자를 직접 매수하기로 했고, 기왕이면 약점을 잡을 수 있게 하자가 있는 인간일수록 좋았다. 그는 곧장 검찰에 전화를 넣어서 최근 3년간 고아원에서 접수된 범죄들을 추려오라고 지시했다. 그렇게 받아보게 된 목록의 가장 윗줄에 있던 범죄는, 공교롭게도, 어느 수도원에 딸린 부속 고아원에서 벌어진 흉측한 살인사건이었다. 범인은 가혹한 매질로 무고한 고아를 죽음에 이르게 했고, 그것으로도 모자라서 범행을 은폐하기 위해 검시서를 조작하여 시신을 의대 해부실로 보내버린 인면수심의 어느 수사였다. 그리고 파스칼리노의 눈엔 그 범인은 귀찮고도 지저분한 일을 맡기기에 가장 안성맞춤인 존재로 보였다. 그는 바로 P수사였다.

65

기적이 사라진 해로부터 1203년 뒤인 11월 5일, 안개가 짙게 낀 날씨에 검찰청으로 출두하던 P수사의 모습은 흡사 암초와 정면으로 부딪혀 산산조각 나버린 난파선 같았다.[122] 고발장을 받자마자 며칠 전 고아원을 샅샅이 살펴보던 젤링거 박사의 얼굴이 떠올랐다. 빌어먹을 자식! 그 고아 녀석이 자기한테 뭐라고? P수사는 파고든 손톱에 피가 날 정도로 주먹을 쥐었지만, 이미 물은 엎질러진 뒤였다. 실로 오랫동안 공들여왔던 자신만의 고문실이 한순간의 실수, 그러니까 매질에 지쳐 그만 잠들어버린 것 때문에 와장창 망가지고 말았다는 사실이 너무도 억울했다. 게다가 죽은 이는 한낱 고아에 불과하지 않았던가? 솔직히 말해, 그는 자기가 거꾸로 매달아 죽인 아이의 번호가 몇 번이었는지조차 가물가물했다.

"이건 정말이지 너무 가혹한 처사야……." 검찰청으로 올라가는 계단 위에서 P수사는 하늘을 올려다보며 이렇게 중얼거렸다. "주님, 저는 정말이지 열심히 살아왔습니다. 여태껏 다 보고 계시지 않았습니까? 혹시나 섬김이 부족했기 때문인가요? 그렇담, 이번에 저를 구원해주신다면 온몸을 바쳐 당신의 교회를 짓도록 하겠습니다."

물론 하늘은 잠잠했고, 그 침묵은 정확히 애타는 심정에 비례했다. 그러나 그건 신이 없다는 뜻이 아니라, 단지 시대의 변화상을 반영한 건지도 몰랐다. 오래전 구름 위에서 직접 소리를 내지르던 방식에서, 조용히 심부름을 수행할 사자(使者)를 내려보내는 방식으로. 어쨌거나 현대사회에서 소음 공해는 심각한 문제이니 말이다. 그런 이유에서 취조실에 앉아 P수사를 기다리던 것은 검찰 수사관이 아니라, 왕가의 충실한 사냥개이자 잔혹한 집행관인 알도 파스칼리노였다. 그는 마치 장례식장에라도 온 것처럼 검은 양복에 검은 넥타이를 매고 있었고, 날카로운 눈매는 마치 금속으로 만들어진 로봇 같았다. 참고로 P수사는 죽는 날까지 그의 이름을 알 수 없을 운명이었다.

"앉지." 파스칼리노가 잔뜩 얼어붙은 채로 서 있던 P수사에게 자리를 권했다. 그러고는 훑어보고 있던 서류를 내려놓으며 말했다. "그래, 네놈이 아이의 새하얀 엉덩이에 회초리 자국을 새기는 성스러운 사업에 매진해온, 바로 그 수사인가? 꽤 멀쩡하게 생겼군. 물론 놀라울 건 없지만."

"그건 사고였습니다!" P수사가 조건반사처럼 대꾸하고는 이렇게 중얼거렸다. "……그리스도인으로서의 예절을 철저히 가르치려던 거였는데, 뭔가, 뭔가 잘못됐습니다."

파스칼리노가 의자 등받이에 몸을 기대며 슬쩍 웃어 보였다. 이윽고 그가 되물었다.

"그러니까 내가 오해를 하고 있다?"

"송구하오나, 예, 오해를 하고 계십니다." P수사가 동아줄이라도 잡으려는 것처럼 애절한 눈빛으로 간청했다. "그러니 부디 저에게 오해를 바로잡을 기회를……."

"바로잡으면 그 오해가 풀리나?" 파스칼리노가 킬킬대며 말을 낚아챘다. "꼭 그렇게 믿는 것처럼 말하고 있는 것 같아서. 그런데 네가 생각해도 좀 웃기지 않아?"

P수사 연거푸 눈을 깜박거렸다.

"그게 무슨 말이죠?"

"그야, 덧없는 말이지." 파스칼리노가 장난스럽게 허공에 손사래를 치고는 안주머니에서 사진 한 장을 꺼내 내밀었다. 그건 박쥐를 닮은 왕자의 얼굴 사진이었다. "괜스레 시간 낭비하기 싫으니 본론만 간단히 말하지. 지금 나는 이렇게 생긴 아홉이나 열 살짜리 고아 남자애를 찾고 있어. 아주, 아주 비밀스럽게 말이야……."

사진을 받아본 P수사는 화들짝 놀라지 않을 수 없었다. 한 번 보면 좀처럼 잊을 수 없는 얼굴이자, 전날 자기 손으로 요람에서 꺼내 병원으로 데려가 목숨을 살려주기까지 했던 바로 그 42번의 얼굴이었기 때문이다. 물론 자세히 뜯어보니 눈매의 가장자리나 입꼬리 모양 같은 세부사항들이 살짝살짝 다르긴 했지만,

그럼에도 전체적으로는 쌍둥이라 해도 이상할 게 없는 판박이였다. P수사는 본능적으로 얼굴의 모든 근육들을 최대한도로 조이면서 아무런 표정 변화도 내보이지 않으려고 했다. 그리고 그 상태로 사진을 내려놓으며 물었다.

"실례지만, 이 아이를 왜 찾으시죠?"

파스칼리노가 피식 웃어 보였다.

이윽고 그가 말했다. "이봐, 지금 그런 게 중요한가? 여기서 얼른 벗어나는 게 제일 중요한 일이지 않겠어?"

66

검찰청에서 돌아온 P수사는 곧바로 42번을 찾아갔다. 거의 울면서 도망가려는 가녀린 어깨를 붙잡으며 가만히 있으라고 윽박질렀고, 그러자 42번은 뱀의 시선 앞에 완전히 얼어붙은 쥐새끼처럼 굳어버렸다. P수사는 주머니에 작은 증명사진을 하나 꺼내, 초조한 표정으로 마른 입술에 침까지 발라가며 이목구비를 하나하나 비교해봤고, 이윽고 말없이 고개를 끄덕였다. 그리고 다음 날 42번을 파스칼리노 앞으로 데려갔다. 문을 열고 들어온 아이의 얼굴을 보자마자 파스칼리노 역시도 의자에서 벌떡 일어나며 고개를 끄덕였다. 그가 P수사를 보며 모를 말을 중얼거렸다. "많이 헤맬 줄 알았는데, 이렇게나 쉽게 풀릴 줄은 몰랐구먼. 마치

이 모든 게 처음부터 예정됐던 것처럼 말이야……."

이후 P수사에겐 약속된 기적들이 일어났다. 증거가 차고 넘침에도 불구하고 '증거불충분'이란 명목으로 기소가 영구히 유예됐고, 검찰의 애완견이었던 언론은 침묵했다. 다시 고아원으로 돌아온 P수사는 며칠간 갑작스레 자신에게 벌어진 일련의 일들에 대해 묻지 않을 수 없었다. 지금 도대체 무슨 일이 벌어진 것인가? 책벌레들을 잡아먹던 어느 박쥐의 이야기로부터 시작하여 그 박쥐를 달여 마신 유리부인과 가시여왕의 단순 변덕으로 이어지는 난삽하기 짝이 없는 그 연대기를, 물론 수도원의 일개 수사 따위가 아는 것은 불가능했다. 또한 그런 앎을 구하지도 않았다(이런 정신 나간 앎을 구하는 이가 도대체 누구란 말인가?). 대신 그는 느낌에만 주목하기로 했다. 우연히 만나서 목숨을 구해주게 된 42번과 파스칼리노는 실존한 적 없는 가공의 존재처럼 느껴졌다. 그러나 이 모든 걸 우연의 소치로 돌리기엔 사안이 너무도 지나쳤다. 그는 보이지 않는 신비의 베일 속에서 부단히 움직이는 신의 손길을 느끼지 않을 수 없었다. 전날 회부됐던 징계위원회를 대홍수로 박살내주셨을 때도 그러했듯, 지금도 자애로운 신께서는 자신을 편애하고 계심이 분명했다. 즉 자신은 선택받은 존재였다. 그렇지 않고서야 사법이라는 무자비한 분쇄기에 끌려들어가지 않고 이렇게 온전히 성령(聖靈)을 만끽하고 있을 리가 있겠는가? 그분께서는 자신이 각별히 신경 쓰는 피조물이 한낱 인간들의 계율이 적힌 온갖 서류들로 빼곡히 들어찬 현실

속에 질식하도록 내버려두지 않으셨고, 기꺼이 날카로운 톱니바퀴들 사이로 자신의 손을 넣어 기계를 멈추고서 작은 틈을 열어 주셨다. 그리고 그 틈 속에서 P수사는 실로 충만했다.

또한 그 순간에 모종의 깨달음이 벼락처럼 내리쳤다. 검찰청으로 걸어가던 날에 느꼈던, 무신론자들이나 느낄 법한 하늘을 향한 억울함과 분노의 감정들이 한없이 불쌍하게 여겨졌던 것이다. 주님의 은혜를 알게 되자 그 영혼들을 마음속 깊은 곳에서부터 연민하는 마음이 생겨났고, 그런 마음을 가질 수 있게 해준 것이야말로 주님께 진정으로 감사해야 할 점이었다. 다시 말해, 모든 일들을 축복해주시고자 하는 그분의 뜻 안에서 다시금 양심을 부여잡고 그 양심을 일깨우는 말씀들을 찾기 위해, 선택받은 피조물 그 자신이 가진 온 힘을 다해 성실함과 진지함으로 수고하고 싶은 마음을 주셨던 것이다.[123] P수사는 자기도 모르게 감동 어린 눈물을 흘리며 무릎을 꿇었고, 반드시 주님을 위한 교회를 세우겠노라고 맹세했다.

그러나 하나님께서 P수사로 하여금 정말로 교회를 세우게 하고 싶으셨다면, 그 반석이 놓일 곳은 지상이 아니라 지하였다. 그날 그는 평소엔 잘 마시지 않는 포도주를 꺼내 마시며 자축했다. 취기가 도니 여태껏 살아온 인생 여정 전체가 영광을 위한 도제 과정처럼 여겨졌다. 그는 혼잣말로 이렇게 흥얼거리기도 했다. "푸후후, 주님은 저에게 죄를 저지르게 함으로써 더 큰 선이 이뤄지도록 하고 계신 게 아닐까요?" 앞으로 뭘 하든 다 잘 될 것만 같았고, 그래서 포도주를 한 병 더 마시기로 했다. 그 한 병이 두 병, 세 병이 되기까지는 그리 오랜 시간이 걸리지 않았고, 자정이 넘어갈 즈음해서 그는 완전히 곯아떨어져버렸다. 그러자 숨어 있던 고아들이 다가와 손에 들린 날카로운 쇠붙이로 P수사의 목을 그어버렸다. 동맥에서 솟구친 선홍빛 피가 곧장 역류해서 폐에 들어찼고, 그렇게 그는 깊고 깊은 물속으로 가라앉는 꿈을 꾸면서 숨이 끊어졌다. 그로부터 두어 시간 뒤에 몰래 복면을 쓰고서 찾아온 파스칼리노는 이미 뻣뻣한 시체로 굳어진 P수사와 마주했다. 그는 손에 들린 권총의 안전장치를 도로 내리고는 고개를 갸웃하며 어리둥절했다.

67

P수사가 자기 피에 익사하던 바로 그 시간에 42번은 영문도 모른 채 궁전의 복도를 걸어가고 있었다. 앞서 걸어가던 파스칼리노는 "묻기 전에 말해서는 안 된다. 목이 계속 붙어 있고 싶다면"이라는 짧고 서늘한 말 외엔 아무런 설명도 건네주지 않았다.

자신이 모르는 소리로 가득한 낯선 곳으로 가는 것을 극히 꺼렸던 42번이었지만, 의외로 막상 발길을 들인 궁전은 적어도 한 가지 측면에서는 매우 쾌적한 곳처럼 느껴졌다. 소리를 살해하기라도 한 것처럼 조용했던 까닭이다. 하지만 그 외엔 모든 것이 생소했다. 한평생을 운운하는 것이 웃긴 나이긴 하지만, 어찌 됐든 간에 태어나서 지금까지 오롯이 희멀건 벽지와 철제 침대 가 전부였던 삭막한 세상 속에 살았던 그였기에, 금칠된 양탄자 와 정교한 대리석 조각품들이 진열된 궁전의 화려한 복도엔 좀 처럼 적응이 되지 않았다. 마치 초대받지 않은 곳으로 가는 듯한 이방인의 불안감이 구불구불한 내장에 가득 들어찼다. 결코 속 해서는 안 되는 곳에 감히 발을 들인 죄를 저지르고 있는 느낌, 언제라도 무서운 주인이 나타나서 자신을 쫓아내버릴지도 모른 다는 느낌. 하지만 다시 수도원의 부속 고아원으로 돌아가고 싶 다는 말을 꺼낼 순 없었다. 방금 전에 파스칼리노가 일러준 말에 의거하여, 아무도 42번에게 그런 질문을 건네지 않았으니 말이 다. 그건 앞으로도 요원한 일이었다.

마침내 복도의 끝에 닿자 붉은 벨벳으로 덮인 큼직한 문이 나 타났다. 앞에 서 있던 험상궂은 문지기가 그 문을 열었는데, 나 중에 알게 된 사실이지만 가시여왕은 인간이 직접 문을 열게 하 려고 일부러 그 문에 자동장치를 해놓지 않은 것이었다. 파스칼 리노는 42번에게 안으로 들어가라고 건조하게 말했다. 문턱을 넘자, 공간에 비해 가구가 거의 없다시피 한 큼직한 방이 나타났 다. 기하학적 문양이 그려진 바닥의 한가운데엔 등받이가 유독 솟아오른 의자가 놓여 있었는데, 거기에 창백한 피부와 기다란 눈매를 가진 가시여왕이 심드렁한 표정으로 앉아 있었다.

"너로구나." 그녀는 은빛 매니큐어가 발린 긴 손톱을 까닥거리며 말했다. "이리 가까이 와보거라."

입김에서 서리가 떨어질 듯 차가운 말투였다. 42번은 떨리는 발걸음으로 다가갔다. 그러자 의자 뒤의 사각(死角)에 놓인 탁자가 하나 나타났는데, 그 위에는 작은 박쥐가 거꾸로 매달린 새장이 놓여 있었다. 가시여왕은 42번의 얼굴을 이리저리 뜯어보고는 이내 작은 탄성을 내지르며 새하얀 미소를 지어 보였다. 참고로 그 미소는, 선왕의 뼛가루를 뿌리던 날 이후로 그녀가 웃는 모습을 본 사람이 42번이 유일할 정도로 희귀한 것이었다.

잠시 뒤 가시여왕은 박쥐가 든 새장을 42번에게 건넸다. 그러나 그 무게는 어린아이가 들기엔 버거운 것이라서 42번은 그만 새장을 바닥에 떨어뜨리고 말았다. 넓은 방에는 가시여왕이 앉은 의자 외엔 다른 가구랄 게 없던지라 그 소리가 날카로운 메아리가 되어 울렸고, 놀란 박쥐가 시끄럽게 울부짖으며 정신없이 쇠우리에 머리를 박아댔다. 놀라서 어쩔 줄 몰라 하는 42번의 눈망울은 금방이라도 울음을 터뜨릴 것처럼 글썽거렸다. 그는 박쥐가 내는 소리의 뜻을 도무지 이해할 수 없었다. 한동안 이 모습을 내려다보던 가시여왕은 박쥐가 안정될 때쯤 하여 직접 몸을 일으켜서 넘어진 새장을 똑바로 세웠다.

"너한테 주는 선물이란다." 그녀가 42번의 눈동자를 들여다보며 차분하게 말했다. "앞으로 여기서 네가 무슨 역할을 해야 하는지 말해주기 전에, 그리고 그 설명을 다 듣고서 살아가면서도, 이 박쥐를 늘 가까이 두려무나. 네가 어떤 존재인지 언제나 떠올려볼 수 있게끔 말이야."

68

인생이란, 때로는 물음들의 덤불숲을 거쳐 탁 트인 데로 똑바로 나아가기도 하지만, 때로는 반대로 뒤얽히거나 지그재그로 된 길로 내몰리기도 하는 것이다.[124] 그리고 유감스럽게도 난쟁이 약재상의 삶은 후자에 가까웠다. P수사의 영혼이 아득한 유계(幽界)의 소용돌이 속으로 휩쓸려 들어가고, 또한 궁전에서 42번이 새장에 든 박쥐와 멍하니 마주 앉아 있는 동안, 약재상은 자기 방에 틀어박혀서 기도를 드리고 있었다. 검찰청으로부터 멀쩡히 돌아온 P수사의 얼굴을 보자 마음이 심히 심란해졌기 때문이다. 전날 젤링거 박사에게 넣었던 투서가 잘 접수되어 악인이 응당 받아야 할 단죄를 받게 되리라 기대됐지만, 실제로 벌어진 일은 끔찍하기 그지없었다. 어찌하여 이럴 수 있단 말인가? 쥐들로 하여금 추악한 범죄를 가르쳐줬던 그 계시는 주님이 아닌, 악마의 것이었단 말인가? 믿음과 노력이 좌절되는 걸 보고픈 지옥의 덫이었나? 악마가…… 아니, 아니다! 그럴 리가 없다! 약재상은 고개를 세차게 저으면서 신심이 흐트러질 때마다 외우던 기도문을 웅얼거렸다.

그러므로 이 위대한 모범이 보여주는

저 고귀한 길로 가거라.

너희 게으른 자들이여,

어찌하여 그 길에 등을 돌리고

도망치려 하는 것이냐.

땅을 넘어서고 이기는 자에게만

하늘의 별들이 주어지는 법이니.[125]

그러자─마치 주문이라도 외운 것처럼─약재상의 머릿속으로
는 이 모든 것이 주님께서 내린 시험일지도 모른다는 생각이 발
아됐다. 처음엔 작은 떡잎에 불과했던 그 생각은 기도문을 외울
수록 쑥쑥 자라나더니, 이윽고 머릿속을 가득 채울 만큼 거대한
나무, 즉 '확신'이란 이름의 나무로 거듭났다. 이미 전날 대홍수
로 세속에서의 모든 것들을 잃어버리고서 수도원으로 찾아왔던
그였기에, 결단을 망설일 생각 따윈 없었다. "분명 하나님께서는
내가 직접 행동하길 원하고 계신 거야⋯⋯." 그가 주먹을 꽉 쥐
며 자리에서 일어났다. "위탁이 아닌, 내 손으로 직접!"

그러나 곧 약재상은 의분을 가라앉히고서 도로 자리에 앉아
야만 했다. 아직 두 손으로 해야 할 일이 정확히 무엇인지 몰랐
기 때문이었다. 이승으로부터 완전히 제거하는 것인가? 그건 '살
인하지 말라'는 계율에 어긋났다. 두들겨 패서 자백하도록 만드
는 것일까? 그건 '의인이 받는 열매는 생명의 나무요, 폭력을 쓰

는 사람은 생명을 잃는다'는 잠언[126]에 어긋났다. 따라서 남은 것은 말로써 설득하는 것뿐이었다. 눈물로 참회하도록 만들어 죄를 뉘우치고 자진해서 교수형 밧줄로 목을 집어넣게끔 해야 했던 것이다. 물론 그건 말만 들어도 굉장히 어려워 보이는 일이었다. 덕분에 약재상은 골방에 가만히 앉아서 어떤 식으로 말을 꺼낼 것인지 골몰하며 날밤을 새우게 됐다. 그러나 벌써 밖으로 수탉 울음소리가 들려오고 있음에도, 유감스럽게도 이 불가능에 가까워 보이는 일을 가능케 해줄 기적적인 수사와 논리는 전혀 떠오르지 않았다. 넌더리가 난 약재상은 자리를 박차고 일어나며 말했다. "이건, 머리만 굴려서는 답이 안 나올 일이다! 직접 부딪쳐봐야 해!"

그렇게 약재상은 대화를 처음 시작할 때 꺼낼 '나는 네가 이번 겨울에 한 일을 알고 있다'라는 말만 준비한 채로 수사용 독신 숙소로 돌진했다. 그다음에 이어져야 할 모든 문장들은 하나님께서 친히 천사를 보내 알려주시리라 굳게 믿으면서 말이다. 그러나 막상 P수사의 방문을 열고 들어갔을 때, 약재상이 마주한 것은 베인 목에서 흘러나온 피로 흥건히 젖은 채로 죽어버린 P수사의 시체, 즉 이미 이뤄진 단죄였다. 그건 경외스런 광경이었다. 약재상은 가슴 옷깃을 움켜잡으며 두 눈을 꾹 감았다. "나라와 권세와 영광이 아버지께 영원히 있사옵나이다……."

그러나 이해될 만한 경외감은 거기까지였다. 약재상의 등 뒤로 갑작스레 발소리가 들려오기 시작했는데, 그건 새벽기도회에

빠진 P수사를 문책하기 위해 쿵쿵거리며 걸어오는 수도원장의 발걸음이었다. 약재상이 깜짝 놀라서 기도를 멈추고 뒤돌아섰고, 그와 동시에 노한 수도원장과 눈이 마주쳤다. 그리고 곧 그 눈동자는 난쟁이 뒤에 있던 피범벅이 된 P수사의 시체 쪽으로 옮겨갔다. 놀람을 금치 못하며 벌어지는 수도원장의 입을 보며 약재상이 황급히 말했다. "제가, 제가 죽인 것이 아니옵니다! 절대로 그런 게 아니라, 저도, 저도 도대체 무슨 영문인지……."

69

'세계'라는 연극의 무대조명은 주로 가시여왕의 잔혹한 궁정 암투나 카리스마 넘치는 독설 혹은 정적들에 대한 소름 끼치는 잔혹동화들을 비추기 바빴던 관계로, 관객들 대다수는, 그저 스쳐 지나가는 투명인간 같은 존재로만 보였던 허수아비 남편 샌님이 무대 위에 올라서 있는지조차 몰랐다. 물론 샌님 본인도 몰랐다. 왜소한 독서가 한 명만을 위해 존재하기엔 지나치게 넓은 방의 한쪽 귀퉁이에 앉아서, 두꺼운 양장본에 묻은 먼지를 후후 불며 책장을 한 장 한 장 넘기는 것이 그에게 주어진 일과의 전부였다. 하인들은 저 비루하기 짝이 없는 타란튤라 거미 같은 녀석이 도대체 어떻게 하다가 가시여왕의 곁으로 오게 됐는지 모르겠다며 뒷담을 늘어놓곤 했다. 샌님이 손가락에 침을 바르며 책장을 넘기는 모습은, 흡사 거미가 맹독을 품은 이빨로 검은 흉터를 남기는 것만 같았다.[127] 동굴 같은 서재에 틀어박힌 그는 마치 책 속으로 들어가기 위해 현실로 나온 사람처럼 보이기까지 했다.

그러나 가시여왕으로부터 아들의 대역을 구했다는 말을 건네받았던 날, 샌님은 종일 책장을 덮고서 앉아 있기만 했다. 골똘히 뭔가를 생각하는 것 같기도 했고, 혹은 단순히 무기력증에 걸린 환자처럼 보이기도 했다. 그러다가 모종의 결심이라도 한 듯, 저녁쯤엔 아들이 수감된 지하감옥으로 내려갔다. 벽난로 뒤에 숨겨진 비밀계단을 내려가자, 푹신푹신한 스티로폼으로 만들어진 벽에 머리를 박아대고 있는 아들의 모습이 나타났다. 얼굴을 쥐어뜯는 것을 막기 위해 씌워놓은 철가면이 아들을 한층 더 기괴한 존재로 만들어놓고 있었다. 특수 제작된 그 가면으로 말하자면, 눈코입 구멍만이 최소한으로 뚫려 있는 검은 벨벳 천이 얼굴을 이마부터 턱까지 푹 감싸고 있었고, 동시에 그 위로 손톱으로 천을 뜯어낼 수 없도록 철판이 기워져 있었다. 물론 머리 뒤쪽에 달린 강철 잠금장치 역시도 손으로는 어찌할 수 없는 구조였다. 덕분에 그것은 가면이라기보다는 속죄회 수도사들이 쓰는 두건과 비슷했다.[128]

샌님은 우두커니 서서 철가면을 바라봤지만, 애석하게도 가면 속에서 맴돌고 있을 저 눈동자가 무엇을 응시하고 있는지는 알 길이 없었다. 혹시나 자신을 알아볼까 철장 너머에서 아들의 이름을 불러보기도 했지만, 철가면은 동물의 본능처럼 아주 잠깐 소리가 들린 쪽으로 고개를 돌렸을 뿐, 이내 본인이 하던 도무지 알 수 없는 어떤 율동 속으로 잠식됐다. 한숨을 삼킨 샌님이 감시인을 불러서 아들의 건강관리를 어떻게 하고 있는지 물었다.

"정기적으로 수면가스를 넣어서 재운 뒤에 건강검진을 실시하고 있습니다. 예방접종이나 영양제 주사도 정기적으로 이뤄지고요. 그리고 철가면 안에 완충장치도 설치돼 있어서 뇌진탕 위험도 거의 없습니다." 감시인이 애써 덧붙였다. "그러니 너무 걱정 마시죠."

샌님이 한숨을 내쉬었다. 그렇지만 그 숨결엔 슬픔보다는 짜증스러움에 가까운 무언가가 묻어났다.

"이래가지곤 동물원에 있는 기린만도 못하잖나?"

"어쩔 수 없잖습니까?" 감시인이 작은 목소리로 대답하고는 입술을 다물었다.

샌님이 헛웃음을 터뜨리고는 고개를 숙였다.

"혹시 그거 아나?" 그가 말했다. "귀족들은 나를 여왕의 종마라고 은밀히 비웃는다네."

"소인은 사교계를 잘 모릅니다요."

"그래도 들은 말은 있을 게 아닌가?"

"소문은 무슨 말이든 지어내기 마련이죠." 감시인이 고개를 숙이며 덧붙였다. "게다가 신발장이는 신발을 넘어서선 안 되는 법입니다."

샌님은 뭔가를 말하려고 입을 열었지만, 이내 말없이 한숨만 내쉬었다. 그러고는 시선을 바닥에 내린 채로 중얼거리듯 입술을 뗐다. "저번 무도회에서 만났던 어느 후작 부인은 아주 내 면전에 대고 '아름다운 영혼에 정치는 어울리지 않는다'[129]라고 말하더군. 칭찬을 빙자한 조롱인 셈이지……. 하지만 어쩔 수 없다고 생각하기도 한다네. 실제로 씨말에 불과하니까." 그러더니 고개를 다시 들어 올리며 물었다. "그런데 말이지, 만일 사실이 그러하다면, 단순히 정자를 건네주기만 한 내가 이런 감정 소모를 해야 할 이유가 있을까?"

"그게 무슨 말씀이신지……."

감시인이 눈치껏 말을 흐리자, 샌님은 아무것도 아니라며 고개를 가로저었다. 그러고는 뒤돌아서서 내려왔던 비밀계단으로 다시 올라갔다. 철가면은 그것이 생부와의 마지막 만남인지도 모른 채, 팔로 허공을 휘저으며 이리저리 뛰어다니기만 했다. 아아, 아우아―

70

42번이 궁전에 들어왔던 날, 샌님은 새로운 아들을 만나러 갔다. 조그마한 아이는 배정된 방에 다소곳하게 앉아 있었는데, 기묘하게도 천장에 웬 박쥐가 거꾸로 매달린 새장이 걸려 있었다.

미리 귀띔을 받은 42번은 샌님을 보고서 일어나 공손하게 인사를 했다. 정말로 박쥐처럼 생긴 그 기묘한 얼굴을 보자, 샌님은 일순간 시간이 멈춘 것처럼 숨이 막혀왔다. 마치 철가면을 벗자 감쪽같이 정상으로 돌아온 아들이 두 발로 비밀계단을 올라온 것만 같았다. 아니, 어쩌면 정말로 그렇게 된 건 아닐까? 말도 안 되는 생각이었지만, 딱히 믿지 말아야 할 이유도 없었다. 이윽고 샌님은 긴 숨을 내쉬며 42번에게 다가갔다.

"네가 내 아들을 대신할 대역이로구나."

"선생님이 제 아버지이시군요." 그러나 42번은 곧장 고개를 가로저으며 정정했다. "아니, 앞으로 제가 '아버지'라고 불러야 할 분이시로군요……"

샌님이 새장 속의 박쥐를 힐끔 쳐다봤다.

그가 말했다. "무대 바깥으로 나갈 수 없다면, 각본을 각본이라고 말하는 게 무슨 의미가 있겠니? 나는 너를 내 친아들처럼 여기기로 했단다. 그러니 너도 나를 친아버지처럼 여겨줬으면 좋겠구나."

으레 혼란스러운 어린아이가 그러하듯 42번은 우물쭈물하며 대답을 망설였고, 샌님은 이 아이가 여태껏 부모를 가져본 적 없이 고아로만 살아왔음을 헤아렸다. 아무런 죄를 짓지 않았음에도 지나치게 가혹한 출발선에서 인생을 시작해야만 한다는 것. 샌님은 그렇게 무작위로 내던져진다는 것의 의미를 조금은 알 수 있을 것만 같았다. 물론 42번의 경우처럼 고아원에서의 빈궁

한 삶이 아니라, 어느 날엔가 갑작스레 꼬질꼬질했던 대학가 다락방에서 일곱 개의 첨탑이 우뚝 솟은 궁전으로 툭 떨어진 경우였지만 말이다. 그는 이 넓고 안락한 감옥 속에서 평생토록 아무런 권한도 없이 은근한 멸시만을 받다가 죽게 될 터였다. 한때 굶어 죽을 걱정 없이 책만 볼 수 있다면 소원이 없겠다고 생각했던 적도 있었지만, 막상 식자(識字) 애완동물이 되자 심심찮게 울렁증이 찾아왔던가? 여왕의 황금 수납장에 든 작은 태엽인형이 된 것만 같았다. 아니, 실제로 처한 처지가 그와 크게 다르지 않았다. 언젠가 톱니바퀴가 녹슬어 망가지거나 혹은 주인이 실수로 계단 위에서 떨어뜨리는 바람에 박살나버릴 때까지 단조로운 리듬 속에서 똑같은 율동만 반복하며 재깍재깍 돌아갈 예정이었다. 그러나 샌님은 이런 종말을 거부하지 않기로 했다. 이제 그에겐, 초조한 시간마저 지나간 후였다. 그가 속한 이 시점에서, 절망은 희망과 마찬가지로 악취미에 속하는 것에 불과했다.[130]

샌님은 고개를 들어 42번을 가만히 바라봤다. 어떤 의미에서 이 아이는 자신의 진정한 아들인 건지도 몰랐다. 그는 살면서 지어봤던 미소들 중에서 가장 인자한 미소를 지으며 물었다. "혹시 책 읽는 건 좋아하니?"

71

한편 도덕적인 젤링거 박사는 보건위원회 일에 파묻혀 지내고 있었다. 처음에는 북쪽 외곽의 빈민굴에서 창궐한 콜레라 때문에 착수된 조사였지만, 보건위원회 활동이 이어지면 이어질수록 그간 덮여 있던 온갖 문제들이 역류한 변기통의 똥덩이들처럼 떠올랐던 것이다.

근본적으로 대홍수 이후에 진행된 재건축 과정 자체가 엉망진창이었다. 난민들의 수에 비해 신축 임대아파트의 물량은 턱없이 부족했지만, 비뫼시의 수뇌부는 철근콘크리트로 둘러놓은 그럴싸한 외관을 만들어놓는 데에만 집중했다. 이들이 원했던 건 애당초 복구가 아니라 보고서에 첨부할 사진 몇 장이 전부였기 때문이다. 그리하여 담벼락 안쪽으로는 마구잡이 불법증축이 진행될 수밖에 없었고, 건강이라고는 눈곱만큼도 고려하지 않는 건설업자들에게 뒷돈을 받은 경찰은 늘 그래왔듯 이를 눈감아줬으며, 머리 누일 자리 찾기도 버거운 빈민들이 환기에 신경을 쓸리만무했다. 그렇게 곳곳에 따개비처럼 돋아난 작은 굴뚝들과 인근 비료 공장에서 흘러나온 연기들이 빽빽한 골목길을 빙글빙글 돌다가 빈민들의 머리 위에서 지쳐 쓰러졌다. 젤링거 박사가 북쪽 외곽으로 직접 발걸음했을 때 맞닥뜨렸던 창문 하나 없는 관짝 같은 방들과 골목의 모서리마다 고여 있던 정체불명의 가스들은, 바로 그렇게 해서 만들어진 것들이었다. 갖고 갔던 행정지도는 전혀 쓸모가 없었다. 수소 연료를 가득 채운 비행선을 타고서 80일간의 세계일주를 하려는 시대였음에도, 그 진보적 물결에서 빈민굴의 복잡한 골목길들은 논외였던 것이다. 결국 젤링거 박사는 중세시대에 처음 대도시를 방문한 수도사처럼 현지인 길잡이의 안내를 받아야만 했다. 그가 보기에 구불구불한 미로에 둘러싸인 빈민굴은 마치 카타콤 같았다. 아득히 오래전 그리스도교 교도들이 박해를 피해 예배를 봤던 지하무덤 말이다. 다만 이 현대적 카타콤은 지하가 아닌 지상에 지어졌고, 또한 초기 그리스도교 교도들과 달리 이곳 빈민들은 기도할 신조차 갖지 못했다는 것이 차이점이었다. 그는 관찰보고서에 다음과 같이 적었다.

대단히 많은 사람의 붉은 얼굴빛을 보고 충분히 알 수 있듯이, 북쪽 지대의 더러운 공기, 특히 노동자 구역들의 더러운 공기는 폐결핵이 발병하기에 최적의 조건이다. 군중이 일하러 가는 이른 아침에 거리를 잠시 돌아다녀보면 완전히 또는 반쯤 폐결핵에 걸린 사람들의 수에 깜짝 놀랄 것이다. 다른 공장도시들에서도 매년 수많은 폐결핵 환자들이 발생하고 있지만, 나는 이곳만큼 창백하고 여위고 가슴이 좁고 눈이 움푹 들어간 유령들, 발걸음을 내디딜 때마다 지나치는 이 무기력하고 축 늘어지고 활기찬 표정이라고는 조금도 지을 수 없는 얼굴들을 화들짝 놀랄 만큼 많이 보지 못했다.[131]

그러나 비뫼시 보건 당국에서는 젤링거 박사의 관찰보고서를 비공개로 처리했을 뿐만 아니라, 그가 요청한 북쪽 빈민굴의 폐결핵 환자 통계자료 역시도 제출을 거부했다. 공식적인 이유는 지금 당장은 콜레라 문제에만 집중할 필요가 있다는 것이었다. 박애주의 자체는 백번 물어도 백번 다 찬성하지만, 현실적으로는 가용 자원의 범위 내에서만 움직일 수밖에 없다는 고전적인 변명이 곁들여졌다. 그러나 비공식 이유는 경찰부터 시작해서 도시건설부까지 너무 많은 관료가 엮인 문제였고, 또한 무엇보다 실제로 집계된 폐결핵 환자의 숫자가 상상을 초월했기 때문이었다. 한동안 화장터의 연기가 그칠 날이 없어 보였다.

젤링거 박사는 정의로웠지만, 그렇다고 풍차로 돌격할 만큼 현실 감각이 떨어지는 인물은 아니었다. 그래서 콜레라 문제만이라도 어떻게든 해결해보기로 했다. 이튿날 그는 기자들을 불러 모아놓고 작심하고서 빈민굴의 형편없는 수도 설비를 언급했다. "음식물 찌꺼기와 구정물이 가득한 골목이 콜레라의 발상지인가요? 혹은 역류한 인분들이 굴러다니는 배수로가? 으음, 확실히 그곳이 콜레라균이 뛰어노는 놀이터인 건 분명하지만, 녀석들이 끊임없이 다시 태어나는 자궁은 그곳이 아닙니다. 그래서 이건 시에서 환경미화원을 더 고용한다고 해서 해결될 문제가 아닙니다. 한 300명쯤 상시직으로 고용할 게 아니라면 말이죠." 기자들이 쿡쿡 웃음을 터뜨렸고, 젤링거 박사는 잠시 숨을 고르고는 다시 말을 이었다. "근본적으로 우리는 왜 골목에 쓰레기와 오물이 쌓이게 됐는지 물어봐야만 합니다. 뭘까요? 단순합니다. 제대로 된 물이 없기 때문입니다. 수도관이 워낙 조악해서 오수가 제대로 내려가지 않고, 비만 오면 역류해대거든요. 심지어 어떤 골목엔 수도관 자체가 설치되어 있지 않기도 합니다. 창고로 등록된 건물에 조립식 칸막이를 넣고서 셋방을 치기 때문이죠. 그러니까 북쪽의 가난한 이들에겐 청결을 유지할 물 자체가 공급되지 않는 것입니다. 관개시설이 곧 문명이 탄생한 이유라면, 지금 우리들의 상태를 뭐라고 불러야 할지 모르겠군요."

그러나 젤링거 박사의 발표는 언론에서 제대로 다뤄지지 않았다. 보건위원회에서는 '외출 후 손을 깨끗이 씻읍시다', '물을 끓여 마십시다' 따위의 표어로 점철된 캠페인 계획이 짜이기 시작했고, 비뫼시 당국에서는 뜬금없이 북쪽 외곽에 보건소를 추가로 두 개 더 설치하기로 했다는 발표를 내놓았다. 물론 젤링거 박사는 항변했지만, 그때마다 매번 모조리 묵살됐고, 얼마 후엔 되레 보건부에서 보건위원회의 활동 만료일을 통보해왔다. 해석건대 윗선에서는 수도 설비를 제대로 정비하기 위한 예산마저도 내려주기 싫다는 뜻이었다.

무력감에 우울해진 젤링거 박사는 혼자서 코냑이나 홀짝거릴 수밖에 없었다. 마치 사막 한가운데 홀로 떨어진 것만 같았다. 취기가 조금 감돌려고 할 때쯤, 불현듯 전날 검찰에 넣었던 P수사에 대한 고소장이 떠올랐다. 이미 잘못 돌아가고 있는 세상이라지만, 죄 없는 고아를 끔찍한 방식으로 고문하고 살해한 악귀에 대한 처단까지 유예돼서야 되겠는가? 자신이 비뇌시에 묻힌 배수관은 어찌해볼 수 없지만, 악인에 대한 처단만큼은 결단코 해내야만 한다는 의무감이 불쑥 들었다. 그렇게 한순간에 P수사를 단죄하는 것이 그의 새로운 존재 사명이 됐다. 그는 곧바로 고교 동창인 검사에게 전화를 넣었고, 알코올 덕분에 약간 꼬부라진 혀로 사정을 설명했다. 때마침 사무실에 앉아 있던 검사는 곧바로 서류 캐비닛을 열어봤다. 그리고 얼마 뒤 P수사가 같은 수도원에 근무하던 어느 난쟁이 무덤지기에게 살해당해 기소 검토가 종료됐음을 알려줬다. 그 순간 젤링거 박사는 전날 자신에게 투서를 넣었던 이, 그러니까 자신을 흔하디흔한 무덤지기라고만 밝힌 익명의 제보자 떠올랐다. 박사는 도대체 어떻게 된 일인지 물어봤고, 이어서 P수사가 증거불충분으로 기소가 유예됐었다는 사실을 알게 됐다. "어째서?"

검사는 그건 대답해주기 곤란하다고 답했다. 젤링거 박사는 전화를 끊고서 한동안 반쯤 남은 코냑 병을 멍하니 바라봤다. 이윽고 그는 다시 잔을 채웠다.

72

그날 자정쯤 완전히 취해버린 젤링거 박사가 양말을 신은 채로 침대 밑에 고꾸라져 코를 골고 있는 동안, 왕가의 충실한 사냥개이자 잔혹한 집행관인 알도 파스칼리노는 예복을 차려입고서 궁전 집무실로 걸어가고 있었다. 모든 소가 검게 보일 만큼 어두운 밤이었지만, 연말이 다가오면서부터 궁전의 밤낮 구분은 무의미했다. 봄에 있을 예산안 편성 때문에 야근을 밥 먹듯이 해야 했기 때문이다. 특히나 다가오는 새해는 대홍수의 여파를 아직 극복하지도 못한 상태에서 연타로 몰아친 경상수지 악화와 연일 최악의 기록을 갱신 중인 실업률, 즉 불황으로만 얼룩질 예정이었다. 몇몇 종말론자들은 당장 내일이라도 주가 표시기가 작동을 멈출지도 모른다는 대공황 임박설을 꺼내놓기도 했다. 비뫼시 연대기에서 적어도 앞으로 10년은 '위기의 시절'로 기록될 예정이었다.

이제 파스칼리노는 궁전 접견실을 지나 비밀스러운 사무처 복도를 걷고 있는 중이었다. 복도엔 각 부처에서 온 각종 보고서들이 수레에 실린 채로 정신없이 오가고 있었고, 딸린 방마다 왕실 직속 필경사들이 엄청난 양의 필사를 쏟아내고 있었다. 이들은 마치 뭔가 필사할 것에 오랫동안 굶주린 사람처럼 기밀 도장이 찍힌 문서들을 닥치는 대로 먹어치우듯 했다. 소화를 위해 쉬지도 않았다. 밤낮 가리지 않고 일하면서 낮에는 햇빛으로 밤에는 가스등을 켜놓고서 필사를 했다. 파스칼리노는 종종 이들을 비밀리에 관찰했는데, 혹여나 문서를 유출하는 자가 있을까 봐 감시하기 위함은 꼭 아니더라도, 취미 삼아서 열쇠구멍을 들여다보곤 했다. 어째서? 그건 다른 게 아니라, 모종의 동질감을 느낄 수 있기 때문이었다. 왕실 직속 필경사들 중 어느 누구도 즐겁게 일하거나 혹은 근면의 미덕을 기리는 일 따위는 없었다. 말 없이, 창백하게, 기계적으로 필사를 계속할 뿐이었다.[132] 마치 그런 유전적 형질이 대를 거듭하며 이어져오기라도 한 것처럼 말이다. 파스칼리노는 그 반복을 볼 때마다 눈앞이 핑 돌 만큼 아찔해지기도 하면서도 동시에 그 뿌리 깊은 무미건조함 앞에 마음속 깊이 흡족함을 느꼈다.

마침내 파스칼리노의 구두가 필경사들의 복도를 지나, 붉은 양탄자로 덮인 계단들을 모두 오른 뒤, 궁전 집무실 앞에 멈춰 섰다. 경비원이 파스칼리노가 도착했다고 아뢰자 안쪽에서 "들어오라고 해!"라는 앙칼진 목소리가 들려왔다. 큼직한 문짝이 갈라지며 궁전 집무실, 그러니까 관료들이 놓고 간 수많은 보고서와 각종 메모가 빼곡히 꽂힌 거대한 행정지도, 그리고 길쭉한 책상엔 의회부터 시작해서 장차관급 공무원들까지 곧장 연결되는 검은 전화기들이 일렬로 도열된 방이 그 모습을 드러냈다. 표현컨대 이곳은 세계 관리 사무소였다. 그리고 이곳의 주인인 가시여왕은 북쪽 외곽의 빈민굴들이 표시된 지도를 내려다보며 미간을 한껏 찌푸리고 있는 중이었다.

이윽고 그녀가 여전히 지도에서 눈을 떼지 않은 채로 말했다. "예전에 제왕교육을 받길, 노동계급의 경우에 자식들 중 세 명 정도는 굶어 죽지 않게 계속 새끼를 칠 수 있도록 만들어줘야 하고, 유한계급의 경우엔 고쳐 쓸 수 없기 때문에, 배반의 싹이 조금이라도 보이면 곧바로 제거한 뒤, 그 빈자리를 충성스런 중간 계급 중 하나를 승격시켜 메워줘야 한다고 배웠지."

"옳은 조언입니다." 파스칼리노가 대답했다.

가시여왕은 지도 위에 놓인 장기짝들을 이리저리 옮겨보다가 이내 한숨을 내쉬었다. "이대로 가다간 내년이나 내후년에 폭동이 벌어지는 건 기정사실이야. 돼지 자식들이 모조리 굶어 죽게 생겼거든. 알고 있나?"

"보고 받았습니다."

"그럼 그때는 어떻게 하지?"

파스칼리노가 잠시 뜸들이다가 이윽고 억양 없이 대답했다. "반역자에겐 죽음뿐입니다."

가시여왕이 실소를 터뜨렸다.

"자네 혹시 밧줄 회사 주식이라도 사놨나?" 그녀가 가벼운 말투로 연거푸 물었다. "대충 1만 명 정도를 교수형에 처하면 안정이 찾아오려나? 가로수마다 가로등마다 시체를 주렁주렁 매달아놓으면?" 그리고는 한순간에 굳은 표정으로 덧붙였다. "대학살 이후, 우리 왕실은 지금의 저 멍청한 헌정(憲政)에 도장을 찍어야만 했지."

그 뒤로 긴 침묵이 이어졌다.

가시여왕은 답답했다. 지금 상황으로 말하자면, 전날 볼더 댐 건설 계획부터 시작해서 북쪽 외곽의 재건사업까지 주요 분기마다 큰돈을 풀어왔지만, 빈민굴에서 콜레라가 창궐하고 있는 상황이었다. 당연히 문책을 해야 했지만, 지금 상황은 특정 부패한 관리를 문책을 한다고 해서 해결될 게 아니었다. 그런 수위는 이미 넘어가도 다섯 번은 더 넘어간 뒤였다. 여러 수치로 미뤄보아 경상수지의 경우엔 석탄 가격이 정상화될 것이라 전망되는 내후년이나 돼야 겨우 안정될 것 같았다. 그러나 전날 언어를 구사하는 모든 종(種)들이 새로운 상품을 구매하기라도 할 것처럼 찍어대는 바람에 한없이 쌓인 재고들을 모두 해소하고, 새로운 투자와 생산이 이뤄지려면 족히 5년은 더 걸릴 터였다. 그렇담 그 기나긴 겨울을 어떻게 버틸 텐가? 추가적인 토목사업을 일으키기엔 가시여왕이 가진 자금에 무리가 갈 것이었고, 세율을 올렸다간 부르주아의 투자가 끊기게 될 것이었다. 그렇지만 아무것도 하지 않는다면 폭동이 벌어질 게 불 보듯 뻔했다. 파스칼리노가 훑어보던 범죄율 통계표를 내려놓으며 말했다. "취소시킨 북쪽 빈민굴의 배수로 정비 사업을 재고해보셔야 합니다." 그가 어깨를 으쓱하며 덧붙였다. "이번 겨울에 돼지들이 작업장이 아니라 광장으로 나오면 일이 많이 피곤해질 것입니다."

가시여왕은 고개를 가로저었다.

"더 이상 돈을 푸는 건 위험해. 자칫 잘못하면 잡고 있던 사업체들까지 놓치게 돼."

"그렇담 놈들한테 투자를 받아내시지요. 본보기로 두어 명을 찍어서 공중분해 시키면 금방 따라올 것입니다."

"그랬다가 놈들이 뭉치거나 아예 발을 빼면?" 가시여왕이 한숨을 내쉬었다. "자금력이 모자랄 때 주머니를 터는 건 위험부담이 너무 많아. 집단 매각으로 자금이 빠지면 상황이 더 최악으로 치닫게 될 거야."

"그렇다면……."

파스칼리노가 말꼬리를 흐리면서 가시여왕의 낯빛을 살폈다. 특유의 차가운 눈매와 얼음장 같은 분위기는 그대로였지만, 입술은 미묘하게 씰룩거리고 있었다. 그녀는 천천히 몸을 일으켜 창가로 걸어갔다. 보랏빛 커튼 살짝 젖히자 비뫼시의 야경이 드러났다. 주로 궁전에서 가까운 신성한 언덕 주변에 귀족과 부자들이 켜놓은 전등들이었고, 이로부터 멀어질수록 희미해지다가 결국엔 어둠만 남았다. 촛불로 밝히기엔 너무 깊은 어둠들 말이다.

이윽고 그녀가 말했다. "저놈들은 그냥 시간이 지나면 저절로 호황이 찾아온다고 믿지. 장기적으로 확실한 건 결국엔 다 뒈진다는 것뿐인데도 말이야."

파스칼리노는 대답하지 않고 명령을 기다렸다.

가시여왕은 커튼을 도로 닫았고, 냉소를 머금는 것 외에 다른 걸 할 줄 모르는 입술을 뗐다. "별수 없이 잠깐 옛날로 돌아가야겠네. 무정부주의자 놈들한테 연락해. 오랜만에 왕가의 부름을 받으라고……."

7장

73

이튿날 아침 보건위원회 사무국으로는 젤링거 박사의 아내가 건 전화가 걸려왔다. 내용인즉슨 남편이 심한 과음으로 인해 출근이 불가하다는 것이었다. 심각한 소화불량과 어지럼증 때문에 제대로 걸을 수도 없는 상황이란 설명이 뒤따랐다. 사무국은 골칫거리였던 양심적인 젤링거 박사의 건강을 심히 염려하며 흔쾌히 병가를 끊어줬다.

그러나 젤링거 박사가 몸져누웠다고 해서 그가 기자들을 불러 모아놓고 했던 발표까지 쓰러진 건 아니었다. 은밀한 보도지침 덕분에 언론에서 큼직하게 다뤄지지는 않았지만, 어찌됐든 토막기사로 한 귀퉁이에 걸리긴 했고, 세상엔 예나 지금이나 이런 부류의 정보들만 찾아내서 취급하는 검은 세력들이 있기 마련이었다. 이들은 시대마다 이름을 달리하긴 했지만, 대부분은 얼굴 없는 그림자로 남았다. 이들은 스모그처럼 퍼져서 삽시간에 사람들의 흉중을 가득 메우는 이야기들을 지어내는 데 일가견이 있는 존재들로서, 피해망상이야말로 정신의 근간임을 지나치리만큼 잘 깨닫고 있는 존재들이기도 했다. 이들의 손에 들어간 젤링거 박사의 발표문은 곧장 머리통을 뽑아서 항문에 박아 넣는 방식으로 뒤집히더니, 이윽고 난쟁이들이 거리에 전염병을 뿌리고 다닌다는 얘기로 와전되어 유포됐다.

얼굴 없는 분노는 우연으로부터 그 형상을 빌려오려고 하는 법이다. 때마침 북쪽 외곽과 난쟁이 구역 사이의 접경지대에서 우발적이고도 억울한 사건 하나가 벌어졌다. 그 개요는 대략 이러했다. 먼저, 언덕 위로 쌓아 올린 층계들로 이뤄진 난쟁이 구역은 오래전부터 쓰레기 무단 투기가 큰 문제였는데, 작년부터 콜레라가 유행하면서 각 번지들의 층계장(將)들이 모여서 쓰레기 처리를 위한 협약을 체결했다. 이때부터 고용된 수거인들이 각 층계참을 돌아다니며 쓰레기들을 모아 처리했지만, 시국이 불황이었기 때문에 이들의 임금을 그리 높게 쳐줄 수 없었다. 덕분에 수거인들의 수당을 떼고 남는 돈은 턱없이 낮았고, 이는 낡은 짐수레를 교체하지 못하는 결과로 귀결됐다. 그래, 깨진 병과 도기, 부러진 담배 파이프 등이 수북이 쌓인 쓰레기 수레가 하필이면 북쪽 외곽으로 들어가는 접경지대에서 망가졌던 것이다. 평소 같았으면 그냥 넘어갈 수도 있는 사소한 사고였지만, 콜레라로 사람들이 픽픽 쓰러지는 상황 속에서 거리에 엎질러진 쓰레기는 매우 달리 보였다. 그리고 잘못된 상상에 익숙해진 사람에겐 무슨 오류라도 환영받는 법이다.[133] 인간 우월주의자들은 난쟁이들이 몰래 쓰레기들을 북쪽 외곽에 투기하고 있었다는 말을 지어내 퍼뜨렸고, 그곳으로 무더운 바람이 훅 불었다.

질문들이 쇄도하기 시작했다. 난쟁이들은 왜 쓰레기를 무단 투기하는가? 전날 대홍수 때 난쟁이들의 언덕은 비교적 무사하지 않았던가? 난민들이 천막촌에서 비참한 시간들을 보내는 동안에도 저들은 연탄보일러가 들어오는 안방에서 편히 지내지 않았던가? 녀석들에겐 언제나 일자리가 풍족하지 않았던가? 저들은 빈민들의 일자리나 갉아먹는 기생충이지 않던가? 넝마 한 벌을 입고서 감자값이면 무슨 일이든 가리지 않고 닥치는 대로 해버리니, 그래도 문명국의 일원으로 남고 싶은 북쪽 외곽의 선량한 인간들이 버틸 재간이 있겠는가? 덕분에 노동자들이 파업이라도 하는 날엔 고용주들은 대번에 난쟁이들을 데려와서 빈자리를 채워버리곤 하지 않았던가? 그런데도 쓰레기를 떠넘기는 이유가 도대체 뭐란 말인가?

이렇게 한 번 굴러가기 시작한 이야기는 빠른 속도로 세상에 뚫린 모든 구멍들을 메우기 시작했다. 잡화점에 든 복면강도는 난쟁이들의 소행임에 틀림없었고, 폐결핵은 악독한 난쟁이 공장주가 굴뚝에서 유독가스를 뿜어 올렸기 때문이었으며, 주식시장에서 장난치는 작전 세력들이 모두 난쟁이 자본임은 불 보듯 뻔한 일이었다. 그런 구멍들 중에서 가장 큰 구멍은 뭐니뭐니 해도 나아질 가망이라곤 보이지 않는 비참한 삶 그 자체였다. 수학문제를 풀면 답이 나오는데, 전날 볼더 댐 공사의 부실시공 혐의자들이 단죄를 받았음에도 어찌하여 자신은 표류하는 난민처럼 개미굴 속에서 계속 허우적대고 있는 걸까? 그 질문은 애당초 부실시공 자체가 조작된 음모였다고 보면 금방 해결됐다. 재앙의 그날 실제로 벌어졌던 일은 비뫼시를 지배하려는 난쟁이들이 고의로 댐을 폭파시킨 것이며, 언론을 비롯한 경찰까지 모조리 저들에게 매수됐기 때문에 이 무지막지한 음모가 덮이고 만 것이었다. 전 세계적인 비밀 조직망을 갖춘 난쟁이들이 악착같이 돈을 모으고ㅡ놈들이 비밀리에 금광과 다이아몬드광을 독점하고서 세계 경제를 갖고 논다는 소문은 필경 사실임이 분명했다ㅡ그렇게 모인 막대한 자금으로 도시를 통째로 사버린다는 것은 널리 알려진 사실이지 않던가? 저 탐욕스러운 난쟁이들의 눈엔 보이는 모든 땅이 자신네들의 잠재적인 식민지로 보일 게 분명했다.

진실은 포유류이다. 보살핌이 없으면 생존할 수 없기 때문이다. 반면에 거짓은 버섯류이다. 한 번에 수천여 개의 홀씨를 뿌리며 포자번식을 하고, 그늘진 곳이라면 어디서든 자라나기 때문이다. 독버섯은 이따금 떨어져주는 빗물 외엔 그 어떠한 보살핌도 필요치 않았다. 그리고 이 세상엔 지하생활자들의 수도인 북쪽 외곽만큼이나 독버섯들이 돋아나기 쉬운 곳도 없었다. 그렇게 시간이 좀 더 흐르자, '내가 아는 좋은 난쟁이는 모두 죽은 난쟁이이다'[134]라는 살벌한 경구부터 '종족 전쟁' 따위의 표현이

들어간 전단들이 심심찮게 거리를 나돌고 선술집의 모주꾼과 뜨내기들의 입에서 오르내리기 시작했다. 그 싸구려 저자들은 수백 년 전 도시를 포위했던 이민족의 군대가 역병에 걸린 시체들을 투석기에 실어서 성안으로 집어 던졌듯, 난쟁이들이 대홍수와 전염병을 일으켜서 비뫼시를 집어삼키려고 한다고 떠들어댔다. 그리고 여기에 이렇게 가만히 손놓고만 있을 순 없다는 위험한 동조들이 뒤따르기 시작했다.

해가 넘어가기 전에 기어코 집회가 열리고 말았다. 평소에 거의 들어본 적도 없는 단체에서 주관한 집회였는데, 마치 돌풍이라도 분 것처럼 사람들이 모두가 광장으로 모여들더니 이윽고 거대한 군중으로 다시 태어났다. 절름발이 주최자는 단상 위에서 해야 할 일이, 정보를 제공하는 것이 아니라, 박차를 가하고 불을 지르고 몰아가는 것임을 분명히 인지하고 있었다.[135] 그는 날 선 목소리로 난쟁이들이 이 도시를 좀먹다 못해 통째로 접수하려들고 있다며 규탄했고, 난쟁이들을 뇌를 접수하려는 기생충에 빗댔다. 군중들은 반응은 실로 열광적이었다. '난쟁이들을 모두 교수대로!'를 외칠 때, 저 구호는 단순한 허풍이 아닌, 정말로 실행에 옮길 수 있는 사안처럼 느껴졌다. 단지 모인 군중의 숫자가 많다는 사실 한 가지만으로 자기가 무소불위의 힘을 가진 것처럼 생각할 수 있었고, 이 무적의 힘이 혼자 있을 때 억누를 수밖에 없던 온갖 본능들을 들끓게 만들어줬기 때문이다.[136] 집회의 말미에 군중들은 난쟁이들을 몰살시켰던 용에 관련된 오래된 민요를 합창했다.

> 어두운 동굴에 늙은 난쟁이가 살았지,
> 그의 손가락은 은과 금에 달라붙어 있었지,
> 망치와 집게와 모루를 가지고
> 손이 단단한 뼈다귀가 되도록 일했지,
> 동전을 만들고 반지들을 꿰어
> 왕의 권력을 사겠노라 생각했지.
> 그러나 눈은 침침하고 귀는 멀고
> 늙은 머리 살갗은 누렇게 변했지.
> 뼈만 앙상한 손가락 사이로
> 보석들은 창백한 빛을 발하며 빠져나갔지.
> 그는 발자국 소리도 듣지 못했네,
> 젊은 용이 갈증을 달랬을 때 땅이 전율했어도,
> 개울에서 연기가 솟아올라 그의 검은 문에 스며들어도,
> 불꽃이 축축한 바닥에서 쉭쉭거려도.
> 그는 붉은 불길에 싸여 홀로 죽었지,
> 그의 뼈는 뜨거운 수렁에서 한 줌 재가 되었지.[137]

집회가 끝나고서도 흥분을 가라앉히지 못한 몇몇 사람들의 폭력 행위가 일어났다. 지나가던 난쟁이에게 욕설을 하거나 주먹싸움을 일으키기도 했고, 난쟁이가 운영하는 상점의 유리창

을 깨뜨리고 도망가기도 했다. 그중에서 가장 심각했던 건 난쟁이 하나가 자신들을 흘겨봤다는 이유만으로 그를 남쪽 게로브란타 거리까지 쫓아가서 때려죽인 사건이었다. 다짜고짜 자빠뜨려 발길질을 하다가 손에 잡힌 벽돌로 머리를 찍어버렸던 것이다. 범인은 긴급 출동한 경찰에 의해 현장에서 검거됐는데, 놀랍게도 그는 전직 정형외과의였다. 전날 큰 대출을 받아서 개업했던 개인병원이 대홍수로 모두 쓸려나가면서 빚더미에 올랐고, 그 뒤로 월급쟁이 의사로 겨우 이자만 갚아가는 생활을 반복하다가 결국 알코올 중독자가 되고 말았으며, 그걸로도 모자라 대략 1년 전엔 음주 상태에서 수술을 하다가 발각되어 의사면허까지 취소된 상태였다. 그는 자포자기한 듯 혐의를 인정했다. 범행 이유는 괴이하면서도 단순해서 그 문구가 신문에 실리기도 했다.

"이 일로 인해 부유층들이 각성했으면 좋겠고, 난쟁이들이 함부로 몸을 놀리는 일이 없었으면 합니다."[138]

이후 그는 법정에서 사형을 선고받았고, 항소하지 않았다. 이듬해 가을, 교수형이 집행됐다.

74

상황이 이 지경이 되다 보니 난쟁이 출신인 의원 하나가 의회 발언대에 올라가, 시 당국이 이런 말도 안 되는 비난과 폭력으로부터 난쟁이들을 보호해주고 이들의 잃어버린 명예를 회복시켜주기 위해 할 수 있는 일이 전혀 없는지[139] 묻고 호소하는 열띤 연설을 하기도 했지만, 유의미한 조치는 이뤄지지 않았다. 꼭 종족 갈등이 아니더라도 대기권을 향해 치솟는 범죄율 때문에 머리가 아프기도 했거니와, 어떤 의미에서 의회는 난쟁이들의 수난을 반기고 있기도 했기 때문이다. 불황으로 인한 온갖 비난들이 의회로 몰리는 가운데—이럴 바엔 차라리 왕정복고가 다시 필요하다는 말까지 나오는 마당에—이제라도 관심이 난쟁이들에게 쏠리는 건 호재가 아니던가? 그래서 의회는 '적이란 결국 민중의 벗이다'라는 경구에 충실하기로 했다.[140]

계산된 방임 속에 예고된 혐오 범죄들이 일어나기 시작했다. 난쟁이들에 대한 폭력 사건이 급증했고, 그중에서 가장 취약했던 건 단연 난쟁이 부랑자들이었다. 인간들에게 갑작스레 습격을 당해 얻어맞는 건 예삿일이었고, 심한 경우엔 비참하게 목숨을 잃기도 했다. 다른 거지들처럼 거리를 떠도는 이들은 경찰로부터 아무런 보호도 받을 수 없었을뿐더러, 같은 동족들로부터도 아무런 지원을 기대할 수 없었다. 왜냐하면 난쟁이 구역의 일원들은 저 부랑자들이 자신네들이 당했을지도 모를 폭력을 대신 당하고 있다고 믿었기 때문이다. 즉 희생양이었다. 부랑자들 몇몇을 먹이로 던져주면 다시 안정이 찾아오리라 믿었던 것이다.

그 신앙심 속에서 많은 부랑자가 뇌진탕과 장파열 등으로 숨을 거뒀는데, 그중엔 몬세라토 수도원에서 수사를 살해한 죄로 지명수배됐던 난쟁이 약재상도 있었다. 그는 세상에서 난쟁이가 어떤 식으로 취급받는지 잘 알고 있었기 때문에 도망친 것이었지만, 그렇다고 그 도피에 특별한 계획이 있는 건 아니었다. 모아둔 돈이 있는 것도 아니었고, 기댈 친인척들이 있는 것도 아니었다. 그는 한동안 지명수배 전단을 피하기 위해 얼굴에 검댕을 칠하고서 길거리에서 노숙했고, 그러는 동안 수도원에서 아낌없이 봉사했던 자신의 삶이 왜 이 지경이 됐는지 되뇌어봤다. 그러나 유감스럽게도 그가 길거리로 나온 시기는 좋지 않았고, 다시 한번 더 구도(求道)의 길을 걸어볼 기회는 주어지지 않았다. 비극은 마치 실수로 유리병을 떨어뜨리게 된 것처럼, 갑작스럽고도 치명적으로 찾아왔다. 어느 날, 평소처럼 모노레일 정거장 밑의 굴다리에서 앉아 있었는데, 취기가 오른 인간들 서너 명이 다가왔다. 그러고선 다짜고짜 악취 때문에 견딜 수가 없다며 여기서 썩 꺼지라고 윽박질렀다. 약재상은 자신에겐 더 이상 갈 곳이 없다고 말했고, 그러면서 자신은 당신들에게 아무 짓도 하지 않았으니 귀찮게 하지 말아줬으면 한다고 정중하게 부탁했다. 그 정중함은 주먹으로 되돌아왔다. 야위었던 그는 쉽게 쓰러졌고, 그 순간에만 하더라도 그 길로 영원히 일어나지 못하게 될지는 꿈에도 몰랐다. 발길질은 멈추지 않았다. 이유는 잘 모르겠지만 잔뜩 화가 난 사내들은 일단 계기가 생기자 쌓여온 분노를 미친 듯이 쏟아냈다. 아마 본인들도 자신들의 증오의 양이 살인에 이르게 될진 몰랐던 것 같았다. 난쟁이의 움직임이 완전히 멎은 듯한, 무언가 크게 잘못된 느낌이 들 때가 돼서야 그들은 발길질을 멈췄다. 막상 그 순간이 되자, 자신들이 살인자가 됐음을 확인하는 것이 너무도 두려워졌기 때문에 난쟁이가 어떤 상태인지 확인해보지도 않고 달아났다. 한밤중이었다. 약재상은 미약하게나마 숨이 붙어 있긴 했지만, 그것은 생명이라기보다는 영화 말미의 엔딩크레디트를 위해 마련된 짧은 섬망(譫妄)에 불과했다. 기억들이 두서없이 점멸하는 가운데, 약재상은 불현듯 우리네 인생이란, 삶이란, 들판에서 화사하게 자라는 꽃과 같다고 생각했다. 염소가 와서 다 먹어버리면 꽃조차 없어지는 거였다. 헛되고 헛됐으며, 무의미에 사기였다.[141] 이제 인생의 심지가 바닥에 닿으려고 했다. 멀리서 수탉이 우는 소리가 들려왔다. 해가 뜬 건지, 전깃불이 들어온 건지, 갑작스레 주위가 밝아졌다. 두 명인가, 세 명인가 헷갈리는 야경꾼들의 실루엣이 흐릿하게 흔들렸다. 언제부터 여기 가만히 서 있었던 걸까? 멀지 않은 거리에서 마차 하나가 삐걱거리며 우는 소리를 냈다.[142]

75

비뇌시의 이러한 반(反)난쟁이 정서에 난쟁이들보다 더 민감하게 반응하는 이가 한 명 있었으니 무정부주의자들의 큰형 앗도가 바로 그 사람이었다. 큰형이란 호칭에서 풍기는 형제애적 분위기와 달리, 실제로 그는 무정부주의자들을 통솔하는 수장이었다.

무정부주의자들은 모두 큰형이란 호칭의 기만적 성격을 잘 알고 있었다. 무정부주의라는 건 원칙적으로 권위가 없는 상태를 지향했기에 위계적 지도자를 갖는 것 자체가 모순이었기 때문이다. 그러나 관공서에 폭탄을 던지는 일은—화학공장에서 은밀히 약품들을 빼돌려 사제폭탄을 제조하는 일부터 시작해서 거사를 감행할 이에 대한 군사 훈련, 폭파시킬 관공서의 경비 상태에 대한 내부정보 및 도주 경로와 은신처 제공에 대한 잡다한 사무들 그리고 언론에 띄워야 할 기고문 작성까지—너무도 복잡했다. 심지어 이 모든 일은 불법적이란 점에서 비밀경찰과 밀정들의 눈을 피해 비밀리에 진행되어야 하기까지 했다. 자연스레 수많은 이음쇠들이 어긋나지 않게 죄어주는 중심이 출현할 수밖에 없었다. 현실적으로 면대면 의사소통이 불가능했으므로, 직무 수행은 원본 또는 초안으로 보관되는 서류에 의거해서 이뤄졌고, 당연지사 이런 일을 담당하기 위한 서기들을 채용해야만 했다. 이곳에서 일하는—이렇게 표현할 수 있다면—무정부주의 관료들 전체는 물적 재화 및 문서 장치와 함께 하나의 이른바 '무정부주의 관청 사무실'을 형성했다. 이 관청엔 명확한 권한, 즉 법률이나 행정 규정과 같은 규칙에 의해 질서정연한 권한을 갖는다는 일반적인 원칙이 존재했다. 다시 말하면 관료제로 지배되는 이곳은 관직 의무를 통해 조직체의 목적에 필요한 통상적인 활동이 구분되어 있었다. 또한 의무를 수행하는 데 필요한 명령권 역시 명확히 분배되어 있었다.[143] 그러나 무정부주의자들 그 누구도 이런 얘기를 입 밖으로 꺼내지 않았다. 모든 인류가 가족이란 외관이 무너진 이후를 상상할 수 없었던 까닭이다. 앗도 역시도 자신에 대한 호칭에 강박적으로 집착하며 비밀회합 때마다 '형제들'이란 말을 뻔질나게 반복했고, 의석도 원형 탁자가 아니면 앉지 아니했다.

그러나 대홍수 이후부터 무정부주의자들은 보다 근본적인 문제에 부딪치고 있는 중이었다. 이들은 계좌 추적을 피하기 위해서 자금을 현금으로만 보관했는데, 그 모든 것들이 댐이 무너지면서 삽시간에 거센 물길 속으로 휩쓸려 사라져버렸기 때문이다. 게다가 무정부주의자들 대부분이 북쪽 외곽에 살고 있었던 터라 이들은 하루아침에 걸인으로 곤두박질치고 말았다. 물론 보기에 따라서, 이건 그들의 구호였던 '소유란 도둑질이다'를 비로소 진실로 체현하게 된 것이기도 했지만, 어떤 구호는 그저 구호로만 남겨지기 위해 외쳐지기도 하는 법이다. 막상 폐허 외엔 아무것도 소유할 수 없게 되자, 무정부주의자들은 어느 때보다 위축된 나날로 내몰렸다. 새로운 자금은 모이지 않았고, 돈이 없으니 조직은 굴러가지 않았다. 비뢰시의 상황은 깊은 절망과 들끓는 분노 속에서 어느 때보다 무정부주의가 호소력을 얻기 좋은 시대였지만, 그래서 경찰들도 촉각을 곤두세우고서 사태를 주시했지만…… '국가는 악이다'라는 구호 아래서는 아무런 일도 벌어지지 않았다. 어쩌면 그들은 그간 조직에 너무 길들어서 스스로 행동하는 방법을 망각해버린 건지도 몰랐다.

사냥하는 법을 잊어버린 짐승은 먹이를 주지 않는 주인을 맹렬히 쳐다보기 마련이다. 바로 여기서부터 큰형 앗도의 원형탈모가 올 만큼 골치 아픈 고민이 시작됐다. 어느 날부터 조직원들이 무정부주의자가 마치 직업이라도 된다는 양 감행할 거사와 그 대가로 주어져야 할 피난처를 요구하기 시작했던 것이다. 그러나 앗도에겐 그럴 돈이 없었다. 월세나 난방비, 심지어는 밀린 식대에도 골머리를 앓는 처지였는데, 권총이나 국외도피 자금이 있을 리가 있겠는가? 그는 정기 회합에서 무정부주의자들을 모아놓고 말했다. "형제들도 잘 알겠지만, 모두에게 어려운 시기라네. 그러니 군자금이 모이려면 좀 더 시간이 필요하단 걸 이해해주리라 믿네." 그러나 이후 그에게 주어진 것은 형제들의 이해가 아니라 음모론이었다. 다름 아닌 큰형이 자금을 횡령하고 있다는 소문이 돌기 시작했던 것이었다.

그런 상황에서 밖으로 난쟁이를 모조리 죽여야 한다는 말들이 나돌고 있는 것이 앗도에게 기꺼울 리 만무했다. 무정부주의가 가져가야 할 에너지가 엉뚱한 곳으로 흘러가는 것처럼 보였고, 또한 이를 빌미로 우두머리를 노리는 조직 내 세력들이 무능론을 가져와 자신을 끌어내릴 수도 있었다. 앗도는 난쟁이 테러에 대한 기사를 신경질적으로 구겨버리고는 눈을 꾹 감았다. 그는 어둠 속에서 생각했다. 왕가에 손을 내밀 때가 왔구먼. 이전 세대의 큰형들이 그러했듯 왕가의 의뢰를 받아서 정부 요인을 대신

제거해주거나 큰 테러를 일으켜서 공안정국(公安政局)을 유도해
주는 역할들 말이다. 이윽고 그는 한숨을 내쉬며 눈을 떴고, 비밀
금고를 열어서 일곱 개의 첨탑이 우뚝 솟은 궁전으로 연결된 곰
팡내 나는 케케묵은 직통 전화기를 찾아봤다. 대략 한 세기만이
었다. 그런데 막상 전화를 걸었을 때, 건너편에서 전화를 받은 어
느 사내가 건넨 말은 의외였다.

"아, 그렇지 않아도 연락을 넣으려던 참이었습니다."

"그렇소?" 앗도가 고개를 갸웃했다.

전화기 너머의 사내가 말했다. "이쯤 왔으면 세상 돌아가는 게
이상해질 때도 됐으니까요."

"그쪽에선 어떻게 돌아가고 있다고 보고 있소?"

"뻔하죠." 그가 심드렁한 목소리로 대답했다. "세상이야 늘 그
렇듯 세월 따라 닳아가고 있지 않겠습니까?"[144]

이후 그는 자신의 이름을 밝혔다. 왕가의 충실한 사냥개이자
잔혹한 집행관인 알도 파스칼리노였다.

76

며칠 뒤 젤링거 박사는 기력을 회복했다. 울적한 기분이 아직
남아 있었지만, 언제까지 우중충하게 누워만 있을 수는 없었다.
보건위원회에 임명되고서부터 다른 의원들이 좀처럼 하지 않으

려는 현지답사와 실체적 사실에 충실한 보고서들을 적어냈던 그
가 아니었던가? 심지어 기자들을 불러놓고서 다소 위험할 수 있
는 공개 기자회견까지 불사하지 않았던가? 베개에 머리를 묻고
서 수없이 되뇌어봤지만, 주어진 재량권 내에서 할 수 있는 모든
일을 행한 게 분명했다. 방송 카메라 앞에서 개인 청결이 중요
하다는 둥의 헛소리를 뱉어내는 다른 의원들에 비하자면, 자신
은 진정한 빈민들의 벗이었다. 그런데도 어째서 우울은 노력한
자의 몫이란 말인가? 젤링거 박사는 이 점이 심히 부조리하다고
느꼈다. 이건 마치 도덕에 관한 소책자들이 겪는 곤경과도 마찬
가지였다. 그 소책자를 사서 읽는 사람들 대부분은 딱히 도덕에
대한 재교육이 필요 없는 교양인이고, 정작 의자에 묶어두고서
그 소책자를 필사(筆寫)시켜야 할 비도덕인들은 소책자를 거들
떠보지도 않았으니 말이다.

그래서 그는 밖으로 나가서 사람들을 만나며 기력을 회복하
기로 했다. 때마침 달력을 보니 보건위원회의 활동 만료일이었
고, 문화회관에서 기념행사를 가질 예정이었다. 그간 있었던 일
들에 대한 경과를 보고하고, 빈민굴에서 벌어진 끔찍한 콜레라
사태에 위험을 무릅쓰고서 최선을 다해서 활동한 의원들의 노
고를 치하하는 행사였다. 각 의원들마다 소감을 발표하는 시간
이 있었다. 젤링거 박사는 자기 차례가 왔을 때, 연단 위로 뚜벅
뚜벅 올라가서 주어진 가용자원 내에서 할 수 있는 모든 일을 했
지만 현실의 벽이 여의치 않았다는 자기 고백을 건넨 뒤, 그럼에

도 더 나은 미래를 향한 노력이 멈춰져서는 안 된다는 감동적인 연설을 하기로 마음먹었다. 더 이상 뭘 해야 하는 건지는 잘 모르겠지만, 그래도 뭐든 간에 멈추지 않고 계속해서 앞으로 나아가겠다는 의지를 밝히자. 앞에 기다리는 것이 또 다른 실패라면, 더 낫게 실패하기로 하자.

문화회관에 도착했을 때 젤링거 박사의 기분은 굉장히 상쾌해져 있었다. 연설 후 자신의 겸허함과 긍정적인 의지에 쏟아질 박수에 벌써부터 가슴이 부풀어올랐다. 용서를 받고서 순결해지는 느낌마저 들었다. 그는 만나는 의원들에게 인사를 건네며 1층 행사장으로 들어갔고, 푹신한 관람석에 앉아서 자신의 연설 차례를 기다렸다. 그러나 그가 연단에 서는 일은 결코 찾아오지 않았다. 그날 무정부주의자들이 설치해놓은 시한폭탄이 터져서 문화회관이 와르르 무너져내렸기 때문이다. 건물의 하중을 견디는 주요 기둥마다 설치된 폭탄들이 일제히 폭파되면서 지붕과 함께 2, 3층이 폭삭 주저앉았고, 조명장치를 가진 무대와 수천여 개의 관람석 일체가 잔해 더미에 깔리고 말았다. 그곳에 있던 보건위원들을 비롯한 행사 관계자 전체가 단 한 명의 예외도 없이 짓뭉개졌다.

77

예상대로 정국은 얼어붙었다. 경찰이 긴급 발표를 하길, 한동안 침묵을 지키던 무정부주의자들의 테러 행각이 재개된 것 같다고 했다. 때마침 앗도에 의해 미리 준비된 성명문이 낭독되면서 그 추측은 사실이 됐다. 복면을 쓴 앗도는 녹음기 앞에서 권위적인 소수파 정부를 해체하고 은행에 불을 놔서 금권정치를 종식시켜야 한다는 과격한 웅변을 했다. 그러자 그가 은밀히 흘려준 무정부주의자들의 은거지인 북쪽 외곽의 3등급 선술집으로 무장을 갖춘 경찰특공대가 출동했다. 물론 그곳에 있던 자들은 평소 큰형에게 불만을 표하던 반동 세력들이었고, 체포 과정에서 저항이 일어난 바람에 현장에서 모두 사살됐다. 나흘 뒤 앗도는 죽어간 형제들의 복수를 부르짖으며 부자동네로 들어가는 길목에 있는 경찰서로 폭탄을 배송시켰다. 그 사건으로 폭탄 소포를 열어본 불운한 경관과 함께 그 옆에 있던 조그마한 강아지까지 사망했다. 언론에서는 '납의 시대'가 다시 찾아왔다고 논평했다.

파스칼리노와 앗도가 머리를 맞대고서 계획한 대로, 두 번의 테러가 가져다준 반향은 막대했다. 그 폭탄은 빈민들 사이의 살인사건 따위가 아니라, 중간계급들로 이루어진 보건위원회와 상류층들의 방패막이인 경찰서로 날아든 비수였다. 이튿날 의회에서 긴급 의총이 소집되어 테러대책법과 관련 예산들이 거의 만장일치로 통과됐다. 이로써 검문 및 신원조회가 강화됐고, 야간통행이 금지됐으며, 또한 경찰들이 조금이라도 의심되는 자를 영장 없이 구금할 수 있게 됐다. 경찰서로는 신고 전화가 빗발쳤고, 빈민굴 앞으로는 소총을 든 무장 경찰들이 상시 순찰을 돌았다. 사람들이 조금만 모여 있어도 무정부주의자들이 선동을 하기 시작한 것이라며 곤봉으로 강제 해산시키거나 유치장에 잡아가뒀다. 텔레비전 토크쇼에 나온 어느 패널은 테러리스트가 일반교도소에서 범죄자들을 선동할 수 있으므로, 이런 암적인 존재들만 따로 모아놓은 특별 수용소가 필요하다고까지 주장했다. 그는 청중들로부터 열렬한 박수를 받았다. 예상대로 히스테리가 도시 전체를 집어삼킨 것이었다.

78

그러나 이 모든 난리 속에도 궁전은 고요했다. 세상 모든 소리의 무덤처럼 보일 정도였다. 시체 더미에서 피어오른 역병이 강한 전염성을 가지듯, 이 침묵 역시도 밖으로 퍼져나가 바깥세계의 시끄러움에 죽음을 선사하게 될 것이었다. 하지만 전날 몬세라토 수도원 부속 고아원에서도 그랬듯, 42번은 이 침묵에 매우 만족하고 있었다. 가끔씩 가시여왕이 주최하는 사교모임에 참석해서 귀족들에게 손을 흔들어주거나 멍청한 대화 주제에 고개를 끄덕여주는 것 외엔 아무것도 하지 않아도 됐다. 그림자 같은 하인들이 모든 물건을 늘 그 자리에 있도록 정리했고, 또한 날마다 쓸고 닦아서 먼지가 앉지 않게 했다. 42번은 그 안에서 난생처음 영원함이란 걸 느꼈다. 모든 것이 전보다 좋았다. 고풍스러운 복도에 P수사 같은 괴물이 걸어다니는 것도 아니고, 잠자리와 음식도 고아원의 것과 비교할 수조차 없을 정도로 뛰어났다. 한때 고아원 담벼락 너머의 시끄러운 세상 속으로 던져져 미쳐버릴지도 모른다는 걱정을 하던 나날이 아득하고도 우스꽝스럽게 보일 정도였다. 그는 수많은 고난의 보상으로 마침내 천국에 당도했다고 생각했다. 세계는 아름다웠다.

걱정했던 샌님과의 관계 역시도 대만족이었다. 이런 판에 박힌 표현이 허용될 수 있다면, 샌님과 42번의 만남은 실로 운명적이었다. 마치 신께서 이 둘이 만나서 즐거워하는 모습을 보고 싶었던 것처럼, 둘은 죽이 잘 맞았다. 전날 대학교에서 문학사 강의를 도맡았던 시간강사 출신답게 샌님은 수많은 문헌과 예술 사조에 해박했고, 가시여왕이 나름의 혼수(婚需)로 선물해준 거대한 서재를 갖고 있기도 했다. 이 서재로 말하자면 그 규모면에서 놀라웠다. 대도서관을 연상케 하는 방대한 장서량은 물론이고, 비뫼시를 움직이는 재력가를 아내로 둔 덕에 고서적 경매장을 오가면서 진귀한 서적들을 거침없이 마음껏 구매해둘 수 있었으며, 그중엔 이름만 불러도 누구나 다 아는 유명 작가들의 초고나 미공개 원고들도 가득했다. 언젠가 우연히 고문서 경매장에서 안면을 터서 샌님의 서재로 초대된 고서점 주인장 꼽추는 경탄 어린 눈빛을 아끼지 않으며 이렇게 말한 바 있었다. "여기는 마치 영원히 사라져버린 책들을 모아놓은 방주(方舟) 같군요."

"어휴, 아니에요. 과찬이십니다." 그날 샌님은 점잖게 웃으면서도 기분 좋게 올라간 입꼬리를 감출 수 없었고, 꼽추와 전화번호를 교환하고서 헤어졌다. 그러나 실제로 전화를 건 적은 한 번도 없었고, 당연지사 꼽추가 지금 어떻게 됐는지도 알 길이 없었다.

42번에게 이 황홀한 서재는 언제나 안락했던 자궁 속으로 다시 돌아온 듯한 느낌을 선사해줬다. 그는 읽기 위해서 사는 존재이자 엽기적인 기억력의 소유자였고, 샌님이 그 재능을 알아채기까지는 그리 긴 시간이 걸리지 않았다. 둘이 친분을 쌓아나가는 과정이 머릿속에서 쉽게 그려지듯, 점심쯤 샌님이 책을 추천해주면 42번은 그 책을 받은 자리에서 무섭게 독파해버렸고, 저녁쯤엔 샌님과 그 책에 대한 온갖 대화들을 펼쳐낼 수 있었다. 비단 주요 인용문과 그 쪽수를 통째로 암기해버린 것뿐만 아니라, 논리를 다루는 폭과 속도와 심지어 조어력(造語力)까지도 현기증을 일으킬 수준이었다. 특정 책이 됐든 주제가 됐든 간에, 분명 동일한 곳에서 출발한 것처럼 보이는데도, 점점 더 빨리 걸어나가더니, 일순간 완전히 앞질러버리고, 샌님 자신이 미친 듯이 흥분한 가운데서도, 그리고 고도로 집중할 때조차 상상도 할 수 없었던 일들을 42번이 힘 하나 안 들이고 척척 해낸다는 사실을 피부로 느꼈을 때, 42번은 샌님에게서 망연자실함마저 앗아가버렸다.[145] 그건 질투하는 것조차 무의미하게 만들 정도의 경이로운 재능이었기 때문이다. 그는 42번에게 이렇게 묻지 아니할 수 없었다. "고아원에 있을 적에 누군가가 너를 가르쳤니?"

"잘 모르겠어요." 42번이 고개를 갸웃하며 말을 이었다. "성경을 외우지 않으면 매를 심하게 맞긴 했어요……. 그리고 고아원엔 별로 행복한 일이 없었거든요. 매번 배고프고 따분하고 긴장됐죠. 그래서 책을 읽었어요. 읽다 보면 어느 순간 이야기 속에 있더라고요. 또 글자를 알고 있으면 상상할 때 편하기도 했고요. 아무래도 글자가 없으면 상상한 것들이 너무 쉽게 흩어져버리잖아요?"

샌님은 고아원의 수사가 암기를 강요함으로써 42번의 어떤 능력을 깨우게 된 건지도 모른다는 가능성을 완전히 배제할 수 없었다. 그래서 그를 직접 만나보기 위해 파스칼리노를 찾아가 고아원 주소를 물어봤다. 참고로 그건 샌님이 처음이자 마지막으로 파스칼리노를 찾아간 것이었다. 자초지종을 듣던 파스칼리노는 이내 싱긋 웃으면서 말했다. "너무 늦었습니다. 주님께선 때때로 자신의 옆에 두고 싶은 피조물을 너무 빨리 거둬가곤 하시잖아요?"

샌님은 자못 아쉬워하며 서재로 돌아갔고, 다시금 42번을 유심히 관찰했다. 그러다가 결국 그가 종래에 갖고 있던 체계적인 교육에 의해서 훌륭한 사람을 만들어낼 수 있다는 믿음, 즉 양육학적 관점을 부분 수정하기로 했다. 예외 없는 법칙은 없고, 42번은 바로 그 예외였기 때문이다. 아무리 뜯어봐도 '예외'라는 불충분한 표현 외엔 다른 설명이 불가능했다. 소름끼치는 기억력도 기억력이지만, 특히나 42번이 책을 대하는 자세는 매우 감동적이었다. 그는 확실히 범인(凡人)들과는 달랐다. 대관절 세상이 전혀 알기 쉽게 되어 있지 않은데, 거기에 대고 알기 쉬운 설명을 읊어댄다는 건 이미 그 자체로 사기극이지 않겠는가? 그런데 사람들은 손쉬운 설명에만 열광했으니, 이것만큼 그들이 바라는 것이 진리가 아님을 명약관화하게 증명해주는 증거도 없었다. 한데—이럴 수가!—진리의 아이인 42번은 그런 단순화엔 아무런 유혹도 느끼지 않았다. 오히려 그는 온전히 지식을 흡수하고 정리하는 데에만 관심을 갖고 있는 것처럼 보였으며, 복잡한 논리 구조를 발견했을 때 자신의 세계가 더욱 풍성해질 수 있음에 진심으로 기뻐할 줄 아는 고귀한 감수성을 갖고 있는 듯했다. 그리고 샌님이 보기에, 이런 자질은 가르쳐서 될 부류의 것이 아니었다.

게다가 그에게 42번은 단비이자 하나의 계시였다. 전날 대학에서는 학적 불임증에 걸린 늙은 교수들의 비위를 맞추거나 혹은 강의실에서 우둔하면서도 자존심만 드높은 바보들만 상대해야 했고, 궁전으로 들어온 뒤부터는 진리엔 아무런 관심도 없는 위선적인 귀족들하고만 만나야 했던 삶이 바로 샌님의 지난 인생이었기 때문이다. 그러니 42번의 등장은 태초의 대지 위에 처음으로 떨어진 빗방울이자 메마른 목구멍으로 콸콸 쏟아지는 냉수와도 같았다. 그 신비로운 아이와 마주하고 있노라면 빈틈없이 메워진 완전함마저 느낄 수 있었다. 마치 떠도는 전설 속 이야기처럼, 머나먼 옛날 옛적 오만함에 대한 단죄로 신의 벼락을 맞고서 갈라졌던 존재의 반쪽을 다시 만난 것만 같았다.

어느 날엔가 샘님은 책을 읽고 있는 42번에게 다가가 머리를 쓰다듬어주며 말을 건넸다. "안락한 생활에 대한 근심을 떠나 자신의 지적 굶주림을 충족시키고자 노력할 수 있는 권리를 인간에게서 부정하는 것은 신체 일부를 절단하는 것과 마찬가지이다." 그러고는 이렇게 덧붙였다. "어느 역사가가 한 말이란다."[146]

"누군가요?" 42번이 또랑또랑한 눈동자로 물었다.

샘님은 빙그레 웃으면서 그의 뒤편으로 펼쳐진 수많은 책장을 가리키며 대답했다. "네가 저기 있는 책들을 읽다보면 언젠가 마주치게 될 사람이지." 그러고는 손가락을 다시 창문으로 옮기며 이렇게 덧붙였다. "그리고 저 밖에는 자기가 불구(不具)라는 걸 모르는 놈년들이 널렸단다."

79

그러나 42번의 진실은 샘님의 낭만적인 천재론과는 사뭇 달랐다. 순수한 앎의 기쁨이란 건, 42번이 책 전체를 판본 떠서 대뇌피질에 찍어두듯 읽어대는 내밀한 동기와 가장 거리가 멀었던 까닭이다. 바깥세상에 새로움이 있다는 것, 그것을 끊임없이 새롭게 알아나갈 수 있다는 순수한 기대감이란 되레 그가 가장 끔찍하게 여기는 것이었다. 그런 미지의 것들은 육신과 정신을 소모시킬 뿐이었다. 그 사물들은 무슨 소리를 낼지 종잡을 수 없었고, 그렇기에 무슨 소리가 나던 간에 신경을 사정없이 긁어대는 소음에 불과했으며, 그런 난삽한 소리들의 소용돌이 속에 던져지는 것만큼 재앙같은 일도 없었다. 늘 의외성의 지배를 받는 살아 있는 존재만큼 혐오스러운 것도 없었다. 즉 그는 생동감을 마음속 깊숙이 증오했다. 여태껏 진심으로 그렇게 믿으며 살아왔고 또한 책장을 넘겨온 그였다. 만일 진실로 신께서 보이지 않는 손으로 그의 뇌신경을 만져준 거라면, 그건 선물이라기보다는 저주에 가까웠다.

그가 책을 취급하는 방식이란, 새로운 지식을 획득하여 세계 속에서 보다 지혜로워지고 싶은 교양인들의 욕망과도 거리가 멀었고, 샌님이 열렬히 저주해 마지않았던 군중들의 단순화 충동과도 한참 동떨어져 있었다. 좀 더 정확히는 그런 의도들과 완벽한 대척점에 서 있었다. 왜냐하면 그는 세계의 문을 완전히 닫아걸기 위해 읽었고, 또한 논리를 빈틈없이 박제하기만 원했던 까닭이다. 그에게 있어 책이란 밖으로 나가지 않아도 되는 구실이었고, 끊임없이 알고자 하는 욕망이 달리고 있다고 착각하게 만들어주는 러닝머신이었다. 보기에 따라서 그는 문학의 감미롭고도 감각적인 언어들로 세계를 재구축하고서, 그 안에서의 탐닉과 향락을 누릴 줄 아는 소질을 갖고 있는 것일 수도 있었다. 다만 그 경우, 그 언어에서 장뇌 냄새가 진동한다는 조건이 붙어야만 했다. 왜냐하면 그는 사냥용 엽총을 들고서 성경뿐만 아니라 새롭게 알게 된 철학, 역사, 예술, 종교학, 정신분석, 사회학, 생리학 그리고 경제학까지 아우르는 개념들을 모조리 쏴 죽인 뒤, 정성스럽게 가죽을 벗겨 박제 처리했기 때문이다. 그렇게 획득된 수많은 사유 박제품들이 그만의 머릿속 왕국에 도열됐다. 그곳에서 전지전능했던 그는 먼저 마술지팡이를 휘둘러 하늘과 땅을 둥글게 만들었고 거기에 원근법을 활용하여 그럴싸한 원경(遠景)을 입혔다. 그런 다음, 전경(前景)에 원하는 논리 규칙에 따라서 박제품들을 배치하고서 조명을 비춘 뒤, 정해진 대사들을 읊고 정교한 자동인형처럼 움직이게 했다. 그렇게 하나의 세계 자체를 무대에 올려놨고, 그 자신은 멀리 설치된 망원경으로 그 연극을 관람했다. 그의 내면세계는 흡사 황제의 파노라마관이 되어 있었다.[147]

이 모든 과정은 땅에 떨어진 도토리에서 떡갈나무가 자라나듯 맹목적이고도 무의식적으로 이뤄졌고, 행위의 도덕성을 근거 짓는 최고 원리인 도덕법칙마저도 가볍게 무시했다. 마치 바닷가에서 모래성을 쌓는 아이처럼 정성스레 만들었다가도 금방 제 발로 짓뭉개버리거나 파도에 쓸려가게 내버려뒀고, 그런 뒤에 다시 쌓기를 반복했다. 그러나 동시에 그의 세계는 거대한 무성영화에 가까웠다. 그의 세계는 소리를 거의 취급하지 않았기 때문이다. 그는 고아원의 쇠우리 요람 안에 있던 시절부터 궁전으로 훌쩍 넘어오기까지 살아오면서 수집해온 소리들, 그러니까 생존하기 위해서 반드시 알고서 반응해야 하는 필수적인 소리들을 정교하게 분리하여 머릿속 서랍 안에 넣어놓았다. 그는 이 서랍장을 매우 조심스럽게 다뤘다. 바깥세계와 꼭 연결되어 있어야 하는 경우가 아니라면, 그의 왕국 속에서 서랍장 자물쇠는 언제나 굳게 채워져 있었다. 서로 다른 개념과 개념이 만나서 새로운 개념을 잉태하듯, 소리들 역시도 어지럽게 뒤엉켜져 있으면 그 덤불 속에서 어떤 괴물이 걸어나오게 될지 몰랐기 때문이다. 그에게 작곡이란 죄를 아주 많은 저지른 자가 지옥의 가장 깊은 구덩이에서 받게 되는 끔찍한 형벌 같은 것이었다.

80

그러나 42번의 내면세계가 언제나 완벽한 것은 아니었다. 실제 연극에서도 배우들이 대사를 잊어먹거나 무대장치에 걸려 넘어지는 사고가 벌어지듯, 매우 드물게도 42번의 드넓은 박제진열장에서도 우발적인 균열이 일어나기도 했다. 그것의 시작은 언제나 서랍의 좁은 틈을 비집고서 마음대로 밖으로 흘러나오는 어떤 흐느낌이었다. 처음엔 미세한 윙윙거림 같던 그 울음소리는 점차 소리를 높여가다가, 마침내 도저히 무시할 수 없는 수준으로까지 증폭되어 아예 무대음악으로 깔리고 말았다. 정체가 무엇이던가? 그건 바로 그가 절대로 잊을 수 없게 된 21번의 목소리였다. P수사에게 살려달라고 빌던 그의 애절한 떨림이 생생하게 전해졌다(이럴 때 기억력은 곧 장애였다). 42번은 당혹감을 감추지 못하며 귀를 막으려고 했지만, 애당초 내면의 깊은 늪으로부터 올라온 소리가 고막을 막는다고 해서 그쳐질 리 만무했다. 비유컨대 이건 마치 극장에서 마음대로 떠들기 시작한 아이를 진정시키지 못해 어쩔 줄 몰라 하는 부모의 마음과도 같았다. 42번으로서는 어떻게든 각본을 바꿔보고 싶었다. 그러나 모든 박제품이 자신을 찬미하는 세계임에도 21번에 대한 기억은 좀처럼 조작되지 않았다. 그의 의지가 곧 법인 세계였음에도 〈용기〉한 구절 외우기도 버거워하던 목소리는 결코 소거되지 않았던 것이다. 그럴 때마다 42번은 신경질을 내며 금빛 왕관과 마술 지팡이를 내려놓고서 도로 바깥세계로 나와야만 했다. 그런 뒤 찬물을 마시거나 땅콩을 까먹으며 휴식을 취했고, 샌님과 이런저런 잡담을 나누면서 21번에 대한 관념 찌꺼기들을 모조리 떨쳐내야만 했다.

그런데 이런 잡음은 궁전으로 건너온 뒤부터 그 빈도가 더욱 잦아졌다. 고아원으로부터 멀어질수록 괜찮아질 것이란 희망사항과는 정반대였다. 심지어 마음대로 변형되기까지 했다. 이를테면 21번의 흐느낌이 박제품에 빙의되어 고장 난 장난감처럼 무대를 어지럽히는 경우가 대표적이었다. 그 장면은 마치 심령현상 사례에서, 분명 태엽이 모두 풀렸음에도 기계인형이 계속해서 움직이는 것을 봤을 때처럼 소름 끼쳤다. 그때마다 42번은 쇠망치로 귀신들린 박제를 박살내고서 새로 만들어야만 했는데,

운이 나쁜 경우엔 미친 박제품이 그의 손길을 뿌리치고서 진열장 너머의 어디론가 달려나가기도 했다. 어느 날엔가 박제품이 신이 그린 원경에 머리를 부딪쳐 균열을 내는 사고가 벌어졌다. 그러자 배경 너머의 허공이 잠깐 드러났다. 그곳은 그가 잘 모르는 유령들이 정신없이 날뛰는 끔찍한 곳이었다. 그는 번쩍 순간이동을 해서 그 균열을 순식간에 땜질해버렸다. 짧은 순간이었지만 머리카락이 삐쭉삐쭉 서고 등줄기로 식은땀이 흐르려고 했다.

그런데 뒤돌아섰을 때 그의 앞엔 예기치 않은 불청객이 서있었다(불과 그 찰나에 들어왔다고?). 그건 가고일 조각상이었다. 전신에서 풍기는 특유의 낯선 분위기는 그 존재가 자신의 박제가 아님을 알려주고 있었다. 가고일 조각상이 맷돌이 갈리는 소리를 내며 말했다. "새로운 인재가 출현했다는 것은 그의 주위에 그를 파멸시키기 위한 바보들의 음모가 벌어진다는 사실을 통해 알 수 있다."

"조너선 스위프트로군." 42번이 위엄을 잃지 않으려는 당당한 목소리로 대답하고서 물었다. "그런데 너는 뭐지?"

"정말로 스위프트가 맞아?"

"무슨 소리야?"

가고일 조각상은 미묘하게 웃으면서 고개를 끄덕이기만 했을 뿐, 42번의 물음엔 답해주지 않았다. 그 존재는 바닥에 나자빠진 박제품을 들어올렸는데, 그 박제품은 벽에 머리를 찍는 바람에 두개골이 박살나 있었다. 그 틈으로, 마치 실밥이 터진 곰인형의 솜이 바깥으로 밀려오듯, 문자들이 어지럽게 뒤엉켜 흘러나오고 있었다. 가고일 조각상은 그 문자로 된 혈흔에 손가락을 찍어봤다. 그러고는 시큰둥한 눈짓으로 혼잣말했다.

"역시나 차갑군."

42번은 마술지팡이를 꽉 쥐면서 재차 물었다. "질문에 답해라. 뭐 하는 놈이냐고 물었다."

그러나 가고일 조각상은 42번의 질문엔 아무런 관심도 없다는 듯 박제품을 이리저리 뜯어보기만 했다. 잠시 후 아랫입술을 깨문 42번이 참다못해 마술지팡이를 들어올려 파괴 주문을 외우려고 할 때가 돼서야, 그 존재는 실증난 표정으로 박제품을 도로 내려놓으며 입술을 뗐다.

"그런데 차가운 채로 어떻게 철이 단련될 수 있겠나? 정말로, 지혜로 삶이 정돈될 수 있다고 믿는 거야?"[148] 이어서 그 존재는 땜질된 자국이 남은 원경을 쳐다보며 말했다. "밖은 온통 멍청이들 천지란다."

42번은 마술지팡이를 멈칫했다.

"전에 비슷한 말을 들은 적 있어."

"그런데 이상한 말이지." 가고일 조각상이 대뜸 42번에게 얼굴을 가까이 가져가며 덧붙여 물었다. "네가 보는 책들은 모두 저 밖에서 적혀진 게 아니던가?"

42번은 뭐라 대꾸할 말을 찾지 못한 채로 굳어졌다. 잠깐 기다려주던 가고일 조각상은 이내 과장된 목소리로 웃으면서 자문자답했다.

"물리적으로는 그래." 그 존재가 이어서 힘주어 말했다. "하지만 그 존재들이 태어난 곳은 정신세계지. 순수하고도 완전히 정합(整合)적으로 맞아떨어지는 세상 유일한 곳! 이봐, 논리학의 근본 법칙이 뭐라고 했지?"

"참된 전제로부터 참된 결론이 도출된다." 42번이 조건반사 운동이라도 하듯 대답했다.

"그래, 잘 알고 있구나." 가고일 조각상이 흡족한 표정으로 덧붙였다. "그래서 혼탁한 세상으로부터 진리가 도출될 수 없는 거란다."

그 말을 끝으로 가고일 조각상은 둔탁한 날개를 활짝 펼치더니 공중으로 치솟았다. 그리고 42번은 자신의 내면세계에서 정체불명의 이물(異物)이 자신이 만들어놓지도 않았던 천장 너머로 사라지는 것을 지켜봐야만 했다. 마치 머리 위에 악마들을 한가득 얹고 사는 것 같은 불쾌한 느낌이 들었다. 망원경으로 자신을 향해 서 있는 무수히 많은 박제품을 바라봤지만, 종래에 만끽했던 안정감을 찾을 순 없었다. 오히려 자신이 뒤돌아서 있을 때 저들이 자신을 손가락질하며 웃어댈 것만 같은 공포가 엄습해 왔다. 그래서 마술지팡이를 휘둘러 모든 박제품을 한곳에 몰아놓고 망원경으로 모두 볼 수 있도록 했다. 그러고는 혼자 이렇게 중얼댔다. "여기는 내 세계, 나만의 우주야. 나 외에도 다른 어느 누구도 주인일 수 없다고…….”

그쯤해서 42번은 오늘은 연극을 그만할 때라고 생각했다. 얼마간 눈을 꾹 감았다가 뜨니 다시 샌님의 서재에서 깨어났다. 속이 울렁거렸다. 구토로 속을 게워낼지 말지를 고민하고 있었는데, 천장에서 날개가 푸드덕거리는 소리가 들려왔다. 새장 속의 박쥐였다. 시간을 확인해보니 박쥐에게 먹이를 줄 시간이 꽤 지나 있었다.

81

그날 42번은 뒤늦게 박쥐의 먹이를 챙겨주고서 얼른 잠자리에 들었다. 잔뜩 예민해진 정신을 꿈속에서 이완시키고 싶었기 때문이다.

그나저나 그건 하나의 계시였을까?

보기에 따라서는 명백히 그렇다고 할 수 있었다. 다만 이 경우에 있어, 자비로운 그분께서 가련한 피조물들을 소용돌이 속에 내던져두고서 즐겁게 관망할 리 없다는 믿음보다는, 정반대로 순수 무구한 아이가 까르르 웃음을 터뜨리며 잠자리의 날개를 잡아 뜯듯, 세계라는 장난감을 마음대로 굴려대는 잔혹한 절대자가 존재하지 않을 리 없다는 믿음에 기초했다. 이 시대의 신께서는 보이지 않는 손으로 수요 공급 곡선을 마구 휘저어서 와장창 무너져내리는 세상을 비웃어주는 것 외에도, 다채로운 방식으로 자신의 뜻을 건넸다. 물론, 으레 그러하듯, 중요한 징후들은 세인들에게 철저히 무시되는 방식으로써만 그 중요함을 증명했지만 말이다.

42번의 내면세계에 난 균열 외에도, 예컨대 그쯤 해서 궁전 하인들 사이에 떠돌던 으스스한 소문의 경우가 그러했다. 그 내용이란 전날 가시여왕이 왕좌에 오르면서 뼈와 살을 분리시켰던 귀족들의 원혼이 지하감옥을 떠돈다는 것이었다. 이 지하감옥은 한 번 길을 잃으면 영원히 출구를 찾을 수 없을 만큼의 복잡한 미로로 이뤄져 있고, 또한 원형계단이 그 깊이를 가늠할 수 없을 만큼 내리뻗어 있다고 했다. 그래서 고문실에서 죽은 영혼들이 그곳을 빠져나가지 못하고 배회한다는 것이다. 하인들이 속삭이길, 장미정원 어느 부근을 거닐다 보면 괴성이 곁들여진 바람을 만날 수 있다고 했고, 또한 자정이 넘은 시각에 주방 뒷문으로 유령의 신음이 들려온다고도 했다. 뿐만 아니라 하수도에 거대한 악어가 살고 있다는 말까지 나돌았는데, 호기심에 지하계단으로 내려간 이들을 습격해 뼈째로 잘근잘근 씹어 먹어버린다고 했다. 무서운 이야기에 유독 민감하게 반응하는 이들은 대책을 강구하기 위해 심령학자를 찾아가기도 했는데, 그 심령학자가 말해주길, 만일 악령과 만나게 되면 거울을 보여줘야 한다고 했다. 그 이유인즉 악령들은 고문용 쇠집게에 여기저기 뜯겨나간 처참한 몰골을 하고 있기 때문에 자신의 끔찍한 모습을 보게 되면 완전히 미쳐 날뛰다가 저절로 소멸되고 만다는 것이다. 물론 과학의 최전선에 있는 세균학자들이 곧 결핵균 예방 접종을 개발하여 상용화할 것이고, 대기권을 돌파할 열기구가 만들어질 것이란 과학성의 계획이 발표되는 첨단 과학기술의 시대에 이런 허무맹랑한 도시괴담을 믿는 하인들은 거의 없었다. 적어도 본인들 스스로는 그렇게 믿었다. 그러나 건장하고 이성적인 하인들조차 야밤에 포도주를 저장해놓은 지하계단을 내려갈 때면 조심스레 주변을 두리번거렸고, 또한 주머니에 작은 손거울을 반드시 지참했다.

82

모든 건 제 몫을 찾아가기 마련이다. 일곱 개의 첨탑이 우뚝 솟은 궁전의 가장 깊은 밑바닥 지하감옥에 유폐된 왕자, 자신의 얼굴을 혐오하여 뜯어내리려는 바람에 철가면이 씌워진 그 비극적인 존재는 조금씩 조금씩 혼돈에 익숙해지고 있었다. 물론 그건 겉으로는 좀처럼 포착되지 않았다. 자세히 보지 않는다면 종래에 그가 유령에게 쫓기기라도 하는 것처럼 이리저리 뛰어다니다가 바닥에 머리를 찧어대는 것과 허공에서 즉흥연기를 해대는 것이 잘 구분되지 않았기 때문이다(그냥 둘 다 미친 게 아닌가?).

그러나 그건 모종의 팬터마임이 분명했다. 언젠가부터 권태에 질식하는 것을 막기 위해 달아놓은 텔레비전 주변을 맴돌면서 철가면은 미소를 지으며, 찬양하는 사람, 애원하는 사람, 아첨하는 사람 흉내를 내기 시작했다. 그는 오른발을 앞으로, 왼발을 뒤로 빼고, 등을 구부리고, 고개를 세우고, 다른 사람의 눈이라도 바라보듯 시선을 물끄러미 쳐들고, 입을 반쯤 벌리고, 어떤 물건을 향해 팔을 받들어 올렸다. 그는 명령을 기다리고, 받고, 화살처럼 달려가고, 돌아오고, 일을 끝마치고, 그런 뒤 어딘가에 보고했다. 그는 모든 것을 보살피고, 떨어진 것을 줍고, 베개나 발받침을 발목 아래 받쳤다. 투명한 먼지로 된 찻잔 받침을 받들고, 의자를 당겨주고, 문을 열었다. 이어서 창문을 닫고, 커튼을 내리고는, 존재하지 않는 주인과 주인마님을 유심히 바라봤다. 팔을 늘어뜨리고 두 다리를 가지런히 한 채로 꼼짝하지 않았다. 마치 귀를 기울이고, 안색을 살피려고 애쓰는 것처럼 말이다.[149] 이윽고 허공으로부터 어떤 응답이 온 모양인지 환호성을 지르며 빙그르르 춤을 추며 돌아댔다. 지하감옥에서 이 모습을 지켜보는 유일한 사람은 그를 사육하던 감시인이었는데, 언제가 그는 관찰일지에 이렇게 적은 바 있다.

오늘도 크게 달라진 건 없다. 평소처럼 뭔가를 웅얼대거나 흉내 내려고 하는 것 같긴 한데, 그게 무엇인지 알 길이 없다. 팔을 허공에 이리저리 뻗으며 빙빙 도는 걸 보고 있노라면, 마치 어떤 춤을 추는 것처럼 보인다. 내 눈에는 보이지 않는 유령들과 함께 폴카라도 추는 걸까?

그러나 아무도 그의 관찰일지를 읽지 않았다. 심지어 감시인 본인도 아무런 열정 없이 오롯이 관료적인 절차에 따라서만 매일 같이 주어진 서너 줄의 할당량을 채울 뿐이었다. 샌님도 철가면을 완전히 잊었고, 그가 거울을 모조리 깨뜨린 뒤로 가시여왕 역시도 아들의 광증을 회복시킬 의지를 잃은 상태였다. 물론 가시여왕 본인은 자신이 아들을 저버린 적이 없다고 여기고 있었다. 다만 그녀의 왕국이 견딜 만한 지옥이 될 수 있도록 끊임없이 관리해주어야 했기 때문에, 아들에게 신경 쓸 여력이 없는 것일 뿐이라고 말이다. 그래도 궁전 밑바닥엔 아들이 언제나 안전하게 갇혀 있지 않던가? 바쁜 나날이 끝나면 언제라도 다시 내려가 아들의 얼굴을, 아니 철가면이 씌워진 그 눈동자를 바라볼 수 있지 않던가? 모두 맞는 말이었다. 그리고 그 덕분에 그녀는 확고함이야말로 망각의 필수 조건임을 깨달을 수 없었다. 아들이 다시 눈을 떴다는 것 역시도.

어느 순간 정신은 번개처럼 내리쳤다. 마치 오래전부터 보이지 않는 아궁이에서 푸른 불꽃이 이글거리고 있었다는 듯, 급작스럽게 끓어올랐던 것이다. 그날도 감시인은 평소처럼 무료하게 안락의자에 앉아서 포르노 잡지를 넘겨보고 있었는데, 숟가락으로 쇠창살을 두드리는 소리가 들려왔다. 한데 그것은 여느 때처럼 광기에 미쳐서 마구 쳐대는 소음이 아니라, 규칙적인 음률을 가진 소리가 분명했다. 감시인은 잡지를 덮으며 지하감옥을 살펴봤는데, 철가면이 망원경 렌즈를 노려보며 숟가락을 타악기처럼 쓰고 있었다. "뭐, 뭐야?" 감시인이 중얼거렸다. "갑자기 왜 저래?"

황급히 계단을 내려가자 철가면은 무언가를 흥얼거리고 있었다. 즉각적으로 그것이 분별없는 떠들썩함이 아닌 모종의 노랫가락임을 알 수 있었다.

"불의 동그라미여, 빙빙 돌아라, 불의 동그라미여, 빙빙 돌아라……."[150] 철가면이 천진난만한 목소리로 웅얼댔다.

감시인이 조심스럽게 다가가 물었다. "뭘 자꾸 흥얼거리는 거니?"

그러자 철가면은 흥얼거림을 멈추고서 감시인 쪽으로 시선을 옮겼다. 마치 그 말을 알아들었다는 듯이! 감시인은 눈을 휘둥그레 뜨며 놀라움을 감추지 못했다. 이윽고 철가면의 입에선 박자가 사라진 일상적인 언어가 흘러나왔다. "그런 질문을 하는 걸 보면 어둠 속에 오래 있어본 적이 없었나 보군."

"네?"

초자연적 현상이라도 본 듯 굳어진 감시인의 얼굴을 보며 철가면이 피식 웃어 보였다. 그가 말했다.

"심연 속에선 할 수 있는 게 이야기밖에 없거든."[151]

8장

83

야심한 시각, 왕가의 충실한 사냥개이자 잔혹한 집행관인 알
도 파스칼리노는 소파에 비스듬히 누워서 텔레비전을 보고 있었
다. 브라운관에서는 편성 시간상 늘 자정 가까이로 내몰려 있는
환경 다큐멘터리가 송출되고 있었는데, 효과적인 고문을 위한
의학적 지식을 제외한다면, 자연사(自然史)는 파스칼리노가 거의
유일하게 관심을 두고 있는 지식 분야였다. 그는 드넓은 초원에
서 암사자가 병약한 가젤을 사냥하거나, 혹은 재수 없게 물소 뒷
발에 차여 불구가 되는 바람에 하이에나들에게 뜯어 먹히는 잔
혹한 야생의 이야기에 언제나 붙들렸다. 그의 눈에 그것은 수백
만 년 동안 아무런 목적도 없이 반복되어온 거대한 순환처럼 보
였다. 무엇보다 무심한 눈동자, 그러니까 무슨 일이든 벌어질 수
있는 자연 속에서 당면한 사태를 담담히 받아들이는 동물들 특

유의 눈동자에 이끌렸다. 그는 거기서 자신이 본 게 무엇인지 언어로 표현할 줄은 몰랐지만, 적어도 거기에 머무를 줄은 알았다.

그날의 다큐멘터리는 고급아파트 12층 처마 장식에 둥지를 틀고 살아가는 어느 송골매에 대한 내용이었다. 내레이션의 설명에 따르면, 본래 절벽에 둥지를 트는 습성을 갖고 있는 송골매가 무분별한 도시 개발로 인해 기존의 서식지를 잃어버리면서 그 대체재로 고층아파트를 택한 것이라고 했다. 그 사례는 분명 희귀한 경우이긴 했으나 진화론적으로 아주 말이 안 되는 것은 아니었다. 그 송골매는 대개 공원의 비둘기나 쥐를 사냥했고, 아주 가끔씩 운 좋게 비슷한 처지의 수컷을 만나서 새끼를 낳아 키우기도 했다. 카메라가 포착한 장면들 중 가장 희귀한 것은 단연 송골매가 박쥐를 낚아채는 순간이었다. 흥분한 내레이션은 이를 도심에서 보기 힘든 송골매와 박쥐의 희귀하고도 비극적인 조우라고 표현했다. 공장폐수 유출이 심각해지면서 상당수 동굴들이 도저히 서식할 수 없을 만큼 오염되는 바람에 야생 박쥐들이 먹이와 서식지를 찾아서 도시로 날아오는 경우가 있는데, 바로 지금 그 불운한 박쥐 하나를 송골매가 낚아챈 것이라고 했다. 파스칼리노는 낚아챈 발톱으로 곧장 박쥐의 숨통을 끊어버리는 송골매의 사냥 장면을 지켜봤다. 불필요한 동작이라곤 찾아볼 수 없는 완벽한 사냥, 아니 단순한 사냥이라기보다는 그것은 이미 하나의 미학적 경지였다.

언제든 다시 보기 위해 리모컨의 녹화 버튼을 누르려고 할 때

전화기가 울렸다. 그냥 전화가 아니라 값비싼 도청 방지 장치를 걸어둔 비밀 전화기였다. 이 번호로 걸려올 전화는 세상에 딱 세 가지뿐이었는데, 가시여왕과 무정부주의자 큰형, 그리고 지하감옥의 감시인이었다. 파스칼리노가 전화기를 들자 감시인의 목소리가 들려왔다. 그런데 그 내용이 꽤나 초현실적이었다. 그가 떠듬대며 말했다. "왕자가, 아니 왕자님이, 글쎄 그게 말이죠, 이게 참 어찌된 일인지, 갑자기 정신을 차렸습니다. 이제 사람 말을 합니다."

84

파스칼리노는 곧장 지하감옥으로 내려갔다. 그가 나타나자 기다리고 있던 감시인이 떨리는 손짓으로 쇠철장 너머의 철가면을 가리켰다. 손가락이 멈춘 곳에 있는 것은 정말로 멀쩡해 보이는 철가면이 턱을 괴고서 그를 기다리고 있는 모습이었다. 다짜고짜 괴성을 내지르거나 이리저리 뛰어다니는 것이 아니라, 다름 아닌 의자에, 심지어 그 의자에 부여된 올바른 사용 방식대로 앉아 있었다. 철가면은 자신의 가면을 흔들며 말했다. "빨리 와서 정말 다행이야. 어서 이 답답한 가면을 좀 벗겨주겠어?"

뭐라 대꾸할 말을 찾지 못하는 파스칼리노 옆에서 감시인이 말했다. "갑자기 제정신이 됐습니다."

"아무래도 그런 것 같군." 파스칼리노가 멍하니 대꾸하고는 철가면 쪽으로 가까이 다가갔다. 그러고는 한숨을 크게 내쉬고는 물었다. "……저를 알아보시겠습니까?"

철가면은 손가락 권총으로 그를 장난스럽게 쏘는 시늉을 해 보였다. "그대는 우리 가문의 해결사 아닌가?"

"맞습니다." 파스칼리노가 덧붙여 물었다. "도대체 어떻게 이렇게 갑자기 제정신으로 돌아온 겁니까?"

그러자 철가면이 바보 흉내를 내며 얼빠진 목소리로 말했다. "일종의 충격요법이지. 며칠 전에 폭탄이 터지면서 땅이 흔들렸잖아? 그때 내 머리도 같이 흔들렸는데, 아무래도 그때 제정신으로 돌아온 것 같다네."

"정말 놀랍군요."

"아직 놀라기엔 이르지." 철가면이 자리에서 일어나 쇠철장 사이로 얼굴을 내밀면서 속삭였다. "단도직입적으로 말하지. 나는 왕좌엔 아무런 관심도 없어. 그저 내 어머니를 죽이고 싶을 뿐이야, 이 두 손으로 직접……." 그가 주먹을 쥐어 보이고는 말을 이었다. "만일 그렇게만 된다면야, 그때부터 왕좌는 당신이 가져오는 결재서류에 도장을 찍어주는 자동기계쯤 될 거야."

파스칼리노는 너무 갑작스러운 말들을 들어버린 나머지 무슨 표정을 지어야 할지 알 수 없었다. 그래서 자기도 모르게 정신이 어떤 한계를 초과했을 때 짓기 마련인 미소를 입에 걸고 말았다. 물론 곧바로 얼굴 근육들을 잡아당기며 무뚝뚝한 표정으로 바꿨지만, 이미 가슴속엔 어떤 두근거림이 남아 있었다. 철가면은 때맞춰 입을 닫아주며 알맞은 침묵을 파스칼리노에게 건네줬다. 그러자 마법가루처럼 흩뿌려진 그 침묵 속에서 억센 손아귀가 나와서 그의 머리채를 붙잡고서 한동안 묻어놨던 기억의 늪 속으로 끌어내렸다. 어둡고 축축한 밑바닥에 닿을 때까지 말이다.

그것은 전날 직접 도끼를 들고서 부친 늠부의 목을 내리쳤을 때의 촉감, 피와 땀이 섞인 특유의 냄새, 떨어져 구르던 묘사하기 힘든 어떤 탁한 소리, 그리고 늠부의 멈춰선 눈동자를 보지 않으려고 무진장 애쓰며 떨리던 눈의 초점이었다. 그러나 그것이 가시여왕에게 모반을 일으킬 사유가 되던가? 그건 그녀가 아닌 궁재의 악행이지 않았던가? 이렇게 그의 내면에서 이성의 예심판사가 질문을 던졌지만, 기이하게도 응어리진 억울함은 해소되지 않았다. 아니 그건 억울함이라기보다는 하나의 갈라짐, 오래된 콘크리트 댐을 순식간에 폭파시키며 야망의 거센 물줄기를 쏟아내게 만들 치명적인 균열에 가까웠다. 그리고 그 물살은 깊숙이 금지됐던 것을 구현할 절호의 기회가 왔다는 아찔함과 가시여왕 가문에 대대손손 충실하게 복종해온 대가로 아버지의 목을 내리치게 된 괴물스러운 인과에 대한 분개가 뒤엉키면서 거대한 소용돌이가 되어 자아를 단박에 삼켜버렸다. 이제 그에게 있어 왕좌는 전날 잃어버렸던 모든 것들에 대한 합당하고도 유일한 대가가 되어 있었다. 그곳은 대홍수와 재건사업이 끊임없이 반복되는 세계를 관조할 수 있는 세상 유일한 곳이라 여겨졌던 까닭이다.

어느 순간부터 파스칼리노는 유령에게 홀린 듯 철가면을 바라보고 있었고, 왕자 역시도 철가면의 눈구멍 안에서 도깨비불 같은 눈빛을 번뜩이고 있었다. 파스칼리노는 자신이 송골매가 박쥐를 사냥하는 다큐멘터리를 보고 있었던 것이 과연 단순한 우연의 일치인지 자문해봤다. 이윽고 그가 물었다.

"왜? 어째서 모반을 일으키려고 하십니까?"

철가면은 그게 질문거리가 되지 않는다는 듯 실소를 터뜨리고는 손짓으로 주변을 가리켰다.

그가 대답했다. "이렇게 날 가뒀잖나."

파스칼리노는 뭐라 대꾸하지 않았고 더 이상 묻지도 않았다. 잠시 입술을 우물거리던 그는 이내 결심이 섰다는 듯 뒤돌아서 감시인에게 걸어갔다. 그리고 나지막이 물었다. "지금 이 사실을 또 누가 알지?"

감시인이 떨떠름하게 대답했다.

"지금은 저랑 집행관님뿐입니다."

"그렇군." 파스칼리노가 싱긋 웃어보였다.

85

다음날 아침, 불운한 감시인은 침대에서 사망한 채로 발견됐다. 그는 평소 심하게 코를 골았는데, 유감스럽게도 수면무호흡 증으로 갑작스레 호흡 정지가 온 것이었다. 본래 편도선과 혀가 비대했는데 기도(氣道)가 비좁았던 것에다가, 극심한 피로로 인해 기도확장근까지 제대로 움직이지 않으면서 아예 기도가 막혀버렸기 때문이었다. 적어도 병원에서 발부된 의사 소견서에 적힌 내용은 그러했다. 그러나 궁전에서 그가 정확히 어떤 일을 했는지 아는 사람은 아무도 없었고, 그저 과로사를 일으킬 정도로 힘들었을 것이란 점만 조심스레 유추해볼 따름이었다.

다시 소파에 앉은 파스칼리노는 녹화해둔 다큐멘터리를 틀어놓고서 큼직한 복식 호흡을 연거푸 내뱉었다. "무슨 일이 벌어진 거지?" 그가 혼잣말로 물어봤지만 텔레비전에서 흘러나오는 내레이션 외엔 아무도 대꾸하지 않았다. 솔직히 말해, 그는 아무것도 이해할 수 없었다. 가령 태어날 때부터 미쳐 있었던 왕자가 어째서 어느 날 갑자기 정신을 차리게 된 걸까? 그는 감시인이 남긴 관찰일지를 샅샅이 뒤져봤지만 유의미한 해답을 얻어낼 수 없었다. 마치 〈창세기〉에서 신께서 '빛이 있으라'라고 명령하니 갑작스레 세상이 환히 밝아진 것만 같았다. 어쩌면 괴기소설에서처럼 주술사가 강령술로 망자의 영혼을 불러와 철가면에게 덧씌워버린 건 아닐까? 그러고 보면 왕자는 태어날 때부터 광기에 눈이 멀어 있었으니 무엇이 정상적인 모습인지는 아무도 몰랐다. 아는 것이라곤 박쥐를 빼다 박은 특유의 추하고도 기묘한 이목구비뿐이었다. 그리고 철가면의 자물쇠를 풀었을 때, 왕자의 얼굴은 예전 모습 그대로였다. 다만 오랫동안 햇빛을 보지 못해 새하얗고 창백해진 피부 때문에 그는 마치 유령처럼 보였다.

그런데 왜 어머니 가시여왕을 시해하려고 하는가? 왕좌에 대한 욕심이 아니라 단순한 복수심 때문에? 파스칼리노는 손톱까지 뜯어가며 이 부분을 집요하게 물어봤지만, 마땅히 떠오르는 대답이랄 게 없었다. 텔레비전에서는 박쥐가 도심의 황량한 하늘을 날아가고 있었다. 곧 송골매가 무지막지한 속도로 급강하해서 녀석의 숨통을 끊어놓을 터였다. 이윽고 매발톱이 녀석의 동맥, 아니 목뼈를 통째로 부러뜨려버렸다. 파스칼리노는 저 박쥐가 이해되지 않았다. 박쥐는 야행성이라서 밤에 움직이지 않던가? 그런데 어째서 대낮에 도심 한가운데를 날아가고 있었던 걸까? 마치 일부러 자신을 노출시켜서 자살하려는 것처럼 말이다. 어쩌면 환경 파괴로 인해 동굴로 밀어닥친 오폐수가 녀석의 뇌세포를 오염시켜버린 건지도 몰랐다. 비소나 카드뮴 중독 따위로 생각 같은 생각을 하지 못하게 된 거지. "그래, 미쳐버린 거야." 그가 대단한 결론이라도 도출한 것처럼 힘주어 말했다. 그러고는 이렇게 덧붙였다. "이 가문도 그래. 미쳐버린 선왕의 핏줄이, 그 빌어먹을 호르몬 주사랑 함께 뒤섞여서, 여기서 만개해버린 거라고……."

일단 닻이 내려가자 고민도 멎었다. 그는 알도 가문의 임무를 떠올렸다. 절대왕정을 보좌하여 영구한 평화를 이룩한다는 것, 이는 수없이 거듭된 폭력의 세기 속에서 빛바래지 않고 이어져온 유일한 신념이었다. 그런데 이제는 이런 의문이 들었다. 자신은 왕을 보좌하는 것인가 아니면 영구한 평화를 보좌하는 것인가? 예전에 그 대답은 분리되어 있지 않았지만, 지금은 전혀 그렇지 않았다. 작금의 시대를 보라. 무수한 연대기를 거듭하며 쌓여온 악덕들이 미친 왕들을 낳으며 멸망의 서곡을 알리고 있지 않던가? 저주받은 유전병이 기어코 발아되지 않았던가? 지금은 비교적 멀쩡한 가시여왕도 언제 미쳐버릴지는 아무도 몰랐고, 설령 돌아버리지 않는다고 해도 그의 후계자는 이미 미쳐 있는 상태였다. 게다가 지금은 궁재와 그 비호 세력들을 찍어낸 지 불과 반세기도 흐르지 않은 시점이기도 했다. 유사 이래 영구한 평화의 촛불이 이렇게도 위태롭게 흔들린 적이 없었고, 지금 파스칼리노 그 자신은 어긋난 이음매를 바로잡을 수 있을 유일한 시점에 서 있는 것이 분명했다. 그는 자리에서 일어나며 말했다. "그 미친 녀석이 어머니를 죽이게끔 놔두자. 그리고 패륜으로 왕좌에서 끌어내려 지하감옥에 도로 가두고, 외척(外戚)들 중에서 괜찮은 인물을 찾자. 아니, 그랬다간 외척들 간에 싸움이 벌어질 게 불 보듯 뻔하다. 그래, 내가 그 자리에 앉자. 그렇게 하는 수밖에 없구나. 지금 같은 시대엔 정신 나간 적통이 아니라 현명한 섭정이 필요하니까." 그러고는 스스로 납득했다는 듯 고개를 끄덕이며 덧붙였다. "그래, 지금 이 기회를 놓친다면 역사로부터 결코 용서받지 못할 거야."[152]

그 말들을 내뱉자 마음이 평온해졌다. 마치 칙령이라도 선포

된 듯 그 말들이 즉각 효력을 발휘할 것처럼 느껴졌던 까닭이다. 텔레비전에서는 아직 다큐멘터리 녹화 테이프가 돌아가고 있었다. 이제 둥지로 돌아온 송골매가 날카로운 부리로 죽은 박쥐의 살점을 뜯어내 새끼들에게 먹이고 있었다. 저 새끼들은 앞으로 무럭무럭 자라나 창공을 누비게 될 터였다. 그 순간 파스칼리노는 날개를 활짝 편 송골매를 자신의 문장(紋章)으로 삼아야겠다고 마음먹었다. 왕좌 옆에 그럴싸한 송골매 박제를 하나 놔두는 거지. 완벽하군. 그래, 내일 당장 박제상을 찾아가도록 하자.

86

같은 시간, 무정부주의자들의 큰형 앗도는 보건위원회 테러 때문에 눈코 뜰 새 없는 바쁜 나날을 보내고 있었다. 비록 자신이 사주한 것이지만, 그래도 어쨌거나 경찰에게 사살당한 동지들의 남겨진 가족들을 돌봐야 했고, 또한 수사망을 피해서 아지트를 좀 더 비밀스럽고도 비싼 곳으로 옮겨야만 했기 때문이다. 이처럼 상황은 급박한 위기였지만, 동시에 간만에 맛보는 달콤한 행복이기도 했다. 폭탄 제조와 요원 양성을 위한 훈련비용이 충당됐고, 새로운 테러 계획을 세워볼 예산도 충분했다. 물론 한꺼번에 돈을 너무 많이 썼다간 의심을 받을 수도 있었기 때문에, 국제 무정부주의자 협회에서 약소한 구호금을 받아내는 데 성공했다고 둘러대고는 조금씩 돈을 풀었다. 그러자 그를 향했던 안 좋은 소문들은 안개 걷히듯 사라져버렸다.

그러나 비뫼시, 좀 더 정확히는 북쪽 외곽의 헐벗고 굶주린 빈민들은 앗도의 생각대로 움직여주지 않았다. 주요 교차로마다 경찰 병력들이 배치되긴 했지만, 이들이 상부로부터 하달받은 '무정부주의자의 선전선동으로 인해 빚어질 수 있는 불법 시위를 사전에 차단하고 치안질서를 회복한다'라는 명령은 너무도 모호했다. 아니, 모호하기를 넘어서서 기이하기까지 했다. 우선 불과 며칠 전까지만 해도 아사 직전까지 갔던 무정부주의자들은 선전 활동을 할 여력 자체가 없었고, 그래서 대다수 빈민들에게 보건위원회 테러 사건은 굉장히 뜬금없게만 느껴졌다. 또한 일어나지도 않은 불법 시위를 사전에 차단하라는 게 대관절 무슨 말인가? 보안부의 사찰요원과 비밀경찰들이 만든 반란 모의에 관한 징후 목록엔 끝이 없었다. 심지어 아무런 불법도 저지르지 않은 것마저 주요 조짐들 중 하나로 분류됐다. 법을 준수하는 것이 더 큰 음모를 위한 눈속임이라면 준법만큼 명확한 반란의 징후도 없었기 때문이다. 게다가 이 의심증은 관료주의적 공정(工程) 속에서 조립되고 있었다. 모든 명령권자는 아랫사람들에게 구체적인 실천 내역과 통계가 곁들여진 보고서를 요구했고, 덕분에 경찰 조직 내 중간관리자들은 야간통행금지 위반부터 시작해서 취객 난동까지 대부분의 경범죄들을 불법 시위의 징후로 간주하여 처리하기 시작했다. 그로부터 민중의 쇠지팡이가 된 경찰들이 무고한 사람들을 영장도 없이 잡다가 두들겨 패고 짓지도 않는 죄목을 덧씌워 감옥으로 보내버린다는 말들이 나돌기까지 그리 긴 시간이 걸리지 않았다.

그러나 보다 근본적으로 보자면, 경찰들이 이런다고 해서 회복될 치안 질서 자체가 존재하지 않았다. 적어도 북쪽 외곽의 꾀죄죄한 골목들에선 그러했다. 이미 그 질서 내에서 굶주림과 콜레라가 창궐하여 사람들을 집어삼키고 있었기 때문이다. 덕분에 빈민들은 시 당국에서 왜 자신들을 무정부주의 보균자 따위로 취급하는 건지, 또한 왜 자신의 골목 앞에 무장 경찰들이 서성거리고 있는 건지 전혀 납득할 수 없었다. 그렇게 바야흐로 오랫동안 쌓이고 쌓여온 분노가 분출구를 찾으려 하고 있었다.

바로 이런 상황에서 이상한 소문 하나가 날아들었다. 그건 경찰들이 난쟁이 구역은 가만히 내버려두고 있다는 것이었다. 아주 틀린 말은 아니었다. 실제로 북쪽 외곽의 구불구불한 골목길 전체를 담당하기 위해 도시의 거의 모든 경찰관을 차출했기 때문이다. 그러니 난쟁이 구역에 경관들이 없다는 건 혜택이 아닌 차별의 결과에 가까웠다. 그러나 빈민들에게 동일한 사실은 전혀 다르게 받아들여졌다. 전날 마음속에 똬리를 틀었던 작은 악마 같은 난쟁이의 얼굴이 뱀 혀가 날름거리는 소리와 함께 떠올랐다. 그래, 이 모든 일이 우연일 리가 없었다. 보건위원회 테러는 경찰들을 움직여서 북쪽 외곽을 지배하기 위한 명분을 제공해준 사건에 불과했고, 그 배후엔 어둠의 난쟁이들이 있는 것이 분명했다. 무정부주의자라는 딱지가 붙은 이들조차 모두 난쟁이의 검은돈을 받아먹는 하수인에 불과했다. 그로부터 며칠 뒤 북쪽 골목길엔 이런 유인물들이 배포되기 시작했다.

보건위원회의 의원이자 용기 있는 지식인이었던 젤링거 박사는 진실을 말하고자 했다. 무엇에 대한? 더 많은 가난한 자들이 전염병과 기아 속에서 죽어가도록, 혹은 불구자가 되어 아무런 저항도 하지 못하는 무능력한 상태에 이르도록 유도된 배후의 음모들에 대해서였다. 그러나 이미 통제받는 언론에서는 용감했던 증언들을 묻어버렸고, 무뢰배들을 사주해 진실한 증언자를 제거해버렸다. 깨어 있는 이라면 단호히 눈을 떠서 진실을 보아야 한다. 도처에서 난쟁이들이 세계를 조종하는 모습이 보이지 않는가?

이 유인물을 받아본 앗도는 그 자리에서 종이를 찢으며 역정을 참지 않았다. 도대체 이런 미친 이야기가 나도는 이유가 뭐란 말인가? 그리고 도대체 사고 회로가 얼마나 조악해야 이딴 음모론을 진지하게 취급할 수 있단 말인가? 그러나 앗도의 분개와 달리 그 유인물은 길거리에서 빠르게 퍼지고 있었고, 허가받지 않은 해적 라디오 방송을 통해서도 암세포처럼 뻗어나갔다. 나중엔 아예 난쟁이들의 거두들이 모여서 작성한《난쟁이 장로의 정서》가 존재한다는 말까지 나돌기 시작했다. 더 늦기 전에 행동에 나서야 한다는 위험한 분위기가 조성되고 있었다. 앗도는 분명 주모자가 있다고 확신했다. 적어도 지하 출판을 해대는 해충들은 분명 존재했다. 경찰서가 아니라 그곳을 하루라도 빨리 니트로글리세린으로 날려버려야만 했다. 그는 이를 위해 파스칼리노에게 연락해 거리의 분위기가 심상치 않으니 즉각적인 추적과 신원 조회를 부탁하기로 했다.

그러나 파스칼리노는 전화를 받지 않았다. 왜냐하면 그쯤해서 그는 다른 일에 정신이 팔려 있었기 때문이다.

87

파스칼리노는 일단 판단이 서면 좌고우면(左顧右眄)하지 않고 기관차처럼 달려나가는 부류의 인간이었다. 갑작스러운 광기에 미친 왕자가 대뜸 권총을 들고 나타나 가시여왕의 심장을 쏴버리는 경악스러운 장면을 연출하기 위해 적당한 궁정회의 일정을 잡았다. 증인이 되어줄 몇몇 관료와 귀족들을 초청한 이 회의는 후대에 더 큰 비극을 막기 위해 요청된 작은 비극으로 평가받게 될 터였다. 호미로 막을 건 호미로 막아야 하지 않은가? 일시적인 공백 상태로 인한 혼란은 크게 걱정하지 않았다. 전날 참혹했던 옥사에서 조금이라도 야심을 가진 귀족들을 모조리 제거해놨던 터라, 길 잃은 양떼들은 새로운 목자 밑으로 금방 모여들 것이었기 때문이다. 이렇게 생각하니 세상 전체가 마치 그만을 위해 차려진 진수성찬 같았다.

이제 남은 것은 송골매 박제를 구해오는 것뿐이었다. 물론 보기에 따라서 이 일은 매우 사소한 것에 불과할 수도 있었지만, 매우 중요한 역사적 전환점을 앞두고 있으니 송골매와 박쥐의 다큐멘터리가 예사롭지 않게 느껴졌다. 마치 이 모든 일을 예정된 성공으로 이끌어줄 신비로운 징표처럼 보였던 것이다. 게다가 송골매 박제를 구하는 것이 그리 어려운 일도 아니지 않던가? 그래서 거사 당일 오전 파스칼리노는 직접 박제상을 찾아갔다. 알아보니 비뫼시에서 박제를 전문적으로 취급하는 곳은 난쟁이 구역에 있었다.

88

몇 년 전 배불뚝이에게 습격을 당했던 박제상은 이제는 꽤 늙어 있었다. 눈이 어두침침해져 두꺼운 안경을 벗으면 아무것도 알아보지 못하게 됐고, 팔자주름은 짙어지다 못해 뼈에 닿을 듯 깊어져 있었다. 갑작스러운 변(變)을 당하기도 했거니와, 그 뒤로도 계속해서 이어진 불황으로 가만히 앉아서 숨을 쉴 뿐인데도 빚이 늘어나는 각박한 나날이 반복됐던 까닭이었다. 그래서 처음 보는 날카롭고도 사나운 눈매의 손님, 즉 알도 파스칼리노가 문을 열고 들어왔을 때, 마치 집으로 돌아온 주인을 만난 강아지처럼 기뻐했다. 그런데 그 손님이 찾은 것은 곰이나 늑대가 아니라, 다름 아닌 송골매 박제였다. 박제상이 고개를 갸웃하며 물었다. "……소, 송골매요?"

"그래." 파스칼리노가 선반을 두리번거리며 물었다. "왜? 여기는 송골매는 취급하지 않는 건가?"

"아이고, 그럴 리가요!"

박제상은 손사래까지 쳐가며 얼른 달려가 한쪽 선반 귀퉁이에 놓여 있던 송골매 박제를 들고 왔다. 물론 이때 배불뚝이의 얼굴이 떠올라서 기분이 심히 불쾌해지긴 했지만, 얼굴에 기분을 드러내기엔 그의 통장 잔고는 너무도 빈곤했다. 그가 애써 헤죽거리며 시원하게 뻗은 송골매의 날개를 쓰다듬었다. "어떻습니까?" 그가 대답할 새도 없이 이어서 말했다. "제가 예전부터 날렵한 독수리를 좋아했거든요. 이 군더더기 없이 빚어진 몸체와 날개 하며, 저 날카로운 매발톱과 부릅뜬 눈매를 보고 있으면…… 지갑을 열지 않기도 힘들죠. 참으로 완벽한 생명체이지 않습니까?"

파스칼리노가 송골매를 이리저리 뜯어보고는 흡족한 듯 고개를 끄덕였다. "그래, 날렵한 매는 언제나 멋지군."

89

최후의 날, 그날이 자신의 마지막인 줄 모르는 자들이 으레 그러하듯, 가시여왕도 일정대로 움직이고 있었다. 궁정회의실로 발걸음을 떼면서도 그녀의 머릿속은 무정부주의자들 덕분에 얼어붙은 정국을 어떻게 더 유지시킬 것인가에 대한 생각들로만 가득했다. 다행히 이번 테러로 의회가 치안 예산을 대폭 증대하게 하는 데엔 성공했지만, 불황이 예상보다 길어질 추이를 보임에 따라 발작적인 사태가 벌어질 수도 있었다. 그러나 발작적인 사태는 이미 눈앞에 있었고, 모든 비극의 흐름이 그러하듯 당사자만 꿈에도 모르고 있을 뿐이었다. 한데 오래전부터 농익은 종말이 코앞까지 닥쳐왔음을 알았더라면, 과연 그녀는 다른 생각을 하며 시간을 보냈을까? 회의적이었다. 권력 외에 아무것도 남지 않은 그녀에게 권좌 밖의 다른 삶은 아주 오래전에 소거된 뒤였기 때문이다. 그녀에겐 가족이나 친구랄 게 없었기 때문에 사무 외의 별다른 대화가 없었고, 또한 본인 스스로도 별로 원하지 않았다. 심지어 이렇다 할 취미마저 없었다. 고독 속에서 자신의 손아귀에 놓인 도시를 관망하는 데서 느껴지는 은밀한 만족감만이 그녀가 인생에서 아는 기쁨의 전부였다.

그러나 그날이 완전히 평소 같지는 않았는데, 궁정회의실 안이 꽤나 쌀쌀했던 것이다. 대기하고 있던 시종관이 가시여왕의 어깨에 담비 외투를 씌워주며 아무래도 보일러실의 난방 설비에 문제가 생긴 것 같다고 보고했다. 지금이라도 회의 장소를 옮길 건지 물어보자 가시여왕은 고개를 가로저으며 괜찮다고 했다. "차라리 잘됐어. 원래 약간 추운 데서 집중이 더 잘되니까. 경들은 어떤가?"

회의실에 있던 귀족과 관료들은─애써 옷깃을 여미긴 했지만─고개를 끄덕이며 매우 맞는 말이라고 맞장구쳤다. 그리고 그 얘기에 시선을 붙들리는 바람에 가시여왕은 그날따라 약간 기이하게도 왕좌 옆의 탁자 위에 올려져 있던 웬 송골매 박제에 대해 별다른 인상을 갖지 않았다. 회의석 앞에서 미리 기다리던 파스칼리노가 다가와 말을 한 뒤에야 그 존재를 알아차렸다. "여왕님, 제 선물입니다."

"그래?" 가시여왕이 아무런 감흥 없는 목소리로 대꾸하고는 자리에 앉았다. 그러고는 박제의 인공 눈알을 쳐다보며 건조하게 말했다. "매인가? 집행관 취향이 꽤나 고전적이었군. 아무튼 고맙네."

"받아주셔서 감사합니다."

파스칼리노가 목례하고는 다른 귀족들과 함께 자리에 착석했다. 그날 궁정회의의 주요 의제는 단연 보건위원회 테러 사건의 현황 보고 및 여파 분석이었다. 그 과정은 언론 보도 중에 논지에서 크게 어긋난 신문사가 있었는지, 실제 여론조사의 통계수치가 어떻게 나왔는지, 또한 얼마나 조작해서 내보낼 건지, 북쪽 빈민굴에서 활동하는 상인조합이나 목회(牧會), 노동당 지부, 환경단체, 빈자들 형제단 따위의 조직들의 동향은 어떠한지, 경찰 조직 내의 불만 정도와 추가 근무수당 예산을 어디서 끌어올 것 인지, 그리고 끝으로 무정부주의자들에 대한 관리 수준을 점검 해보는 순서로 면밀하게 진행됐다. 한데 회의 내도록 이상하게 도 파스칼리노는 자꾸 문 쪽을 힐끔거렸다. 평소엔 무섭도록 논 의 사안에 집중하던 그답지 않은 모습이었다. 가시여왕이 한쪽 눈썹을 추켜 올리며 물었다. "이보게나, 집행관. 아까 무정부주 의자 녀석들이 내 뜻을 거스르지 못할 거라고 했나?"

파스칼리노가 문을 보고 있던 눈동자를 황급히 돌리며 대답 했다. "그렇습니다."

"어째서지?" 가시여왕의 물음.

"녀석들의 재정 상태는 형편없습니다. 조직은 무너지기 직전 이고, 우두머리는 그 신임을 의심받는 상태입니다. 여왕님이 건 네는 자금을 절대로 포기할 수 없을 겁니다."

"그래?" 가시여왕이 검지로 왕좌를 툭툭 치면서 물었다. "그래 도 문제가 생긴다면? 그때도 안전장치가 있나?"

"지금 놈들의 우두머리 옆에 밀정을 심어놨습니다. 만일 시에 서 보고받지 않은 일이 벌어졌는데 제 연락이 오지 않으면, 곧장 놈을 제거하라고 명령해뒀습니다." 파스칼리노가 덧붙였다. "그 런 뒤에 지금 감옥에 잡아둔 무정부주의자 간부들 중에서 하나 를 회유하여 다시 조직을 장악하고 재건하게 하면 됩니다."

"그래?" 가시여왕은 잠시 눈을 깜빡이며 생각에 잠겼다. 그러나 깊은 생각은 전혀 아니었고, 비교컨대 오래전 댐 건설에서 시멘트를 줄이도록 명령했던 그날의 짧은 변덕에 가까웠다. 이윽고 그녀가 명령했다. "할 일도 끝났는데 계속 살려둘 필요가 있겠나? 괜히 방정맞게 입이나 나불거리고 다니기 전에 죽여버려. 돈도 다시 회수해오고."

"알겠습니다." 파스칼리노가 대답했다.

딱히 놀라울 건 없는 대화였다. 다만 가시여왕이 고전적인 지배 매뉴얼을 몰라서 물었다기보다는, 다소 산만한 파스칼리노에게 회의에 집중하라는 무언의 경고를 건넨 것이 이 대화의 진의에 가까웠다. 물론 곧장 말귀를 알아들은 파스칼리노는 이다음부터는 문 쪽으로 눈길을 주지 않았지만, 그렇다고 해서 회의에 집중을 한 것은 결코 아니었다. 이제 손목시계의 시간은 때가 임박했음을 알려주고 있었고, 책상 밑에서 꼼지락거리고 있는 그의 손가락들은 유사시에 곧바로 권총을 뽑아들 수 있게 준비 중이었다. 그리고 가시여왕에겐 어딘가 초조해 보이는 파스칼리노의 표정을 충분히 고려할 시간적 여유가 주어지지 않았다. 잠시후 다음 의제로 불황이 완전히 지나갈 때까지 불순분자들을 따로 가둬놓을 수용소 건립 문제를 논하려 할 때, 갑자기 문고리가 돌아가면서 누군가가 나타났다. 모두의 시선이 일제히 그곳으로 쏠렸다. 그 외모가 워낙 특이해서 대번에 누구인지 알 수 있었지만, 동시에 누구인지 전혀 알 수 없었다. 그는 왕자이되, 허옇게 분칠을 한 시신처럼 창백한 피부의 왕자였기 때문이다. 또한 가시여왕 자신을 쏘아보는 이글거리는 눈동자 역시도 명백히 대역으로 데려온 그 고아의 것이 아니었기 때문이다. 그렇다면 저 왕자는 누구란 말인가? 혹시 진짜, 그인가?

파스칼리노를 제외한 궁정회의실의 모두가 경악을 금치 못했다. 다만 가시여왕은 그 존재의 출몰 자체에 놀라고 있었고, 다른 이들은 왕자의 손에 들린 권총 때문에 놀라고 있다는 점에서 차이가 있었다. 비명이 터져나오기도 전에 가시여왕이 물었다.

"너는 뭐지?"

대답 대신 방아쇠가 당겨졌다.

그리고 파스칼리노의 머리통이 터지면서 뇌 조각들이 허공으로 치솟았다. 그는 의자에 꽂힌 채로 즉사했고, 굳어진 표정은 여유로움과 당혹감 사이의 무언가였다. 귀족과 관료들이 비명을 내지르며 자리를 박차고서 뒷문으로 도망쳤다. 가시여왕은 여전히 왕좌에 꼿꼿이 앉아 있었는데, 뭐라도 건넬 말을 찾는 모양인지 입술이 꿈틀거렸다. 그러나 결론적으로 그 입술로부터는 아무런 말도 흘러나오지 못했다. 그녀는 지금 자신을 향해 겨눠진 총구의 의미를 전혀 이해할 수 없었기 때문이다. 왕자가 뭔가를 말하긴 했지만 잘 들리지 않았고, 가까스로 귓가로 들어온 몇 마디도 전혀 해석되지 않았다. 이윽고 찾아온 종말의 순간, 총구에서 총알이 발사될 때, 일순간 주변으로 터져나온 불꽃과 연기들이 수많은 얼굴처럼 변했다. 그런데 하나같이 처음 보는 낯선 낯짝들이었다.

90

가시여왕의 미간에 총알구멍이 나던 날, 42번은 평소처럼 서재에 앉아 밤늦게까지 책을 읽고 있었다. 그날 그의 손에 들린 것은 역사서였는데, 며칠 전부터 펼쳐볼 마음에 군침을 흘리던 녀석이었다. 그런데 책을 펼쳐보니 책장 사이에 웬 편지지가 끼워져 있었다. 그러나 그 안의 내용은 편지라기보다는 작은 이야기에 더 가까웠다.

먼 옛날 수레에 죽간(竹簡)을 한가득 싣고서 전국을 돌아다니며 천문학부터 인류학까지 온갖 지식들을 수집하고 다니던 한 박물학자가 있었다. 그에겐 기록 정리를 도와주던 제자가 하나 있었는데, 스승과 마찬가지로 온 세상을 문자로 옮겨놓으려는 야망의 소유자였다. 어느 겨울날, 항구도시로 가던 스승과 제자는 수레바퀴가 고장 나는 바람에 인근 여관에서 하룻밤을 묵게 됐다. 그곳은 1층은 주막으로 2층은 여관방으로 쓰던 여관이었는데, 길을 오가던 봇짐장수나 농부들이 난로 주변에 모여서 흥겨운 술판을 벌이고 있었다. 그 모습을 본 제자가 말했다.

"세상에 배울 게 얼마나 많은데, 저들은 왜 이리도 시간을 낭비하고 있는 걸까요? 만일 모든 인간이 자신이 언제 죽을지를 안다면, 최선을 다해 살 수 있을 텐데 말입니다."

이에 스승은 고개를 가로저었다.

"그렇지 않단다." 그가 말했다. "인간은 자기가 언제 죽을지 모르기 때문에 누구보다 열심히 살 수 있는 거란다. 저들이 저렇게 취한 건 자신이 영원히 죽지 않을 거라 믿기 때문이야."

그 말을 곱씹던 제자는, 이윽고 오늘은 여독(餘毒)으로 몸이 너무 피곤하니 지금 머릿속에 떠오른 의문점들을 정리하여 내일 물어봐도 되겠느냐고 여쭈었다. 스승은 흔쾌히 고개를 끄덕였다. 그렇게 둘은 방값을 치르고서 2층으로 올라가 몸을 누였고 금세 깊은 잠에 빠져들었다.

그런데 1층에서 고주망태가 된 취객들이 싸움을 벌이다가 그만 화로를 엎지르는 사고가 벌어졌다. 불씨는 메마른 나무 바닥과 커튼을 타고서 삽시간에 큼직한 불로 자라났고, 모두가 잔뜩 취해 있던 관계로 우왕좌왕하기만 했다. 결국 불길이 여관 전체를 집어삼켰다. 그리하여 2층에 있던 스승과 제자는 물론이고, 여관 옆에 딸린 마구간에 놔둔 죽간들, 그러니까 세계를 담아놓았던, 적어도 저자들은 그렇다고 믿어 의심치 않았던 문자들까지 모조리 잿더미로 사라지고 말았다.

이야기를 다 읽고서 기분이 몹시 불쾌해진 42번은 편지지의 서명을 찾아보려고 했지만, 안타깝게도 순수한 익명이었다. 혹시나 샌님이 쓴 게 아닐까 싶어서 그에게 가서 물어봤지만, 편지지를 읽어본 그는 고개를 가로저었다. "내가 이 책을 산 건 맞지만, 이런 게 있는지는 몰랐어."

"누가 쓴 걸까요?" 42번이 물었다.

"글쎄. 어쩌면 괴팍한 취미를 가진 서점 직원이 마음대로 편지지를 꽂아놓은 건지도 모르지."

"어째서요?"

샌님이 어깨를 으쓱하고는 편지지를 도로 건넸다.

"그걸 모르니까 괴팍하다고 하는 거겠지?"

42번은 전혀 개운치 않은 표정이었지만, 그래서 어쩌면 그 뒤로도 대화가 좀 더 이어질 수도 있었겠지만, 애석하게도 그 흐름은 거기까지였다. 갑자기 위층에서 날카로운 총성이 한 발 들렸고, 이어서 비명과 숨 가쁜 구둣발 소리들이 뒤따랐기 때문이다. 그리고 잠시 뜸을 들이고서 두 발의 총성이 더 들려왔다. 화들짝 놀란 샌님이 몸을 움츠렸고, 42번도 본능적으로 책상 밑으로 엎드렸다. 둘은 침묵 속에서 서재 문고리를 바라봤다. 이 야밤에 뜬금없이 사격 연습을 할 리는 없었고, 분명 무언가가 잘못된 게 틀림없었다. 이윽고 샌님은 입에 고인 침을 꿀꺽 삼키며 상투적인 혼잣말을 했다. "……무슨 일이지?"

이때 샌님에겐 누군가가 저 서재 문고리를 돌리며 들어올 때까지 안에 가만히 앉아 있거나 혹은 밖으로 나가 무슨 일이 벌어진 건지 확인해보는 두 가지 선택지가 있었는데, 고심 끝에 후자를 택했다. 왜냐하면 만일 반란이라면 그 남편인 자신의 목숨이라고 안전하겠는가? 그 점에서 가만히 있는 건 자살행위였고, 조금이라도 확률이 있는 건 후자였다. 그는 바들바들 떨고 있는

42번에게 잠시 여기에 가만히 있으라고 말하고는 조심스럽게 방문을 열고 밖으로 나갔다.

91

샌님이 손잡이를 꼭 잡은 채 후들거리는 다리로 계단을 올라가고 있던 그 시간에 박제상은 박제들의 먼지를 털어내며 하루 일과를 정리하고 있었다. 모처럼 내일 또 어떻게 눈을 뜨나 하는 불안감으로부터 자유로운 저녁이었다. 매섭게 생긴 외관과 달리 송골매 박제를 사간 손님이 상당히 후한 값을 쳐줬기 때문이다. 그 돈이면 그간 쌓인 빚을 변제하고도 서너 달 정도는 걱정 없이 지낼 수 있을 듯싶었다. 예전에 밀수입했던 악어 박제를 제값보다 비싸게 거래했던 것을 제외한다면, 박제상이 살면서 했던 거래들 중에 가장 좋은 거래였다. 그 손님이 그렇게나 부자였다면 좀 더 높은 금액을 부르는 거였는데, 하고 약간 후회가 되기도 했지만, 그래도 입꼬리는 여전히 귓가에 걸릴 듯 늘어져 있었다. 그는 제멋대로 생각했다. 어쩌면 이걸로 운수가 확 트일지도 몰라. 그래, 오랜 액땜이 비로소 끝난 거로구나!

뭐든지 잘될 것 같은 근거 없는 예감이 그의 가슴속에 가득 들어찼다. 그는 안경을 벗고서 휘파람을 흥얼거리기 시작했고, 리듬이 일정 궤도에 올랐을 때부터는 엉덩이를 실룩거리며 춤까지 곁들였다. 아직 가게 문을 완전히 닫은 것은 아니었지만, 어차피 이런 야심한 시각에 찾아오는 손님은 일평생 없었다. 그렇게 그는 행복에 심취했고, 때문에 밖에서 누군가가 위태롭게 걸어오는 것을 볼 수 없었다. 창문 너머로 춤추는 자신을 바라보는 이글거리는 눈동자도 볼 수 없었다. 이윽고 쇠방울이 딸랑거리는 소리가 들리면서 문이 확 열렸을 때, 박제상의 춤 자락도 갑자기 끊어졌다. 고개를 돌려보니 끔찍한 형태로 낯익은 얼굴이 문 앞에 서 있었다. 약간 살이 빠지긴 했지만, 그 포악스러운 얼굴은 분명 배불뚝이, 분명 배불뚝이 그였다. 그런데 그는 이상하게도 전날 가게에서 한바탕 깽판을 쳤던 날에 입고 있었던 옷차림 그대로였다. 그래서 마치 시간이 아니라 기억 속에서 끄집어내진 존재처럼 보였다. 심지어 다시 나타난 이유 역시도 과거의 그날과 동일해 보였다. 아니, 그때보다 더욱 심각해져 있었다. 그는 한바탕 술을 마신 듯 얼굴이 울긋불긋했고, 손에는 식칼이 들려 있었다. 그리고 성난 야수의 얼굴로 박제상을 바라보고 있었는데, 그 눈동자는 칠흑같이 어두운 밤인지라 뭐든지 검게만 보였다.

이윽고 배불뚝이 쪽에서 먼저 그르렁거리는 소리로 침묵을 갈랐다. 그가 말했다. "어제 출소했다."

박제상이 섬뜩하게 번쩍이는 식칼을 보며 말했다. "왜, 왜 이래요……." 그리고 침을 꼴딱 삼키며 덧붙였다. "나는 다 잊었어요. 이제 당신한테 아무런 감정이 없다고요……."

"그래?"

"네." 박제상이 고개를 끄덕이고는 조심스러운 손길로 문을 가리켰다. "……신고는 안 할 테니까, 그냥 들어왔던 곳으로 다시 나가주시겠어요? 그냥 그렇게만 해주시면 되는데. 꼭 이럴 필요는 없거든요…….'

배불뚝이가 고개를 가로저으며 다가왔다.

그가 중얼대듯 말했다. "그런데 나는 아무것도 안 잊었고, 더 이상 딱히 기억할 것도 안 남았거든."

난쟁이 박제상은 더 이상 말을 건네지 않았다. 대신 고양이 같은 몸놀림으로 재빨리 서랍을 열어서 무두질용 손칼을 집어 들었다.

9장

92

비뫼시의 참 주인은 허무의 벗, 인간벌레였다. 너무 하잘것없어서 육안으로 인식해주는 것조차 사치인, 그래서 대개의 경우 없는 것 마냥 취급되는 모호한 생계수단과 모호한 출신성분을 지닌 타락한 무위도식자들 그리고 파산한 부르주아 계급의 일군의 모험가들과 함께 부랑자, 제대군인, 출옥범죄자, 탈출한 강제노역자, 사기꾼, 협잡꾼, 거지, 소매치기, 사기도박사, 노름꾼, 뚜쟁이, 포주, 짐꾼, 문인, 삼류문사, 거리의 악사, 넝마주이, 칼 가는 사람, 땜장이, 걸인, 요컨대 모호하고 뿔뿔이 흩어져 여기저기 내버려져 있는 유랑자들 말이다.[153] 이들은 존엄왕(尊嚴王)의 청동상부터 구불구불한 골목길 곳곳에 이르기까지 모든 건축물이 배치된 자리에서 영원토록 서 있을 것처럼 보이는 도시를 그 밑바닥과 가장자리에서부터 야금야금, 살금살금, 사각사각, 그렇지만 단 한 번도 멈춘 적 없는 집요함으로 갉아먹어갔다. 이따금 신고를 받은 경찰들이 발걸음하기는 했지만, 그때뿐이었다. 전 조등이 환할 때 거리는 풍경화였지만, 순찰대가 지나가면 거친 손놀림들이 화폭을 찢어발겨버렸다.

그날 파출소로 잡혀온 발은 그 수많은 인간벌레 중 하나였다. 겨우 열넷에 닿은 어린 나이였지만 길거리는 청소년 보호법을 그다지 신경 쓰지 않았다. 이 촉법소년은 북쪽 외곽의 빈민굴에서 태어나고 살아왔는데, 아주 어려서 도망가버린 모친의 행방은 영영 알 수 없게 돼버렸고, 부친은 알코올중독자였다. 으레 예측되듯 그는 반사회적 사회에서 반사회적으로 자라났다.[154] 처음 경찰서에 붙들려오게 된 이유는 집단폭행이었다. 평소 어울리던 불량배들과 짜고서 자신을 돌보러온 사회복지사를 꿰어내어 두들겨 팬 뒤, 지갑을 강탈해간 것이다. 이를 기점으로 발은 학교를 중퇴하게 됐고, 동시에 청소년기 전체를 소년 전과로 주렁주렁 채우기 시작했다. 단순 폭행과 소매치기부터 시작하여, 나중엔 형들이 가출한 여자아이를 강간하는 동안 망을 봐주기까지 했다. 그리고 이번에 그가 경찰서로 잡혀오게 된 죄목은 난쟁이 구역 근처에 있던 잡화점에서 물건을 훔치다가 걸린 절도죄였다. 조서를 꾸리던 지극히 피곤한 얼굴의 순경72가 왜 그랬냐고 물으니, 발은 배는 고픈데 주머니에 돈은 없어서 그랬다고 퉁명스럽게 진술했다. 덕분에 대략 5초 뒤 곤봉손잡이로 얻어맞아 쌍코피를 쏟아야만 했다.

발이 누더기 같은 후드티 소매로 코피를 훔치며 중얼거렸다. "······그게 전부인데, 뭘 어쩌라고요?"

"그거야 그렇지만." 순경72은 휴지로 곤봉손잡이를 닦으며 말했다. "아무래도 공손하게 말하는 법을 잘 모르는 것 같아서 말이야. 한 번 가르쳐준 걸로 충분하겠지?"

발은 어금니를 꽉 다물며 입술을 닫았지만, 그렇다고 해서 딱히 겁먹은 기색은 아니었다. 이미 경찰서가 익숙했기 때문이다. 그는 자신이 거친 무법자나 거물급 범죄자라도 된 것처럼 연기하는 데 매진했다. 만일 평소 같았다면 유치장에 처박힌 뒤, 바닥에 누워서 다음날 밖에 나가 경찰서에서의 일을 어떻게 그럴싸한 무용담으로 부풀릴 수 있을지 따위를 골몰하며 잠들 터였다. 그러나 그날은 평소와 달리 어딘가 이상했다. 발은 코피를 멎게 하기 위해 고개를 뒤로 젖히면서 좌우를 힐끔거렸다. 유치장에 넘쳐나는 범죄자들에 비해 경찰서를 지키고 있는 경찰은 순경72를 포함하여 겨우 두어 명이 전부일 정도로 휑했다. 물론 그 이유도 금방 알아챌 수 있었다. 다른 경찰들은 북쪽 외곽에 배치된 상태였고, 발을 비롯해 유치장에 있던 범법자들 모두가 바로 그 빈민굴에서 온 자들이었다. 번개가 내리치기 전의 어두운 전조가 드리워졌다.[155] 이윽고 지극히 위험한 생각들에 스파크가 튀기 시작했다. 망설일 이유는 없었다. 이들에겐 머뭇거리면서까지 지속시키고픈 현재도, 얻어낼 미래도 없었기 때문이다.

바로 그때 무전기에서 야간통행금지 조치 해제를 요구하는 상인조합의 시위가 일어났다는 소식과 북쪽 외곽에 대한 처우 개선을 요구하는 시민단체들의 움직임이 포착됐다는 소식이 연 달아 들려왔다. 그리고 그다음엔 순경72를 찾는 또 다른 본부의 무전이 날아들었다. 난쟁이 구역에서 칼부림이 났다는 신고가 접수됐는데, 그곳으로 출동할 경관이 아무도 없다는 것이었다. 순경72는 곧바로 응답하길, 규칙대로 2인 1조로 출동하면 지금 경찰서엔 근무자 한 명만이 덩그러니 남는다고 했다. 그러자 본 부에서는 예외적으로 순경72 혼자서만 현장으로 출동하라고 명 령했다. 칼부림이 났는데 혼자서 가라고? 순경72는 억지로 한숨 을 삼키며 대꾸했다. "알겠습니다. 지금 출동하겠습니다."

그러나 무전기를 도로 내려놓자 순경72의 눈앞엔 발이 의자 를 들고 있었다. 일순간 눈동자는 광기로 희번덕거렸다. 팔로 막 기도 전에 던져진 의자가 순경72의 얼굴을 가격했고, 발은 뒤로 나자빠진 그를 향해 번개처럼 몸을 던졌다. 그리고 전날 거리에 서 익힌 소매치기 솜씨를 발휘해 허리춤에 달린 열쇠꾸러미를 뜯어냈다. 범법자들은 이미 유치장에 거의 매달리다시피 한 채 로 고함을 내지르고 있었다.

93

난쟁이 구역으로 올라가는 높다란 계단이 시작되는 곳에 잡화점이 하나 있었는데, 그곳의 점장은 꽤 점잔을 빼게 생긴 마흔 살 정도 된 중년 남자였다. 안타깝게도 그는 꽤나 빠르게 찾아온 발기부전으로 고생하고 있었는데, 크게 술담배를 하는 것도 아니었기에, 아마도 그 원인은 과한 스트레스 때문인 것으로 추측됐다. 그것도 그럴 것이 빈민굴에서 흘러나오는 걸인들이 잡화점 계단 위에 드러눕기를 반복했기 때문이다. 경찰에 신고를 해보기도 했지만, 비뢰시에 구비된 감옥의 전체 면적은 거지 떼의 절반의 절반도 수용하지 못할 정도로 턱없이 좁았다. 또한 어느 순간부터 귀찮아진 경찰들은 신고에 태만하게 응하거나 혹은 더 급한 사건이 있다며 아예 무시해버렸다. 이루 형언할 수 없는 악취를 풍기는 걸인들이 가뜩이나 모자란 손님들을 쫓아내는 꼴을 두고 볼 수만은 없었던 점장은, 결국 직접 걸인들에게 유통기한이 지난 음식이나 푼돈을 쥐여주며 제발 다른 곳으로 가달라고 통사정하게 됐다. 그리고 침실에서 매번 시무룩한 물건을 보며 그의 아내 역시도 제발 엄한데 힘을 쓰지 말라며 그에게 통사정하게 됐다.

허나 그뿐이던가? 이 타락한 도시엔 절도범들이 넘쳐났다. 도둑들은 그 옷차림에서부터 냄새가 났다. 주로 저급한 숙박소에서 기어나온 녀석들의 몸에서는 하나 같이 눅눅한 땀내가 진동했는데, 이들은 항상 주머니에 과자 한 봉지라도 훔쳐서 나가려고 했다. 그렇게 매일 같이 거울로 녀석들의 손놀림을 감시하고 조금이라도 수상한 낌새가 보일 때마다 주머니를 뒤지는 나날이 반복됐다. 그 과정에서 폭행을 당하기도 했고, 삽시간에 절도범이 강도로 돌변하는 불행을 맛보기도 했다. 심지어 오늘도 후드티 속에 치즈를 넣으려던 쥐새끼를 하나 잡지 않았던가? 아직 어려 보였지만, 죄책감이라곤 느껴지지 않는 눈동자를 보고 있으니 이미 싹수가 노란 녀석임이 분명해 보였다. 점장은 녀석을 경찰에 넘겨서 속이 후련했고, 그건 요 근래 들어서 그가 느낀 거의 유일한 행복감이었다. "빌어먹을 놈의 자식 같으니라구!" 그가 혼잣말했다. "어디서 훔쳐 먹으려고 들어? 콩밥을 먹어야 정신을 차리지……."

두어 시간 뒤 점장은 쓰레기를 분리수거 해놓으려고 밖으로 나갔다. 이제 막 해가 떨어지려 하고 있었지만, 야간통행금지 때문에 쓰레기차는 예전보다 빠르게 왔다. 쓰레기봉투를 묶고 있으니 한숨이 절로 나왔다. 야간통행금지 조치로 인해 매출이 줄었지만, 시 당국에서는 아무런 대책도 내놓지 않고 있었다. 텔레비전을 틀면 그저 한 번도 가본 적도 없는 문화회관이 폭파된 잔해 더미만 보여줬다. 앵커는 그 테러로 인해 세상이 대단히 뒤바뀐 것처럼 떠들어댔지만, 막상 잡화점 문을 나선 점장이 본 세상은 예전과 크게 차이가 없었다. 평소처럼 역류한 하수도에서 풍겨나오는 역한 냄새가 콧구멍으로 밀려들어왔고, 옥상 위에서는 그 악취를 머금은 빨래들이 황량하게 펄럭거렸다. 길거리엔 경찰 제복을 입은 곰이 도시를 보호하는 포스터가 바닥에 나뒹굴었다. 냉정히 보건대, 이 모든 건 지루하고 우울하며 공허하고

어리석은 농담처럼 보였다.[156]

그러나 세상이 바뀌었다는 앵커의 논평 자체는 옳았다. 다만 그가 말한 것보다 훨씬 더 옳았을 뿐이다. 쓰레기봉투를 옮기고 있는데, 멀리서 웅성거리는 소리가 들려왔다. 점장이 고개를 들어보니 지극히 이상하게도 난쟁이들의 언덕으로 올라가는 계단 위에서 한 무리들이 우르르 몰려오고 있었다. 자세히 보니 앞에서 웬 남자가 뭔가를 정신없이 휘두르며 계단을 뛰어내려오고 있었고, 그 뒤에서 난쟁이들이 고함을 내지르며 뒤쫓고 있었다. 이윽고 남자의 손에 들린 것이 피 묻은 식칼임이 육안으로 식별됐다. 그래, 배불뚝이였다. 점장은 본능적으로 쓰레기봉투를 내려놓고서 잡화점 안으로 들어갔고, 문을 걸어 잠갔다. 그리고 유리문 너머에서 상황을 관망했다. "도대체 뭐지? 무슨 일인 거야? 저것들은 뭐냐고?"

상황은 더욱 끔찍한 방향으로 치달았다. 배불뚝이가 계단을 다 내려왔지만 이미 몰려든 구경꾼들에게 앞길이 가로막혔다. 그리고 그가 잠깐 멈칫한 때를 노려서 뒤따라오던 난쟁이 하나가 알아들을 수 없는 말을 내지르며 몸을 던졌고, 그 바람에 배불뚝이는 손에 들린 칼을 놓치고 말았다. 아마도 그에게 팔을 베인 것으로 추정되는 또 다른 난쟁이 하나가 떨어진 칼을 집어 들고서 그대로 배불뚝이를 찔렀고, 이어서 몰려든 다른 난쟁이들도 침을 뱉으며 발길질을 해댔다. 퇴근하던 사람들이 끼어들어 경찰이 올 때까지 기다려야 한다고 말했지만, 난쟁이들은 이 도시에 자신들을 위한 경찰은 존재하지 않는다고 받아쳤다. 그러는 사이 칼을 들고 계단을 내려왔던 배불뚝이는 고깃덩어리처럼 다져져 숨이 끊어졌다.

거리에 피가 뿌려지는 것을 본 점장은 경악을 금치 못했고, 곧바로 경찰서에 전화를 걸었지만, 어찌된 일인지 그날따라 경찰은 전화를 받지 않았다.

94

점장이 건 전화가 울려대는 경찰서 안은 이미 아수라장이었다. 발이 탈취한 유치장 열쇠가 곧바로 범법자들에게 던져졌고, 놀란 경찰이 권총을 뽑아드는 사이에 쇠문이 철거덕 열렸다. 멈추라는 고함이 던져졌지만, 아무도 멈추지 않았다. 경찰이 쏘지 않을 것이라고 생각했거나 혹은 이 자리에서 맞고 죽어도 딱히 상관없다고 여겼고, 게다가 지금 그들의 머릿수는 총알 개수보다 많았기 때문이다. 순경72가 주먹으로 발의 턱주가리를 후려치고서 고개를 들었을 땐, 이미 총구에서 불꽃이 뿜어져나오고 있었고, 또한 책상을 뒤엎은 범법자들이 총소리가 들릴 때마다 헐거워지고 있는 탄창을 향해 달려오고 있었다. 총알에 맞은 서류들이 공중으로 치솟았고, 그 옆으로 목에 총알이 박힌 어느 주취자(酒醉者)가 붉게 달아오른 표정으로 쓰러졌다. 권총을 뽑아든 순경72는 너무 당황해서 미처 안전장치도 풀지 못한 채로 애꿎은 방아쇠만 꾹꾹 눌러댔고, 멍청이가 된 총구를 보며 짧게 눈을 두 번 깜박였다. 그리고 그의 앞까지 달려온 누군가에 의해서 뒤로 나자빠졌다. 곧장 또 다른 누군가의 억센 손놀림이 허리춤의 곤봉을 뺏어 들었다. 순경72는 그 누군가의 얼굴을 보려고 했지만, 그 순간에 곤봉이 그의 턱을 후려쳐 의식 다발을 끊어놨다. 물론 그 뒤로도 흥분한 곤봉은 순경72의 머리통이 한때 머리였던 무언가가 될 때까지 계속해서 내리쳤다.

잠시 후 정신을 차린 발은 코피가 터지다 못해 아예 코뼈가 내려앉은 상태였다. 이빨도 두 개나 흔들렸다. 열상으로 화끈거리는 고개를 돌려 총성과 고함으로 뒤범벅된 주변을 둘러봤다. 유치장을 빠져나온 범법자들이 유리창을 깨고서 경찰서 밖으로 뛰쳐나가고 있었다. 한쪽에 떨어진 무전기에서는 폭력 사태가 벌어졌다는 다급한 목소리가 쇄도하고 있었는데, 그중에는 난쟁이들 구역으로 들어가는 경계에서 벌어진 폭동 소식도 곁들여져 있었다. 발은 그곳에 있는 잡화점, 그리고 자신을 신고했던 그 점장 놈의 표독스런 눈빛이 떠올랐다. 아무래도 녀석을 아주 밑바닥까지 보내버려서 지옥불에 떨어지게 해줘야 될 성싶었다.[157] 결심이 서자 발은 아슬아슬하게 웃으면서 자리에서 일어났다. 그리고는 때마침 엎어진 의자 앞에 떨어져 있던 권총을 집어 들었다(악마가 가져다놓은 걸까?).

95

발이 권총을 들고서 경찰서 밖으로 뛰어나가고 있던 바로 그 시간, 샌님은 궁정회의실 계단을 올라가고 있었다. 도중에 사색이 된 표정의 호위대 두어 명이 계단을 내려왔지만, 무슨 일이냐는 샌님의 물음에 답하지 않고 그대로 지나쳐버렸다. 마치 저 위에서 벌어져서는 안 되는 일이라도 벌어진 것처럼 말이다. 분위기는 지극히 음산했고, 계단에 깔린 붉은 카펫이 금방이라도 꿈틀거릴 것처럼 느껴지기까지 했다. 샌님은 가슴속에 끈질기게 들고 있던 물음 하나를 꺼내봤다. 지금이라도 도망칠까? 그러나 지극히 새가슴이었던 그가 유독 그날만큼은 멈추지 않고 앞으로 발걸음을 떼고 있었다. 총소리나 비명이 터져나오고 있었다면 일말의 망설임도 없이 도망쳤겠지만, 기이하게도 윗층을 가득 메우고 있는 것은 정체불명의 침묵이었던 까닭이다. 샌님은 바로 그 무시무시한 조용함에 매혹됐고, 그 정체가 무엇인지 반드시 확인하고픈 욕망에 완전히 사로잡혔다. 어느 순간부터 그는 자신이 현실 속에 있다기보다는, 밤새 침을 꼴딱 삼켜가며 읽던 오싹하고도 신비스러운 고딕소설의 마지막 챕터를 넘기고 있는 것 같았다.

마침내 마지막 계단까지 오르자, 비스듬히 열린 문틈으로 궁정회의실이 보였다. 샌님이 발소리를 내지 않으려고 안간힘을 쓰며 다가가 그 틈 사이로 얼굴을 밀어넣었다. 텅 빈 궁정회의실

안으로 엎어진 의자와 떨어진 탄피들이 보였다. 예기치 못한 순간에 무시무시한 종이 머리 위로 뚝 떨어질 것 같은 극도의 불안감이 샌님을 내리눌렀다.[158] 조금 고개를 돌리자 놀랍게도 머리에 구멍이 난 채로 앉아 있는 파스칼리노의 시체가 나타났다. 놀란 샌님이 앞으로 넘어지며 비스듬히 열렸던 문이 활짝 젖혀졌다. 그는 황급히 몸을 일으켜 세우려고 했지만, 당황하여 땅을 헛짚는 바람에 우스꽝스럽게 옆으로 또다시 넘어졌다. 그 상태로 다시 눈을 뜨자, 이번에 눈동자에 들어온 것은 자신처럼 엎어져 있는 가시여왕의 시체였다. 그 주변으로 흥건한 피가 흘러나오고 있었는데, 경악스럽게도 그 시체엔 머리가 없었다. 샌님이 비명조차 제대로 지르지 못하며 뒤로 도망치듯 기어갔고, 이윽고 벽에 부딪친 뒤에야 겨우 거기에 기대어 앉으면서 몸을 일으킬 수 있었다. 이제 눈앞의 광경이 적나라하게 보였다. 바닥에 떨어진 권총과 이빨 빠진 도끼, 그리고 가시여왕의 잘린 머리를 든 채 왕좌에 앉아 있는 깊숙이 유폐되고 잊혔던 그의 아들. 누가 봐도 그의 아들이라고밖에 볼 수 없는 박쥐처럼 생긴 외모의 왕자였다. 샌님은 넋이 나간 표정으로 떠듬거리며 말했다. "부, 분명, 밑에, 서, 서재에, 같이 있었는데……." 그러고는 덧붙여 물었다. "어떻게 된 거지?"

"그야, 아무렇게나 된 거지." 희멀건 왕자가 빙그레 웃으며 대답했다.

샌님은 대꾸할 말을 찾지 못하고 있었다. 그때 다소 뜬금없게도 파스칼리노의 시체 뒤편 탁자 위에 놓여 있던 전화기가 울렸다.

"받아볼래요?" 왕자가 물었다.

샌님이 움직이지 않자, 왕자는 어깨를 으쓱하고는 전화기가 계속 울리도록 내버려뒀다. 한동안 을씨년스럽게 혼자서 침묵을 가르던 전화기는 이내 멎었다. 다시 고요가 찾아오자 왕자는 아직까지 가시여왕의 머리에 씌워져 있던 황금 왕관을 벗겨내어 자신의 머리 위에 올려놨다. 그리고 잘린 머리를 들어올리며 장난스럽게 말했다. "이거? 목을 잘라서 목이 없는 자기 몸뚱이를 보게 하고 싶었거든."

말을 마친 왕자가 까르르 웃음을 터뜨리며 샌님을 향해 그 머리를 던졌고, 이에 기겁한 샌님이 벌떡 일어나 문을 밀치며 밖으로 도망쳐나왔다. 그러나 너무 충격적인 장면들을 본지라 제정신이 아니었던 그는 균형감각을 신경 쓸 여력이 없었고, 또한 하체는 이미 힘이 풀릴 대로 풀린 상태였다. 몸을 일으킨 것을 끝으로 그의 모든 근력 스위치가 꺼졌다. 머릿속에선 이미 계단을 다 내려간 뒤 궁전에서 최대한 멀리 떨어진 어딘가를 향해 달려가고 있었지만, 실제로는 다리가 꼬이면서 계단 밑으로 엉망진창으로 굴러떨어지고 있었다. 체중과 가속도가 그를 죽음으로 사정없이 떠밀었다. 오른쪽 팔이 부러지고, 두개골에 깊은 금이 갔으며, 양쪽 발목을 접질렸다. 끝으로 11번째 계단에서 목뼈가 돌아가서는 안 되는 방향으로 돌아가면서 호흡을 조절하는 연수(延髓)를 끊어버렸고, 그와 동시에 심장 또한 그대로 멈춰버렸다.

계단의 끝자락에서 멈춰선 그의 시체는 망가진 목각 관절 인형 같았다.

96

"빌어먹을!" 앗도가 욕지거리를 내뱉으며 전화기를 머리 위로 들어올렸다. 그러나 온몸에 흩어진 자제력들을 모두 손으로 끌어모아서 간신히 전화기를 집어던지지 않고 충전기에 꽂아놓는 데 성공했다. 대신 주먹으로 벽에 걸린 큰 액자에 구멍을 마구 뚫었다. 그가 씩씩대며 소리쳤다. "도대체 전화를 안 받는 이유가 뭐냐고!"

앗도는 미칠 지경이었다. 경찰 통신에 주파수를 맞춘 무전기에서 흘러나오는 소식들은 하나같이 다 혼란덩어리였다. 처음엔 미리 대기하고 있던 경찰 병력이 몇몇 시위대의 움직임을 효과적으로 진압하는 것처럼 보였지만, 이내 경찰서가 점령됐다는 괴이하기 짝이 없는 무전이 날아들었다. 도대체 어떤 얼빠진 머저리가 근무 중이었는지는 몰라도, 모종의 비극적인 사고로 인해 유치장에 갇혀 있던 범법자들이 풀려났고, 이들이 경관들을 살해하고서 경찰서를 탈출했다는 것이다. 벌써부터 탈취된 총기로 인한 각종 신고들이 빗발치고 있었다. 당황한 경찰 수뇌부에서는 시위대를 최대한 빨리 진압하고서 이른바 '폭도'라고 규정된 이들을 단죄하라는 명령을 내렸는데, 문제는 이미 흥분한 시위대들 입장에서는 경찰서가 불타든 말든 더 이상 거칠 게 없었다는 점이었다. 확성기를 든 중대장이 당장 시위대를 강경 진입하라는 명령을 내리자, 진압부대가 쏜 최루탄들이 일제히 발사됐고, 이어서 시위진압용 헬멧을 눌러쓴 경찰들이 곤봉을 든 채로 돌격했다. 북쪽 외곽의 구불구불한 골목들은 그렇게 삽시간에 유혈사태의 현장으로 바뀌었다. 얼마 뒤 현장에서 긴급 증원을 요청하는 다급한 무전이 울려 퍼졌고, 심지어 발포 명령을 허가해달라는 요청까지 뒤따랐다. 그러나 본부에서 허가를 하기 전부터 이미 총성은 터져나오고 있는 중이었다.

그러나―심지어―이게 전부가 아니었다. 난쟁이들의 언덕으로 가는 접경지대에서 칼부림이 났는데, 아무리 기다려도 경찰들이 출동하지 않자, 난쟁이들이 직접 나서서 사태를 진압하는 과정에서 기어코 범인을 죽인 모양이었다. 빗발치는 신고와 보고의 혼선 때문에 정확한 인과관계는 파악되지 않았지만, 여기서 북쪽 빈민들과 난쟁이들 사이의 패싸움이 벌어진 건 분명한 사실인 듯싶었다. 불법적인 주파수를 끌어다가 운영되는 해적 라디오 방송에선 난쟁이들이 무고한 사람들을 죽이고 있다며 쉴 새 없이 떠들어댔고, 그 선동을 듣고서 흥분한 이들이 직접 현장으로 달려나가며 사태를 더 키우고 있었다. 바야흐로 결전의 날이며, 바퀴벌레 같은, 아니 이미 문자 그대로 바퀴벌레인 난쟁이들을 박멸할 시간이란 가르침, 속삭임, 윽박지름, 간청 그리고 단호한 명령. 앗도가 보기에 지금 북쪽 외곽의 난쟁이들, 종차별주의 광신자들 모두는 부패한 피에 흠뻑 젖은 동일한 똥으로 만들어진 존재들이었다.[159] 그러나 더 큰 문제는 이곳으로 보낼 경찰 병력이 없다는 것이었다. 그렇게 두 시간 남짓한 시간 만에 치안 공백 사태가 벌어졌고, 지금 이 순간에도 혼돈이 전염병처럼 번지고 있었다. 무전에 어느 경관은 무정부주의자들이 오랫동안 치밀하게 계획한 반란이 도시 전체를 불태우고 있는 것이라고 소리쳤다.

"내가 아니라고!" 앗도가 무전기를 집어던지고는 정신없이 머리카락을 쓸어 넘겼다. 그는 지금 벌어지고 있는 사태들 앞에 현기증이 다 날 지경이었다. "도대체가, 도대체가 무슨 일이 벌어지고 있는 거야……."

그는 한숨을 내쉬며 일어났다. 북쪽의 바보들은 지금 자신들이 무슨 짓을 저지르고 있는지 모르고 있었다. 어떤 결과를 가져올지도 몰랐고, 아무런 청사진도 없었다. 그가 보기에 저들의 모습은 온몸에 휘발유를 붓고서 분신자살을 하면서 다음날 고급아파트에서 다시 눈을 뜨기를 바라는 것과 매한가지였다. 그의 머릿속은 수십 년 만에 겨우 찾아온 좋은 시절이 망가지는 소리들로 가득했다. 이런 무정부 상태에서 무정부주의자가 필요하겠는가? 심지어 저 괴물들에겐 목줄도 채워져 있지 않았다. 앗도는 겉옷을 챙겨 입으면서 말했다. "이런 병신 같은 새끼들. 뭣들 하고 있는 거야? 내가 직접 궁전으로 가봐야겠어……."

그러나 그는 궁전은커녕 비밀 아지트 지하계단도 올라갈 수 없었다. 방문을 열자 그의 앞에는 총구를 겨누고 있는 비서가 서 있었기 때문이다. 실로 괴이했다. 그녀는 지난날 힘들었던 시절부터 함께해온 수족 중의 수족이었고, 앗도 그 자신은 그녀의 아빠 없는 외아들을 위해 대부가 되어주기까지 하지 않았던가?

"어째서?" 앗도의 물음.

발사된 총알이 그의 심장을 꿰뚫었다.

97

날개를 활짝 편 가고일 조각상이 비뫼시를 굽어보며 날아가고 있었다. 그 존재의 석화된 눈동자엔 북쪽 외곽에서 치솟고 있는 불길과 비명, 고함과 무전들, 총성과 폭죽 소리 그리고 도무지 알아들을 수 없는 욕지거리들의 향연이 하나도 빠짐없이 담겼다. 질서로부터 떨어져나간 불행한 의식들이 난생처음 느껴보는 황홀감을 만끽하며 들끓는 물결을 만들고 있었다. 경찰들은 폭동을 진압할 엄두도 내지 못한 채 도망치듯 후퇴한 뒤, 그 불길이 귀족들과 중간계급의 동네로 옮겨붙지 않도록 주요 길목들로 재배치되고 있었다. 인근 야산에서 날아온 박쥐 떼들이 시끄러운 소리를 내며 가고일 조각상 쪽으로 다가오기도 했지만, 박쥐들은 곧장 흩어져버렸다. 아래에서 매캐한 연기와 최루가스가 올라왔기 때문이다. 그러나 후각 기관이랄 게 없는 오래되고 이끼 낀 돌덩이에 불과한 가고일 조각상은 맷돌이 갈리는 듯한 음산한 웃음소리를 내며 제자리에서 날갯짓했다. 그것은 흡사, 생각하면 생각할수록 점점 더 커지는 놀라움과 두려움에 휩싸이게 하는 두 가지, 즉 밤하늘에 번뜩이는 흉성(凶星)과 내 마음속의 광기였다.[160]

얼마 뒤 가고일 조각상은 갈 곳을 정했다는 듯 어디론가 낙하했다. 그의 날개가 향한 곳은 난쟁이들의 언덕 박제상의 가게였다. 하늘에서 웬 가고일 조각상이 길거리 한복판에 착륙하는 장면은 환상소설에나 나올 법한 진귀한 장면이었지만, 불행히도 거리는 텅 비어 있었다. 분노한 난쟁이들은 패싸움이 벌어지고 있는 계단 아래로 달려간 뒤였고, 나머지 겁먹은 난쟁이들은 각자의 집으로 들어가 문을 걸어 잠근 뒤 내일 아침 눈을 떴을 때 세상이 원래대로 돌아가 있기를 간절히 기도하고 있었기 때문이다.

가고일 조각상은 둔탁한 몸놀림으로 날개를 접었고, 깨진 유리창 너머로 난장판이 된 가게 안을 들여다봤다. 선반이 쓰러져 박제품들이 이리저리 나뒹굴고 있고, 포르말린 병이 깨지면서 피어오른 악취들이 가득했다. 가고일 조각상이 경첩이 반쯤 떨어져나간 문짝을 통째로 뜯어내 바닥에 넘어뜨렸다. 발에 닿는 유리조각들이 박살나는 소리가 들려왔고, 때로는 물컹거리는 이름 모를 어류의 몸뚱이가 뭉개지기도 했다. 한쪽에 온몸이 난자당한 박제상의 시체가 고꾸라져 있었는데, 그의 손에는 미처 휘두르지 못한 무두질용 손칼이 들려 있었다. 시체 주변으로 칼을 뽑아낼 때마다 튀었을 혈흔들이 군데군데 묻어 있었다. 가고일 조각상이 고개를 들어서 천장의 전구에 눌러 붙은 핏자국을 쳐다봤고, 그런 다음엔 눈꺼풀을 내리지도 못한 채 굳어진 박제상의 공허한 시선을 바라봤다. 보기에 따라서 그 시체는 마치 박제를 기다리는 것 같기도 했다. 찢어진 가죽을 꿰매고 눈을 의안으로 갈아 끼우는 식으로 말이다.

　가고일 조각상은 주변을 돌아봤다. 공중에 매달려 있는 복어 박제는 적을 만난 듯 몸을 잔뜩 부풀려 뾰족한 가시들을 세우고 있었고, 그 밑으로 여우 박제가 몸을 낮춘 채로 사냥감을 향해 도약을 준비하고 있었다. 뿐만 아니라 벽에 걸린 사슴머리는 구불구불한 뿔을 자랑했고, 반쯤 날개를 편 올빼미 박제는 특유의 큼직한 눈동자를 뽐냈으며, 유리 선반 안에 박제된 살쾡이 박제는 날카로운 발톱을 과시했다. 그 외에도 수백여 가지 박제들이 곳곳에 즐비했다. 정말이지 육해공 가릴 없이 자연 자체를 옮겨다 놓으려고 한 것처럼 보이기까지 했다. 찻잔을 들고 있는 아기 고양이, 당근 인형을 든 토끼, 날아오를 준비를 하고 있는 독수리, 눈에서 전구가 켜지도록 개조된 늑대머리, 물고기를 잡은 은빛 왜가리, 헤엄치는 듯한 수달, 손에 든 도토리를 잃어버린 다람쥐, 아가리를 벌린 악어거북, 나무 위에 올라간 족제비, 암컷과 수컷이 같이 박제된 원앙새, 금빛 껍질을 가진 풍뎅이, 가장 귀여울 때 살해된 사막여우, 옹기종기 의자에 앉아 있는 햄스터 가족, 나무를 찍고 있는 딱따구리, 긴 혓바닥으로 곤충을 잡은 카멜레온, 짓고 있는 사냥개, 새끼를 밴 너구리, 새장에 든 카나리아, 날개를 활짝 편 독수리, 서랍에서 떨어진 희귀 개구리, 핀으로 고정된 형형색색의 나비 박제들, 땅 파는 시늉을 하고 있는 두더지, 이족보행으로 긴 발톱을 보여주고 있는 개미핥기, 밀수해온 애완용 악어, 도톰한 지빠귀, 집게를 내밀고 있는 소라게, 바닥을 보고 있는 청둥오리, 팔딱팔딱 뛰고 있는 것 같은 연어, 다소 쪼그라진 피라냐들, 어느 낚시꾼이 의뢰한 도화돔, 앉아 있는 시츄, 송곳니가 유독 튀어나온 멧돼지 머리, 심지어 죽은 고양이를 박제해서 만든 핸드백, 꼬리가 멋들어지게 휜 수꿩, 바닥에 엎드린 이구아나, 작은 털신을 신고 있는 고슴도치, 그리기 수년 전 동물원에서 폐사 처리된 희귀한 빛깔의 앵무새까지도 빼놓지 않고 수집되어 있었다.

흡사 그곳은 하나의 자연사 박물관이자 죽지 않는 예술품들의 무대였다. 다소 엉성한 분류기준 때문에 조금만 정신을 놓으면 박제들의 혼돈 속으로 잠식될 것 같기도 했지만, 그럼에도 이들이 하나의 예술작품이라는 데엔 이견이 있을 수 없었다. 깃털 하나 훼손되지 않도록 정교하게 진행되는 가죽 벗기기는 스케치이고, 철사로 만든 틀에 점토를 붙여 모형을 만드는 것은 조각술이며, 아마사(亞麻絲)로 단단히 꿰매진 바느질과 귀가 부자연스럽지 서지 않도록 세밀하게 가죽을 입히는 과정은 궁극적인 채색이지 않은가? 그렇게 만들어진 박제는 예술작품처럼 시간을 거스르는 영원한 가치를 부여받았다. 그러나 그처럼 현기증 나는 정교함과 다채로움에도 불구하고 당혹스러울 만큼의 단조로움을 숨길 수 없기도 했다. 왜냐하면 모든 박제의 눈동자가 인공 눈알이었기 때문이다. 그려진 눈동자엔 생기 있게 보이기 위해 노력하면 할수록 분명해지는 역설적인 죽음이 각인되어 있었다. 이건 박제들이 애완용 길들임 내지 사냥의 부산물에 불과함을 매 순간 상기시켰다.

가고일 조각상은 바로 그 의안들을 훑어보며 신경질적인 웃음을 터뜨렸다. 왜냐하면 이 모든 것들이 형편없는 농담처럼 보였기 때문이다. 그 존재는 양팔을 뻗었고, 그러자 그 손바닥에서부터 붉은 불꽃이 피어오르더니 이내 온몸을 불태우기 시작했다. 곧이어 불꽃들이 뚝뚝 떨어지면서 바닥에서 기둥으로, 그리고 삽시간에 방부 처리된 박제들에게까지 옮겨붙었다. 가죽이 타들어가면서 안에 충전재로 밀어넣었던 인공 솜이나 스티로폼이 녹아내리며 유독가스를 내뿜었다. 이제 완전한 불 더미로 뒤바뀐 박제상의 가게는 마치 죽은 동물들을 바치는 제단처럼 보였다. 그래, 그것은 세계의 번제(燔祭)였다.

98

거리엔 바람이 불었고, 그것은 이제 다른 세상이었다.[161] 이제 광기가 모든 것을 지배하고 있었다. 여전히 유리문 앞에서 상황을 지켜보던 잡화점 점장은 안절부절 못하며 어찌할 바를 몰라 발만 동동 구르고 있다. 눈앞에서 펼쳐진 광경은 단순한 다툼이 아니라, 사람이 사람을 잡아먹는 끔찍한 광경에 가까워져 가고 있었다. 머리에 피를 철철 흘리며 쓰러진 난쟁이가 비명을 내지르고, 야구배트를 든 남자가 그를 무자비하게 내리치는가 하면, 또 다른 쪽에서는 칼을 든 불량배가 발에 걸리는 노숙자를 찔러 죽이고 있었다. 주차되어 있던 자동차 유리창이 모조리 박살났고, 누군가가 불붙인 신문지를 주유구에 집어넣어 자동차를 통째로 폭파시키기까지 했다. 주변에 있던 누군가는 쓰러졌고, 또 다른 누군가는 환호성을 내지르며 정신없이 뛰어다녔다. 걸인들이 불을 쬐던 드럼 화로통이 나자빠지며 불똥들이 이리저리 휘날렸다. 멀리서 들리는 총성만이 경찰이 아직 존재함을 알려주고 있었지만, 신고 전화는 여전히 먹통이었다. 라디오에서는 도개교가 올라가고 경찰들이 로벨토가(街)의 교차 승강장으로 퇴각 중이란 소식이 들려왔다. 구불구불하고 더러운 거리에서 유령 같은 사람들이 끊임없이 쏟아져나와 혼란 속으로 합류했다. 찌꺼기와 오물들로 짓물러진 웅덩이는 마계(魔界)로 통하는 검은 입구처럼 보였다. 거기서 괴물들이 자꾸 나타났다.

도대체 뭐가 어떻게 된 걸까? 점장은 불과 한 시간 전에 벌어진 일들을 다시 떠올려보려고 노력했다. 난쟁이들이 배불뚝이를 죽이고, 그걸 말리려던 사람들과 시비가 붙었던가? 아니면 누군가가 난쟁이들에게 '미개한 새끼들!'이라고 소리쳤던 것이 발단이 됐던가? 그도 아니면 해적 방송을 듣고서 뛰쳐나온 불량배 같은 녀석들이 몽둥이를 휘둘렀던 것이 시작이었던가? 최초 원인이 무엇인지 알 수 없었다. 그래서 마치 처음부터 그곳에 지옥불이 화르르 타오르고 있었던 것처럼 느껴지기도 했다. 두들겨 맞은 사람들이 악취가 진동하는 웅덩이에 던져졌고, 해골이 그려진 마스크를 낀 자들이 망치로 낡은 판자를 못질해서 만든 문짝과 헐거운 문설주를 간단히 박살내고서 가정집으로 침입했다. 한쪽에선 땅딸막한 아이들이 제과점 문고리를 박살내려고 했다. 이를 쫓아내기 위해 몽둥이를 휘두르던 제과점 주인이 누군가가 휘두른 쇠파이프에 머리가 깨졌다. 구루병으로 다리가 굽은 아이들은 그 시체를 밟고서 과자들을 꾸역꾸역 훔쳐 나왔다. 무척이나 기뻐 보였다.

이쯤 되니 본 사태는 대규모 폭동이 아니라고 말하기도 힘든 지경에 이르렀다. 한 세기 전 식량 폭동 때처럼 계엄령이 필요해 보였다. 폭도들은 절벽이 보이지 않게 무언가로 앞을 가린 다음 그곳을 향해 태연히 달려가고 있었다.[162] 폭도들은 우체국의 내려간 셔터를 박살내고서 안으로 들어갔고, 거기서 택배 박스를 뜯어내 텔레비전이나 모피 코트 따위를 약탈했다. 다른 쪽에서는 가스 배관에 불똥이 튀면서 건물 전체가 폭발하여 거대한 화염이 하늘 위로 치솟기도 했다. 달려오던 구급차가 전신주를 들이받고서 멈춰 섰고, 상점이란 상점의 창유리가 모조리 박살나고 있었다. 난쟁이들의 집에 불을 놓아야 한다면서 화염병을 만드는 이들도 있었는데, 그 옆으로 벌거벗겨진 난쟁이의 시체가 마차에 묶여 있었다. 이하 광경들은 교양인의 언어로는 차마 옮길 수 없을 정도였다.

물론 점장의 잡화점이라고 무사할 수는 없었다. 카키색 바지를 입은 남자들이 쇠지렛대로 유리문을 박살내고서 우르르 들어왔고, 잔뜩 겁을 먹은 점장은 카운터 앞에 쪼그리고 앉아서 저들이 식료품들을 대놓고 가져가는 걸 지켜볼 수밖에 없었다. 또한 검은 마스크를 낀 남자가 불쑥 들어와 번뜩이는 식칼을 들이대면서 돈을 털어가기도 했다. 가진 것이라곤 왜소한 체구에 조그만 적금통장이 전부였던 점장으로서는 저 육식동물들을 상대해 볼 재간이 없었다. 그는 난생처음 맛보는 혼돈 속에서 익사할 것만 같았다. 도대체 왜 내가 이런 일을 당해야 하는 거지?

이때 반쯤 기아 상태인 여자가 난장판이 된 잡화점 안으로 슬그머니 들어왔다. 꼬질꼬질한 털외투 안에 거뭇한 내복만 입은 그 늙은 여자는 누가 봐도 노숙자처럼 보였다. 그녀는 배가 고팠던 모양인지 바닥에 떨어진 과자봉지들을 허겁지겁 품속에 밀어넣었고, 이를 보던 점장의 가슴 속에서는 당장에 저 벌레를 구둣발로 뭉개버리고 싶은 충동이 치솟았다. 그리고 이어진 일은 그 스스로도 미처 알아채지 못했을 정도로 갑작스러웠다. "이런 도둑년, 인간 구더기! 내가 그렇게 우습게 보여? 저년의 머리통을 쪼개버리겠어!" 이건 그가 실제로 한 말은 아니었다. 그저 마음속에서 한 말을 옮겨놓은 것일 뿐, 그는 어금니를 너무 꽉 다물고 있었기에 '언어'라고 부를 수 있을 만한 발음을 만들 수가 없었다. 사납게 그르렁거리는 소리와 함께 몸을 날린 그는 늙은 여자를 넘어뜨렸고, 바닥에 나뒹굴던 통조림통을 집어 들어서 여자의 머리를 정신없이 내리쳤다. 두개골이 부서지는 둔탁한 소리와 함께 피가 여기저기 튀었고, 잠시 뒤 찌그러진 통조림통에서 설탕물이 흘러내렸다. 손바닥이 화끈거렸다.

넋이 나간 그는 통조림통을 떨어뜨리며 엉덩방아를 찧었다. 살인 현장, 그것도 자신이 만들어낸 살인 현장을 보고 있으니 구역질이 치밀었지만, 동시에 얼른 저 시체를 치워버려야 한다는 생각이 더 강하게 밀려왔다. 그는 거의 본능적으로 부서진 문 너머를 바라봤다. 자욱한 연기 속에서 광란의 무도가 한창 진행 중이었다. "그래, 저기에 시체를 던져놓고 오자." 그가 주문을 걸듯 말했다. "좋아, 그렇게 하자. 그러면 다 말끔히 해결되는 거야……."

점장이 정신을 차리기 위해 양손으로 자신의 뺨을 치고서 몸을 일으켜 세웠다. 그런데 그때 매캐한 연기와 고성들 사이에서 후드를 뒤집어쓴 아이가 나타났다. 거대한 낫 대신에 권총을 든 작은 사신, 즉 발이었다. 점장은 유치장에 있어야 할 그가 왜 지금 자기 앞에 있는 건지 납득할 수 없었다. 그러나 이해 여부와 상관없이 총구를 겨눈 발이 비열한 미소를 지으며 그의 앞으로 걸어오고 있었고, 방아쇠에 걸린 손가락은 깃털처럼 가볍고 위태로워 보였다. 떨어진 유리조각을 밟으며 잡화점 안으로 들어온 발이 당혹감에 일그러진 표정의 점장을 보며 이죽거렸다. "뭐 이렇게 놀라요? 평생 안 보고 살 줄 알았어요? 웃어요, 웃어."[163]

"그때 그러는 게 아니었는데, 미안하다. 네가 미워서가 아니라, 여기에는, 여기에는 너무 도둑들이 많았어. 무슨 말인지 알잖아? 그래도 미안해, 미안하다……." 점장이 총구를 보며 애절하게 흐느끼며 말했다. "제발 이러지 마."

"하지만 너무 늦었는걸." 발이 건조하게 대꾸하고는 방아쇠를 당겼다.

반동으로 팔이 공중으로 젖혀졌지만, 총알은 점장의 흉부를 정확히 꿰뚫었다. 쓰러진 점장이 피가 터져나오는 갈비뼈를 붙잡으며 단말마의 신음을 내질렀고, 다시 균형을 잡은 발이 총알을 두 방 더 박아버렸다. 점장의 머리가 완전히 뒤로 젖혀졌다.

발은 영원히 굳어진 점장의 시체를 보며 금방이라도 온몸이 터져버릴 것만 같은 초조함과 뭐라 형언할 수 없는 안정감을 동시에 느꼈다. 밖에서 가스통이 폭발하면서 일순간 주변 일대가 환해졌고, 게걸스럽게 웃는 소리들이 귓가에 윙윙댔다. 발은 자신이 소용돌이 속에 있음을 완벽히 자각하고 있었고, 또한 무엇이든 가능한 이 황야 속에서 충만감을 느꼈다. 자신에게 조금이라도 저항하는 모든 것들을 파괴해버릴 수 있을 것만 같았다. 물론 그 자신감의 근거는 우연히 손에 들어온 바로 이 권총이었다. 누구든 단박에 고꾸라뜨릴 수 있는 위대한 권능이 지금 자신의 손에 쥐어져 있지 않은가! 발은 이제부터 자신의 인생이 확 변하게 될 것이라고 확신했다. 이 절대적인 힘은 연기에 그을린 거무튀튀한 벽이 아니라 고급 벽지로 포장된 벽 앞으로 그를 데려가줄 게 분명했다. 거기서 싸구려 냉동식품 따위가 아니라 후끈한 파인애플 소스가 곁들여진 닭요리를 먹으리.

　행복한 상상을 하던 발은 갑작스레, 굉장한 공복감을 느꼈다. 마치 참았던 배고픔이 한꺼번에 역류한 것 같았는데, 그러고 보면 자신이 잡화점을 털다가 경찰서로 넘겨졌을 때부터 지금까지 먹은 것이 아무것도 없기도 했다. 그는 아직 진열대에 걸려 있던 육포를 먹기로 했다. 그러나 너무 눈앞에만 정신이 팔렸던지라 자기 발밑에 있는 통조림통, 좀 더 정확히는 점장이 찌그러뜨린 통조림통에서 흘러나온 설탕물을 보지 못했다(사람은 큰 바위가 아니라 작은 돌부리에 걸려 넘어지잖아?). 2초 뒤 그는 통조림통을 밟았고, 그 통조림통이 설탕물에 쭉 미끄러지면서 아주 잠깐 조그마한 체구의 소년을 공중으로 붕 띄웠다. 물론 오늘 권총을 처음 만져봤던 발은 안전장치를 거는 것을 깜박한 상태였고, 그것이 얼마나 치명적인 결과를 초래할지 대해서도 완전히 무지한 상태였다. 권총이 바닥에 떨어지면서 화약 연기와 함께 탄환이 튀어나왔고, 잔혹한 우연이 그의 아랫배를 무참히 찢어놓았다.

내장이 헤집어지면서 그 자리에서 쇼크사한 발의 시체가 총알구멍으로 후덥지근한 피를 쏟아내고 있던 바로 그 시간, 42번은 벽에 딱 붙어서 숨죽인 채로 닫힌 문을 바라보고 있었다. 밖에서 무언가 굴러떨어지는 둔탁한 소리가 들리고서부터 얼마나 흘렀는지 시간을 헤아릴 수 없었고, 또한 자신이 이 침묵 속에서 얼마나 더 버틸 수 있는지도 가늠할 수 없었다. 그가 울먹이며 혼잣말했다. "어떻게 하지?" 물론 그딴 질문이나 하고 있는 것 자체가 이미 답이 없음을 말해주고 있었지만 말이다.

결국 공포 속에 질식해버리기 직전에 42번은 조금만 문을 열어보기로 했다. 궁정회의실까지는 아니더라도 최소한 계단에 누가 있는지 정도는 확인해보자고 마음먹었다. 최대한 문고리 돌아가는 소리가 나지 않게 조심했고, 문을 열 때도 끼익 소리를 내지 않으려고 안간힘을 다했다. 그런데 고개를 내민 그가 처음본 것은 너무도 충격적인 장면인지라 자기도 모르게 뒤로 자빠지고 말았다. 그건 몇몇 관절들이 꺾여서는 안 되는 방향으로 꺾여 있는 샌님의 시체였기 때문이다. 여기서 유일하게 다행인 것이 있다면 그 얼굴이 바닥을 향하고 있어서 눈이 마주치거나 한 건 아니란 점 정도였다. 이걸로 그 시체가 꿈에 나오는 걸 예방해볼 수 있을까?

그러나 42번을 기다리고 있던 진정한 공포의 대상은 그다음에 나타났다. 그가 비명을 지르지 않으려고 입을 틀어막고 있는데, 계단 위에서 누군가가 나타났던 것이다. 도망가려고 했지만 온몸이 보이지 않는 손아귀에 속박된 것처럼 움직여지지 않았다. 이윽고 계단 위에서 거의 온몸에 피칠갑을 한 아이가 나타났는데, 한 손에는 권총을 들고 있었고, 머리 위에는 황금 왕관을 쓰고 있었다. 하지만 그보다 경악스러웠던 것은 다름 아닌 얼굴, 그러니까 하얗다 못해 표백제로 지워진 것만 같은 투명한 피부 위로 그려진 박쥐처럼 뒤틀린 얼굴이었다. 기괴하게 이어진 눈매와 콧대, 터무니없는 들창코, 기형적인 귀 모양, 쥐같이 좁은 턱, 그리고 흰자를 모두 가릴 만큼 큰 새카만 눈동자. 그건 바로 42번 자신의 얼굴이 아니던가! 그렇다면 저 존재는 필경 왕자가 틀림없었다. 그렇지만 그것 외에 불우한 42번이 이해해볼 수 있는 것은 단 하나도 없었다.

왕자는 계단을 내려오면서 층계참 아래 처박힌, 실이 끊어진 꼭두각시 인형 같은 샘님을 발견하고는 잠깐 멈칫했다. 공포나 죄책감이 아닌 재미난 우연이라도 마주친 것 같은 흥미진진한 표정을 지어 보였다. 이윽고 그가 손짓으로 시체를 가리키며 "이봐, 아버지는 내가 죽이지 않았어. 잔뜩 놀라더니 혼자서 저렇게 굴러떨어져버리더라고⋯⋯." 그러고는 고개를 갸웃하며 장난스러운 말투로 덧붙였다. "우습잖나? 여기엔 걸려 넘어질 만한 물건도 없고, 그렇다고 본인이 익살꾼인 것도 아닌데 말이야."[164]

42번은 잔뜩 얼어붙어서 아무런 말도 하지 못했다. 왕자는 천장 위를 빼곡히 덮은 거대한 수레바퀴 주변을 돌면서 수많은 신들이 천지창조를 돕는 그림과 그 가운데로 뻗어 내린 육중한 샹들리에, 그러니까 마치 은하수의 별들을 모두 모아놓은 같은 수정빛 보석들을 둘러봤다. 그러고는 다시 42번을 바라보며 피식 웃어 보였다.

"왕자님, 세상은 정말이지 어마어마하게 큰 건물이네요!" 왕자가 갑작스레 연극 무대라도 오른 것처럼 말하더니 곧장 어깨를 움츠리고 손가락을 쥐었다 폈다 하며 목소리까지 바꾼 채로 1인 2역을 했다. "그렇지 않아! 그렇지 않아! 나는 손을 뻗을 엄두가 나지 않을 만큼 좁디좁은 거울 방에 갇혀 있는 느낌이야. 몸을 움직였다가는 사방에 부딪혀 아름다운 형상들이 산산조각 나고, 그래서 아무것도 없는 벽만 물끄러미 보게 되지 않을까 두려워……."[165]

그렇지만 42번의 귀엔 그 말이 제대로 들어오지 않았다. 머릿속은 왕자에 대한 물음으로 금방이라도 과부하가 오려고 했다. 도대체 뭐란 말인가? 42번은 난생처음 느껴보는 당혹감에 심장이 두근거리다 못해 울렁증이 오려고 했다. 자신이 아들의 대역으로 이 집에 왔다는 것은 알고 있었지만, 그 얼굴을 직접 보는 것은 처음이었다. 실제로 보니 단순히 닮은 것을 넘어서 도플갱어에 가까우리만큼 이목구비가 똑같았다. 그런데다가 그 첫 만남은 피를 흠뻑 묻힌 손으로 권총을 든 채로. 아마도 그걸로 궁정회의실에서 무언가 끔찍한 일을 저지른 것이 분명해 보였다.

문득 42번은 전날 책에서 읽었던 도플갱어를 보면 미쳐버린 다음 죽게 된다는 섬뜩한 외국 민담이 떠올랐다.

죽음이 가깝게 느껴지자 등허리로 소름이 쫙 돋으면서 일순간 내려갔던 근력 차단기가 다시 올라갔고, 곧 다리에 힘이 들어왔다. 비명을 지를 틈도 없이 42번은 다시 서재로 도망쳤다. 온 힘을 다해 문을 닫은 뒤 문고리를 걸려고 했지만, 유감스럽게도 서재 문은 바깥에서 잠기는 문이었다. 밖에서 왕자가 콧노래까지 흥얼대며 계단을 내려오는 소리가 들려왔다. 다급해진 42번은 문을 막아볼 것을 찾아봤다. 육중한 책장들부터 대리석 조각상까지 제법 괜찮은 물건들이 많았지만, 안타깝게도 그의 미약한 근력으로 옮길 수 있는 건 고무나무 의자가 전부였다. 그리고 한낱 의자 따위로는 결코 문을 막을 수 없었다. 일단 상황이 이렇게 되자 하필 서재로 도망쳐온 것이 너무도 후회됐다. 곧장 현관으로 달려갔으면 지금쯤 장미정원을 건너고 있지 않았겠는가? 서재는 출입구가 하나였고 좌측의 창문들 너머로는 절벽뿐이었다. 막다른 골목으로 자진해서 들어온 꼴이었고, 그건 오랜 습관의 결과물이었다. 그리고 습관에서는 언제나 죽음의 악취가 났다.

이제 왕자의 발소리가 거의 문 앞까지 다가왔다. 눈앞이 팽글 팽글 돌던 42번은 어디라도 숨을 곳을 찾아보려 했지만, 서재라는 공간은 턱없이 정직했다. 숨어봤자 책장 뒤였고, 그 외의 상상력을 발휘해볼 만한 여지는 없었다. 한때 무한한 우주로 통하는 문 같았던 서재가 이제는 감옥이 되어 있었다. 결국 그에게 남은 것은 왕자와의 대면뿐인 듯싶었다. 그 결론 앞에 체념하고 주저앉았을 때쯤, 문고리가 으스스한 소리를 내며 돌아갔다. 이윽고 문을 열고 나타난 왕자는 여전히 한 손에 권총을 든 채였다. 42번은 그가 자신을 쏴 죽이러 온 것이라고 생각하고서 두 눈을 꾹 감았다. 마치 그렇게 하면 현실에서 내면세계로 번쩍 순간 이동이라도 할 수 있는 것처럼 말이다. 그러나 아무리 기다려도 기다리던 죽음, 좀 더 정확히는 총알이 뼈를 부수고 들어와 장기를 헤집을 때 촉발될 것이라고 상상된 감촉은 찾아오지 않았다. 42번이 조심스럽게 다시 눈꺼풀을 올리자, 기이하게도 왕자의 총구는 다름 아닌 그 자신의 관자놀이를 향해 겨누어져 있었다. 그가 활짝 웃으며 말했다. "넌 자유야."

그러고는 방아쇠를 당겨버렸다.

에필로그

100

그날 밤은 너무 길었다. 꽤 시간이 흘렀음에도 42번은 서재 밖으로 나가지 못하고 있었다. 왜냐하면 자기 머리통을 날려버린 왕자의 시체가 출구를 지키고 있었기 때문이다. 그는 그 근처로 다가가기는커녕 쓰러진 시체를 똑바로 쳐다보지도 못했다. 무기력하게 책장 사이에 쭈그리고 앉아 있는 것이 전부였다. 비명을 지르거나 밖에 누구 없냐고 외쳐보기도 했지만, 어찌된 일인지 평소엔 그림자처럼 근처에 붙어 있던 하인들이 단 한 명도 보이지 않았다. 오롯이 메아리조차 집어삼키는 침묵뿐이었다. 마치 궁전에 덩그러니 혼자만 남은 것 같았다. 그리고 이때 42번은 다소 어처구니없게도 만일 하인들이 모두 사라지면 이 넓은 궁전에 쌓일 먼지는 누가 털어낼지가 걱정됐다.

풀리지 않는 긴장감으로 탈진해 쓰러지기 전, 무릎 사이에 묻어났던 고개를 다시 들어 올리게 만든 것은 다름 아닌 새장 속의 박쥐였다. 총성 때문인지, 다시 배고파졌기 때문인지, 아니면 본래 야행성 동물이기 때문인지는 몰라도 깨어난 녀석은 끽끽 대는 기괴한 울음소리를 내며 날개를 푸드덕거렸다. 이를 가만히 바라보던 42번은 문득 지금 서재를 벗어날 수 있는 유일한 존재는 저 박쥐뿐이란 생각이 들었다. 그건 오늘 있었던 너무 많은 일 중에 그가 납득할 수 있는 유일한 것이기도 했다.

42번은 힘겹게 일어나서 새장을 들고 창가로 걸어갔다. 알록달록한 스테인드글라스 창문을 열자, 차디찬 밤공기가 얼굴을 때렸다. 그런데 거기엔 탄내가 묻어 있었다. 밖을 보니 밤풍경이 평소와는 사뭇 달랐다. 늘 그 자리에 있는 건물들과 가로등 불빛이 아니라, 처음 보는 불기둥들이 여기저기서 솟구치고 있었기 때문이다. 전날 그의 집이었던 몬세라토 수도원 쪽으로 밤보다 어두운 연기들이 자욱하게 피어올랐고, 그 위로 전조등을 켠 비행선이 떠 있었다. 두꺼운 책을 다 읽고서 밖으로 나왔더니 갑작스레 전에 알던 세상이 죄 뒤집어져버린 것만 같았다. 너무도 친숙했던 것들이 한꺼번에 낯설어져 있었다. 42번은 지금 자신의 가슴속에 벅차오르는 이 감정이 불안인지 설렘인지 혐오인지 분노인지 사랑인지 혹은 죄책감인지 분간할 수 없었다.

친숙지 않은 공기를 마신 박쥐가 새장에 머리를 박아대며 발광했다. 42번이 걸쇠를 올려 새장 문을 열어주자, 박쥐는 한 치의 망설임도 없이 밖으로 뛰쳐나갔다. 저 멀리 밤하늘을 향해 날

아가는 박쥐의 날갯짓을 보며, 불현듯 이것이 자신의 이야기가
아니었음을 깨달았다.

미주

1   윌리엄 셰익스피어,《햄릿》, 박우수 옮김, 열린책들, 2010, 18쪽.

2   요한 볼프강 폰 괴테,《파우스트 1》, 전영애 옮김, 길, 2019, 119쪽 변용.

3   옴베르토 에코·장 클로드 카리에르,《책의 우주》, 임호경 옮김, 열린책들, 2011, 161쪽 변용.

4   사뮈엘 베케트,《고도를 기다리며》, 오증자 옮김, 민음사, 2012, 154쪽 변용.

5   마르틴 하이데거,《근본개념들》, 박찬국·설민 옮김, 길, 2012, 107쪽 변용.

6   루이 알튀세르,《철학과 맑스주의: 우발성의 유물론을 위하여》, 서관모·백승욱 옮김, 새길, 1996, 133~135쪽 참고 바람.

7   Cream, 〈WhiteRoom〉,《Wheels Of Fire》, 1968, 가사의 한 대목.

8   프리드리히 엥겔스,《영국 노동계급의 상황》, 이재만 옮김, 라티오, 2014, 67쪽 변용.

9   1864년 영국의 호적등기소장인 윌리엄 파(William Farr)가 도시 빈민들의 격리를 옹호하며 썼던 실제 기고문의 한 대목이다. 피터 스털리브래스·앨런 화이트,《그로테스크와 시민의 형성》, 이창우 옮김, 커뮤니케이션북스, 2019, 278쪽 재인용.

10   프란츠 카프카,《성》, 박환덕 옮김, 범우사, 1984, 24쪽 참고 바람.

11 　김종영,《히틀러의 수사학》, 커뮤니케이션북스, 2010, 256쪽 참고 바람.

12 　마르쿠스 아우렐리우스,《명상록》, 천병희 옮김, 숲, 2005, 68쪽; 117쪽 참고
　　바람.

13 　알베르 카뮈,《시지프의 신화》, 이가림 옮김, 문예출판사, 1992, 74쪽 변용.

14 　지그문트 프로이트, 〈어느 환상의 미래〉,《문명 속의 불만》, 김석희 옮김, 열
　　린책들, 2003, 184쪽 변용.

15 　르네 데카르트,《성찰》, 이현복 옮김, 문예출판사, 1997, 80쪽 참고 바람.

16 　루이 알뛰세르, 〈이데올로기와 이데올로기적 국가 장치〉,《아미엥에서의 주
　　장》, 김동수 옮김, 솔, 1991, 113쪽 참고 바람.

17 　호메로스,《오뒷세이아》, 천병희 옮김, 숲, 2015, 141쪽(219~224행) 변용.

18 　구약성서 〈창세기〉 11장 2~4절 참고 바람.

19 　프란츠 카프카, 〈바벨탑의 굴〉,《카프카, 비유에 대하여》, 김성화 옮김, 아름
　　다운날, 2016, 32쪽 참고 바람.

20 　알렉산드르 솔제니친,《이반 데니소비치, 수용소의 하루》, 이영의 옮김, 민음
　　사, 1998, 7쪽; 9쪽 변용.

21 　사뮈엘 베케트,《고도를 기다리며》, 106쪽 변용.

22 　빅토르 위고,《파리의 노트르담 1》, 정기수 옮김, 민음사, 2005, 285쪽 변용.

23 　알베르 까뮈,《전락》, 이휘영 옮김, 문예출판사, 2015, 17쪽 변용.

24 　샤를 피에르 보들레르, 〈살아 있는 횃불〉,《악의 꽃》, 윤영애 옮김, 문학과지
　　성사, 2003. 107쪽 참고 바람.

25 　단테 알리기에리,《신곡: 천국》, 김운찬 옮김, 열린책들, 2009. 10쪽(59~63행)
　　변용.

26 　대한민국의 진중가요 및 군가(軍歌) 〈전우야 잘 자라〉의 가사. 광주 학살 당
　　시 시민들이 군인들과 맞서 싸우면서 불렀던 노래이기도 하다.

27 　영화 〈브라이언의 삶(Monty Python's Life of Brian)〉(1979)의 수록곡 〈Always
　　Look on the Bright Side of Life〉 변용.

28 　조지 오웰,《위건 부두로 가는 길—조지 오웰 르포르타주》, 이한중 옮김, 한

겨레출판사, 2010, 69쪽 참고 바람.

29 호라티우스, 〈I . 30 신들을 잘 찾지도〉, 《카르페 디엠》, 김남우 옮김, 민음사, 2016, 70쪽 변용.

30 지그문트 프로이트, 〈편집증 환자 슈레버: 자서전적 기록에 의한 정신분석〉, 《늑대인간》, 김명희 옮김, 열린책들, 2004, 138쪽 변용.

31 제프리 초서, 《캔터베리 이야기》, 송병선 옮김, 현대지성, 2017, 482쪽 변용.

32 헤르만 헤세, 《수레바퀴 아래서》, 강명순 옮김, 열린책들, 2019 참고 바람.

33 귄터 그라스의 《양철북》에 대한 악평이다. 빌 헨더슨·앙드레 버나드, 《악평》, 최재봉 옮김, 열린책들, 2011, 115~116쪽.

34 알렉산드르 솔제니친, 《이반 데니소비치, 수용소의 하루》, 1998. 91쪽 참고 바람.

35 에마뉘엘 레비나스, 《존재에서 존재자로》, 서동욱 옮김, 민음사, 2003, 93~94쪽 참고 바람.

36 엘리자베트 바댕테르, 《만들어진 모성》, 심성은 옮김, 동녘, 2009, 17쪽 참고 바람.

37 에밀리 디킨슨, 〈한 무서운 폭풍우가 대기를 짓이겼네〉, 《고독은 잴 수 없는 것》, 강은교 옮김, 민음사, 2016, 20쪽 변용.

38 신약성서 〈요한계시록〉 22장 16절 참고 바람.

39 프랜시스 스콧 피츠제럴드, 《위대한 개츠비》, 한애경 옮김, 열린책들, 2011, 59쪽 변용.

40 스탈린 시절의 농담. 원본은 대략 다음과 같다: 어느 날 한 학급의 선생이 아이들에게 만약 스탈린의 아들이 된다면 무엇이 되고 싶으냐고 물어보았다. 첫 번째 학생이 답했다. "네, 저는 사회주의 공화국 연방의 영웅이 되고 싶습니다!" 또 다른 학생은 붉은 군대의 장군이 되고 싶다고 했고, 세 번째 소년은 위대한 작가가 되겠노라고 답하였다. 이제 선생은 끄트머리에 있던 학생에게 물어보았다. 학생은 무엇이 되고 싶나? 아이는 답했다. "저요? 고아요."

41 루이 알튀세르, 《마르크스를 위하여》, 서관모 옮김, 후마니타스, 2017,

201쪽 참고 바람.

42 레프 니콜라예비치 톨스토이, 《이반 일리치의 죽음·광인의 수기》, 석영중·
정지원 옮김, 열린책들, 2018, 121쪽.

43 고트프리트 빌헬름 라이프니츠, 《변신론》, 이근세 옮김, 아카넷, 2014,
300쪽 변용.

44 지그문트 프로이트, 《꿈의 해석》, 김인순 옮김, 열린책들, 2004. 593~594쪽
'불타는 아이의 꿈' 참고 바람.

45 하워드 필립스 러브크래프트, 〈시체를 되살리는 허버트 웨스트〉, 《하워드 필
립스 러브크래프트》, 김지현 옮김, 현대문학, 2014, 57~58쪽 변용.

46 존 스타인벡, 《분노의 포도 1》, 김승욱 옮김, 민음사, 2008, 398쪽 변용.

47 피터 스털리브래스·앨런 화이트, 《그로테스크와 시민의 형성》, 274~275쪽
참고 바람.

48 프리모 레비, 《이것이 인간인가》, 이현경 옮김, 돌베개, 2007, 136쪽 참고
바람.

49 프리모 레비, 《휴전》, 이소영 옮김, 돌베개, 2010, 21쪽 참고 바람.

50 샤를 피에르 보들레르, 〈심연에서 외친다〉, 《악의 꽃》, 윤영애 옮김, 문학과
지성사, 2003, 88쪽 변용.

51 발터 벤야민, 〈역사의 개념에 대하여〉, 《역사의 개념에 대하여/폭력비판을
위하여/초현실주의 외》, 339쪽 참고 바람.

52 월트 휘트먼의 〈O Me! O Life!〉 변용.

53 후안 라몬 히메네스, 〈왕관 소나무〉, 《플라테로와 나》, 박채연 옮김, 을유문
화사, 2013, 87쪽 변용.

54 니콜로 마키아벨리, 《군주론》, 강정인·김경희 옮김, 까치, 2008, 54쪽 변용.

55 찰스 디킨스, 《두 도시 이야기》, 이은정 옮김, 펭귄클래식, 2015, 56~57쪽
변용.

56 윌리엄 셰익스피어, 《베니스의 상인》, 정성국 옮김, 홍신문화사, 2000, 26쪽
참고 바람.

57 에드거 앨런 포, 〈구덩이와 추〉, 《에드거 앨런 포 단편선》, 전승희 옮김, 민음사, 2013, 185쪽 참고 바람.

58 1755년 리스본 대지진이 벌어졌던 날은 만성절이었다. 이날은 철학자로서의 루소와 칸트가 태어난 날이기도 하다. 철학은 재앙에 선행하지 않기 때문이다.

59 로버트 루이스 스티븐슨, 《지킬 박사와 하이드 씨의 기이한 사례》, 송승철 옮김, 창비, 2013, 30쪽 변용.

60 조지 오웰, 《파리와 런던의 밑바닥 생활》, 신창용 옮김, 삼우반, 2003, 25쪽 변용.

61 프리드리히 니체, 《비극의 탄생》, 박찬국 옮김, 아카넷, 2019, 72~73쪽 변용.

62 에밀 졸라, 《목로주점─상》, 유기환 옮김, 열린책들, 2011, 163쪽 변용.

63 임마누엘 칸트, 《이성의 한계 내에서 종교》, 백종현 옮김, 아카넷, 2011, 208쪽 참고 바람.

64 프랜시스 스콧 피츠제럴드, 〈델리림플 잘못되다〉, 《아가씨와 철학자》, 박찬원 옮김, 펭귄클래식코리아, 2009, 262쪽 변용.

65 제임스 조이스, 《더블린 사람들》, 이강훈 옮김, 열린책들, 2013, 21쪽 변용.

66 Naughty Boy, 〈La La La〉, 2013, 가사의 한 대목.

67 기 드 모파상, 〈비곗덩어리〉, 《기 드 모파상─비곗덩어리 외 62편》, 최정수 옮김, 현대문학, 2014, 13쪽 변용.

68 윌리엄 포크너, 《소리와 분노》, 공진호 옮김, 문학동네, 2013, 252쪽.

69 도스토옙스키, 《지하로부터의 수기》, 계동준 옮김, 열린책들, 2007, 453~454쪽 참고 바람.

70 테네시 윌리엄스, 〈유리 동물원〉, 《뜨거운 양철 지붕 위의 고양이·유리 동물원》, 김소임 옮김, 민음사, 2010, 230쪽 변용.

71 에우리피데스, 《에우리피데스의 메데이아》, 김종환 옮김, 지만지, 2011, 19쪽 참고 바람.

72 아리스토텔레스, 《시학》, 김한식 옮김, 펭귄클래식코리아, 2010, 486쪽 변용.

73   알렉상드르 뒤마, 《몬테크리스토 백작》, 오증자 옮김, 민음사, 2002, 241쪽 변용.

74   Vile cadaver eris. 카탈루냐의 산타마리아 데 몬세라트 수도원에서 내려오는 죽음에 관련된 무도가(舞蹈歌)의 한 대목이다. 울리 분덜리히, 《메멘토 모리의 세계》, 김종수 옮김, 길, 2008, 44쪽 참고 바람.

75   아우구스티누스, 《신국론》, 문시영 옮김, 지만지, 2012, 84쪽 변용.

76   프리드리히 뒤렌마트, 〈노부인의 방문〉, 《뒤렌마트 희곡선》, 김혜숙 옮김, 민음사, 2011, 17쪽 변용.

77   레프 톨스토이, 《안나 카레니나 1》, 연진희 옮김, 민음사, 2009, 13쪽 변용.

78   김성모, 〈럭키짱〉의 명대사.

79   막스 베버, 《프로테스탄티즘의 윤리와 자본주의 정신》, 김덕영 옮김, 길, 2010, 365~366쪽 참고 바람.

80   움베르토 에코·장 클로드 카리에르, 《책의 우주》, 181쪽 변용.

81   유리 로트만, 《문화와 폭발》, 김수환 옮김, 아카넷, 2014, 21쪽 참고 바람.

82   조반니 보카치오, 《데카메론 2》, 박상진 옮김, 민음사, 2012, 172쪽 변용.

83   피터 스털리브래스·앨런 화이트, 《그로테스크와 시민의 형성》, 264쪽 변용.

84   프리드리히 엥겔스, 《영국 노동계급의 상황》, 80쪽 변용.

85   요한 볼프강 폰 괴테, 《파우스트 1》, 527~529쪽 변용.

86   요한 볼프강 폰 괴테, 《파우스트 1》, 109~111쪽 변용.

87   어니스트 헤밍웨이, 《무기여 잘 있거라》, 권진아 옮김, 문학동네, 2020, 417~418쪽 참고 바람.

88   칼 마르크스, 《경제학-철학 수고》, 강유원 옮김, 이론과실천, 2006, 177~178쪽 참고 바람.

89   중식이밴드, 〈여기 사람 있어요〉, 《아기를 낳고 싶다니》, 2014.

90   요한 볼프강 폰 괴테, 《파우스트 1》, 521쪽 변용.

91   프란츠 카프카, 《법 앞에서》, 전영애 옮김, 민음사, 2017, 7쪽 변용.

92   프란츠 카프카, 《꿈 같은 삶의 기록―잠언과 미완성 작품집》, 이주동 옮김,

솔, 2017, 410쪽 참고 바람.

93   윌리엄 블레이크, 〈런던〉, 《블레이크 시선》, 서강목 옮김, 지만지, 2010,
      109쪽 변용.

94   에드거 앨런 포, 〈꿈나라〉, 《포 시선》, 윤명옥 옮김, 지만지, 2010, 75쪽 참고
      바람.

95   G. W. F 헤겔, 《역사철학강의》, 권기철 옮김, 동서문화사, 2008, 30쪽; 31쪽;
      42쪽 참고 바람.

96   19세기 영국의 프롤레타리아 사이에서 널리 퍼졌던 에드워드 미드의 〈증기
      왕(The Steam King)〉을 변형하여 옮겼다. 프리드리히 엥겔스, 《영국 노동계급
      의 상황》, 239~241쪽 참고 바람.

97   1871년 5월 21일, 파리 코뮌을 무차별적으로 학살했던 이른바 '피의 주간
      (Semaine sanglante)'이 시작됐다. 이때 뿌려진 피들은 이론의 절대적인 시금
      석으로 굳어졌다.

98   1788년에 재정난과 극심한 가뭄, 즉 이른바 대공포를 해결하기 위한 유화책
      으로 루이 16세는 174년 만에 삼부회 소집을 발표했다. 그리고 그건 댐을 막
      고 있던 한스 브링커의 손가락을 뽑은 행위가 됐다. 1789년 5월 베르사유에
      도착한 대표자들은 4만 개 이상의 불만 목록(cahiers de doléances)을 가지고
      왔고, 이에 놀란 루이 16세는 삼부회를 조기에 종결하려고 했지만 이미 시
      작된 혁명을 거스를 수는 없었다. 이로부터 독재자는 단 하나의 빈틈도 보여
      서는 안 된다는 편집증적 교훈을 얻지만, 진정한 교훈이란, 극단적인 통제는
      회의 하나를 소집하는 것만으로도 무너질 만큼 갈 데까지 갔다는 반증이라
      는 것이다. 이미 그건 국가가 아니다.

99   질 들뢰즈·펠릭스 과타리, 《안티 오이디푸스》, 김재인 옮김, 민음사, 2014,
      206쪽 참고 바람.

100   빅토르 위고, 《웃는 남자―상》, 이형식 옮김, 열린책들, 2009, 190쪽 참고
      바람.

101   소포클레스, 〈안티고네〉, 《소포클레스 비극 전집》, 천병희 옮김, 숲, 2008,

98쪽(74~75행) 변용.

102 앙리 피렌, 《마호메트와 샤를마뉴》, 강일휴 옮김, 삼천리, 2010, 262쪽 변용.

103 "War…… War never changes(전쟁은…… 전쟁은 결코 변하지 않는다)." 핵전쟁
이후의 세계에 대한 이야기인 '폴아웃(Fallout)' 시리즈를 관통하는 문구이다.

104 임마누엘 칸트, 《영원한 평화를 위하여》, 오진석 옮김, 도서출판b, 2011,
11쪽 참고 바람.

105 마이클 돕스, 《하우스 오브 카드》, 김시현 옮김, 푸른숲, 2015, 398쪽 변용.

106 스티븐 호킹의 말.

107 장 자크 루소, 〈보몽에게 보내는 편지〉, 《보몽에게 보내는 편지/도덕에 관한
편지/프랑키에르에게 보내는 편지》, 김중현 옮김, 책세상, 2014, 147쪽 변용.

108 아르튀르 랭보, 〈지옥에서 보낸 한철〉, 《지옥에서 보낸 한철》, 김현 옮김, 민
음사, 2018, 17~19쪽; 〈나쁜 피〉, 23쪽; 29~30쪽; 33쪽 변용.

109 모리스 블랑쇼, 《죽음의 선고》, 고재정 옮김, 그린비, 2011, 88쪽 변용.

110 윌리엄 셰익스피어, 《헨리 6세 1부》, 김정환 옮김, 아침이슬, 2012, 11쪽 변용.

111 고문을 '일종의 예술'이라고 평했던 것은 대한민국의 군부독재 시절 고문기
술자였던 이근안이었다. 정치철학은 여기서의 '예술'이 단순한 수사적 표현
이 아님을 사유하려는 데에서부터 시작된다.

112 아서 쾨슬러, 《한낮의 어둠》, 문광훈 옮김, 후마니티스, 2010, 317쪽 변용.

113 교황이 실수로 떨어뜨린 면류관을 나폴레옹이 주워서 직접 자신의 머리 위
에 씌웠다는 유명한 일화는, 교권에 대한 세속 권력의 우위(혹은 완전한 분리)
를 보여준 일화임과 동시에, 그 황제의 외관을 누구보다 필요로 했던 것이
나폴레옹 본인이었다는 쪽으로도 해석될 수 있다.

114 조르주 아감벤, 《아우슈비츠의 남은 자들》, 정문영 옮김, 새물결, 2012,
105쪽 참고 바람.

115 폴 발레리, 《테스트 씨》, 최성웅 옮김, 읻다, 2017, 33쪽 변용.

116 윌리엄 버틀러 예이츠, 〈비잔티움〉, 《예이츠 시선》, 허현숙 옮김, 지만지,
2011, 76~77쪽 변용.

117   지그문트 프로이트, 〈집단 심리학과 자아 분석〉,《문명 속의 불만》, 김석희 옮김, 열린책들, 2003, 120쪽 변용.

118   탈레스 외,《소크라테스 이전 철학자들의 단편 선집》, 김인곤 외 옮김, 아카넷, 2005, 257쪽 변용.

119   프리드리히 니체,《도덕의 계보학》, 홍성광 옮김, 연암서가, 2011, 86쪽 참고 바람.

120   루이스 캐럴,《거울 나라의 앨리스》, 김경미 옮김, 비룡소, 2010, 24쪽 참고 바람.

121   프란츠 베르펠,《거울인간:마법의 3부작》, 김충남 옮김, 지만지, 2012, 31~32쪽 변용.

122   조나단 스위프트,《걸리버 여행기》, 이동진 옮김, 해누리, 2001, 35쪽 참고 바람.

123   존 번연,《죄인의 괴수에게 넘치는 은혜》, 고성대 옮김, CH북스, 2016, 162쪽 변용.

124   루드비히 비트겐슈타인,《문화와 가치》, 이영철 옮김, 책세상, 2006, 166쪽 변용.

125   보에티우스,《철학의 위안》, 박문재 옮김, 현대지성, 2018, 238쪽.

126   구약성서 〈잠언〉 11장 30절 참고 바람.

127   프리드리히 니체,《유고(1882년 7월~1883/84 겨울)》(니체전집 16), 박찬국 옮김, 책세상, 2001, 609~610쪽 참고 바람.

128   부아고베,《철가면》, 김문운 옮김, 동서문화사, 2012, 351쪽; 712쪽 변용.

129   에라스뮈스,《격언집》, 김남우 옮김, 부북스, 2014, 109쪽; 230쪽 변용.

130   마르그리트 유르스나르,《하드리아누스 황제의 회상록 2》, 곽광수 옮김, 민음사, 2008, 216쪽 변용.

131   프리드리히 엥겔스,《영국 노동계급의 상황》, 145~146쪽 참고 바람.

132   허먼 멜빌, 〈필경사 바틀비〉,《필경사 바틀비》, 한기욱 옮김, 창비, 2010, 59쪽 참고 바람.

133 요한 볼프강 폰 괴테,《잠언과 성찰》, 장영태 옮김, 유로, 2014, 84쪽 변용.

134 "좋은 인디언은 죽은 인디언뿐(The only good Indian is a dead Indian)"이라는 말은 인디언 전쟁 당시 일부 백인우월주의자들이 갖고 있었던 착오적 사고나 역사 따위가 아니라, 미국의 기초이다. 저 작동원리가 빠진 미국은 존재하지 않고, 존재한 적도 없다.

135 랄프 게오르크 로이트,《괴벨스, 대중 선동의 심리학》, 김태희 옮김, 교양인, 2006, 201쪽 변용.

136 귀스타브 르 봉,《군중심리》, 이재형 옮김, 문예출판사, 2013, 38쪽 변용.

137 J.R.R.톨킨,《위험천만 왕국이야기》, 이미애 옮김, 씨앗을뿌리는사람, 2007, 186쪽.

138 "이 일로 인해 부유층들이 각성했으면 좋겠고, 여자들이 함부로 몸을 놀리는 일이 없었으면 합니다"라는 말은 연쇄살인범 유영철이 한 말이다.

139 하인리히 뵐,《카타리나 블룸의 잃어버린 명예》, 김연수 옮김, 민음사, 2008, 62쪽 변용.

140 움베르토 에코,《프라하의 묘지 2》, 이세욱 옮김, 열린책들, 2013, 600쪽 변용.

141 안톤 체호프,〈이바노프〉,《체호프 희곡 전집》, 김규종 옮김, 시공사, 2010, 178쪽 변용.

142 페르난도 페소아,〈선원〉,《페소아와 페소아들》, 김한민 옮김, 워크룸프레스, 2014, 252쪽 변용.

143 막스 베버,《관료제》, 이상률 옮김, 문예출판사, 2018, 9~11쪽 변용

144 윌리엄 셰익스피어,《아테네의 타이먼》, 강태경 옮김, 지만지, 2019, 7쪽 변용.

145 버지니아 울프,《울프 일기》, 박희진 옮김, 솔, 2019, 265쪽 변용.

146 마르크 블로크,《역사를 위한 변명》, 고봉만 옮김, 한길사, 2007, 39쪽 참고 바람.

147 '독일의 인플레이션을 가로지르는 여행'이라는 부제가 붙은〈카이저 파노라마(Kaiserpanorama)〉에서 벤야민은 자본주의가 처할 수 있는 표준적인 위기

를 냉정한 시선으로 포착하고 있다.

148 루드비히 비트겐슈타인,《문화와 가치》, 118쪽 참고 바람.

149 드니 디드로,《라모의 조카》, 황현산 옮김, 고려대학교출판부, 2014, 177쪽 변용.

150 에른스트 호프만,《모래 사나이》, 권혁준 옮김, 지만지, 2011, 74쪽.

151 빅토르 위고,《레미제라블 5》, 정기수 옮김, 민음사, 2012, 21쪽 변용.

152 레닌이 1917년 혁명 결정을 두고 했던 말이다.

153 칼 마르크스,《루이 보나파르트의 브뤼메르 18일》, 최형익 옮김, 비르투, 2012, 84~85쪽 변용.

154 에르트무트 비치슬라,《벤야민과 브레히트》, 윤미애 옮김, 문학동네, 2015, 124쪽 변용.

155 질 들뢰즈,《차이와 반복》, 김상환 옮김, 민음사, 2004, 268쪽 변용.

156 이현우,《애도와 우울증—푸슈킨과 레르몬토프의 무의식》, 그린비, 2011, 294쪽 재인용.

157 미키 스필레인,《복수는 나의 것》, 박선주 옮김, 황금가지, 2005, 188쪽 변용.

158 브램 스토커,《드라큘라》, 원은주 옮김, 더스토리, 2019, 512쪽 변용.

159 알베르토 토스카노,《광신 : 어느 저주받은 개념의 계보학》, 문강형준 옮김, 후마니타스, 2013, 203~204쪽 변용.

160 칸트의 묘비명에 대한 오마주.

161 사뮈엘 베케트,《몰로이》, 김경의 옮김, 문학과지성사, 2011, 88쪽 변용.

162 블레즈 파스칼,《팡세》, 이환 옮김, 민음사, 2003, 179쪽 변용.

163 영화〈달콤한 인생〉, 감독 김지운, 2005. 선우의 대사.

164 페터 한트케,《관객모독》, 윤용호 옮김, 민음사, 2012, 25쪽 변용.

165 게오르크 뷔히너,〈레옹스와 레나〉,《뷔히너 전집》, 박종대 옮김, 열린책들, 2020, 214쪽.

카르마 폴리스

1판 1쇄 발행 2021년 4월 9일

지은이 · 홍준성
펴낸이 · 주연선

총괄이사 · 이진희
책임편집 · 박연빈
편집 · 백다흠 김서해
본문 디자인 · 이다은
마케팅 · 장병수 김진겸 이선행 강원모 정혜윤
관리 · 김두만 유효정 박초희

(주)은행나무
04035 서울특별시 마포구 양화로11길 54
전화 · 02)3143-0651~3 | 팩스 · 02)3143-0654
신고번호 · 제 1997—000168호(1997. 12. 12)
www.ehbook.co.kr
ehbook@ehbook.co.kr

ISBN 979-11-91071-52-8 (03810)

• 잘못된 책은 바꿔드립니다.